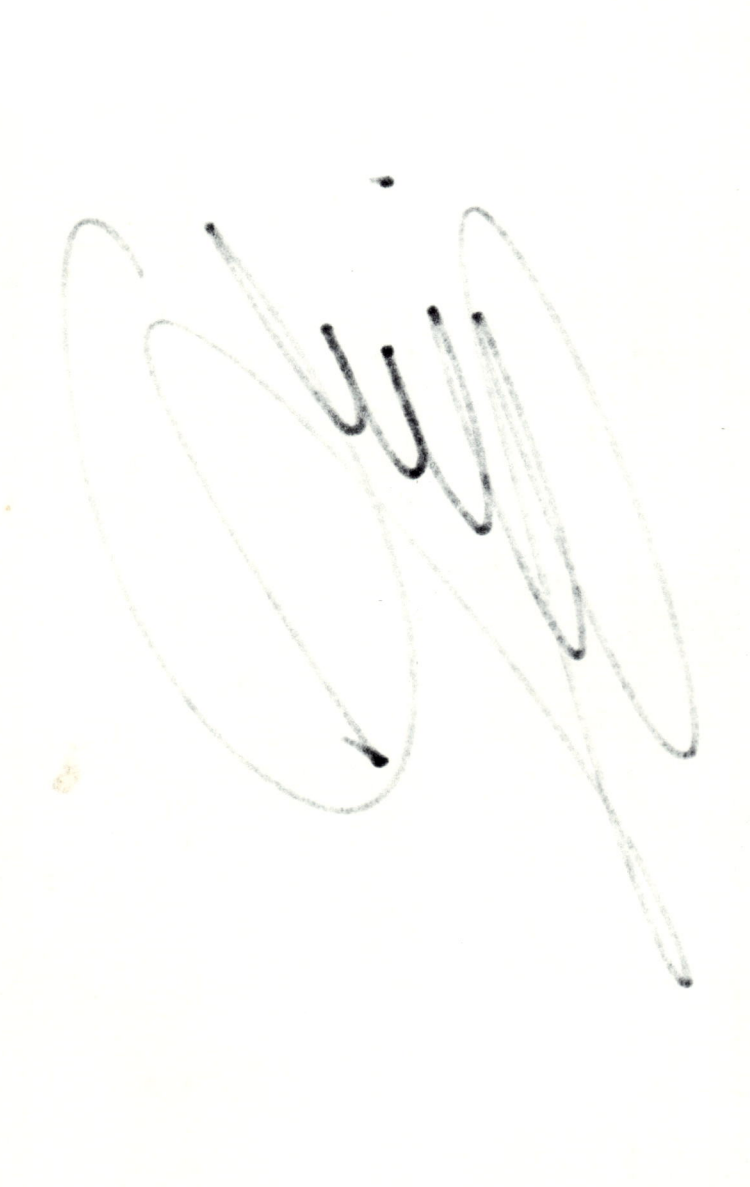

S. FISCHER

Gerhard Roth

DIE IRRFAHRT
DES MICHAEL ALDRIAN

Roman

S. FISCHER

*Dieses Buch wurde gefördert mit einem Stipendium
des Deutschen Literaturfonds, Darmstadt.*

Erschienen bei S. FISCHER

© 2017 S. Fischer Verlag GmbH,
Hedderichstr. 114, D-60596 Frankfurt am Main
© 2017 by Gerhard Roth

Satz: Dörlemann Satz, Lemförde
Druck und Bindung: CPI books GmbH, Leck
Printed in Germany
ISBN 978-3-10-066069-5

Da nahm der Engel eilig ihre Hand
und führte rasch die Zaudernden zum Tor
im Osten und die Klippe dann hinab
auf ebne Flur – dann schwand er ihrem Blick.
Sie wandten sich und sah'n des Paradieses
östlichen Teil, noch jüngst ihr sel'ger Sitz,
von Flammengluten furchtbar überwallt,
die Pforte selbst von riesigen Gestalten
mit Feuerwaffen in der Hand umschart.

JOHN MILTON, *Das verlorene Paradies*

ERSTES BUCH

Reise in den Kontinent
der Erinnerung

Ich war ein Wunderkind, jetzt bin ich ein Niemand, dachte Michael Aldrian, als er am späten Abend an der Wiener Staatsoper vorbei zum Bahnhof fuhr und dabei aus dem Seitenfenster des Taxis blickte.

Als Kind, fiel ihm ein, hatte er sich jede Note, jede Melodie, jeden Text nach einmaligem Anhören gemerkt, was großes Staunen hervorgerufen hatte. Schon damals war der Besuch von Opernaufführungen während der Salzburger Festspiele seine liebste Beschäftigung gewesen. Mit der Zeit war ein großes Opernreservoir in seinem Kopf entstanden, das er später mit den Kostümen der Sänger, den Gesichtern der Dirigenten und der Musiker im Orchestergraben bis ins Detail abrufen und vor seinem inneren Auge sehen konnte.

Die Staatsoper war hell erleuchtet und kam ihm jetzt wie ein urzeitliches Raumschiff vor, in das die Menschen strömten, um eine ferne, andere Welt kennenzulernen. Er hatte 25 Jahre als Maestro Suggeritore in dem kleinen Souffleurkasten unter der Bühne verbracht, bis ihn ein Hörsturz zwang, das Raumschiff zu verlassen und in die Außenwelt zurückzukehren. In der Staatsoper hatte ihm die Abdeckung des Souffleurkastens wie ein riesiger Helm Schutz geboten. Jetzt führte er ein Insektenleben, ähnlich einer Solitärwespe, die sich versteckte und darauf achtete, keinen Fehler zu begehen. Seine Aufgabe war es gewesen, aus der Staubkornperspektive die Fehler der Sänger und des Dirigenten auszubessern oder vermeiden zu helfen. Je länger er darüber nachdachte, desto einseitiger sah er sich jetzt als einen Im-Stich-Gelassenen, denn er hatte sich über Nacht von seiner Illusion, unersetzlich zu sein, verabschieden müssen. War es ihm während der Einstudierung einer Oper oder bei einer Aufführung »mit Bravour« gelungen, wie man ihm versichert hatte, die Unsicherheiten der Sänger oder fehlende Einsätze der Dirigenten zu korrigieren, bekam er nun plötzlich das bittere Gefühl der Bedeutungslosigkeit zu verspüren, denn sofort nach seiner Rückkehr aus dem Krankenhaus hatte man ihm nahegelegt, sich einen anderen Beruf zu suchen.

Er hatte zuerst in Salzburg Kapellmeister und Gesang studiert und war schließlich im Souffleurkasten gelandet, doch hatte ihn das nur am Anfang verunsichert, bald schon war er ein leidenschaftlicher Maestro Suggeritore geworden. Und jetzt hatte man ihn wie das kaputte Schräubchen einer riesigen Maschine gegen ein Ersatzteil ausgetauscht.

Der Nebel war so dicht, dass die Staatsoper gleich einer geisterhaften Erscheinung hinter ihm verschwand. Zurück blieb ein Gefühl der Wertlosigkeit, das seinen Zorn hervorrief. Sein Zorn, dem er sich allerdings nur selten überlassen hatte, war in der Staatsoper gefürchtet gewesen, da er sich wie ein unerwartetes Gewitter entlud und es manchmal sogar ein oder zwei Tage dauerte, bis er sich endlich wieder beruhigte.

Den ganzen Februar über hatte es in Wien geschneit, es war kalt und neblig gewesen, weshalb Aldrian früher als geplant nach Venedig reiste, wo er im Haus seines Bruders Jakob eine Garçonnière bewohnte. In den letzten Jahren war er immer zu Weihnachten nach Venedig gefahren und hatte mit Jakob den Heiligen Abend und die Silvesternacht verbracht, diesmal aber war seine Schwägerin krank geworden.

Während er noch immer aufgewühlt seinen Gedanken nachhing, fiel ihm ein, dass er vielleicht vergessen hatte, das Balkenschloss seiner Wohnung Am Heumarkt zu verriegeln, und er versuchte jetzt, während der Taxichauffeur viel zu schnell zum Bahnhof fuhr, sich jeden Handgriff, den er vor der Abfahrt gemacht hatte, ins Gedächtnis zu rufen. Zuerst war er noch dem Schriftsteller Philipp Artner, der im Stockwerk über ihm wohnte und gerade die Treppen herunterkam, begegnet.

»Fahren Sie wieder nach Venedig?«, hatte Artner Aldrian gefragt, und als Aldrian mit »ja« geantwortet hatte, hatte er hinzugefügt: »Ich arbeite gerade an einem Kriminalroman, der in Venedig spielt, in dem Sie vorkommen. Dabei kann ich endlich über Ihre Tätigkeit in der Oper und vielleicht auch über Ihre Begegnungen mit den berühmtesten Sängerinnen, Sängern und Dirigenten schreiben.« Bevor er sich verabschiedet hatte, hatte er noch hinzugefügt: »Sie haben mir im Café Heumarkt so vieles über die Staatsoper erzählt, wissen Sie noch?«

Michael Aldrian war ein virtuoser Erzähler bösartiger Anekdoten, die er aus der Perspektive des Souffleurkastens sozusagen als vergessener oder versteckter Beobachter vortrug. Er war von seiner Arbeit, wie man sagt, besessen gewesen, hatte sich in ihr geradezu aufgelöst wie Stickstoff in der Luft. »Urlaubstage« hatte er immer gehasst, weil er bei seiner Rückkehr in den Alltag zurückgeworfen war, weshalb er schon seit Jahren im Sommer ein Engagement bei den Salzburger Festspielen angenommen hatte, wo seine Tätigkeit als Souffleur vor fast dreißig Jahren begonnen hatte. In der Wiener Staatsoper hatte man ihn dann seiner Fähigkeiten als Maestro Suggeritore wegen einen »Mephisto« genannt, der von der Unterwelt aus die Oberwelt beeinflusste und mit scheinbarer Allwissenheit und sprachlicher Gewandtheit jede Situation meisterte. Denn zu seiner unheimlichen Gedächtnisleistung kam hinzu, dass er alle Schwächen der Künstler kannte, ihre Vergesslichkeiten und Unsicherheiten, ihre Ängste und Abneigungen auch ihm gegenüber. Manche Sängerinnen und Sänger wollten sich ihm, wie sie sagten, nicht ausliefern, was er höflich zur Kenntnis nahm. Es war dann eine Genugtuung für ihn, wenn er ihnen bei Textlücken oder unsicheren Einsätzen wie selbstverständlich zu Hilfe kam und nach der Aufführung den mitunter mürrischen, oft aber überschwänglichen Dank höflich entgegennahm. Ein weiterer stiller Triumph waren für ihn seine Auftritte bei Premierenfeiern und im engeren Kreis als Zauberer gewesen.

Bereits als Jugendlicher hatte er sich für Zauberkunststücke interessiert und später in seiner ihm aufgezwungenen Freizeit jeden Handgriff so lange eingeübt, bis er es schließlich mit einem professionellen Magier aufnehmen konnte. Es war nicht verwunderlich, dass seine Ehe mit einer Schminkmeisterin der Staatsoper nur kurz währte, denn er pflegte auch zu Hause in Verkleidung aufzutreten und für seine Vorführungen Tricks einzustudieren. Im Nachhinein betrachtet, war die Begeisterung für Zauberkunststücke sogar sein Glück gewesen, denn so konnte er als Magier seine finanzielle Lage verbessern und dabei die Spannung eines abendlichen Auftritts verspüren. Er zeigte sich auf der Bühne nie unmaskiert: Manchmal verkleidete er sich als Hase, ein anderes Mal als Hund oder Vogel. Entsprechende Masken und Kostüme hatte er aus dem Depot der Staatsoper zum Abschied geschenkt bekommen. Anfangs waren ihm die Requisiten wie eine stumme Schmähung vorgekommen, aber dann, als er über den Opernsänger Hesse ein Engagement in einem Hotel in Spotorno erhielt und über seinen Bruder anlässlich einer Weihnachtsfeier im Hotel Cipriani in Venedig ein weiteres, fing er an, Spaß an seinen Verwandlungen zu finden. Seine herausragende Fähigkeit war, Menschen aus dem Publikum auf die Bühne zu bitten und sie dort öffentlich zu bestehlen, ohne dass sich jemand erklären konnte, wie er das machte oder der Betroffene es merkte. Dieses Kunststück hatte er mehr als 20 Jahre lang geübt. Er hatte festgestellt, dass keiner seiner Tricks die Menschen so belustigte und begeisterte wie der öffentliche Taschendiebstahl. Manchmal hatte er sogar während des Taschen- oder Uhrendiebstahls an einem unbekannten Zuschauer die Ouvertüre zu »Die diebische Elster« von Rossini gepfiffen und damit sein »Opfer« und das Publikum zusätzlich abgelenkt. Sein nächstes Engagement war für den Sommer im Hotel Miramar in Opatija – er sagte immer noch Abbazia – an der kroatischen Küste vereinbart.

Aldrian konzentrierte sich jetzt wieder auf die Frage, ob er bei der Abreise die Wohnung auch mit dem Balkenschloss verriegelt hatte. Jedenfalls hatte er die Fototasche und den gerahmten Druck von Adalbert Stifters Gemälde »Blick in die Beatrixgasse« als Geschenk für seinen Bruder und dessen Frau auf die Fensterbank im Gang gestellt. Seine Notizbücher hatte er in der anderen Hand gehalten – er machte nämlich schon seit mehr als zehn Jahren Notizen und Fotografien in Venedig, denn er beabsichtigte, eines Tages einen unkonventionellen Reiseführer über die Stadt herauszubringen. Anschließend hatte er die Tür verschlossen: Er erinnerte sich jetzt ganz genau daran, dass er auch das Balkenschloss verriegelt hatte. Mit einem jähen Ruck hielt das Taxi vor dem Westbahnhof, und Aldrian schleppte, nachdem er bezahlt hatte, sein Gepäck über die Rolltreppe bis zum Schlafwagenabteil, das – ebenso wie das Taxi – nicht viel größer war als sein Souffleurkasten in der Staatsoper. Leise fluchend über die Anstrengung, verstaute er sein Gepäck und nahm auf dem unteren Bett Platz. Hoffentlich kommt niemand, mit dem ich das Abteil teilen muss, dachte er gerade, als die Schiebetür geöffnet wurde und ein massiger Mann eintrat. Er trug einen schwarzen Mantel, einen schwarzen Hut und hatte zwei Koffer, die er nur mit Mühe in das enge Abteil quetschte. Schwitzend, keuchend und mit einer Alkoholfahne nahm er neben Aldrian Platz und fragte ihn, ob er nicht das obere Bett nehmen wolle, er fürchte, dass die nicht sehr starke Leiter unter seinem Gewicht zusammenbrechen könne. Aldrian schüttelte den Kopf und antwortete, dass ihm leicht schwindlig würde.

»Aha«, entgegnete der korpulente Mann. »Wie mir. Ich muss mich dann übergeben«, fügte er in drohendem Tonfall hinzu. Da Aldrian keine Anstalten machte, ihm zu antworten, stellte er sich unvermittelt als Gottlieb Heinzl vor, Optiker aus Zwettl. Er fahre nach Mestre, erklärte er, um dort optische Geräte wie einen »Scheitelbrechwertmesser« und einen »Hand-Autorefraktometer« »zu verscherbeln«, wie er sagte, und Brillenfassungen zu kaufen.

»Sie sehen, wie ich schwitze«, fügte er hinzu.

Und als Aldrian noch immer schwieg, fragte er ihn gereizt: »Und mit wem habe ich es zu tun?« Herr Heinzl griff in seine Brusttasche, holte einen Flachmann hervor und bot seinem Gegenüber einen Schluck an.

»Quittenschnaps«, erklärte er.

Da Aldrian nur den Kopf schüttelte, nahm er allein einen kräftigen Schluck und begann, sich auszukleiden.

Aldrian verstand zuerst nicht, was Herr Heinzl vorhatte und sah interessiert zu, wie sich der Fahrgast seines Mantels und Sakkos entledigte, die er auf Aldrians Bett warf, und dann seine Schuhe auszog, seine Krawatte löste und zuletzt das Hemd, die Hose und die schwarzen Socken abstreifte und nur mit einer weißen Unterhose bekleidet vor ihm stand. Als Herr Heinzl Anstalten machte, auch diese abzustreifen, legte sich Aldrian auf das Bett mit dem Blick zur Wand.

»Mein Mantel!«, hörte er den Optiker protestieren, »und mein Sakko!! Wo soll ich sie hinlegen?« Er schnaufte, musste aber doch eine Lösung dafür gefunden haben, denn Aldrian hörte ihn einen weiteren Schluck aus seinem Flachmann nehmen und sodann laut atmend die Leiter hinaufklettern und sich auf dem krachenden Oberbett ausstrecken. Er furzte schwer und zog den Rotz in seiner Nase hoch, Sekunden später rührte er sich nicht mehr. Ein furchtbarer Gestank breitete sich langsam im Abteil aus, weshalb Aldrian die Tür zum Gang aufschob und das Fenster öffnete. Er verspürte einen Ruck, als der Zug sich in Bewegung setzte, und sah, wie der Perron und die sich auffächernden Geleise an ihm vorbeizogen. Das Licht brannte noch immer, und bevor Aldrian es abschaltete, schloss er wieder Fenster und Türe und nahm eine 10 mg-Valium-Tablette mit einem Schluck »Sparkling«-Mineralwasser aus einer der beiden kleinen Flaschen, die der Schlafwagenschaffner auf das Klapptischchen unter dem Fenster gestellt hatte. Er entledigte sich nur seiner Schuhe und seines Sakkos und streckte sich auf dem schmalen Bett aus, das ihn durch das Oberbett wieder an seinen Souffleurkasten erinnerte. Über ihm lag »Falstaff«, fiel ihm ein, und er verband diesen Gedanken mit der herrlichen Musik Giuseppe Verdis. Schon fühlte er, dass er einschlief, doch gerade in der Phase seines Hinüberdämmerns begann Herr Heinzl, laut und unregelmäßig zu schnarchen. Es klang, als erstickte er. Aldrian erhob sich, schaltete das Licht ein, sah, dass Heinzl tief, nahezu ohnmächtig schlief, und beobachtete neugierig, wie er schnarchte. Dann kehrte er in sein Bett zurück. Er konnte in Eisenbahnen ohnehin nur schwer Schlaf finden, und obwohl er die Tablette eingenommen hatte, verspürte er keine Müdigkeit. Das Schnarchen von Heinzl erinnerte ihn an seinen Großvater, der in St. Gilgen am Wolfgangsee ein Haus gehabt hatte und ein Friseurgeschäft. Seine Frau war Perückenmacherin für die Salzburger Oper

und die Festspiele gewesen. Beide waren lebhafte, um-
triebige Menschen gewesen und hatten einen Sohn,
seinen Vater, gehabt, der diese Tradition fortsetzte.
Seine Mutter war im nahe gelegenen Bad Aussee zur
Welt gekommen, wo sein Großvater in der Direktion
des Salzbergwerks beschäftigt gewesen war und 1945
mit verhindert hatte, dass die ungeheuren Schätze
aus dem Kunsthistorischen Museum in Wien, die im
Zweiten Weltkrieg in den Stollen versteckt worden
waren, durch mehrere vom NS-Gauleiter befohlene
Sprengungen zerstört wurden. Es war ein lebensge-
fährliches Unternehmen gewesen, an dem sein Großvater zusammen mit einigen Bauern und Mitgliedern
der Direktion teilgenommen hatte, und oft genug
hatte er seine Enkel Michael und Jakob in das Innere
des Bergwerks geführt, um ihnen zu zeigen, wo sich
die Rembrandts und Pieter Brueghels d. Ä., Velázquez'
und Dürers, Caravaggios und die »Malkunst« Vermeer
van Delfts befunden hatten. Zuvor hatte er ihnen anhand dicker Kunstbände, die er mit der Zeit erstanden hatte, erklärt, wer Parmigianino gewesen war und
wer Arcimboldo, Holbein oder Gainsborough, Frans
Hals, Ruisdael, Hieronymus Bosch oder Raffael, Tizian,
Tintoretto, Giorgione oder Giovanni Bellini. Sein Bruder Jakob war so begeistert von den Bildern und dem
Leben der Maler gewesen, dass er ihren Großvater
immer wieder gebeten hatte, sie ihm in den Kunstbüchern zu zeigen, während er selbst mehr von der Fahrt
mit dem Aufzug in die Stollen, in die Unterwelt hinunter, fasziniert gewesen war. Schließlich war Großvater
mit ihnen nach Wien in das Kunsthistorische Museum
gefahren und hatte sie durch die Säle mit den unzäh-

ligen großen und kleineren Gemälden geführt. Von da an hatte Michael die Ölbilder, die er sich gemerkt hatte, vor allem aber den Saal Pieter Brueghels d. Ä., mit den Stollen des Bergwerks verbunden und später mit Sigmund Freuds Lehre des Unbewussten und noch später mit seinem Beruf als Souffleur. In seiner Vorstellung hatte er sich, fiel ihm ein, im Souffleurkasten des Salzburger Festspielhauses oder der Wiener Staatsoper gefühlt wie in einem Stollen des Ausseer Salzbergwerks. Die kostümierten Sängerinnen und Sänger vor den Kulissen waren die versteckten Gemälde gewesen, die zum Leben erwacht waren. Auch seine Träume hatte er damit verglichen. Jakob hingegen hatte angefangen, die Bilder aus den Büchern Großvaters abzuzeichnen, und dabei erstaunliche Fertigkeiten entwickelt. Durch die Beziehungen seines Großvaters erhielt Jakob sogar die Erlaubnis, an bestimmten Tagen während der Sommerferien Gemälde im Kunsthistorischen Museum zu kopieren. Er selbst hingegen hatte schon früh mit dem Klavier- und Geigenspiel begonnen und aufgrund seiner außerordentlichen Merkfähigkeiten bald Kompositionen von Mozart, Hummel und Bach auswendig gespielt. Aber sowohl er als auch sein Bruder waren bei ihren künstlerischen Übungen nur Kopisten geblieben. Beiden fehlte die schöpferische Kraft, die Eigen-Art, dem einen die persönliche Note, dem anderen der originelle Pinselstrich. Weder konnte Michael auf den Musikinstrumenten etwas Eigenes erschaffen, noch vermochte sein Bruder originelle Bilder zu entwerfen. Jakob malte später Wolkenstimmungen und die Stoffmuster aus Gemälden stark vergrößert ab und gelangte so zu abstrakten Bildern, während Michael die einstudierten Musikstücke nur variieren konnte. Ihr Vater war jedoch von seinen beiden Söhnen so begeistert gewesen, dass er sie schon als künftigen Dirigenten beziehungsweise Bühnenbildner bei den Salzburger Festspielen gesehen hatte, für die er, wie seine Eltern, Perücken flocht und Frisuren kreierte, wofür er auch ein Friseurgeschäft mit Atelier in Salzburg besaß. Ihre Mutter, Lehrerin an einer Salzburger Volksschule, war ebenso vom Ehrgeiz für ihre Kinder beseelt gewesen wie der Vater.

Ein lautes Schnarch- und Furzgeräusch ließ Aldrian hochfahren. Die Bilder aus seinem Kopf verschwanden, er taumelte im Halbschlaf zum Abteilfenster und riss es hinunter. Jetzt erst, während er seinen Kopf in die Dunkelheit der Nacht hinausstreckte, ordneten sich die Fragmente seiner Erinnerungen in eine chronologische Reihenfolge, und als genügend eisigkalte Frischluft in den Raum geströmt war, schloss er das Fenster wieder und rüttelte Gottlieb Heinzl wach. Der Optiker stank nach Alkohol und Schweiß und setzte sich erschrocken auf. Als Aldrian ihm wütend erklären wollte, dass er laut schnarche und furze, ließ er sich auf das Kopfkissen zurückfallen und fing bald wieder mit seinem stockenden Schnarchen an.

Da Aldrian immer noch keinen Schlaf fand, gingen ihm wieder wahllos Erinnerungen durch den Kopf. Er überließ es jedoch nicht mehr seinem Gehirn, ihn mit Bildern in willkürlicher Reihenfolge zu überschwemmen, sondern fragte sich – sobald ein Bild vor seinem inneren Auge erschien –, was damals als Nächstes geschehen war. Dadurch wurden die Geschehnisse nicht mehr kaleidoskopisch durcheinandergeschüttelt, sondern bildeten stattdessen kleine Erzählzyklen, ähnlich Wandmalereien oder Darstellungen auf Tapisserien der Romanik.

Er sah, auf dem schmalen Bett liegend, jetzt die eigenen klavierspielenden Finger hinter seinen geschlossenen Augen und die Buntstifte in den Kinderhänden seines zeichnenden Bruders.

Die erste Opernaufführung, die er bei den Salzburger Festspielen gesehen hatte, war Mozarts »Die Hochzeit des Figaro« gewesen, und ihm fiel ein, wie er am folgenden Abend mit seinen sechs Jahren die gesamte Oper sogar mit verschiedenen Stimmen und ausführlichen Textpassagen im Wohnzimmer vor seinen begeisterten Eltern nachgestellt hatte.

Von da an hatten sie ihn wie einen kleinen Heiligen behandelt, ähnlich wie seinen älteren Bruder. Nicht selten war es ihm jedoch peinlich gewesen, wie sie ihren Bekannten gegenüber mit den Fähigkeiten ihrer Kinder angegeben hatten.

Eines Tages in einem Sommer, den sie in St. Gilgen am Wolfgangsee verbrachten – inzwischen waren er und sein Bruder vierzehn und sechzehn Jahre alt geworden –, berichtete ihr Vater, dass er dem greisen Nobelpreisträger Karl von Frisch die Haare geschnitten habe. Er habe ihm von seinen Söhnen erzählt, und dieser habe sie daraufhin – wohl aus Neugierde – zu sich in den Brunnwinkl eingeladen. Von Frisch hatte die Sprache der Bienen erforscht, und in den nächsten Tagen hatte der Vater das Buch des Nobelpreisträgers »Aus dem Leben der Bienen« gelesen und dessen Inhalt jeden Abend nach dem Essen seinen Kindern in vereinfachter Form nahegebracht.

Als sie am darauffolgenden Sonntagvormittag das Auto vor dem nur Fußgängern vorbehaltenen Weg abstellten und hinunter zum Brunnwinkl gingen, sprach keiner von ihnen ein Wort. Der Brunnwinkl war eine bezaubernde Gegend. Michael und Jakob hatten sie auch später mehrmals aufgesucht und Karl von Frischs Erinnerungsbuch »Fünf Häuser am See« gelesen.

Das Schlafwagenabteil war inzwischen endgültig zu einem rüttelnden Souffleurkasten geworden. Während auf der dunklen Bühne über ihm Falstaff schnarchte, blätterte Aldrian unter ihm weiter in der Partitur seiner Erinnerungen … Bis auf das zweite, das Fischerhaus, waren alle fünf Gebäude im Brunnwinkl mit der Zeit Eigentum der Familie von Karl von Frischs Großeltern und Eltern geworden. Die kleine Siedlung lag in einem versteckten Teil am Ufer einer bewaldeten Bucht. Im hintersten, vom Wald durch eine Wiese getrennten Gebäude – einer ehemaligen Mühle –, hatte der Bienenforscher fast jeden Sommer seines langen Lebens verbracht, während er zu den anderen Jahreszeiten seiner Profession als Biologe an der Münchner Universität nachging. Von 1945 bis 1950 hatte er allerdings – da die Münchner Universität im Zweiten Weltkrieg von Bomben zerstört worden war – in Österreich an der Grazer Universität Vorlesungen gehalten. Jakob, erinnerte sich Aldrian, war besonders neugierig auf den Mann gewesen, der die Sprache der Bienen entziffert hatte. Auch die Wiese, auf der von Frisch einen großen Teil seiner Bienenexperimente durchgeführt hatte, wollte Jakob unbedingt sehen, während Aldrian befürchtete, der Besuch würde ihn langweilen.

Der Brunnwinkl war im Juli voller Leben. Die Gebäude waren weiß verputzt, einige, wie das zweite, das Fischerhaus – hatte Michaels Vater vom Professor erfahren – waren mit einem oberen Stockwerk aus Holz ausgestattet. Jedes der Häuser wies wenigstens einen Balkon auf. Hinter dem zweiten Bauernhaus stand eine große Linde mit einer Bank rund um den Stamm herum. Dort saß – mein Vater flüsterte es voller Ehrfurcht – Karl von Frisch und wartete bereits auf sie. Er trug eine Lederhose, eine Brille und ein weißes Hemd. Als er aufstand, um ihnen entgegenzukommen, erkannte Aldrian, dass er nicht viel größer war als er selbst.

»Sind das die beiden Wunderkinder?«, fragte er lächelnd und schüttelte den Brüdern die Hände. Sein silberweißes Haar schimmerte im Sonnenlicht. Aldrians Vater, der wie üblich einen Regenschirm bei sich trug, öffnete diesen ein wenig und zog ein Blatt Papier heraus, das er Jakob rasch übergab, und dieser streckte es scheu dem berühmten Mann hin. Von Frisch warf einen Blick auf die, wie Michael vermutete, Bleistiftzeichnung, dann sagte er: »Das hast du nach einer Fotografie von mir gemacht, nicht? Ich kenne das Bild!«

Jakob war so aufgeregt, dass er nicht antwortete.

»Und die Bienen ... Du hast sie aus einem Insektenbuch abgezeichnet.« Er betrachtete das Bild genau, sagte dann: »Kein Fehler!« und hob es kurz in die Luft. Aldrian hatte zu Hause gar nicht bemerkt, dass sein Bruder ein Portrait des Professors gezeichnet hatte, und nun sah er das Wunderwerk: der Professor und ein Dutzend Bienen, die das Bild schmückten. Ein Jahr später hatte Jakob ein zweites Portrait von Karl von Frisch gemalt, mit einem den Kopf des Professors umkreisenden Bienenschwarm als Heiligenschein. Er hatte es Michael zum Geburtstag geschenkt und seither hing es in seiner Wohnung. Aber nicht nur für Jakob, sondern auch für ihn selbst war Karl von Frisch zu einer Leitfigur geworden, jedoch aus anderen Gründen …

Zuerst hatten sie sich zur Mühle begeben, wo sie Himbeerlimonade getrunken und Honigbrote gegessen hatten, dann hatte der Professor ihn in einen bäuerlich möblierten Raum geführt, mit Stühlen, deren Lehnen – wie üblich – herzförmige Ausschnitte aufwiesen, und einem großen Tisch, an dem vielleicht zu Mittag gemeinsam gegessen wurde. Von Frisch legte »Die Macht des Schicksals« von Giuseppe Verdi auf den Plattenspieler – in unangenehmer Lautstärke, da der Biologe, wie sich herausstellte, schwerhörig geworden war –, und sie folgten gemeinsam dem ersten Akt. Für Michael war die Oper neu, denn sie hatten zu Hause zwar einen Plattenspieler, aber keine Aufnahme von »Die Macht des Schicksals«, und so hörte er mit größter Aufmerksamkeit zu, und da er seit drei Jahren bei einer Nachbarin in Salzburg Italienischstunden nahm, gelang es ihm, größere Teile des Textes singend, oder indem er statt der ihm entfallenen Wörter nur »lalala« sang, vorzutragen. Als er geendet hatte, fragte von Frisch erstaunt: »Siehst du auch Farben, wenn du singst?«

»Ja«, antwortete Michael wahrheitsgemäß. »C ist gelb, D grün …« – er berichtete vom Zusammenhang der Noten und Geräusche mit den Farben, und der Professor machte sich indessen Notizen.

Dann lehnte er sich zurück und sagte: »Die Musik wandelt sich in einem fort. Sie ist in permanenter Verwandlung begriffen. Die Metamorphose ist das Lebensprinzip der Natur. Der Verwandlungsprozess läuft einmal langsamer, einmal schneller ab, doch er wirkt in uns weiter, auch wenn wir vermeinen, es herrsche Stillstand. Insekten nehmen zuerst ihr Dasein in Eiform auf, dann verwandeln sie sich in Raupen, verpuppen sich und schlüpfen zuletzt als Imago, in der Gestalt, in der wir sie kennen, aus. Du siehst die Schönheit und Vielfalt der Verwandlungen am besten beim Schmetterling. Was für eine Überraschung, wenn die Imago in den schönsten Farben erscheint, der Zitronenfalter, der Kohlweißling, der große und der kleine Fuchs, der Schwalbenschwanz.« Michael fühlte sich wie verzaubert. Noch nie hatte jemand so mit ihm gesprochen, und als der Professor hierauf die Metamorphose des Menschen vom Kind zum Erwachsenen bis zum Greis und vom Schüler zum Lehrer, Künstler oder Mörder umriss, begriff Michael, dass er etwas Neues gehört hatte, das er paradoxerweise schon wusste, ohne aber zu wissen, dass er es wusste, jedoch sah er von nun an alle weiteren Entwicklungen in seinem Leben wie die Melodien in der Musik als fortlaufende Verwandlungsprozesse. Später, als Aldrian erwachsen war, zweifelte er nicht mehr daran, dass die Worte des Professors ihn auch deshalb so tief beeindruckt hatten, weil er noch in der Pubertät gewesen war, jener besonderen Zeit, aus der die Menschen wenigstens ein Stück in ihr weiteres Dasein zu retten versuchen, um nicht schon vor ihrem Tod zu sterben.

Der Professor lobte ihn, als sie wieder hinaus auf die

Veranda gegangen waren. Er beschrieb vor Michaels Eltern das »Experiment«, wie er sagte, voller Begeisterung und hoffte auf eine weitere Begegnung – zu der es allerdings nicht mehr kam. Dann wandte er sich Jakob zu und bat auch ihn, ihm zu folgen. Es dauerte mehr als eine Stunde, bis sie zurückkehrten. Geradezu triumphierend zeigte der Nobelpreisträger ihnen die Zeichnung, die Jakob in der Zwischenzeit angefertigt hatte. Aus einem zoologischen Lehrbuch hatte er ein Chamäleon in zwei Stadien seiner Färbung vergrößert und in allen Einzelheiten abgezeichnet und zum Teil mit Buntstift bemalt. »Wir sehen hier etwas ganz anderes als die Metamorphose, die Verwandlung, von der ich mit Michael gesprochen habe. Das Chamäleon ist ein Meister der Mimikry, der Verstellung. Seit Darwin wissen wir, dass der Mensch seinen Ursprung bei den wunderbaren Affen genommen hat, ich glaube aber, dass er aus den Chamäleons entstanden ist.« Er lachte, und wir anderen lachten auch – wohl aus Anspannung und Überreizung. Das war die zweite Lebenslehre, die Aldrian aus der Begegnung gewann. Die Sätze Karl von Frischs gingen ihm nie wieder aus dem Kopf. Genauso wenig wie die Wörter »Metamorphose«, »Mimikry« und der Vergleich des Menschen mit dem Chamäleon.

Die im Brunnwinkl lebenden Kinder und Jugendlichen hatten ein Segelboot, ein Ruderboot und eine Badestelle am Ufer, von wo aus sie in das Wasser hinausschwammen. Auch Michael hatte sich das insgeheim gewünscht, aber der Entdecker der Bienensprache ging inzwischen schon zum Dachboden des vorderen Hauses voraus, wo sie Hunderte von ausgestopften und präparierten Tieren sahen, die alle von ihm und der großen Familie gefangen und erlegt worden waren: Füchse, Dachse, Murmeltiere oder Hasen, Rotwild ebenso wie Schlangen, Salamander oder Eulen. Außerdem verglaste Kästen mit Schmetterlingen, Nachtfaltern, Libellen, Bienen, Käfern, Heuschrecken, Grillen und anderen Insekten. Alles war von Hand beschriftet, und der Professor lud Jakob schließlich ein, den Tag über bei ihm zu bleiben und zu zeichnen.

Während Aldrian mit seinen Eltern das Mittagessen in einem nahe gelegenen Gasthaus einnahm, speiste Jakob, wie sie von ihm am Abend erfuhren, mit dem Professor und seiner Familie im Brunnwinkl. Der Professor habe, erzählte Jakob, ihn immer wieder aufgefordert, lauter zu sprechen, da er schlecht höre. Jakob sprach von Natur aus leise, im Gegensatz zu ihm, seinem Bruder. Manchmal flüsterte Jakob nur, dass sogar er ihn kaum verstand und sich darüber ärgerte.

Am Nachmittag führte Karl von Frisch die Besucher dann auf die Wiese hinter dem alten Mühlhaus, wo mehrere Bienenstöcke standen. Um ihnen eine Freude zu machen, erklärte er in kurzen Worten, wie er die Sprache der Bienen erkundet hatte, und zuletzt durften die beiden Brüder auch noch den Badesteg benutzen.

Inzwischen musste Aldrian eingeschlafen sein, denn als er, geweckt von einem besonders lauten Schnarchgeräusch, die Augen öffnete, glaubte er zuerst, geträumt zu haben. Falstaff im Oberbett setzte sich plötzlich auf, kletterte schwerfällig die Leiter hinunter, machte Licht und trat in Unterhosen auf den Gang. Die Groteske, die Aldrian aus seinem wackelnden, zitternden, schaukelnden »Souffleurkasten« missmutig beobachtete, ging also weiter. Im schwachen Deckenlicht kam ihm die vergangene Zeit unendlich weit zurückliegend vor. Er dachte an seinen Bruder, an sein damaliges Aussehen, wie er es im Kopf behalten hatte, und daran, dass dieser durch das Beispiel Karl von Frischs selbst mit dem Biologiestudium und dem Sammeln von Käfern begonnen hatte. Er war ein wunderbarer Zeichner nach der Natur geblieben. Aldrian fiel weiter ein, wie sein Bruder auf Erkundungsmärsche durch Wiesen und Wälder gegangen war, während er selbst sich am liebsten im Wasser vergnügt hatte. In seiner knappen freien Zeit hatte Aldrian den Motorboot- und Segelschein gemacht und während des Kapellmeisterstudiums aus Freude daran sogar die Ausbildung zum Steuermann des Ausflugsschiffes. Er saß hin und wieder bei dem mit ihm befreundeten Schiffsunternehmer auf der Brücke und durfte das Schiff über den Wolfgangsee steuern.

Dann war jener Abend bei den Salzburger Festspielen gekommen, an dem ihn der verzweifelte Direktor des Festspielhauses bat, für eine erkrankte Souffleuse einzuspringen …

Die Abteiltür wurde aufgerissen, und Herr Heinzl kehrte mit gequälter Miene zurück. Während er wieder die Leiter zum Oberbett hinaufkletterte, konnte Aldrian ihn fluchen und stöhnen hören, bis es allmählich wieder still wurde.

Schon glaubte Aldrian, jetzt wenigstens einige Stunden dösen zu können, als »Falstaff« wieder mit seinem Schnarchen anfing und er zurück in seine Gedankenwelt floh.

Sein Bruder war inzwischen Assistent in der insektenkundlichen Abteilung der Entomologie in Wien geworden, fiel ihm ein, und hatte das erste von ihm illustrierte Buch, einen Insektenführer, herausgebracht. In der Folge illustrierte Jakob einen Vogelführer mit Aquarellen, ein botanisches Werk über Orchideen und einen Atlas der Meeresmuscheln. Aldrian sah im Halbschlaf die Bilder vor sich, die Jakob ihm damals geschenkt hatte und die jetzt gerahmt in seiner Wohnung hingen ... Sie waren von großer Schönheit, fand er. Bei längerem Hinsehen ging etwas Magisches von ihnen aus, er empfand dabei eine ungewohnte Nähe zu den Lebewesen und selbst den Pflanzen. Die Besuche in den Stollen des Salzbergwerks in Aussee hatten in ihm und Jakob auch eine anhaltende Neugierde auf Höhlen geweckt, und ihm fiel ein, wie sie bei einer Besichtigung der Eisriesenwelt in Werfen Jakobs spätere Frau kennengelernt hatten. Sie war drei Jahre älter als Jakob, wie sich herausstellte, groß, dunkelhaarig, elegant und hieß Elena. Schon während der Wanderung durch das ausgedehnte Stollenlabyrinth war Jakob ihr nähergekommen, und nachdem sie alle drei müde ins Freie getreten waren, hatten sie von ihr bei einem Glas Wein erfahren, dass sie Restauratorin in der Tate Gallery war, nachdem sie bereits zwei Jahre im Louvre gearbeitet hatte. Ihre Eltern besaßen ein Geschäft für große Muscheln und Meeresschnecken, Fossilien, Schmuck und vor allem Perlen in Venedig und waren, wie sich herausstellte, sehr wohlhabend. Auch Aldrian hatte sich in Elena verliebt, aber da Jakob für sie schon die ersten Muscheln, Vögel und Schmetterlinge gezeichnet hatte, bevor er selbst noch Gelegenheit fand, sie in der Bar ihres Hotels mit seinem Klavierspiel zu beeindrucken, und da er außerdem auch jünger war als sein Bruder, setzte er die geplante Wanderung in die Tropfstein- und Wasserhöhlen Dorfgasteins und Lamprechtsofens allein fort. Sobald er damals aus der Dunkelheit der Höhlen wieder ans Tageslicht getreten war, erinnerte er sich jetzt, war er von der grellen Sonne geblendet worden.

Diesmal jedoch war es der Schaffner, der ihm mit der Taschenlampe ins Gesicht leuchtete … Zuerst fand Aldrian sich nicht zurecht, dann sah er, dass »Falstaff« die Bühne verlassen hatte und die Oper zu Ende war. Er war, sagte er sich, im rüttelnden Souffleurkasten – wohl aus Erschöpfung – endlich eingeschlafen. Der Zug hielt gerade in Mestre und würde in zwanzig Minuten nach Venedig weiterfahren, erklärte ihm der Schaffner. Draußen war es noch dunkel, und seine Erinnerungen verflüchtigten sich dorthin, woher sie gekommen waren.

ZWEITES BUCH

In Atlantis

Fast 25 Jahre wohnte er schon, wenn er in Venedig war, in einem Dachzimmer mit Kochnische im Haus seines Bruders. Bei seinen meist kurzen Aufenthalten hatte er vor allem die Oper, das Teatro La Fenice, besucht, von dem er einen der Maestri Suggeritori, Lorenzo Verra, kannte.

Oft hatte ihn sein Bruder auf Ausflüge mitgenommen – zum Lido oder nach Murano, Burano und Torcello –, um mit ihm auf Bummelwegen die berühmten Cafés und volkstümlichen Ostarias aufzusuchen. Jakob hatte ihm gerne von der Geschichte der Stadt erzählt, ihn mit Venedig-Büchern beschenkt und ihn überredet, gemeinsam Kirchen anzuschauen und in der Accademia Gemälde zu betrachten. Dabei waren Aldrian auch der Markusdom, der Campanile und der Dogenpalast vertraut geworden. Was sein Bruder nicht ahnen konnte, war der Umstand, dass Michael religiöse Renaissance-Gemälde und Kirchen als bedrückend empfand. Er verglich sie mit Grüften und Albträumen. Ihm genügte das Leben in der künstlichen Welt als Maestro Suggeritore der Oper, in der die Musik Zeit und Raum aufhob und so den Geschehnissen etwas Einzigartiges gab. Aus seinem Souffleurkasten heraus erblickte er dann nur Beine, Bäuche, Brüste und darüber Gesichter, wie selbständige, fremde Wesen. Die religiösen Renaissance-Bilder hingegen bestanden für ihn darauf, als Zeugnisse von Tatsachen aufgefasst zu werden, als Beweise, dass das Dargestellte nicht zu leugnen war. Tatsächlich hatten ihn die sakralen Gemälde, die in den Kunstbänden seines Bruders abgedruckt waren, bis in den Schlaf verfolgt. Für ihn litten Gläubige an einer Art von Verfolgungswahn, da sie sich in einem fort von Gott, der alles sah und wusste, beobachtet und durchschaut fühlten. Sie lebten, sagte er sich, in einem geheimen Überwachungsstaat, ohne den Überwachenden zu sehen, zu hören oder gar zu kennen. Jetzt aber, nachdem ihm die Oper genommen worden war, wollte er sich diesen Bildern stellen, ja, er wollte der »Wasserstadt«, wie er sich scherzhaft sagte, auf den Grund gehen. Für die nächsten Tage hatte er unter anderem einen Termin im Dogenpalast, den er in- und auswendig kannte, dessen »geheime Wege« er aber noch einmal sehen wollte. Als Erstes jedoch musste er eine Verabredung im Archivio di Stato di Venezia einhalten, die ihm der Direktor des Wiener Staatsarchivs, Dr. Mikoletzky, vermittelt hatte. Ein kunstinteressierter Psychiater, Dr. Feilacher, hatte ihm außerdem die Möglichkeit verschafft, das ehemalige Irrenhaus auf der Insel San Servolo zu betreten, und nicht zuletzt hatte ihm die Direktorin der Nationalbibliothek, Dr. Rachinger, den Zugang zur Biblioteca Marciana am Markusplatz ermöglicht. Auch sein Bruder und seine Schwägerin hatten schließlich verschiedene Genehmigungen für Besichtigungen eingeholt, die sie ihm per Mail zugeschickt hatten.

Er hob den Koffer über die Stufen, die vom Waggon

zum Bahnsteig führten, und schritt dann, das Gepäckstück hinter sich herziehend und den gerahmten Druck von Adalbert Stifter unter einen Arm geklemmt, durch die Halle, in der ihm Menschen mit gelben Kunststoffsäcken an den Beinen entgegenkamen. Ihm war klar, dass es Hochwasser, Acqua alta, bedeutete. Er hatte es schon einmal, in der Adventszeit 2008, auf drastische Weise erlebt. Damals hatte er seinen Bruder mit dem Vaporetto zum Markusplatz begleitet, wo sie mit Gummistiefeln, die ihre Beine bis zu den Hüften bedeckten, zum Caffè Florian gestapft waren und dort in den mirakulösen Räumen »Spritz« getrunken hatten. Er wusste nicht einmal mehr, wie sie damals nach Hause gekommen waren.

Diesmal fiel das Acqua alta zu seiner Überraschung noch höher aus. Der Weg zu den Kiosken, an denen die Fahrscheine für die Vaporetti zu lösen waren, führte bereits durch knöcheltiefes Wasser, und vor den Stufen des Bahnhofs standen fliegende Händler, die ihre provisorischen Stiefel – zwei gelbe Kunststoffsäcke mit Sohlen und Absätzen – anboten. Während er auf das nächste Vaporetto wartete, streifte er ein Paar über – sie reichten bis zu den Knien – und begab sich zur Anlegestelle. Dort rief er mit seinem Smartphone die Nummer seines Bruders an, dieser meldete sich jedoch nicht. Auch Elena, dessen Frau, konnte er nicht erreichen, aber da er ihnen mitgeteilt hatte, dass er diesmal länger bleiben würde, hatten sie es vielleicht nicht so eilig, ihn zu begrüßen.

Das nächste Vaporetto war fast leer, nur ein altes Ehepaar mit seinem weißen Schoßhündchen saß in der

Mitte des Schiffs: der Mann geschmückt mit einer Perücke und schwarzem Dreispitz, die Frau mit einem riesigen Federhut und Lorgnon. Ihr Gesicht war weiß gepudert, der Mund grellrot mit Lippenstift nachgezogen, weshalb ihre Zähne dunkelgelb wirkten. Die beiden Kostümierten wirkten wie aus dem Museum entsprungen. Als er das Abteil betrat, starrten sie ihn an, bis er das Bild zu Boden stellte, das Schoßhündchen kläffte kurz, dann blickten sie wieder gelangweilt aus dem Fenster. Obwohl Aldrian Müdigkeit verspürte, blieb er stehen und betrachtete die Palazzi des Canal Grande, die er schon so oft gesehen hatte. Bisher waren es für ihn romantische Kulissen gewesen, diesmal aber erschienen sie ihm wie ein neues Zuhause. Selbst der Palazzo Vendramin, das Sterbehaus Richard Wagners, jetzt das Städtische Casino, an dem das Vaporetto vorbeifuhr, war für ihn nicht mehr bloß eine von vielen Sehenswürdigkeiten, sondern er verband das Gebäude mit einer Aufführung von »Tristan und Isolde«, die ungerufen mit Bühnenbild und Musik in seinem Kopf erschien, aber, da er sich sagte, dass er ein anderes Leben beginnen müsse, gleich wieder verschwand. Er drehte sich nach dem maskierten Paar um, das ihm jetzt wie zwei verwirrte Mitglieder des Staatsopernchors erschien, die den Weg zur Bühne nicht fanden, und stellte fest, dass der Mann mit dem weißen Hündchen im Arm seinen Platz verlassen und sich eine Reihe vor seiner Frau niedergelassen hatte, um wie sie am Fenster zu sitzen. Dabei bemerkte er, dass auch der Mann gelbe, provisorische Stiefel trug, die seinem karnevalesken Aussehen zusätzlich etwas Skurriles verliehen. Seine Frau musste gleichfalls mit provisorischen Stiefeln ausgerüstet sein, schloss er, und er dachte an zwei giftige Blumen in gelben Porzellanvasen. Von jedem der Palazzi ging ein romantisches Flair aus, das in ihm den Wunsch erzeugte, die Zeit überwinden zu können. Er befand sich, hatte er kurz das Gefühl, zugleich in der Gegenwart und in der Vergangenheit. Da er diesmal mit bestimmten Absichten in die Lagunenstadt gekommen war und Erwartungen daran knüpfte, beschäftigte er sich überdies auch mit der Zukunft. Die Palazzi, die ebenfalls Vergangenes und Gegenwärtiges repräsentierten und auch noch in Zukunft existieren würden, zumindest solange es die Stadt noch gab, erschienen ihm jetzt wie Beweise seiner Gedanken. Er hatte die Empfindung der Zeitlosigkeit schon als Kind gesucht und zuerst im Kasperltheater und dann im Theater und schließlich in der Oper verspürt. Auf eine unbestimmte Weise, für die er sich ihrer Lächerlichkeit wegen schämte, war ihm sein eigenes Leben zu einer endlosen Oper geworden, mit Unterbühne, Schnürboden, Publikum, Dirigenten, Darstellern und nicht zuletzt seinem Souffleurkasten, der ein Taxi, ein Eisenbahnabteil, ein Vaporetto oder ein Zimmer sein konnte. Aber er fürchtete, eines Tages zum Gespött zu werden, wenn er sich nicht gegen die Vorstellung wehrte. Er lächelte. Wenn er schon Teil einer riesigen Opernaufführung war, dann höchstens wie ein unsichtbares Sauerstoffatom in der Luft, sagte er sich. Die Gondeln am Ufer schwebten im Acqua alta wie vergessenes Riesenspielzeug, und der Canal Grande war nur wenig befahren.

An der nächsten Station stiegen zwei Männer mit Gummistiefeln ein, die bis zur Hüfte reichten. Sie trugen Anoraks, Jeans und Aktentaschen und gaben der Fahrt dadurch einen Anstrich von Alltäglichkeit. Ihre Gesichter drückten Gleichgültigkeit aus, als handle es sich bei allem, was geschah, um längst Gewohntes, und als sich einer von ihnen setzte, eine Zeitung aus seiner Ledertasche nahm und zu lesen begann, fiel Aldrian der Fischmarkt ein, den er überqueren musste, um zum Haus seines Bruders und dessen Laden »Jurassic Park« zu gelangen. Die Auslagen des Geschäfts waren mit Skelettschädeln von Tieren dekoriert – zuletzt von einem Krokodil, einem Sägefisch und einem Affen – sowie den Gehäusen von Meeresschnecken, Muscheln und kostbarem Perlenschmuck. Sie sahen bizarr, aber auf eine raffinierte Weise elegant und seriös aus. Natürlich verkaufte Jakob auch die Knochenschädel, Muscheln und sogar seltene kostbare Schmetterlinge und Kristalle, doch den größten Gewinn erzielte er mit den Perlen aus China. Das hatte er von ihm öfters gehört. Aldrian hatte keine Ahnung, wie die Geschäfte abliefen. Selten begegnete er Käufern im Laden, meistens nur Neugierigen, die sich umschauten. Von weitem sah er jetzt die Rialtobrücke und einige Gondeln mit asiatischen Besuchern, die jeden Quadratzentimeter der Stadt fotografierten. Wie alle Touristen hasste Aldrian die übrigen Touristen, besonders jene, die sich auf der Suche nach Romantik mit Gondeln durch die Kanäle fahren ließen. Sie glaubten wohl, das wahre Venedig zu erfahren. Aber das wahre Venedig gab es nicht mehr, dachte Aldrian schadenfroh.

Auf der Rialtobrücke war niemand zu sehen, auch

sonst schien alles langsam im Meerwasser unterzuge-
hen. Und da er vom Vaporetto aus nur die Rückseiten
der Geschäfte auf der Rialtobrücke erkennen konnte,
war er unsicher, ob die Läden überhaupt geöffnet hatten. Die aus Holzbänken zusammengesetzten Hoch-
wasserstege jedenfalls waren großteils unter der dunkel schillernden Oberfläche des Acqua alta versunken,
nur einzelne Abschnitte ragten noch heraus. Er stieg an
der Station »Rialto Mercato« aus und fand sich sofort
bis zu den Knien im übergetretenen Wasser aus dem
Canal. Der Fischmarkt war offensichtlich geschlossen.
Auch auf dem Gemüsemarkt war kein Betrieb. Nur
an einem Stand mit Leinendach bot ein Verkäufer in
grünen Gummistiefeln seine Ware an. Ein einsamer alter Fußgänger – ebenfalls in Gummistiefeln und mit
einem schmalkrempigen Regenhut auf dem Kopf –
ließ sich gerade vier oder fünf Orangen abwiegen. In
seinem Einkaufsnetz sah Aldrian Zwiebeln, Rucola-
salat und Melanzane. Der sonst so lebendige Fischmarkt mit der großen, gelben Verkaufshalle war leer.
Von ihren Arkaden hingen wie immer die roten Planen, die gegen das Sonnenlicht und den Wind schützten. Selbst an Sonntagen und Montagen war noch
der Geruch von toten Meerestieren wahrzunehmen,
so auch diesmal. Als er die Halle durchquerte, stand
Aldrian das Wasser nur noch bis zu den Schienbeinen.
Plötzlich sah er zwei Schritte vor sich ein Tier unter
der Oberfläche, einen Rochen, wie er feststellte. Er
blieb stehen und erkannte, dass er tot war. Das Meerestier schwebte mit dem gelbgrauen Bauch nach oben
über dem Boden und bewegte sich jedes Mal schwach
mit, wenn Aldrian sich bewegte. Mit Sicherheit war

er beim letzten Fischmarkt irgendwo liegen geblieben und durch das Acqua alta herangeschwemmt worden. Hinter einer Säule waren schwere Rollwagen für die Waren, Tische und Geräte abgestellt. Das Wasser wurde zum Haus mit dem Ladenschild »Jurassic Park« hin immer seichter, und der Eingang lag bereits im Trockenen. Von weitem machte das Geschäft mit den beiden Schaufenstern auf Aldrian einen verlassenen Eindruck, aber das war schon öfter der Fall gewesen, auch wenn sein Bruder zu Hause war. Im Laden war es zumeist dämmrig, denn nur die verglaste Verkaufstheke war von unten her beleuchtet, und die Deckenlampen wurden erst eingeschaltet, wenn Kunden eine bessere Sicht wünschten. Auf diese Weise versuchte sein Bruder zu verhindern, dass nur Neugierige eintraten.

Nachdem er die Eingangstür geöffnet und mehrere Poststücke, Briefe, Prospekte und eine Zeitung vom Boden auf einen Tisch vor der Garderobe gelegt hatte, zog er die provisorischen Regenstiefel aus. Er war über die Stille im Haus verwundert und fragte sich, wo sein Bruder sei. Dann nahm er einen tiefen Atemzug, bevor er mit seinem Koffer und dem gerahmten Bild in der Kunststofftasche die drei steilen Treppen bis zum letzten Stockwerk hinaufstieg. Dabei bemerkte er, dass die Tür zur Wohnung seines Bruders nur angelehnt war. Er rief hinein, dass er gerade angekommen sei, erhielt aber keine Antwort. Vermutlich war Jakob rasch irgendwohin gelaufen ... und Elena auf Reisen, beruhigte er sich ... Dennoch war es merkwürdig ... Erschöpft und verschwitzt kam er oben an, stellte das Gepäck auf den Fußboden und schloss die Tür zu seiner Garçonnière auf. Drinnen war es eisig kalt, er kannte das von seinen winterlichen Besuchen her, während es im Sommer zumeist unerträglich heiß war. Immer hatte Elena vor seiner Ankunft eingeheizt beziehungsweise die Fenster geöffnet. Diesmal aber musste er anhand einer bereitliegenden Gebrauchsanweisung erst umständlich die Heizung und den Boiler einschalten, eine Tätigkeit, die ihn in wachsende Wut versetzte, da er mit Bedienungsanleitungen nichts anzufangen wusste. Entweder verstand er sie falsch oder gar nicht. Als er noch Maestro Suggeritore in der Staatsoper gewesen war, hatte er sich beim Kauf eines technischen Geräts immer an einen Bühnenarbeiter gewandt, der alles in seiner Wohnung zusammenbaute und, wie er annahm, hinter seinem Rücken über ihn lachte. Da er ihn großzügig entlohnte, verspottete er ihn wenigstens nicht, sagte er sich, sondern respektierte ihn für seine musikalischen und sprachlichen Fähigkeiten. Aber jetzt, mit der auf Italienisch verfassten Bedienungsanleitung, spürte er, wie beschränkt er in Wirklichkeit war. Er akzeptierte das zwar, aber seine Ungeduld, seine Abneigung und die vergeblichen Versuche brachten ihn schließlich so weit, dass er alles hinwarf und aus Zorn die Nische in der Küche verließ, die eigenen hüfthohen Stiefel hinter dem Schrank hervorholte, in seinen Anorak schlüpfte, und, ohne seinen Koffer auszupacken, das Haus verlassen wollte, als er bemerkte, dass die Heizung sich eingeschaltet hatte. Er konnte es zuerst nicht glauben, aber es wurde allmählich warm in der Garçonnière.

Nachdem er aus Gewohnheit seinen Pass mit der Bankomatkarte und dem Großteil seines Geldes unter

dem Packpapier, mit dem der Schrank ausgelegt war, versteckt hatte, warf er einen Blick aus dem Fenster auf die leere Fischhalle, die ihn an die Einsamkeit in den Bildern de Chiricos erinnerte, und begab sich sodann hinunter auf den Platz, nicht ohne vorher einige Schritte in die Wohnung seines Bruders gemacht und vergeblich seinen Namen gerufen zu haben. Vor dem Haus versuchte er, durch das unbeleuchtete Schaufenster in das Geschäft zu schauen, hinter den Scheiben war es jedoch dunkel und still, und Aldrian stellte jetzt fest, dass die Lichter unter der Verkaufstheke nicht eingeschaltet waren. Er holte sein Telefon aus der Regenjacke und versuchte wieder, seinen Bruder und dann Elena zu erreichen, doch meldete sich abermals keiner von beiden. Er könnte Emilio, ihren Sohn, der in England Kunst studierte, anrufen, überlegte er. Oder Elenas Schwester? – Er steckte das Telefon jedoch wieder ein und nahm sich vor, bis zum Abend zu warten. Jetzt war er frei, ging es ihm durch den Kopf. Ohne Verpflichtung und ohne von irgendjemandem abhängig zu sein. Er wanderte zur Rialtobrücke, zuerst durch die leere Fischhalle, immer das klatschende Geräusch des Wassers unter seinen Stiefeln im Ohr, zwischen den verlassenen Obst- und Gemüseständen hindurch und an der Pferdefleischerei vorbei, aus der er einen süßlichen Verwesungsgeruch wahrnahm. Es zog ihn weg vom Canal Grande in die unübersichtlichen Gassen, in denen das Wasser nur in flachen Pfützen stand. Aber als er zur Rialtobrücke einbog, gelangte er neuerlich in das Acqua alta, das ihm auf einmal bis zum Rand der Stiefel reichte. Die Bänke, die bei Hochwasser für die Fußgänger zusammengeschoben wurden, waren, wie er schon vom Vaporetto aus festgestellt hatte, überschwemmt. Er strauchelte, konnte aber gerade noch das Gleichgewicht wiederfinden. Nirgendwo sah er einen Menschen. Üblicherweise wälzte sich der Touristenstrom, der vom Bahnhof kam, den ganzen Tag lang zur Rialtobrücke und von dort zum Markusplatz. Jetzt aber war alles wie ausgestorben. Aus einem Fenster schaute eine Katze zu ihm herunter. Dann hörte er von weitem ein Vaporetto näher kommen. Ein Lastkahn mit alten Möbeln und drei Männern in orangefarbenen Jacken rauschte inzwischen auf dem Canal Grande vorüber. Möglicherweise, ging es ihm durch den Kopf, sehe ich gerade, wie Venedig im Meer versinkt. Er hatte schon einige Male versucht, das Museo Fortuny zu besuchen, aber jedes Mal war es wegen Renovierungsarbeiten geschlossen gewesen. Fortuny, der Sohn eines spanischen Salonmalers, hatte weltberühmte Stoffkreationen entworfen. Er erwarb den Palazzo Pesaro degli Orfei, in dem er seine Kundinnen – Schauspielerinnen, Prinzessinnen und Millionärsgattinnen – empfing. Vor allem war Fortuny jedoch Bühnenausstatter, Fotograf und Maler gewesen und ein Bewunderer Richard Wagners. Aldrian hatte in der Staatsoper den gesamten Nibelungen-Zyklus soufliert und kannte auch die anderen Opern des Komponisten auswendig. Am meisten schätzte er »Tristan und Isolde«. Und gerade an diese Oper erinnerten ihn die Abbildungen der Stoffmuster Fortunys, die er in Jakobs Büchern gesehen und bewundert hatte. Als er die Treppen zur Rialtobrücke erreichte, spürte er den Wind und einen feinen Hauch von unsichtbaren Wassertropfen im Gesicht. Die Beine bewegten sich, als er die Stufen betrat, fühlbar leichter und vermittelten ihm ein Gefühl von Schwerelosigkeit. Er bildete sich ein, die Brücke noch nie so rasch hinaufgestiegen zu sein. Niemand war zu sehen, und der Großteil der Geschäfte hatte geschlossen. Die Läden verstellten wie immer auf beiden Seiten die Sicht zum Canal. Um einen Ausblick zu haben, hätte er daher eine der seitlichen Treppen nehmen müssen. Dann sah er eine Taube am wolkenbedeckten Himmel über seinen

Kopf schweben, die aber vom Wind bei ihrem Flug gestört wurde und sich mit flatternden Flügeln auf dem Dach eines der hüttenförmigen Geschäfte niederließ. Im darunter liegenden Laden waren Masken aller Art ausgestellt. Er kannte längst die »Pestärzte«, die mit ihrer Verkleidung – schnabelförmige Nasen, schwarze Hüte und Umhänge – wie trauernde Raben aussahen, oder die langnasigen weißen Pierrots und die puppengesichtigen Frauenmasken aus der Zeit des Rokoko. Schon als Kind hatten es ihm Masken und Verkleidungen angetan, und er hatte bei seinem Gesangsstudium immer wieder Gelegenheiten gefunden, sich als die verschiedensten historischen Figuren schminken zu lassen. Mitunter ärgerte er sich selbst darüber, was für ein »Traumtänzer« – so hatte ihn seine geschiedene Frau genannt – er zeitlebens war.

Er betrat das Geschäft, kaufte eine unbemalte langnasige Komödienmaske und bat, sie in eine möglichst große Nylontasche zu geben, denn er wusste, dass das Acqua alta rasch zurückgehen konnte und er dann mit seinen hohen Stiefeln lächerlich aussehen würde. Die meisten Venezianer trugen bei Hochwasser eine größere Plastiktasche mit sich, in der sie auch die Stiefel bei Bedarf verstauen konnten. Auf der anderen Seite der Rialtobrücke stand das Wasser ebenso hoch, und die üblichen Andenkenstände fehlten auf dem Platz vor dem ersten Aufgang. Der Canal Grande war seltsam unbelebt. Aldrian verspürte den Wunsch, zurückzugehen und auf den Canal hinunterzuschauen, aber da er das Museo Fortuny besuchen wollte, schlurfte er weiter zum Campo Manin, der von unbewegtem, knöcheltiefem Acqua alta, in dem sich die Gebäude spiegelten wie in einer Glasscheibe, bedeckt war. Die Szene ließ ihn innehalten und um sich blicken. Erst als ein Hund über den Platz rannte und einen Teil der Spiegelungen zerriss, worauf sie sich in Farbstreifen und verzerrte Abbilder auflösten, überquerte er den über die Ufer getretenen Rio di San Luca und gelangte endlich zum Campo San Beneto, wo das Hochwasser bis zu seinen Waden reichte. So schnell er konnte, schritt er zum Eingang des Museums auf der Rückseite des prächtigen Palazzo Pesaro. Sie war aus Holz und hatte eine Außentreppe. Das gab dem Palazzo, der auf der Vorderseite wie ein orientalischer Palast aussah, auf der dem Canal Grande abgewandten Seite ein ländliches Aussehen. Die Pesaros waren eine einflussreiche Familie gewesen und hatten sogar einen Dogen gestellt. Im 17. Jahrhundert war das Gebäude dann ein Theater und im 18. sogar ein Konzerthaus geworden, das die Bezeichnung »Palazzo Pesaro degli Orfei«, »Orpheuspalast«, hatte, ein Name, der Aldrian schon beim ersten Hören angezogen hatte. Erst als er die Holztreppe betrat, fiel ihm ein, dass das Museum wegen des Acqua alta ebenfalls geschlossen sein könnte. Der Garten, die Topfpflanzen und Sträucher, der Ziegelboden und der kleine Brunnen standen unter Wasser, das zwischen den Ziegelmauern, die den Garten umgaben, einen kleinen Teich bildete. In jedem Stockwerk über ihm erkannte Aldrian Loggien mit hölzernen Säulen, woraus er auf die ungewöhnliche Höhe der Säle im Inneren des Gebäudes schließen konnte. Die Schwarz-Weiß-Fotografie einer Frau mit einem Schleier vor dem Gesicht hing in Glas gerahmt als Plakat vor der Eingangstür. Schon beim Betreten des

Palazzos stellte er fest, dass er vermutlich der einzige Besucher war. Der Aufseher saß an einem Schreibtisch und schien in Kassenbelege vertieft zu sein, er reagierte nicht auf seine Schritte. Aldrian setzte sich an einen Tisch, der offensichtlich zu den Ausstellungsobjekten gehörte. Der große Saal war mit verschiedenfarbigen floralen Mustern tapeziert – einer Art »Flickwerk« aus farbigen Theatervorhängen – und die Wände darüber mit goldgerahmten Ölbildern im Stil des Symbolismus geschmückt. Das Ambiente der Säle, in die er von seinem Stuhl aus blicken konnte, machte auf Aldrian, wie schon die Vorderseite des Palastes, einen orientalischen Eindruck. Von der Holzbalkendecke hingen wagenradgroße, hutförmige Lampenschirme aus reich gemusterten Stoffen. Er stand auf und machte einige Schritte auf einen nahezu blinden goldgerahmten Spiegel zu und betrachtete, was von ihm selbst noch zu sehen war. Er kam sich jetzt wie eine Geistererscheinung vor. Als er kurz die Augen schloss, hörte er in seinem Kopf Isoldes Verklärung »Sind es Wellen sanfter Lüfte? Sind es Wogen wonniger Düfte? Wie sie schwellen, mich umrauschen, soll ich atmen, soll ich lauschen? Soll ich schlürfen, untertauchen? Süß in Düften mich verhauchen? In dem wonnigen Schwall, in dem tönenden All, in des Welt-Atems wehendem All – Ertrinken – Versinken – Unbewusst – Höchste Lust!«. Dann gaukelte ihm sein Kopf einen Stummfilm vor, in dem er allein im Saal des Museums saß und als einziger Überlebender einer Hochwasserkatastrophe Zuflucht gefunden hatte.

Er befand sich in einem alchemistischen Universum, das aus Kunst geformt war. Es gab alte Fotoalben mit braun verfärbten Aufnahmen, gerahmte Stoffe mit Mustern, die ihm wie mikroskopische Splitter aus Tausendundeine Nacht erschienen, es gab die hutförmigen Lampenschirme, die das Licht in einen Sog kreisender, chinesischer Schriftzeichen verwandelte, daneben Bühnenmodelle wie Zimmer in Puppenhäusern, Entwürfe in der Sprache von Fragmenten, goldgerahmte, überschwängliche Ölbilder von nackten Frauen, alte Schwarzweißfotografien mit venezianischen Motiven, die ihn, da sie aus einem Boot oder einer Gondel aufgenommen waren, an die Sicht aus dem Souffleurkasten erinnerten, und auch Bilder eines Autorennens, das Fortuny gesehen haben musste. Die Schwarz-Weiß-Fotografie zeigte eine Pappelallee, in der gerade ein offener Sportwagen, der eine Staubfahne hinter sich herzog, auftauchte, und am Straßenrand Männer mit Kappen, die neugierig auf das Fahrzeug blickten. Flüchtig las er die Jahreszahl 1902. Es gab ferner gemalte Selbstportraits sowie Darstellungen von männlichen und weiblichen Aktmodellen und ein Gemälde von Fortunys Frau Henriette, daneben Skelette von Gazellen-, Widder- und Stierschädeln, die Büste eines Afrikaners, Totenmasken, Gipsabdrücke von Händen, eine riesige Muschel und ein lose hingeworfenes Stück Stoff mit üppigen Ornamenten. Fortuny hatte versucht, schien es Aldrian, die fließende Zeit selbst einzufangen und Goldkörner aus ihrem Flussbett zu sieben. Es ging ihm nicht darum, seine Gegenwart zu erfassen und zur Schau zu stellen, sondern er wollte einen Nukleus der Schönheit aus ihr herausdestillieren und für immer sichtbar machen. Aldrian blieb vor einer Vitrine stehen, in der

48

eine dunkelgrüne Dalmatik aus Samt und Seide ausgestellt war, und vertiefte sich in ihr goldfarbenes Muster, das aus einem Krug, einem Kreis und Phantasiepflanzen bestand. Von weiter weg gesehen hatte die Dalmatik etwas Prunkvoll-Königliches, aus der Nähe etwas von der Zauberkunst Merlins. Er studierte die Ornamente und Stoffe wie lebendes histologisches Gewebe. Ein Kleid aus Samt und Seide wies ein Schuppenmuster auf, als sei es von einem großen Fisch abgezogen worden, jedoch auf der Seite, die im Dunklen lag, erinnerte es ihn eher an die Darstellung eines Friedhofs mit oben abgerundeten Grabsteinen. Ein anderer Stoff war auf den ersten Blick mit Fußabdrücken eines unbekannten Wesens bedeckt – Doppelkreise in denen einfarbige Blütenblätter und lange Pflanzenstängel mit Knospen zu sehen waren. Samt und Seide ließen in einer weiteren Vitrine violette Phantasieblumen erblühen oder scheinbar in Blutstropfen verborgene Gebilde von botanischer Zartheit sichtbar werden. Schlangen mit Köpfen aus Mohnknospen lagen auf hellbrauner Erde. Es hatte für ihn den Anschein, als sei es Fortuny gelungen, durch einen winzigen Spalt ins Paradies zu schauen und Atome und Moleküle der Schöpfung festzuhalten. Fortuny hatte seine Visionen auf Stoffen verarbeitet, die er mit Hilfe von Druckmaschinen auf der Insel La Giudecca herstellen ließ. Als Nächstes erblickte Aldrian ein großes, dunkelbraunes Ornament, das bis ins kleinste Detail mathematisch berechnet war und ihn aufs neue staunen ließ. Es befand sich auf einem goldenen Hintergrund, der selbst schon mit blassen Pflanzenmustern geschmückt war. Für Aldrian war es gleichsam ein orakelhaftes Zeichen, das alle

Buchstaben der Welt enthielt und das auch die Sprache der Pflanzen und Vögel, der Fische und Insekten, der Hunde, Katzen, Frösche und Nashörner umfasste. In den weiteren sibyllinischen und symmetrischen Gebilden, die Aldrian wie Märchen der Geometrie erschienen, erkannte er auf dunkelgrünen, dunkelroten, dunkelblauen, dunkelbraunen Stoffen Weintrauben, Ananasfrüchte, fröhliche Hunde, Wellen, Blumen wie schwarze Kleckse, symmetrische Dornensträucher, Vasen oder Vögel mit langen Zungen, die aus ihren Schnäbeln hingen. Er sah auch von Fortuny entworfene farbige Kissen auf einem Sofa, weiße griechische Skulpturen und Torsi von Jünglingen. In einer anderen Vitrine war Fortunys Fotoausrüstung, ein Holzkasten mit Linse, ausgestellt. Ohne dass Aldrian es bemerkt hatte, war der Aufseher an ihn herangetreten und hatte ihn freundlich gefragt, ob er auch den gesperrten zweiten Stock sehen wolle. Der Mann hatte eine Halbglatze, einen Bart und ein künstliches Gebiss, stellte Aldrian fest. Erfreut zog er seine Gummistiefel aus, ließ sie zusammen mit der Maske in der Plastiktasche neben dem Schreibtisch des Aufsehers stehen und folgte ihm die Treppe hinauf.

Später erinnerte er sich nur an einzelne Details des Künstlerateliers: das kleine Waschbecken mit dem Messinghahn und darüber wie ein üppiger, bunter Blumenstrauß die Pinselspuren von Farbproben, die Fortuny an diesem Teil der Wand hinterlassen hatte. Der Aufseher ging ihm weiterhin voraus, öffnete eine Tür, machte Licht und zeigte ihm die Bibliothek, einen dunkelrot gestrichenen Raum mit Bücherregalen, auf denen wieder weiße Büsten in griechischem Stil standen, die Wand darüber zierte eine mit Symbolen bemalte Bordüre. Neben dem großen Schreibtisch war eine Druckerpresse mit einem sternförmigen Hebelrad abgestellt. Zwischen den Büchern sah er gerahmte Tafeln in arabischer Kalligraphie, aber der Aufseher wusste ebenfalls nicht, was sie bedeuteten. Der Boden war – wie im ersten Stock – aus Stein, Folianten lagen auf dem Tisch: ein alter anatomischer Atlas, ein dickes Fotoalbum und der Grundriss eines Theaters oder eines Opernhauses der Zukunft, wie er las. Auch eine Fotokamera aus hellbraunem Holz mit einem durch Messingblech geschützten Vorderteil bemerkte er und in den Fächern der Regale zwischen den arabischen Schrifttafeln und den Büchern einen Steckkasten mit hundert kleinen Drillbohrern. Daneben anderes Werkzeug, Dosen, Glasbehälter mit Farbpulver, Eprouvetten, Pipetten, Kistchen angefüllt mit kleinen Puppenteilen und einem gelben zusammenklappbaren Meterband. Durch die hohen, mit Butzenscheiben verglasten Fenster fiel graues Tageslicht. Der Aufseher öffnete im Bücherregal hinter Fortunys Schreibtisch eine kleine, unsichtbare Tür zu einem schmalen Vorzimmer mit Holztreppen, die auf das Dach führten. Dort fand Aldrian ein weiteres chaotisches Sammelsurium aus verschiedensten Gegenständen – drei Spazierstöcke, verkorkte, dunkelgrüne Flaschen, in Papier eingewickelte Objekte, Bürsten, Pinsel, Dosen und Kistchen, Medizinfläschchen mit Chemikalien und Farben, Schubladen mit gebrauchten und neuen Buntstiften, alte Glasvasen, weiße Glühbirnen, zugeschnittene flache Brettchen. Er begriff, dass er das verborgene Zentrum von Mariano Fortunys Welt vor sich hatte.

Zurück im Saal des ersten Stockwerks legte er wieder die grünen Stiefel an, und da es keinen Katalog zu kaufen gab, ging er rasch zurück ins Freie. Sein Kopf war voll von Eindrücken, die sich mit Erinnerungen an die Staatsoper verbanden, an Werkstätten und Requisitendepots, das Magazin für Kostüme und die aufgeschlagenen Partituren in seinem Arbeitszimmer. Er stapfte einfach drauflos durch das fast klare Wasser, und ihm fiel ein, dass das venezianische Opernhaus, das Teatro La Fenice, auf dem Weg zum Markusplatz lag. Mit einem der Souffleure, Lorenzo Verra, hatte er sich bisher bei jeder Reise nach Venedig getroffen. Er verspürte einen Impuls, seinen Freund anzurufen, der sich aber sofort wieder in Nichts auflöste. Er konnte nicht sagen weshalb, aber er fühlte sich hier in dem ausgestorbenen Stadtviertel mitten im Acqua alta wie befreit von seinem eigenen Ich. Er wollte jetzt nichts anderes, als seinen Reiseführer über Venedig schreiben, sagte er sich, in dem er die Stadt wie ein Pathologe sezieren würde. Zuerst den Kopf, das Gehirn: das Archivio di Stato di Venezia, aber auch San Servolo, die kleine Insel, auf der sich das Irrenhaus befunden hatte, dann den Dogenpalast und die Biblioteca Marciana. Die Augen von Venedig waren die Museen und die Ohren das Teatro La Fenice. Als nächsten Schritt würde er die Verdauungsorgane, die Ostarias, Restaurants, die Speisen und Getränke untersuchen. Er würde sie ohnedies jeden Tag, wenn er aß oder trank, automatisch kennenlernen. Und zuletzt die Venen, Adern und Nervenbahnen in den Gliedmaßen der Stadt, die engen Gassen, die Kanäle und den Strand auf dem Lido. Das Museo Fortuny hatte als Teil des

Kopfes jedenfalls gut in sein Konzept gepasst, dachte er. Venedig war ja selbst eine Zeitkapsel und Mariano Fortuny mit seinem Salon, dem Atelier, der Bibliothek, dem Geheimzimmer und seiner Fabrik auf La Giudecca eines ihrer Innenbilder.

Er blieb stehen, wartete, bis das Wasser zu seinen Füßen sich beruhigt hatte, und betrachtete dann sein Spiegelbild. Über seinem Kopf der von Wolken bedeckte Himmel und rund um ihn die Gebäude, die Fenster und Farben. Als er wieder aufblickte, erkannte er, dass er bereits vor dem Palazzo Contarini del Bovolo stand. Über den niedrigen Eisenzaun konnte er in den Hof mit dem »Schneckenturm«, dem »Bovolo«, schauen. Es erschien ihm wie ein Glücksfall, denn eigentlich hatte er mit dem Campanile, dem Glockenturm von San Marco, beginnen wollen, aber die Aussicht vom wesentlich kleineren Bovolo kam ihm jetzt origineller vor. Der »Schneckenturm« des Palazzo ähnelte in seiner Architektur dem schiefen Turm von Pisa, er war fünf Stockwerke hoch, und das Auffälligste an ihm waren die Loggien, die sich größer und höher in einem Teil des Palazzos fortsetzten, und das weiße Geländer aus Stein vor der Treppe mit ihren Arkaden, weißen Säulen und Rundbögen. Sie erschienen ihm jetzt wie aufeinandergestapelte Gebisse. Die runde Kuppel des Turms war mit einem von Grünspan gefärbten Dach aus Messingblech gedeckt. Das Acqua alta stand ihm bis zu den Waden, und Aldrian sah eine Ratte und hinter ihr weitere von einer Seite des Palazzos zur anderen schwimmen und eilig in einer Öffnung verschwinden. Neugierig schob er das Gartentor auf und bewegte sich mühsam auf eine Hütte vor dem

Eingang zum Turm hin. Dort angekommen, blickte er durch ein Fenster. Eine ältere Frau in kniehohen Gummistiefeln ruhte dort auf einem Lehnstuhl. Sie schlief fest, den Kopf auf einer ihrer Schultern. Es war Eintrittsgeld zu bezahlen, las er auf einem Anschlag, aber er wollte die Frau nicht wecken und legte daher die abgezählten Münzen auf ein Brett, bevor er im steinernen »Schneckenturm« die angenehm flachen Stufen erklomm. Bei jeder Loggia, an der er vorbeikam, hielt er an und blickte hinunter, bis er endlich die obere Plattform des Turms erreicht hatte, von wo aus er über die Dächer und Kirchtürme der Stadt schaute. Die nahen Gassen waren alle vom Acqua alta überschwemmt, in dem sich wieder die Gebäude und die Wolken spiegelten und dadurch unerwartete optische Täuschungen hervorriefen. Nirgendwo sah er einen Menschen. Er nahm einen Faltplan aus der Anoraktasche und erkannte, dass der Palazzo am Schnittpunkt zweier Kanäle lag, dem Rio di San Luca, der dort in den Rio dei Barcaroli überging, und dem Rio de la Verona. Aus dem Wasserstand im Vergleich zu den Haustüren erkannte er dann, dass das Acqua alta auch hier an manchen Stellen höher und an anderen niedriger war.

Im Turm war es wunderbar heiter, nichts Enges oder Bedrohliches war an ihm. Aldrian schien es, als wollte das Gebäude seine Besucher in die Lüfte entführen mit seiner in die Höhe geschraubten Drehbewegung und den zahlreichen Bögen und Säulen, durch die er den Himmel sehen konnte, die Erde und das Wasser. Leichtigkeit und Schwere vereinten sich in dem Bauwerk auf spielerische Weise, so dass er es als Vergnügen empfand, von hier aus auf die Stadt hinunterzuschauen. Ein seltenes Gefühl der befriedigten Neugier überkam ihn.

Die alte Frau in der Hütte schlief noch immer.

Aldrian verließ den Hof, trat mit klatschenden Geräuschen auf die Straße und stand nicht weit vom Palazzo entfernt vor der Auslage eines Geschäfts für vergoldete Bilder- und Spiegelrahmen. Durch die Scheiben erkannte er, als er näher trat, das Halbdunkel einer kleinen Werkstatt. Der Eingang zum Geschäft war durch eine Metallsperre gegen das Hochwasser geschützt, und ein junger Mann, der durch das Klopfen Aldrians aufmerksam geworden war, öffnete energisch und bat ihn, über das Hindernis zu steigen und einzutreten.

Im Geschäft war es dunkel und kalt, jedenfalls kälter als im Freien. Auf einem gerahmten Schild an der Wand las er: Giuseppe Barutti, Costello 5990, 30122 Venezia und die Telefonnummer. Im Werkraum saß ein alter Mann mit dichtem weißen Haar vor einem Tisch und zeichnete. Es stellte sich heraus, dass es der Besitzer des Ladens und der junge Mann sein Sohn war. Schon sein Großvater, erfuhr Aldrian vom Alten, der sich über seinen möglichen Kunden freute, habe das Geschäft geführt und selbst Bilder gemalt. Der Sohn legte wortlos ein dickes Buch über Venedig auf den Tisch, in dem Fotografien des Großvaters und einige seiner Aquarelle – hauptsächlich von Kanälen und Gebäuden – abgebildet waren. Bevor Aldrian noch lesen konnte, was in dem Buch stand, erhob sich der Alte vom Stuhl und raunte ihm nicht ohne Stolz zu, dass er ihm etwas zeigen wolle. Es war ein uralter Spiegel, wie sich herausstellte, mit vergoldetem Rahmen. Das reflektierende Glas war aus verschieden großen rechteckigen Teilen zusammengesetzt, so dass er sich wie ein Puzzle zerteilt, aber schief zusammengesetzt sah. Sogleich war er von dem seltsamen »Prunkstück«, wie Giuseppe Barutti es bezeichnete, fasziniert. Als Aldrian jedoch den Preis erfuhr, erkundigte er sich nach einem anderen Spiegel, von dem schon ein Teil des Belags abgefallen war. Er dachte dabei an das Museo Fortuny und seine eigene »Geistererscheinung«, wie er es in seinem Kopf formulierte. Giuseppe Barutti schüttelte den Kopf. »Da müssen Sie in ein Antiquitätengeschäft gehen. Wer braucht schon einen kaputten Spiegel ... Ich verwende nur den Rahmen.« Der Alte war sichtlich enttäuscht, schaltete ein kleines Kofferradio ein, aus dem ein Rap-Song zu hören war, beugte sich vor und suchte rasch einen anderen Sender, während Aldrian über die Metallsperre zurück auf die Straße stieg.

Zum Teatro La Fenice war es nicht weit, wie er auf dem »Schneckenturm« anhand des Stadtplans gesehen hatte. Die Höhe des Acqua alta nahm langsam ab, unweit des Opernhauses stieg es jedoch wieder an, dort waren besonders große Hochwasserbänke aufgestellt. Unterwegs hatte er, je näher er dem Theater gekommen war, vermehrt Auslagen von Antiquitäten- und Maskengeschäften bemerkt. Es war ihm klar, dass er auf sein Gleichgewicht und seine Schritte achten musste, doch gefiel es ihm, mit Hilfe der Bänke über das Wasser zu gehen. Vor dem Teatro La Fenice hielt er an. Da hohe Stufen zum Gebäude hinaufführten, lagen die Säulen und der Eingang im Trockenen. Er registrierte es mit der Erleichterung des Liebhabers. Sogleich fielen ihm die beiden Opern von Vincenzo

Bellini, »Norma« und »I Capuleti e i Montecchi«, ein.
Er hatte sie zusammen mit seinem Bruder hier gesehen und gehört. Anschließend waren sie in das
schräg gegenüberliegende Restaurant gegangen, und
sein Bruder hatte es sich wie immer nicht nehmen lassen, die Zeche zu begleichen. Aldrian suchte bei diesem Gedanken nach seinem Smartphone, stieg die Stufen bis unter die Eingangssäulen hinauf, blieb stehen
und versuchte abermals vergeblich, Jakob und dessen
Frau Elena zu erreichen. Wo waren sie? Er konnte
seinen Ärger nur schwer unterdrücken, steckte das
Smartphone ein, stieg die Stufen wieder hinunter, und
begab sich zum Restaurant, das ebenfalls mit einer
Metallsperre geschützt war. Wie immer war das grüne
Vordach aufgespannt, der Zeltstoff mit den durchsichtigen Kunststoffwänden zum Schutz der Gäste, die
sich im Freien aufhielten, war jedoch entfernt, ebenso
die Stühle und Tischchen. Der große Speiseraum war
leer. Er blickte auf seine Uhr, es war dreiviertel zwölf,
also noch sehr früh, und das Acqua alta stand in der
Stadt vermutlich ziemlich hoch. Der Kellner stellte
es ihm frei, sich einen Tisch auszusuchen, und als er
sich seiner Stiefel entledigt hatte, holte er die Maske
aus der Kunststofftasche heraus und stopfte die Stiefel
wieder hinein. Es sah merkwürdig aus, wie er jetzt so
dasaß und die weiße Maske mit der langen Nase aus
der weißen Tischplatte, wo er sie abgelegt hatte, her-
auszuwachsen schien wie eine Erscheinung bei einer
okkulten Sitzung. Er kannte die Speisekarte längst,
überflog sie und bestellte Spaghetti alle Vongole, ge-
bratenen Branzino mit Gemüse und eine Flasche Pinot
Grigio. Es war auffallend still, so als säße er als Privat-

patient im Warteraum eines Arztes. Von seinem Fensterplatz aus konnte er sogar den Eingang des Teatro La Fenice sehen. Das Opernhaus war 1774 zum ersten Mal abgebrannt, und weil es Streitigkeiten wegen der Wiedererrichtung gab, hatte man es an anderer Stelle nachgebaut, wie es gewesen war, und es in Anspielung auf das Feuer »Phönix«, »La Fenice«, genannt. Vierzig Jahre später wurde auch das Teatro La Fenice durch einen Brand beschädigt, jedoch war es damals innerhalb eines Jahres restauriert worden. Aldrian erinnerte sich sehr genau daran, wie das Theater am 29. Januar 1996 nach einem von zwei Hauselektrikern gelegten Feuer fast vollständig niederbrannte. Er hatte am nächsten Morgen mit seinem Bruder telefoniert und sich alle Details der Katastrophe erzählen lassen. Anfang Februar war er sogar für zwei Tage nach Venedig gefahren, um die Brandstätte zu sehen, da er den Schilderungen Jakobs nicht hatte glauben wollen. Und noch ungläubiger hatte er dann mit einem Taschenfeldstecher, weil der Platz noch immer von der Polizei abgesperrt gewesen war, die Ruine angestarrt. Jedes Mal, wenn er hierauf nach Venedig gefahren war, hatte er sich vom Stand der Wiederaufbauarbeiten überzeugt, und jedes Mal hatte es ihn beglückt, dass der Bau Ziegel um Ziegel – unendlich langsam, wie es ihm schien – sein altes Aussehen angenommen hatte. Es dauerte sieben Jahre, bis alles – jeder Stuhl, jede Stuckatur, jeder Kronleuchter – so nachgebildet worden war, wie es vorher ausgesehen hatte. An der Eröffnung des wiedererstandenen Opernhauses hatte er nicht teilnehmen können. Und er hatte auch nicht teilnehmen wollen, da nur ein Orchesterkonzert gegeben wurde. Aber am 12. November

2004 war dann die erste Oper aufgeführt worden – Verdis »La Traviata«. Er hatte sich eigens dafür freigenommen. Wie immer, wenn er Opernhäuser besuchte, hatte er bei der Aufführung zuerst die Fehler wahrgenommen, aber schließlich versetzten ihn die Sänger doch in Begeisterung. Er war ein Perfektionist, der sich durch seine Pedanterie leicht die Freude nahm, aber je länger ein Ereignis zurücklag, desto mehr verflüchtigte sich seine »Beckmesserei«, wie er es selbst nannte, und zurück blieben oft nur die schönsten Eindrücke.

Die Spaghetti alle Vongole waren köstlich gewesen, der Branzino hatte ihm ebenfalls geschmeckt, und vom Pinot Grigio war er müde geworden. Der Kellner brachte ihm die Rechnung, er bezahlte, zog sich die Stiefel an, gab die Maske wieder in den Kunststoffsack und wandte sich vor dem Restaurant zum Opernhaus hin. Eine Touristengruppe stand gerade zwischen den Säulen, und da er annahm, dass sie sich für eine Führung durch das Gebäude versammelt hatte, stieg er neuerlich die Treppe hinauf und kam gerade zurecht, als sich die Teilnehmer in Bewegung setzten. Er folgte ihnen in das Foyer, wo eine Fremdenführerin mit ihrem Vortrag begann. Aldrian ging jedoch bis zum Eingang in den Saal weiter und konnte gerade noch einen Blick auf den geschlossenen Samtvorhang, den riesigen Kronleuchter an der Decke, die rotgepolsterten Sitze, die vergoldeten Stuckaturen und die Logen werfen, bevor die Tür von innen geschlossen wurde. Sein Hörsturz fiel ihm gleichzeitig ein, und er hatte für einen Augenblick den Gedanken gehabt, in sein eigenes Ohr zu blicken, in dem die Musik aufgebahrt lag.

Während er schon die Bänke über dem Wasser entlangging – ohne zu wissen wohin –, sah er noch immer jede Einzelheit des Saals im Teatro La Fenice vor sich. Jetzt nicht mehr als Blick in das Innere seines Ohrs, sondern als Begegnung mit einer Märchenwelt. So hätte Neptuns Palast unter dem Meer aussehen können, dachte er, ein prunkvolles Gebäude, in dem die Noten als durchsichtige Fische darauf warteten, gespielt zu werden, um dann erst ihre charakteristische Farbe anzunehmen. Es flogen ihm – jetzt, da keine Bänke mehr aufgestellt waren und er bereits mühsam durch das Wasser schritt – so viele Gedanken zu, dass er, sobald er ein Papiergeschäft sah, über die Metallsperre eintrat, um sich ein Notizbuch zu kaufen, in dem er seine Eindrücke und Gedanken aufschreiben wollte. Er bevorzugte schwarze Moleskin-Hefte, weil sie so gut in die Jackentasche passten und ihr Aussehen ihn zum Schreiben animierte, aber er hatte bisher in ganz Venedig kein einziges gefunden. Die Venezianer machten großartige Tagebücher, Kassabücher oder Taschenkalender, nur entsprachen sie nicht seinen Vorstellungen. Das Papier war zu dick, das Format unhandlich, und vor allem waren sie viel zu teuer. Ein stattlicher Mann in einer Regenjacke legte ihm, als er seinen Wunsch vorbrachte, ein dunkelgraues Exemplar auf den Ladentisch. Obwohl es in der Größe passte, war Aldrian das Papier zu fest, und es kostete noch dazu, da es in Leder gebunden war, 45 Euro. Mittlerweile legte ihm der Verkäufer weitere kleinere und größere vor, dickere und dünnere, alle wieder viel zu teuer, und er wusste schließlich nicht mehr, ob er überhaupt noch Aufzeichnungen machen wollte. Enttäuscht murmelte er etwas und verschwand zurück hinaus. Schon zwei

Gassen weiter, in denen er mehreren Menschen begegnete, die es eilig hatten, fand er das Eckgeschäft eines weiteren Buchbinders. Das Notizbuch, das man ihm vorlegte, hatte das richtige Papier, der Einband war hellbraun und violett marmoriert – nur, dass auf jeder Seite ein Wochentag zu lesen war, empfand er als Nachteil. Während er bereits wieder auf den Bänken über das Hochwasser lief, stellte er sich trotzdem vor, dass es inspirierend sein könnte, etwas darin aufzuschreiben. Weniger angenehm erschien ihm allerdings, den ewigen Kalender in der Jacke eingesteckt zu haben, da er feste, eckige Kanten hatte und darüber hinaus zu dick war. Die Taschen seiner Jacke würden dadurch leichter einreißen oder sich herausbeulen. Er wollte allerdings nicht mehr weitersuchen und nahm die Nachteile in Kauf. Zum Glück hatte er es sich, fiel ihm ein, abgewöhnt, nach einem Opernabend oder Konzert seine Eindrücke sofort festzuhalten, denn seinen Begleitern hatte es keine Freude bereitet, an Brücken und Ecken oder – wie jetzt – im Hochwasser stehen zu bleiben und zu warten, bis er alles notiert hatte. Oder er hatte Pausen eingelegt, sich in Cafés oder Restaurants, in Kirchen und auf Parkbänke gesetzt und seine Gedanken niedergeschrieben, ohne dabei ansprechbar zu sein. Auch wenn es nur kurz dauerte, so hatte die Häufigkeit seiner Notizpausen bei seinen Freunden und Bekannten Ungeduld und schließlich Ärger hervorgerufen. Da war es besser, sich am Abend auf sein Bett zu legen und erst dort das in Worte zu fassen, was er für seine Arbeit als wichtig erachtete.

Er ging einfach weiter, vorbei an Geschäften, deren Rollläden häufig heruntergezogen waren, über kleine steinerne Brücken mit Treppen oder an Kanälen entlang, die über die Ufer getreten waren. Dann wieder unter Arkaden und Sotoportegi, ohne zu wissen, wohin ihn die Wege führten. Die überschwemmten Gassen hatten etwas Kanalartiges, Unterirdisches. Einmal hielt er vor einer fast leeren Auslage, in der nur das verstaubte Modell eines alten Segelschiffs zu sehen war. Lange starrte er es an, ohne an etwas zu denken. Er überquerte neuerlich eine Brücke, als ihm ein Mann mit einem Hündchen im Arm entgegenkam. Das Tier beäugte ihn misstrauisch, und der Mann wich seinem Blick aus. Am Campo Santa Maria Formosa, der das Aussehen einer riesigen Pfütze angenommen hatte, erkannte er endlich, wo er sich befand. Kinder in gelben und roten Gummistiefeln hüpften schreiend im klatschenden Wasser, andere liefen herum, eines hatte sogar einen aufblasbaren Schwan unter dem Arm. Er wollte die große Kirche am Ende des Platzes aufsuchen und beobachtete, während er ging, die Kinder weiter aus den Augenwinkeln.

In der Kirche Santa Maria wurden gerade zwei Kinder getauft. Die Verwandten, bemerkte Aldrian, waren rundherum auf Stühlen versammelt, und ein etwa fünfjähriges Mädchen – ganz in Weiß gekleidet – hatte einen kleinen weißen Kranz im Haar. Das glatzköpfige Baby, das soeben über das Taufbecken gehalten wurde, steckte in einem Kissen. Der Priester trug Sandalen an den nackten Füßen, war mit einer Dalmatik bekleidet und schüttete vorsichtig das geweihte Wasser auf den kleinen Kopf. Das Baby schlief während der Prozedur, und da es nicht weinte, applaudierten die Verwandten und riefen »Brava! Brava!«. Auch

der Priester lobte es, bevor er es seiner Mutter zurück-
gab.

Als Aldrian die Kirche wieder verließ, sprach ihn ein
Afrikaner mit einer Sporttasche an, der Stiefel bis zu
den Knien und eine braune Cordjacke trug. Er öffnete
hastig die Tasche und zeigte ihm kleine Schachteln,
von denen er eine herausnahm und ihm vors Gesicht
hielt.

»Look! Look!«, beschwor er ihn, während Aldrian
die Beschriftung: »The Vatican Library Collection« las.

»From the Vatican«, ereiferte sich der Fremde.

Er öffnete die Box und sah darin – auf grünem Karton mit derselben goldenen Aufschrift wie am Deckel –
ein vergoldetes Kettchen mit einem »Jerusalem-Cross«.
Als Aldrian, dem der Mann ebenso lästig war, wie er
ihm leidtat, zögerte, holte der Afrikaner rasch weitere
kleine Schachteln heraus, die alle dieselbe Aufschrift
trugen und eine silberne Krawattennadel enthielten,
versilberte und vergoldete Manschettenknöpfe, beides
mit Kreuzen verziert, sowie versilberte und vergoldete
Geldklammern. Aldrian schüttelte nur den Kopf und
wollte schon weitergehen, als er in einer der Schachteln eine vergoldete kleine Taube erkannte, von der
der Verkäufer sagte, es sei der »Heilige Geist«. Das Abzeichen war nicht größer als zwei Daumennägel und
hatte am Rücken einen geschliffenen Glassplitter.

»This? You want this?«, drängte ihn der Mann und
hielt ihm jetzt reichgeschmückte Ohrringe aus Glas
und versilbertem Draht hin.

Aldrian zeigte, ohne es wirklich zu wollen, auf die
Taube. Sie handelten kurz, und er erstand die Schachtel. Er schämte sich und tat so, als schämte er sich nicht,

machte den Reißverschluss seiner schwarzen Anorak-jacke auf und steckte die »Heiliger Geist«-Taube auf der Rückseite seines Jackenkragens an, so dass auf der Vorderseite nur der Druckverschluss sichtbar war. Hierauf blickte er sich um, aber der Afrikaner war bereits verschwunden. Das Wasser neben der Kirche reichte ihm bis über die Knöchel und er spürte dessen Kälte. Rasch und ohne die spielenden Kinder weiter zu beachten, bog er in die nächste Straße ein, die, wie er auf einem Hausschild las, Calle Lunga Santa Maria Formosa hieß. Ihm fiel ein, dass das Teatro La Fenice ebenfalls einen goldenen Vogel, einen Phönix, als Sym-bol hatte, der auf allen Programmen und dem Briefpa-pier des Hauses zu sehen war. Der Gedanke machte ihm Freude.

Da er keinem Menschen begegnete und das Wasser ihm jetzt bis zu den Waden reichte, überlegte er kurz, ob er umkehren sollte, und er hielt in der menschenlee-ren Gasse vor einer der wenigen Auslagen an, die nicht mit Rollläden verschlossen waren. »Fotografieren ver-boten«, stand auf einem Schild. Ausgestellt waren vorwiegend Tierfiguren aus gebranntem und bemal-tem Ton, Mops- und Schnauzerköpfe und die kari-katurhaften Kleinplastiken eines Spaniels und eines Dackels. Außerdem verschiedene Eulenfiguren, die Maske eines dicken Idioten und im Geschäft selbst eine riesige Pinocchio-Figur. Er hatte als Kind das Buch von Carlo Collodi und ebenso den Comic-Band gele-sen und den Zeichentrickfilm von Walt Disney gese-hen. Seither kannte er den gesamten Film auswendig und hatte ihn, indem er sämtliche Rollen selbst spielte und seine Stimme den Figuren anpasste, zuerst seinen Schulfreunden vorgespielt, die über ihn herzlich gelacht hatten.

Linker Hand von dem Gebäude, in dem sich das Geschäft mit dem Schaufenster befand, war ein gepflasterter Hof, der leicht abwärts zu einem anderen Laden führte. Die Metallsperre verhinderte gerade noch, dass das Wasser eindrang. Mehrere Ständer mit Ansichtskarten erhoben sich aus dem Wasser. Auf einem Tisch mit hohen Beinen lag eine Menge zerfledderter Bücher im Freien, und ein darübergelegtes Pappschild trug die handgeschriebene Aufschrift »WELCOME TO THE MOST BEAUTIFUL BOOKSHOP IN THE WORLD«. Die Buchhandlung hieß, wie er las, »ACQUA ALTA«. Neugierig öffnete er die Tür. Im Halbdunkel erkannte er den Bug einer Gondel, die vollgefüllt mit zum Teil geordneten Büchern war, und zwei Schaufensterpuppen, welche den Platz des Gondoliere und eines weiblichen Fahrgasts einnahmen. Niemand erschien, es war auch kein Geräusch zu hören. Aldrians Augen hatten sich inzwischen an das schwache Licht gewöhnt, und er konnte Einzelheiten in dem chaotischen Durcheinander erkennen. In der Gondel, zwischen den Büchern, war ein spiralförmig blau und weiß bemalter Pfahl zu sehen, wie er zum Festmachen von Motorbooten verwendet wurde, und die beiden karnevalesk gekleideten Schaufensterpuppen trugen skurrile Kopfbedeckungen und Masken, die ihre Gesichter vollständig verbargen. Zwei Stühle in der Gondel waren mit Büchern drapiert, davor waren verschiedene kleine, kostümierte Puppen wie für eine Märchenkomödie aufgestellt. Auf dem Tisch, an dem wohl normalerweise der Geschäftsinhaber oder ein Angestellter saß, schliefen zwei weißgefleckte Tigerkatzen. Am Ende des Raumes führte eine mit schmiedeeisernen Stäben verzierte gläserne Doppeltür mit Rundbögen ins Freie. Er durchquerte das Geschäft und bemerkte, dass, je näher er zum Hinterausgang kam, desto mehr Wasser den Boden bedeckte. Es reichte zuletzt bis zur Höhe seiner Schienbeine. Weil er plötzlich glaubte, beobachtet zu werden, drehte er sich um und registrierte, dass die Tigerkatzen noch immer schliefen. Hinter der Glastür im Freien stand das Wasser schon fast bis zu Aldrians Knien. Verschiedene Plastikstühle waren vor einer Wand aus aufgestapelten antiquarischen Büchern, die an der dahinterliegenden Ziegelmauer errichtet worden war, hingestellt. Die Bücherwand mochte sechs bis sieben Meter breit und drei Meter hoch sein, während die anschließende Ziegelmauer sie sogar noch um einen Meter überragte. Auf beiden Seiten der Wand waren weitere Bücher zu Treppen aufgestapelt. Da das Flussbett des hinter der Ziegelmauer vorbeiführenden Kanals höher lag als der Platz, auf dem sich die Buchhandlung befand, überschwemmte trotz allem das Hochwasser die Räume des Geschäfts. Zwei Schiffssteuerruder lehnten an den Seitenwänden und darüber las er die Aufschrift: FOLLOW THE BOOKSTEPS, CLIMB, GO UP. Ein weißer Pfeil zeigte die Richtung nach oben an. Über der Buchwand entdeckte er eine weitere, diesmal blaue Inschrift: WONDERFUL VIEW. Die zu Treppen aufgestapelten Bücher waren alte Enzyklopädien und Bildbände mit Rücken in allen Farben, bemerkte er, während er sie hinaufstieg und von dort aus auf den Kanal sah. Im Hochwasser bewegte sich ein altes Ruderboot, das mit einem Seil an der gegenüberliegenden Hausmauer befestigt war, mit der Strömung. Instinktiv mochte Aldrian die merkwürdige Treppe nicht. Umständlich stieg er wieder hinunter in das Wasser, das dabei Geräusche von sich gab. Als er endlich wieder die Glastüren zum Geschäft öffnete, stellte er fest, dass es noch einen zweiten Raum gab, in dem die Bücher in den Regalen genauso aufgestapelt waren wie vor der Mauer zum Kanal. Noch dazu war es kein Raum, sondern bloß ein Durchgang ohne Dach, und der Boden war aus Pflastersteinen. Auf einigen der sechs oder sieben Hocker und Stühle und einem eisernen alten Gartentisch schliefen drei weitere Katzen. Ein Gummibaum ließ seine Blätter hängen. Abdrücke von Schuhsohlen waren mit gelber Farbe auf den Boden gemalt. Sie führten von einer geöffneten Tür zu einem nächsten Durchgang. Dahinter verlief eine enge, dunkle Gasse, in der das Acqua alta, das den halben Durchgang und die unteren Bücher in den Regalen überschwemmt hatte, kniehoch stand. Neugierig schlurfte Aldrian in die enge Gasse hinaus und gelangte in dem benachbarten Gebäude zu sechs weiteren Räumen mit Badewannen und Ruderbooten – alle angefüllt mit Büchern – und an den Wänden vollgestopften Regalen. Je weiter er sich aber von der Gasse entfernte, desto weniger Wasser stand in den Räumen. Die letzten drei größeren und kleineren Zimmer waren trocken, und vor den Regalen standen Tische, Kommoden, Schachteln und ein Lehnstuhl. Eine Neonröhre flackerte. Im vorletzten Zimmer hingen verschiedene alte Lüster von der Decke und im letzten an den wenigen freien Plätzen Bilder zwischen den Regalen, oder sie lagen in kleinen Stapeln auf dem mit einem roten Teppich belegten Fußboden. Eine Fensterwand gab den Blick in den überschwemmten Innenhof frei. Überall waren auch verschiedene kleinere Bilder an die Bücher selbst gelehnt. Oder es lagen Rollen mit Landkarten vor einem mit einer Platte abgedeckten Fenster. Auf dem Rückweg entdeckte Aldrian noch ein Schaukelpferd aus Stoff, kleine Porzellanfiguren, eine Pendeluhr, eine orientalische Serviertasse aus Kupferblech mit einem Einweckglas, in dem er zusammengeknülltes Papier und einen Zigarettenstummel erkannte. Weiße Masken und Andenkenteller lagen verstreut zwischen Bücherstapeln, kleine, kitschige Spiegel mit Glasrahmen hingen in einer Nische ... Auf einem roten, zum Teil vom Wasser bedeckten Schild, das vor Plastikkörben abgestellt war, stand in schwarzen Buchstaben FUTURE. Es war, wie er sich vergewisserte, die »Abteilung« für Science-Fiction-Romane. Das Bestimmende jedoch waren die Bücher selbst, tausende, zehntausende, die wie Flüchtlinge in einem verwahrlosten Auffanglager auf ihr Schicksal warteten.

Da sich niemand trotz seiner Rufe zeigte, begab er sich – auch weil ihm die Buchhandlung unheimlich geworden war – zurück ins Freie.

Er hatte jetzt genug vom Herumstreifen, genug von den toten Gassen und Stadtteilen und verspürte nur den Wunsch, im warmen, trockenen Caffè Florian bis zum Abend an einem Tisch Platz zu nehmen und sich von einem Kellner im weißen Jackett bedienen zu lassen. Er wusste zwar, dass es ihn eine Menge Geld kosten würde, doch seine Sehnsucht nach den roten, goldenen Salons war stärker als seine Bedenken. An den zahlreichen Andenkenläden und Maskengeschäften vorbei erreichte er den Markusplatz, der zu seiner Überraschung voller Leben war. Schon in den Gassen nahe der Piazza begegnete er begeisterten Touristen, die sich gegenseitig im Acqua alta fotografierten. Auch unter den vom Wasser überschwemmten Arkaden hatte sich eine zum Teil kostümierte Menschenmenge angesammelt, die das Acqua alta als Touristenattraktion begriff. Die Hochwasser-Bänke waren nicht aufgestellt, sie wären ohnedies zu niedrig gewesen, und vor den Geschäften, die geöffnet hatten, waren überall Metallsperren angebracht. Die Atmosphäre hatte es ihm sofort angetan, das Gemisch aus Sein und Schein. Die roten Bühnenvorhänge des Zeltes für das kleine Orchester vor dem Caffè Florian waren zum Markusplatz hin geschlossen, und zwei Frauen und zwei Männer spielten zur Arkadenseite hin gerade mit leisem Spott, wie es Aldrian schien, den Donauwalzer. An den schmalen Marmortischchen auf dunkelbraun gepolsterten Stühlen und Bänken sitzend, hörten zahlreiche Gäste zu, schwatzten, nahmen Drinks zu sich oder gönnten sich einen Cappuccino. Aldrian blickte in die geöffneten und erleuchteten Fenster. Das Caffè, stellte er fest, war hauptsächlich von Maskierten besetzt. Die Kellner in weißen Smokings kamen ihm wie Offiziere auf Kreuzfahrtschiffen vor. Im letzten der – wie er wusste – acht Salons wurden offenbar die Wandbilder gegen andere ausgetauscht, heruntergerollte Leinwände, die wie große Landkarten mit Holzstangen am unteren Rand beschwert waren, verdeckten jetzt die Stellen, an denen sie zu sehen gewesen waren. Über der Wand hinter den Tischen und Bänken hing bereits ein großer, modern gemalter Engel. Er bediente

einen Morseapparat, der mit Telegraphendrähten verbunden war. Auf dem Boden davor schlängelte sich
ein Papierstreifen. In der Linken hielt der Engel eine
Triangel. Vor seinen Füßen ein kleiner Puttenkopf, im
Hintergrund winzige Schiffe. Das Bild versuchte Tech-
nik und Religion miteinander zu verbinden, dachte
Aldrian – zu einer Art magischen Einheit. Es ersetzte
das alte Bild des Engels, der ebenfalls eine Triangel in
der Linken hielt und über ein nacktes Kind wachte, erinnerte sich Aldrian. Er kannte alle Räume auswendig: die Sala degli Uomini illustri mit Portraits von
Goldoni, Marco Polo, Tizian oder Palladio, die Sala di
Senato mit der Wissenschaft und dem Fortschritt ge-
widmeten Bildern, den griechischen und auch den
persischen Salon – einen orientalischen Raum –, die
Sala Liberty sowie die Sala delle stagioni, den Salon
der Jahreszeiten. Dort ließ er sich an einem freien Tisch
nieder, zog seine Stiefel aus, verstaute sie abermals in
der Plastiktasche und legte die weiße Maske neben
sich auf einen Stuhl. Alle Räume waren mit Decken-
gemälden, Stuckaturen und anderen Verzierungen
geschmückt, und die Bilder an den Wänden, in runden, barocken Goldrahmen oder verglast zwischen
goldenen Ornamenten, zeigten eine in sich selbst ver-
sunkene Welt: Harfenspielerinnen, chinesische Paare,
Damen aus der Antike und dem Barock, Vögel und
Pflanzen. Er hatte voller Vorfreude das Caffè betreten. In reichverzierten Goldrahmen reflektierten Spiegel das Interieur: die kostümierten Gäste mit großen
roten und blauen Federn an Phantasiehüten oder mit
Flaumfedern besetzten Dreispitzen, die Schwärze eines Umhangs, eine gelockte Perücke mit einem weiß-

geschminkten Gesicht, die mit dunkelrotem Samt überzogenen Sitzbänke und Stühle, die Marmorplatten der Tischchen und die Kellner, die wie Kohlweißlinge kurz herbeiflatterten und wieder verschwanden. Er bestellte einen Spritz, der ihm mit Eiswürfeln und knusprigen Käsestangen serviert wurde, wie auch eine Handvoll Oliven in einer Porzellantasse. Rasch orderte er ein zweites und drittes Glas, knabberte gedankenverloren an den Käsestangen und studierte die ehemals roten, jetzt fast schwarzen Wandtapeten aus Stoff, die handbemalt waren wie Ölgemälde: florale Muster, die von Fortuny entworfen worden sein konnten, aber kaum noch zu erkennen waren. Vermutlich, dachte er, waren sie vom Tabakrauch geschwärzt. Die Bank, auf der er saß, war hart wie eine hölzerne im Garten, und der Parkettboden sichtlich schon von Abertausenden Schuhsohlen betreten worden: eine Kulisse für die Touristen, die dort auftraten. Die Kellner hingegen begriffen sich als Schauspieler, die sich vor jedem Gast – dem Ritual entsprechend – zum Statisten degradierten und in eleganter Unauffälligkeit ihren Dienst versahen. Sie balancierten ihre Tabletts aus Alpacca – oft sogar in jeder Hand eines – voller Flaschen, Teller, Tassen, Gläser wie Jongleure mit raschen, entschlossenen Schritten und schwereloser Eleganz zu den Tischen. Aldrian warf einen Blick durch die Glasscheiben der Türen. Maskierte und Nichtmaskierte starrten in den Salon hinein oder fotografierten ihn mit Blitzlicht, weshalb sie auf ihren Bildern, wie Aldrian zufrieden dachte, nur einen grellen Lichtreflex auf einer Glasscheibe sehen würden. Von außen betrachtet, waren die Gäste Zierfische in einem üppigen Aquarium. Von innen wiederum blickte man zu den neugierigen Schaulustigen hinaus wie auf Figuren eines Karnevalsumzuges. Der Markusplatz war für alle eine riesige, tiefe und scheinbar unendliche Bühne. Im Salon erblickte er jetzt einen Mann, der ihn zu beobachten schien. Allerdings schaute der Mann ihm nicht ins Gesicht, sondern starrte in einen der Spiegel, in dem sich ihre Blicke kurz trafen. Der Fremde wandte sich ab, nahm einen Schluck aus seiner Kaffeetasse und gähnte mit vorgehaltener Hand. Er war mittelgroß und kräftig, trug eine Lederjacke und Jeans und hatte einen Bart. Die Augenbrauen schwarz, als seien sie mit einem Kohlestift nachgezeichnet. Aldrian warf einen Blick auf seine Uhr, vergaß aber sofort wieder, wie spät es war, denn er hatte den Eindruck, dass die Zeit im Caffè nicht verging. Nur draußen verging sie, sagte er sich, während er in seinem Salon wie in einer luxuriösen Taucherglocke von Jules Verne in eine zeitlose Dimension vorgestoßen war. Der Fremde, bemerkte er währenddessen, beobachtete ihn schon wieder oder noch immer im Spiegel. Er sah zwischen den verkleideten und maskierten Menschen wie ein Bühnenarbeiter aus, wie ein Beleuchter oder ein Requisiteur. Nebenbei stellte er fest, dass er, wie auch andere Gäste, gelbe Gummistiefel an den Beinen trug, was der Szenerie etwas Merkwürdiges verlieh. An einem frei werdenden Tisch nahm jetzt ein Herr Platz, gekleidet wie ein Adeliger vor der Französischen Revolution, einen mit Goldfäden üppig bestickten Dreispitz auf der grauen Perücke und mit goldfarbener Weste. Seine Lippen waren rot geschminkt, und seine randlose Brille passte nicht ganz zu seiner Aufmachung. Er war in Begleitung dreier Damen, eine glich in ihrer Kostümierung dem Herrn, die beiden anderen unterschieden sich von ihm schon durch die Farben ihrer Kleider und Kopfbedeckungen. Die älteste trug einen riesigen Piratenhut, bestickt mit unzähligen goldenen Sternen, als handle es sich um ein Fragment des Nachthimmels, und einen hohen goldenen Schal über dem violetten Kleid, die jüngeren versteckten Augen, Stirn und Nase hinter goldenen Masken und Federgebilden in ihren grellroten Perücken. Gleich darauf setzten sich ein weißhaariger Admiral in prunkvoller Uniform und ein mit einem roten Rokokokostüm, Kniestrümpfen und ebenfalls einem Dreispitz bekleideter Fürst, einen weißen Stock aus Elfenbein in einer Hand, dazu. Nachdem sie ihre Bestellung aufgegeben hatten, begannen sie über eine Opernaufführung von Mozarts »Le nozze di Figaro« und Rossinis »Il barbiere di Siviglia« zu sprechen, wobei sie Standpunkte vertraten, die Aldrian beinahe dazu getrieben hätten, sich einzumischen. Sie wechselten jedoch bald das Thema und unterhielten sich über Frisöre in Florenz und Mailand. Aldrian versuchte wegzuhören, bestellte einen weiteren Spritz und bemerkte, dass der Mann, der ihn im Spiegel beobachtet hatte, verschwunden war. Um Mitternacht saßen nur noch wenige Gäste an den kleinen Marmortischchen, zumeist zu zweit oder zu dritt, nur er war allein. Er war betrunken, aber er beherrschte sich, so gut es ging. Die Rechnung, die ihm vorgelegt wurde, war ihm egal, im Gegenteil, er gab dem Kellner ein ordentliches Trinkgeld und spürte Befriedigung darüber. Dann packte er seine Stiefel aus und die Maske ein, aber als er auf den nur noch schwacherleuchteten Markusplatz trat, bemerkte er, dass das Acqua alta verschwunden war. Er hatte zuerst den Eindruck, man wolle ihn zum Narren halten, obwohl er wusste, dass er sich das nur einbildete. Als ihm kurz schwindelig wurde, drehte er sich zu einer der Bänke unter den Arkaden, die vor dem Caffè abgestellt waren, um, nahm Platz und zog seine Stiefel wieder aus, holte umständlich die Maske aus seiner Kunststofftasche, verstaute die Stiefel und die Maske.

Er begegnete keinem Menschen, bis er das Wartehäuschen der Linie 1 erreichte, das auf dem Canal Grande schaukelte. Sein Rücken schmerzte ihn, und seine Gedanken waren nicht klar. Endlich erschien das Vaporetto, und als er an Bord ging, stiegen hinter ihm der Fremde, der ihn im Caffè Florian im Spiegel beobachtet hatte, und ein zweiter Mann ein. Beide trugen ebenfalls keine Regenstiefel mehr. Aldrian wusste zuerst nicht, woher sie so plötzlich gekommen waren. Aber das Vaporetto setzte sich schon in Bewegung, und er öffnete, ohne weiter darüber nachzudenken, die Tür zum Abteil mit den Sitzplätzen, in dem ein junges unbekümmertes Paar in Alltagskleidung saß und sich – versunken in Zuneigung – liebkoste. Da Aldrian schlecht hörte, verstand er kaum die Namen der Stationen, die durchgegeben wurden. Er schaute hinaus zu den beiden Männern auf der Plattform, aber sie hatten ihm ihre Rücken zugekehrt. Draußen erkannte er nichts als Dunkelheit, auch das Wasser war nur ein Teil der Schwärze. Manchmal tauchten die erhellten Fenster eines Palazzo auf, mit einem strahlenden Kronleuchter, der von der Decke hing und in Aldrian den Eindruck einer im Wasser leuchtenden Qualle hervorrief. Eines der phosphoreszierenden Meerestiere war vielleicht vier oder fünf Meter lang und schwebte bewegungslos in der nur vom Brummen des Motors unterbrochenen nächtlichen Stille, bevor es wieder hinter ihm verschwand.

Das Vaporetto hielt an der Station San Silvestro, und er verließ es im letzten Augenblick, bevor es sich wieder in Bewegung setzte. Er blickte sich aber sofort wieder um und sah den zwei Männern, die am Ausgang standen, und dem sich gerade küssenden Liebespaar im Abteil nach, bis sie in der Dunkelheit verschwanden. Nach dem niedrigen Durchgang, der ihm immer wie ein Keller vorkam, begab er sich zum Campo San Silvestro und von dort zur Rughetta del Ravano, einem Straßenstück, das zum Trampelpfad des Massentourismus gehörte. Er kannte die Gegend gut, befanden sich doch dort das »Antico Dolo«, in dem er öfters speiste, und das Maskengeschäft von Diego Sarcia, der ihm im Winter Briefe schrieb, dass er unbedingt eine Aufführung in der Staatsoper besuchen wolle, dann aber immer im letzten Moment absagte. Und nicht zuletzt die Ostaria Dai Zemei, in der er mit seinem Bruder und Diego Sarcia häufig Abende verbracht hatte. Es war jetzt wohl zu spät, Jakob und Elena telefonisch zu erreichen. An einer Ecke, von der aus er die Rialtobrücke sehen konnte, stand ein Mann und urinierte an eine Hauswand. Daher bog Aldrian zur Ruga dei Speziali ab, einer Gasse mit zahlreichen kleinen Lebensmittelgeschäften und Feinkostläden, deren Rollläden jedoch geschlossen waren, und bog nach wenigen Schritten zum Campo della Pescaria ab. Inzwischen hielt er einmal kurz an und lauschte, ob etwas Verdächtiges zu vernehmen war, doch er hörte nur den eigenen Atem. Sobald er den schwach-beleuchteten Eingang zum Haus erreicht hatte, suchte er erleichtert den Schlüssel in seiner Hosentasche. Im selben Augenblick verspürte er einen stechenden Schmerz im Kopf und verlor das Bewusstsein.

Im Mesokosmos

Draußen war es noch dunkel. Er lag im Bett und fand sich in seiner Garçonnière wieder. Sein Kopf dröhnte. Halbbenommen und vorsichtig tastete er mit den Fingern an die schmerzende Stelle unter dem Haar und spürte eine dicke Kruste. Er wusste selbst nicht weshalb, aber er war darüber nicht erstaunt. Im Gegenteil, es erschien ihm folgerichtig, dass er verletzt war. Er musste wohl gestürzt sein, vermutete er. Aber wie war er in sein Bett gekommen? Er knipste das Licht am Nachtkästchen an, setzte sich auf und sah, dass der weiße Kissenüberzug voller Blutflecken war. Als er sich mit Schwindel im Kopf erhob und zum Badezimmer wankte, bemerkte er weiter, dass seine Wohnungstür entgegen seiner Gewohnheit weit offen stand. Hierauf kontrollierte er die schmerzende Stelle unter den Haaren und sah, dass es eine Platzwunde war. Erstaunt und ratlos setzte er sich in die Küchennische. Dabei hatte er den Eindruck, sich selbst zuzusehen, wie er gerade Platz nahm. Natürlich fragte er sich, was geschehen war. Er war im Caffè Florian gewesen und hatte sich betrunken, so viel stand fest. Und er sah jetzt das Gesicht des Mannes, der ihn im Spiegel beobachtet hatte, und wusste sofort, dass der Fremde mit seinem Begleiter an der nächsten Station Rialtobrücke das Vaporetto verlassen haben musste, nachdem er selbst schon an der Station San Silvestro ausgestiegen war. Er erinnerte sich ganz genau an den Weg, den er genommen hatte, bis zu dem Moment, als er den Schlüssel für die Haustüre in der Hand hielt. Von da an war ihm nur noch der kurze Augenblick im Gedächtnis geblieben, in dem sich zwei Gesichter über ihn beugten, jenes des Fremden mit den schwarzen Augenbrauen und das gerötete eines Mannes mit Karnevalsmütze auf dem Kopf, die lange Zipfel hatte, an denen Glöckchen hingen. Er hörte dabei das helle Klingeln wieder, das sie von sich gaben. Noch einmal mühte er sich in das Badezimmer, stellte sich unter die Dusche und wechselte die Kleidung. Die Wunde am Kopf blutete wieder, daher schnitt er sich rundherum einige Haarbüschel ab und kürzte mit der Schere die Klebebänder des Pflasters, bevor er sie befestigte und dann unter den Haaren, soweit es ging, unsichtbar machte. Anfangs konnte er nicht glauben, dass er niedergeschlagen worden war, aber woher sonst kam die kurze Erinnerung an die Gesichter der beiden Männer und die Karnevalsmütze? Er schlüpfte in seine Hose, griff nach dem Schlüsselbund, fand ihn jedoch nicht, auch nicht in seinem Sakko und der schwarzen Windjacke, die er getragen hatte. Daher stieg er vorsichtig die Treppen hinunter, vorbei an der Wohnungstür seines Bruders, die jetzt zu seinem Erstaunen geschlossen war. Er wusste, dass sie bei seiner Ankunft nur angelehnt gewesen war und dass er in die Wohnung hineingerufen hatte, ohne eine Antwort erhalten zu haben. Irritiert eilte er zum Eingang hinunter und fand das Haustor ebenfalls versperrt vor. Ohne Übergang fühlte er sich in eine andere Welt versetzt. Das Fenster neben der Eingangstür war vergittert, er konnte also nur die Scheibe einschlagen und um Hilfe rufen. Es war, wie er auf seiner Armbanduhr sah, ein paar Minuten vor sechs, und die meisten Verkäufer auf dem Fischmarkt waren wohl gerade damit beschäftigt, ihre Waren auf die Verkaufspulte zu legen. Dann fiel ihm die Seitentür ein, die zum Geschäft führte. Er erwartete nichts, als er die Klinke niederdrückte, aber zu seiner Überraschung war die Tür nicht abgeschlossen. Der Verkaufsraum war tadellos aufgeräumt, stellte er fest, nichts Auffälliges war zu sehen. Die Wunde am Kopf schmerzte ihn noch immer. Er verstand allmählich, dass das Verschwinden seines Bruders und dessen Frau mit dem Überfall und dem Schlag auf seinen Kopf zusammenhängen musste. Gleichzeitig drängte es ihn, das Haus zu verlassen, doch die Eingangstür zum Geschäft war ebenfalls verriegelt und das Verbindungskabel des Telefons zum Stecker an der Wand fehlte. Daraufhin versuchte er, sein Smartphone zu finden, es war aber weder in seiner Hose noch in seinem Sakko. Blieb nur noch die schwarze Windjacke, sagte er sich. Er lief die Treppe zu seiner Wohnung wieder hinauf, durchsuchte noch einmal alle Taschen der Kleidungsstücke, die er getragen hatte, doch das Telefon blieb verschwunden. Also hatte man es ihm zusammen mit dem Schlüssel gestohlen … Er setzte sich auf das Bett und fühlte sich plötzlich wie in seinem Souffleurkasten. Um ihn herum herrschte eine andere Wirklichkeit, von der er auf skurrile Weise ausgeschlossen war. Er durfte sich nur auf die Partitur und das Geschehen auf der Bühne konzentrieren, und seine Aufgabe war es, Fehler zu vermeiden. Aufgewühlt begab er sich zurück in das Geschäft, um dort in Ruhe nachzudenken. Vielleicht würde der Briefträger bald erscheinen oder ein Kunde ... Er versuchte, das Deckenlicht einzuschalten, aber offenbar war der Strom im Geschäft unterbrochen worden, denn es blieb dämmrig. Um nicht die Beherrschung zu verlieren und in Panik zu verfallen, nahm er sich vor, sich von seinen Verfolgern nicht aus dem Haus vertreiben zu lassen. Er würde eine Lösung finden, redete er sich ein. Der vorherrschende Gedanke aber war die Sorge um seinen Bruder und dessen Frau. Selbst im Caffè Florian hatte er an seine Schwägerin denken müssen, weil sie dort mehrmals als Restauratorin zu Rate gezogen worden war. Insgeheim liebte er sie immer noch. Auch zu ihrer Schwester Margherita, die mit dem Zahnarzt Eugenio Bellucci verheiratet war, fühlte er sich hingezogen, und nicht zuletzt zu einer Freundin Elenas – Beatrice Stefanelli. Sie arbeitete als Korrespondentin für eine Mailänder Zeitung, war geschieden und unternahm häufig Reisen.

Er war verwundert, dass er sich im Geschäft geborgener fühlte als im übrigen Haus. Im ersten der beiden ineinander übergehenden Räume standen die gläsernen Vitrinen mit erlesenen Meeresmuscheln und -schnecken: größeren und kleineren, einfarbigen, weißen und dunkel gemusterten, gestreiften, gepunkteten, mit Stacheln versehenen, schneckenhausförmigen und solchen aus silbernem Perlmutt. Dazwischen und darüber waren die Perlenketten aus China, Perlohrringe und Perlenringe hingestreut. Im zweiten Raum waren die Regale mit Krokodilschädelskeletten, Fossilien aller Art, Kristallen und anderen Mineralien gefüllt. Dazwischen lagen herrliche Juwelen, aber auch aus Knochen geschnitzte Elefanten, und an der Wand hingen Rahmen mit den farbigsten, größten und geheimnisvollsten Schmetterlingen und Fluginsekten. Der eigentliche Mittelpunkt aber waren für Aldrian die gerahmten Insekten-, Vögel- und Pflanzenaquarelle seines Bruders, die er zusammen mit alten botanischen und zoologischen Stichen zum Kauf anbot.

Aldrian war auf seinem Stuhl eingenickt, als ihn die Rufe einer bekannten Stimme weckten. Es war Margherita, stellte sich sogleich heraus. Um sie nicht zu erschrecken, blieb er sitzen und sprach laut ihren Namen aus. Die Rufe verstummten, und im nächsten Augenblick erschien sie mit fragendem Gesichtsausdruck und großen Augen. »Du bist hier? Wo sind Jakob und Elena?«

»Ich habe meinen Schlüssel verloren und mein Handy ... Ich glaube, sie sind mir gestohlen worden«, antwortete Aldrian verwirrt.

»Wie bist du in das Haus gekommen?«, fragte sie aufgebracht. »Und was ist mit deinem Kopf?«

Aldrian dachte, dass er sie nicht erschrecken durfte, auch war ihm das Vorgefallene peinlich, und er erfand eine Geschichte, dass er am Abend ausgegangen sei und zu viel getrunken habe. Er sei, fuhr er fort, um Mitternacht mit zwei Männern, von denen einer eine Mütze mit Zipfeln und Glöckchen getragen, der bärtige andere dichtes, schwarzes Haar und ebensolche Augenbrauen gehabt habe, nach Hause gegangen, um mit ihnen in seiner Wohnung noch eine Flasche Wein zu trinken, die er im Lokal gekauft habe. Sie hätten zwei Stunden angeregt über Venedig gesprochen, ihn aber beim Abschied vor dem Haus niedergeschlagen und seine Schlüssel und sein Telefon entwendet.

»Und dein Portemonnaie?«, fragte sie erschrocken.

»Sie haben es mir weggenommen.«

»Haben sie deine EC-Karte?«

»Du meinst die Bankomat-Karte?«

Sie nickte.

»Nein. Wenn ich im Ausland bin, trage ich immer ein zweites Portemonnaie bei mir, in dem ich nur das, was ich für den Tag brauche, aufbewahre.«

»Und das andere Geld?«

»Hebe ich jeden zweiten Tag ab.«

»Aber die EC-Karte?«

»Die Bankomat-Karte ist im Pass und den Pass habe ich versteckt. Warum fragst du?«

Sie machte eine Pause.

»Vielleicht ist etwas aus dem Geschäft gestohlen worden? Oder aus der Wohnung?«

»Im Geschäft habe ich gerade nachgesehen – mir ist nichts aufgefallen.«

Er verschwieg, dass das Verbindungskabel zum Telefon fehlte. »Und zur Wohnung besitze ich keinen Schlüssel.«

Sie war sichtlich genervt.

»Ich verstehe dich nicht«, stieß sie vorwurfsvoll hervor, dann gab sie sich einen Ruck und stand auf. »Wir müssen die Schlösser auswechseln und zur Polizei gehen.«

Er nickte.

»Kommst du mit?«, fragte sie ihn.

Er schüttelte den Kopf und erklärte ihr, dass er im Archivio di Stato di Venezia einen unaufschiebbaren

Termin habe. Er habe sich nämlich vorgenommen, einen Reiseführer über Venedig zu schreiben.

»Ich mache mir Sorgen um Elena und Jakob«, unterbrach ihn Margherita.

»Ich mir auch«, antwortete er. Diesmal war es nicht gelogen.

»Seit wann bist du hier?«

»Seit gestern.«

Plötzlich änderte sie ihren Tonfall und verlangte von ihm, dass er sie in die Wohnung von Elena und Jakob begleite, um gemeinsam nach dem Rechten zu sehen.

Selbstverständlich willigte er ein, und kurz darauf fand Margherita in dem abschließbaren Schlüsselkästchen vor der Küchentür auch den Reserveschlüssel zu Aldrians Garçonnière. Alles war an seinem Platz. Und da Margherita wusste, dass weder Elena noch Jakob größere Geldbeträge zu Hause aufbewahrten, schien sie ein wenig erleichtert zu sein.

Aldrian bedankte sich für die Schlüssel, und sie trat auf den Gang, wählte eine Nummer auf ihrem Handy, schloss hinter sich die Wohnungstür und sprach, während er wartete, hektisch mit jemandem.

»Du musst im Haus bleiben«, sagte sie, als sie zurückkam, »die Polizei kommt jeden Augenblick.«

Er wusste, dass er keine Chance mehr hatte zu lügen, denn er konnte einem Kommissar nicht dasselbe Märchen wie Margherita erzählen. Man würde von ihm das Lokal wissen wollen, in dem er die beiden Männer getroffen hatte, und alles Weitere hinterfragen. Margherita, überlegte er weiter, würde er »gestehen« müssen, dass er sie mit dem Vorfall nicht habe erschrecken wollen und dass er vom Schlag auf den Kopf noch benommen gewesen sei.

Er stieg die Treppen zu seiner Wohnung hoch, und erst nachdem er sein Zimmer wieder betreten hatte, fiel ihm ein Stück Papier auf, das unter dem Bett hervorragte. Voller Misstrauen hob er es auf und las seinen mit rotem Filzstift geschriebenen Namen, der durchgestrichen und dahinter mit einem Kreuz versehen war. Es dauerte einen Moment, bis er begriff, dass es sich um eine Drohung handelte. Vermutlich war alles genau vorbereitet gewesen, überlegte er: Man hatte ihn ausgespäht, war ihm gefolgt und hatte ihn niedergeschlagen. Es konnte nur mit seinem Bruder und dessen Frau im Zusammenhang stehen. Er schloss die Faust um das Papierstück und warf es in den Abfalleimer. Ich werde der Polizei alles sagen, was ich weiß, flüsterte er zu sich selbst. Dann fiel ihm ein, dass auch sein Smartphone gestohlen worden war. Alle seine Telefonnummern waren darauf gespeichert gewesen: die Nummern von Sängern, Bühnenarbeitern, den Inspizienten, Dirigenten, den beiden anderen Souffleuren und seine privaten Kontakte. Etwas war geschehen, das seine Vergangenheit ausgelöscht hatte. Er musste den Termin im Archivio di Stato di Venezia verschieben, schoss es ihm durch den Kopf. Dabei stellte er sich auch die Frage, ob er der Polizei das Papier mit seinem durchgestrichenen Namen und dem Kreuz geben sollte. Ihm fiel auf, dass er sich wie ein Täter verhielt, doch fühlte er sich auch nicht als Opfer – eher als Zeuge oder besser als ein zukünftiger Täter. Er würde sich zur Wehr setzen, nahm er sich vor. Und er würde seinen Bruder suchen, sobald er einen Hinweis, einen Anhaltspunkt hätte … Auch mit Margherita und der Polizei würde er zusammenarbeiten, sonst würde er in eine unerträgliche Situation geraten. Nachdem er zwei Kopfschmerztabletten aus der Tasche mit seinen Toilettenartikeln genommen und das Bett frisch überzogen hatte, warf er im Badezimmer einen Blick in den Spiegel, sah sein Pflaster, wollte es zuerst entfernen, akzeptierte aber dann, dass er verletzt war, und taumelte wieder die Treppen hinunter.

Die Polizei war immer noch nicht eingetroffen. Im selben Augenblick, als er das dachte, traten zwei uniformierte Polizisten und ein Mann in Zivil aus den Arkaden des Fischmarktes heraus und gingen zielstrebig auf das Haus zu. Also mussten sie am Canal mit dem Boot angelegt haben, schloss Aldrian.

Margherita öffnete das Geschäft, führte die Männer durch die beiden Räume und bat sie dann in die Wohnung seines Bruders. Aldrian wollte jedoch nicht vor Elenas Schwester der Lüge überführt werden und ersuchte, sich auf das Bett in seiner Dachwohnung legen zu dürfen, da er Kopfschmerzen habe. Er würde selbstverständlich zur Verfügung stehen.

Der Mann in Zivil – Commissario Galli –, der sich schon im Geschäft vorgestellt hatte, begleitete ihn wortlos und nahm in Aldrians Zimmer auf einem Stuhl Platz, während sich Aldrian angekleidet auf dem Bett ausstreckte. Der Commissario war ein dünner, mittelgroßer Mann mit vollständiger Glatze und unrasiertem Gesicht. Er trug ein Sportsakko, Jeans und knöchelhohe, schwarze Schuhe und fühlte sich offenbar überall, wo er sich aufhielt, zu Hause.

»Sie sprechen ein sehr gutes Italienisch«, sagte er. »Wo haben Sie das gelernt?«

»Ich bin Maestro Suggeritore an der Wiener Staatsoper gewesen. Bitte reden Sie etwas lauter mit mir, ich hatte einen Hörsturz«, fügte er hinzu.

Der Commissario stellte daraufhin seine Fragen übertrieben langsam und verständlich. »Was tragen sie für ein Abzeichen an Ihrem Sakko«, wollte er wissen. Aldrian sagte nichts, stülpte seinen Rockkragen um und zeigte ihm die vergoldete kleine Taube mit dem Glasstein. Der Commissario nickte.

Eine Stunde lang sprach er respektvoll mit ihm – jedes Detail war ihm wichtig.

»Wie lange werden Sie in Venedig bleiben?«, wollte er zum Schluss wissen.

»Bis zum Sommer«, antwortete Aldrian.

»Mich wundert, dass wir bis jetzt die Laptops Ihres Bruders und seiner Frau nicht gefunden haben … Aber vielleicht haben sie ihre Geräte auf eine Reise mitgenommen … Entsprach das ihrer Gewohnheit?«

Aldrian nickte. »Ja«, gab er zur Antwort.

Der Commissario stand auf und erlaubte ihm auf seine Frage hin verwundert – hatte er doch zuvor über Kopfschmerzen geklagt –, das Archivio di Stato di Venezia aufzusuchen.

»Wenn Sie ein neues Telefon haben, rufen Sie mich an und geben Sie mir Ihre Nummer«, fügte er hinzu.

Aldrian versprach es.

Er blickte auf die Uhr, es war drei viertel zehn; nur drei Stunden waren vergangen, und es war ihm, als habe er inzwischen seine Identität verloren. Er musste ein anderer geworden sein, jemand, den er selbst nicht kannte, sagte er sich. Er holte die Brieftasche mit dem Pass unter dem braunen Packpapier des Schranks hervor, entnahm ihr Geld und schob sie mit dem Pass in das Versteck zurück. Bevor er das Haus verließ, suchte er Margherita in der Wohnung seines Bruders, aber sie hatte sich inzwischen mit den Polizeibeamten schon wieder ins Geschäft zurückgezogen.

»Das Telefonkabel fehlt«, sagte sie anklagend, als er eintrat.

Er schüttelte ungläubig den Kopf und kam sich vor wie ein Opernsänger, der den Faden verloren hat.

Der Commissario, der gerade mit ihr gesprochen hatte, hörte aufmerksam zu.

Er habe ihr nicht die Wahrheit gesagt … Warum nicht?, fuhr sie fort.

»Ich wollte dich nicht erschrecken«, antwortete Aldrian und wieder war es für ihn wie eine Opernszene, die ins Stocken geraten war.

Er verstand, dass sie vor dem Commissario nicht weiter darüber reden wollte, denn sie teilte ihm hierauf in sachlichem Tonfall mit, dass alle Schlösser ausgewechselt und neue Balkenschlösser angebracht würden. Ein neues Telefon müsse er sich selbst besorgen … Nur unwillig gab sie ihm auf seine Frage hin eine Adresse an, wo er es »versuchen« könne, wie sie betont gleichgültig sagte.

»Ich hoffe, du kommst zu deinem Termin noch zurecht«, verabschiedete sie ihn dann sarkastisch.

Er antwortete ihr nicht, beeilte sich, in dem Geschäft in der Nähe des Campo San Polo das gleiche Fabrikat des Smartphones zu kaufen, das er zuvor besessen hatte, und ging anschließend nach einem Blick auf die Uhr weiter zum ehemaligen Franziskanerkloster neben der Frari-Kirche. Ein paar verkleidete Kinder überquerten die Gasse. Er blieb stehen, um nachzusehen, ob er seinen Kugelschreiber bei sich hatte, fand ihn aber nicht. Unterwegs stieß er auf ein kleines Schreibwarengeschäft, und bei einem Blick in die Auslage bemerkte er, dass drinnen gerade eine blonde, fünfzig bis sechzig Jahre alte Frau ein paar Stricknadeln und blaue und rote Wolle auf das Verkaufspult legte. Sie rückte ihre Brille zurecht, hob den Kopf und warf ihm durch die Glasscheibe einen Blick zu. Sie machte den Eindruck, dass mit ihr nicht zu spaßen sei. Er betrat das Geschäft, verlangte einen bestimmten Kugelschreiber aus der Auslage, der im unteren Teil bernsteinfarbene und schwarze Flecken als Muster aufwies und oben schwarz war. Der Clip war aus chromfarbenem Material. Auf einem ebenfalls chromfarbenen Ring in der Mitte war ein großes, leicht verschnörkeltes D zu lesen. Aldrian war von dem etwas altmodisch wirkenden Schreibgerät so angetan, dass er sich gleich zwei Exemplare und Minen kaufte, was bei der älteren Dame ein Stirnrunzeln hervorrief.

Auf der Straße standen oder schritten Maskierte und Kostümierte und ließen sich von Touristen fotografieren. Aldrian fühlte, dass ihn wieder Schwindel erfasste. Er hatte nicht gefrühstückt, und die Aufregung am frühen Morgen hatte ihn noch mehr durcheinandergebracht. Er atmete tief ein und kaufte sich bei nächster Gelegenheit ein Stück Pizza und eine kleine Flasche »sparkling« Mineralwasser, die er austrank.

Im Archivio di Stato di Venezia

Als er das ehemalige Franziskanerkloster erreichte und wieder auf die Uhr blickte, war er erleichtert, dass er nicht zu spät kam. Ein Möwenschwarm flog kreischend auf und ließ sich auf dem Kirchendach nieder. Er ging durch einen Torbogen rechts von der Kirche in einen kleinen Innenhof, der aus der Kirchenmauer und dem Kloster gebildet wurde. Hinter den Glastüren saß der Portier an einem Tisch, davor warteten zwei Frauen. Eine von ihnen trug einen weißen, dicken Anorak. Er schätzte sie auf 35 Jahre. Sie hatte langes, blondes Haar und war erfreut, dass er Italienisch sprach. Er verstand, was sie sagte, sehr gut, obwohl ihre Stimme leise war.

Trotz seiner Niedergeschlagenheit spürte er, wie auch in ihm ein wenig Freude aufstieg. Er hatte die Wirklichkeit im Haus seines Bruders verlassen und trat jetzt in eine andere, neue ein, in der Hoffnung, von ihr verschluckt zu werden wie Pinocchio von dem Meeresmonster. Die andere Frau, die deutlicher sprach, hatte ein kleines Muttermal über der rechten Oberlippe, war groß, schwarzhaarig, fröhlich und mit einem schwarzen Mantel bekleidet. Sie begrüßten ihn lachend, stellten sich vor und führten ihn sodann durch einen langen Gang, der links und rechts be-

89

schriftete alte Karteischränke aufwies, in die Sala di Studio, den Lesesaal, wo sie an einem der langen, gelben Holztische – abseits der aufblickenden Studentinnen und Studenten – Platz nahmen. Die Blonde klagte zu Beginn darüber, dass das Acqua alta in einem Archivraum Schäden angerichtet habe, die andere begann jedoch sofort mit ihren Ausführungen. Aldrian griff nach seinem Notizkalender und einem der neuen Kugelschreiber in der Jackentasche und fing mit seinen Aufzeichnungen in Gabelsberger-Kurzschrift an, die er vollkommen beherrschte. In seinem Kopf jedoch sah er den Kommissar vor sich und Margherita, er sah sich im Spiegel, wie er ein Pflaster unter den Haaren anlegte, und den Zettel mit seinem durchgestrichenen Namen und dem Kreuz, den er unter seinem Bett gefunden hatte. Davon hatte er dem Kommissar nichts erzählt, weil er nicht wollte, dass man ihn vielleicht beobachten ließ. Er glaubte, dass ihn die beiden Männer, die ihm die Schlüssel und das Smartphone geraubt hatten, nur aus dem Haus seines Bruders hatten vertreiben wollen. Den Grund dafür kannte er nicht, und er scheute sich davor, ihn zu erfahren. Jedenfalls hätten sie ihn ohne Schwierigkeiten töten können.

Inzwischen, bemerkte er, hatte er automatisch mitgeschrieben, dass das ehemalige Franziskanerkloster seit 1815 als Staatsarchiv verwendet wurde. In den dreihundert Räumen, hatte die schwarzhaarige Frau ausgeführt, befänden sich über fünfzehn Millionen Bücher und Manuskripte und 250000 Urkunden. Das Kloster selbst sei um zwei Innenhöfe mit Kreuzgängen angelegt, war die schwarzhaarige Frau fortgefahren, der erste sei der »Allerheiligsten Dreifaltigkeit«, der andere dem »heiligen Antonius« gewidmet. Würde man alle Objekte aneinanderlegen, so ergäben sie eine Länge von achtzig Kilometern – die Strecke von Venedig nach Verona.

Er hob den Kopf und bemühte sich, dem Vortrag zu folgen. Sein Blick schweifte jedoch ab, hinauf zum Spitzbogengewölbe und zu den sechs Säulen, die es trugen, während die Frau weitersprach. Er zählte zehn Reihen von Tischen mit gepolsterten Stühlen, schwarzen Halogen-Tischlampen und mehreren Laptops. Die Rundbogenfenster begannen erst in Kopfhöhe des zweistöckigen Saals, sah er, und reichten fast bis zur Decke. Verschieden hohe Holzregale waren aufgestellt sowie weitere Karteikästen.

Die beiden Frauen waren inzwischen aufgestanden, und er folgte ihnen automatisch.

»Haben Sie noch eine Frage?«, wollte die dunkelhaarige Frau wissen.

Er schüttelte nur den Kopf, und die Frau mit der leisen Stimme erklärte ihm, dass sie unterwegs zur alten Küche des Klosters seien. Sie stiegen einige Steintreppen hinunter, und das Erste, was er sah, war eine tote Taube, die im zurückgebliebenen Hochwasser schwamm.

»Ich habe es Ihnen gesagt«, drückte die blonde Frau ihr Bedauern aus. Die Küche sei erst kürzlich archäologisch freigelegt worden, fuhr sie fort und deutete auf ein Loch in der Wand, »dort waren die Eisblöcke gelagert«. Aldrian hörte angestrengt zu. Jetzt erst verspürte er die Kälte, die im Raum herrschte. Er fror und schwieg. Auch die blonde Frau sog die Luft leise zischend zwischen ihren Zähnen ein, bevor sie weitersprach: »Darauf wurden das Fleisch und die Fische gekühlt. Die Mönche servierten hohen Besuchern zur Erfrischung sogar Sorbets.« Über dem Loch hing ein Heiligenbildchen, von dem nur noch eine Hälfte vorhanden war, die einen dicken kleinen Engel vor einem roten Hintergrund zeigte. Ein Mann in orangener Arbeitskleidung winkte ihnen zu, und sie gingen auf einer Hochwasserbank, bis sie durch ein schmiedeeisernes Tor den Kanal, den »Wasserweg zum gegenüberliegenden Dominikanerkloster«, wie die dunkelhaarige Frau sagte, sahen.

»Von dort kommt das Acqua alta«, fügte die blonde Frau hinzu. Die Wände der Küche waren unverputzt, und die Ziegel bildeten zusammen mit dem vom Wasser bedeckten Boden ein geometrisches Muster. Auch hier gab es Säulen, aber kein Tageslicht. Erleichtert folgte Aldrian den Frauen über eine andere Treppe mit einem runden Geländer aus Holz, das mit bronzenen Fäusten an der Wand befestigt war, zurück auf den Gang in ein altes, verwahrlostes Archiv. Es war über und über mit Akten vollgestopft, da und dort waren die Bretter der Regale eingebrochen und die Ordner auf das nächste Brett hinuntergerutscht. Einzelne Seiten schwebten auf der seichten Wasserschicht, die den Boden bedeckte, andere Aktenstapel ragten daraus hervor, und mehrere Regale waren vollständig zusammengebrochen und hatten Akten und Ordner überhaupt unter sich begraben. Was war in diesen Akten zu lesen?, dachte Aldrian. Welche Schicksale waren in ihnen festgehalten? Welche Gesetze, Erlasse und Verbote? Welche Urteile?

»Es ist das Archiv jener Zeit, als Venedig von der

Doppelmonarchie Österreich-Ungarn regiert wurde«, erklärte die dunkelhaarige Frau auf seine Frage.

Sie standen schweigend vor dem chaotischen Durcheinander, das aussah wie nach einer Naturkatastrophe. Für Aldrian stellte es nicht mehr dar als den hilflosen Versuch, nicht nur eine bestimmte Zeit, sondern ihre Allgegenwart auszulöschen. Die verborgenen, zerstörten, nassen, zerrissenen, vermoderten Buchstaben, die er auf den Seiten verschiedener Dokumente erblickte – Worte konnte er keine lesen –, waren für ihn Ausdruck von Ohnmacht und Aufbegehren. In Gedanken sah Aldrian die vergilbten, mit Rissen und Eselsohren in zu kleine Ordner gepressten Akten von Insekten befallen, die aus dem Papier – wie Hornissen – riesige »Krüge« fertigten und so das ganze von ihnen aufgefressene, verdaute und verkotete Archiv voll unsichtbar gewordener Buchstaben und Inhalte in ihre Behausung verwandelten. Es war die Verwandlung von Zeit in Vergessen.

Wortlos verschlossen die Frauen wieder die Türen, und Aldrian konnte sich von da an wegen der riesigen Ausmaße des Gebäudes nicht mehr erinnern, welche Räume in welcher Reihenfolge er gesehen und hinter sich gelassen hatte. Ihm fiel nur ein zweistöckiger Saal mit einer von einem kleinen Geländer geschützten Galerie auf halber Höhe ein und Regalen voll verschiedenfarbigen Aktenordnern an den Seiten, weißen Etiketten mit Jahreszahlen und handgeschriebenen Zusammenfassungen des Inhalts sowie abgenutzten und ausgebleichten Faszikeln, die mit erschlafften Archivknoten zusammengebunden und mit einer aufgedruckten Nummer versehen waren. Er hatte keine Ahnung, was das alles bedeutete, wollte auch nicht fragen, sondern nur weitergehen. Doch je tiefer sie in das Archiv eindrangen, desto mehr gewöhnte er sich an die unvorstellbare Menge an Akten, die in unvorstellbar vielen Stunden von unvorstellbar vielen Namenlosen auf unvorstellbar vielen Seiten mit unvorstellbaren Mengen Tinte hergestellt worden waren. Immer höher stiegen sie hinauf, dann wieder ein Stockwerk hinunter und gleich wieder noch höher hinauf, über hölzerne Brücken, als überquerten sie auf einer Alpenwanderung reißende Bäche. Ohne anzuhalten, betraten sie schon den nächsten dämmrigen Raum mit Butzenscheiben-Fenstern, Neonröhren und grauen Regalen aus Metall. Dann wieder eilten sie auf ein helles, zunächst nur klein wirkendes Fenster zu, das beim Näherkommen größer und größer wurde, bis sie, wieder im Halbdunkel, eine weitere Treppe hinaufstiegen. Die Ordner mit ihren vielfarbigen Einbänden erstaunten ihn. Alle, die er seit dem Verlassen des chaotischen Raumes gesehen hatte, waren gut erhalten und, wenn überhaupt, nur durch die Zeit beschädigt. Braune Lederrücken wechselten mit schwarzen ab, in einem Archivraum waren sie aus weißem Leder, andere Akten wiederum hatte man nur in braunes Packpapier gehüllt. Unerwartet öffneten die beiden Frauen eine Tür und geleiteten ihn auf eine Terrasse hinaus, die um den Arkadenhof führte. Der Himmel über ihnen war von dunklen Regenwolken bedeckt. Am gemauerten Geländer standen steinerne Heiligenfiguren und Engel. In der Mitte des Hofes aber, der sich unter ihnen ausbreitete, erkannte er ein Grab, das mit seinem von vier Säulen getragenen Dach aussah wie ein Brunnen. Davor war eine eng aneinandergepresste Gruppe steinerner Menschenfiguren zu sehen. Da die Arkadengänge und der Hof menschenleer und auch keine Geräusche zu hören waren, schien die Zeit hier endgültig aus der Welt verschwunden zu sein. Aber weshalb befanden sie sich jetzt auf einmal wieder im ersten Stockwerk des Gebäudes, fragte sich Aldrian. Seinem Gefühl nach mussten sie längst das dritte oder den Dachboden erreicht haben. Er hatte offenbar inzwischen die Orientierung verloren, gestand er sich ein. Die beiden Frauen lachten über ihn – vermutlich sah man ihm seine Verwirrung an. Er ließ sich von ihrer guten Laune anstecken, bevor sie im Gebäude diesmal tatsächlich nach oben stiegen, bis sie über eine steile, kurze Eisenleiter endlich den Dachboden erreichten. Von dort aus sah er auch den zweiten Hof mit dem Kreuzgang, er wusste allerdings nicht, welcher der erste und welcher der zweite war. Mehrfach stellte er sich vor, nur ein Gedanke in einem riesigen Gehirn zu sein, der sich auf der Suche nach einer fehlenden Erinnerung verirrt hatte.

Er schaute durch die Luke auf die roten Ziegeldächer des ehemaligen Klosters, die Kuppel und die weiter entfernten Heiligenfiguren der Frari-Kirche. Die dunkelhaarige Frau rief ihm vom Fuß der Leiter zu, dass sie in einem Zimmer im zweiten Stock ihre Dissertation geschrieben habe. Während er hinunterkletterte und ihr folgte, wunderte er sich, dass sie sich in dem riesigen Archiv nicht ununterbrochen verirrt hatten. Auf Nebenstiegen und durch mit Akten vollgepfropfte Zimmer, durch Fluchten von kleineren Räumen, die alle nur der Ablage von beschriebenem Papier dienten und die ältesten Holzregale aufwiesen, erreichten sie endlich das Büro, das ein Fenster auf die beiden Höfe mit den Kreuzgängen aufwies. Inzwischen hatte er trotz der Kälte im Gebäude zu schwitzen begonnen. Die beiden Frauen kochten Kaffee, holten süßes Gebäck aus einem Schrank, stellten einen mit einer blauen Weintraube bemalten Wasserkrug aus Glas auf den Tisch und begannen, ihn zu fragen, ob er mit seiner Frau gekommen sei und was er beruflich mache. Während er über das Soufflieren sprach, nahm er Münzen aus seiner Geldtasche, ließ sie zwischen den Fingern verschwinden, fand sie in ihren Haaren, hinter ihren Ohren, in einem ihrer Ärmel. Neugierig wollten sie immer mehr über seine Zauberkunststücke und das Soufflieren wissen, und beinahe hätte er ihnen von den Vorfällen am Morgen berichtet, die ihm ohne Unterbrechung durch den Kopf gingen, aber er unterließ es und verstummte. Daraufhin hielt ihm die blonde Frau nahezu flüsternd einen Vortrag über das, was sie ihm noch zeigen würden.

Das Zentrum des Archivs sei die Crociera, ein riesengroßer Saal im ersten Stock. Es handle sich dabei um etwas Ähnliches wie das Hauptschiff einer Kirche. Dieses Hauptschiff habe zwei Querschiffe – je eines am Anfang und am Ende –, die, von der Mitte aus gesehen, zwei Kreuze – eines links und eines rechts – bildeten. Hier würden alle Aufzeichnungen über das Leben in der Stadt aufbewahrt, von der Prostitution über den Schiffsbau im Arsenal bis zu den Geburts- und Sterberegistern. Aldrian dachte nicht ohne Ironie, dass aus der Crociera eine heilige Halle der Erinnerung geworden war. Es gebe, präzisierte die Dunkelhaarige, zwei Crociere, eine kleine und eine große. Zuvor aber würden sie die Sala Regina Margherita aufsuchen, das Archiv für diplomatische Angelegenheiten der Serenissima. Hier seien alle Verträge und Dokumente aufbewahrt. Venedig als Großmacht, fuhr sie fort, habe überallhin Kontakte gepflegt und die schriftlichen Mitteilungen gesammelt. Es sei das politische Gedächtnis der Stadt. Rund um die Crociere hätten sich früher Mönchszellen befunden. Jetzt seien dort alle Berichte über jene Orte, nach Städten geordnet und chronologisch erfasst, zu finden, mit denen Venedig Handel getrieben habe. Zum Beispiel Aufzeichnungen über die Französische Revolution, denn Venedig habe in allen Städten und Staaten, mit denen es Kontakt gepflegt habe, Vertrauensleute oder sogar Spione gehabt, die vollständige Protokolle über alle Ereignisse angelegt hätten. Kürzlich habe sie ein Historiker aus Frankreich aufgesucht, um mit Hilfe der vorhandenen Unterlagen festzustellen, welche Kleider Ludwig XVI. am Tag seiner Hinrichtung in Paris getragen habe. Und tatsächlich habe ein venezianischer Diplomat in seinem Bericht jedes Detail festgehalten. Es gäbe daneben auch Mitteilungen von Gesandten, Beamten oder Delegationen.

Dann waren also die Mönchszellen zu Nebenkapellen der Erinnerung geworden, dachte Aldrian. Er nahm sein Notizbuch und den Kugelschreiber heraus und machte eine Skizze von den Grundrissen der Räumlichkeiten, wie er sie aus den Worten der blonden Frau ableitete. Sie betonte aber, dass ihre Erklärungen nur im Prinzip richtig seien, keineswegs aber der wesentlich komplizierteren Wirklichkeit entsprächen. Dann wollte sie wissen, in welcher Schrift seine Notizen, die sie bei der Betrachtung der Skizzen gesehen hatten, abgefasst seien. Er deutete sie scherzhaft als Geheimschrift, aber die Dunkelhaarige widersprach ihm und erklärte, dass es das Gabelsberger-System sei, das Enrico Carlo Noë auf die italienische Sprache übertragen habe.

Sie lachten und setzten die Exkursion fort. Es gab weiterhin keine Wand, an der nicht Regale standen. Aldrian registrierte eines mit aufeinandergestapelten und in graues Leder gebundenen Aktenbüchern, ohne aber eine Frage zu stellen. Die Damen wiesen schon nach wenigen Schritten auf einen längeren Gang hin, die »kleinere Crociera«, wie sie sagten, mit Aluminiumleitern vor den Regalen und zwei Reihen von Akten mit abgenutzten Einbänden und schadhaftem gelblichen Papier in der Mitte des Raumes. Aus einer sich öffnenden grauweißen Nebentür schob währenddessen eine bebrillte Frau mit Kurzhaarschnitt gerade einen Rollwagen, auf dem bereits einige Faszikel lagen, herein, um nach weiteren zu suchen. Ruhig erklomm sie eine der Leitern, blickte auf einen Zettel und griff dann nach einer Akte. Die Leitern hatten Räder, wie Aldrian sah, so dass sie mit Leichtigkeit überall hingeschoben werden konnten. Am Ansatz der Spitzbögen zur Decke hin waren Metallrohre zur Abstützung der Wände angebracht. Es gab auch hohe Fenster, die die Regale unterteilten, doch waren ihre Jalousien heruntergelassen. Am Ende des Ganges fiel Licht aus einem dreiteiligen Fenster auf den Steinboden, der es hell und schemenhaft widerspiegelte. Die mit schwarzer Tusche handschriftlich nummerierten und ausführlich beschrifteten Ordner an einer Wand schienen voller

Geheimnisse zu stecken, kam es Aldrian vor, dann wieder erregten dunkelbraune, die abstrakt und abweisend wirkten, seine Aufmerksamkeit, und er erfuhr, dass es Abrechnungsbücher waren.

»Wir rekonstruieren aus ihnen bis in jede Einzelheit, wie die Menschen früher lebten«, erklärte die dunkelhaarige Frau, und setzte fort: »Sie können erfahren, was ein Papagei kostete, ein Liter Wein, Früchte, Brot ... was ein Kronleuchter wert war und ein Bauarbeiter oder ein Handwerker verdiente, oder welchen Betrag Tintoretto für ein Fresko erhielt.« Sie zog wahllos einen Band heraus und schlug ihn auf. Die Seiten waren mit einer gestochen scharfen und schönen, aber langsam verblassenden Schrift bedeckt, sah Aldrian.

»Hier ist aufgezeichnet, welche Summe für das Pestlazarett ausgegeben, in einem anderen Band, wie viel für den Erzengel Gabriel auf der Spitze des Campanile bezahlt wurde.«

Von der kleinen Crociera gelangten sie in die Sala Regina Margherita von Savoyen, an deren Nebenraum sie zuerst kurz die Marmorbüste der Königin erblickten. Die Sala selbst war mit alten, dunklen Holzregalen ausgestattet, die einen gepflegten Eindruck machten, manche hatten sogar verglaste Türen. Alles war pedantisch geordnet, wie Aldrian auffiel, es war der bislang eleganteste und schönste Saal, den er gesehen hatte. Die in feinstes Leder gebundenen Ordner – weiß und braun – vermittelten den Eindruck von Kostbarkeiten, ja sie erschienen Aldrian wie heilige Bücher. In der Mitte des Raumes waren Behälter aufgestellt, mit bis zu zwei Meter hohen weißen Papprollen für – wie Aldrian annahm – besonders wichtige Verträge.

»Nein«, widersprachen ihm die beiden Frauen. In den Rollen befänden sich um die zweitausend Landkarten, die – weil Napoleon angeordnet hatte, die gesamte Stadt und jede einzelne Insel für die Finanzverwaltung zu kartographieren – penibel jede bedeutende Einzelheit erfassten. Hunderte solcher gleichsam ins Absurde vergrößerter Mikadostäbe füllten – zum Teil zusammengebunden – die Behälter. Der Saal sei das Archiv für die diplomatischen Angelegenheiten Venedigs, wiederholte die blonde Frau. Währenddessen fiel sein Blick auf ein langes Regal mit hohen, schmalen Fächern. Darin waren weitere Papprollen aufbewahrt. Er dachte beim Anblick der Verschlüsse an Doktordiplome und den Versand von Postern. Die Verschlüsse waren mit geheimnisvollen Zeichen auf den verschiedensten runden Etiketten versehen. Die schwarzhaarige Frau hatte sein Interesse daran bemerkt, zog eine der Rollen heraus, öffnete sie, und er sah, dass eingerollte Schriftstücke darin gespeichert waren. »Sie stehen jetzt vor dem diplomatischen Gedächtnis einer Jahrhunderte währenden Epoche«, erklärte sie feierlich und führte ihn nach einigen Schweigesekunden wieder auf den Gang hinaus und von dort in mehrere geräumige, helle Mönchszellen, die, wie alle Räume, Säle und Zimmer vollgestopft waren mit noch mehr und noch weiteren Aktenbüchern. Es waren die zuvor angesprochenen Unterlagen mit Berichten über die Städte und Länder, mit denen Venedig in der Dogenzeit Handelsbeziehungen unterhalten hatte. Kunterbunt, erschien es ihm, waren die Akten mit Namen wie Petersburg, Monaco, München, Germania (darunter wurde, wie er erfuhr, alles, was jenseits der Alpen lag, verstanden: Österreich, Bayern oder Sachsen ...) versehen. Außerdem Florenz, Mailand oder Istanbul, Frankreich und Spanien. Auch die Kaufleute waren verpflichtet gewesen, alle Wahrnehmungen aufzuzeichnen und den Behörden zu melden. Von den angeführten Städten und Ländern, sagten die beiden Frauen, kämen immer noch Wissenschaftler in das Archiv, um Rätsel zu lösen.

Als sie die große Crociera betraten, die der kleinen ähnelte, war Aldrians Verwirrung so groß, dass er befürchtete, alles falsch in Erinnerung zu behalten. Er hatte inzwischen das Gefühl, er sei ohne Unterbrechung durch Räume gegangen, in denen sich jede Einzelheit bis ins Unendliche wiederholte. Und immer wieder hatten sich weitere Aktenuniversen aufgetan, treppauf, treppab, treppab, treppauf. Einmal hatten ihm die Frauen winzige, engbeschriftete Papyri gezeigt, aber es war ihm entfallen, worum es sich dabei gehandelt hatte. Während er wahrnahm, vergaß er schon wieder, aber er hoffte, dass trotz seiner ermüdeten Aufmerksamkeit Spuren in seinem Kopf zurückbleiben würden. Der Saal, in dem er sich aufhielt, war nahezu doppelt so groß wie die kleine Crociera, die er zuerst gesehen hatte. Links und rechts in den Regalen, die nach Sachgebieten beschriftet waren, Reihen von gebundenen, dicken Bänden mit Dokumenten und Akten. Allein der Teil, den er sehen konnte, war so unübersichtlich riesig, dass es nicht möglich war, sich einen Überblick zu verschaffen. Es schien ihm, dass er sich in einer überdimensionalen Aktengruft, einer Parallelwelt, aufhielt, in der alle Spuren aller Menschen aufbewahrt waren, die jemals existiert hatten. Nichts anderes mehr war von ihnen vorhanden als die Handschriften der unbekannten Beamten auf fleckigem, vergilbendem, zerfallendem Papier, die in einer unendlich langen Aktenstraße und in verschiedenfarbigen, verschieden beschrifteten Ordnern und Mappen sowie in speziellen Schränken mit Schubladen aufbewahrt wurden. Auch von den Beamten selbst, die diese Parallelwelt in Hunderttausenden Stunden errichtet hatten, war nichts zurückgeblieben als diese ihre eigene Schrift.

Es war jetzt so kalt, dass Aldrian darauf achtete, nicht mit den Zähnen zu klappern. Er bemühte sich nicht mehr, den Neugierigen, der er anfangs gewesen war, in sich wiederzubeleben, aber die beiden Frauen, die mit Winterkleidung gegen die Kälte besser geschützt waren, nahmen davon kaum Notiz. Sie legten dicke Folianten und Mappen auf einen Tisch, blätterten in ihnen oder entnahmen ihnen Kupferstiche, die sie vor ihm ausbreiteten. Zuerst waren es Blätter mit Abbildungen von Soldaten des Generals Domenico Gasparoni, die mit kleinen Geschützen in menschenhohen Gräben standen, vor denen in der Ferne Zelte mit Flaggen – offenbar die feindliche Armee – zu sehen waren. Dann Kanonen hinter einer Pfahlmauer, die auf eine Stadt zielten. Als Nächstes mehrere Soldaten – bereit, ein Geschütz zu laden –, während einer der Kanoniere schon auf die anstürmenden Feinde zielte. Im Hintergrund wieder Zelte der feindlichen Armee, wie auch auf dem nächsten Blatt. Darauf waren auf der Erde liegende tote Soldaten zu sehen, daneben wartete eine Kavallerie, die bereits von Kanonen aus der Ferne beschossen wurde, auf ihren Einsatz.

Mehrere Blätter zeigten Geschützrohre und eines das Arsenal von Venedig aus der Vogelperspektive. Der letzte Kupferstich widmete sich einer Seeschlacht. Nicht weit vom Ufer entfernt beschossen einander jeweils fünfzehn Kampfschiffe mit Kanonen, wobei die Flugbahnen der Kugeln als gestrichelte Linien eingezeichnet waren.

Ohne Übergang schlugen die beiden Frauen eines der Sterberegister der Stadt auf, einen schmalen, schwarzen Band mit der Beschriftung »Necrologica« und einer laufenden Jahreszahl. Darin waren die Namen, Adressen und Daten der Verstorbenen eingetragen und zuletzt deren Todesursachen. Immer wieder hatten Schreiber auch Skizzen angefertigt, beispielsweise einen Hund, der bedeutete, dass – wie die beiden Frauen erklärten – der Betreffende an einem Hundebiss gestorben war, einen Galgen für die Art einer Hinrichtung oder ein Messer, das die tödliche Waffe darstellte, der jemand zum Opfer gefallen war. Auch eine Frau, die sich von einem Balkon stürzte und Selbstmord beging, entdeckte er. Ein brennendes Haus vermittelte, dass jemand bei einem Brand ums Leben gekommen war, eine Kugel, ein Gewehr oder eine Pistole, dass jemand erschossen worden war, oder ein Pestarzt, dass der Betreffende der Epidemie zum Opfer gefallen war. Eine vereinzelte Sonne hingegen war das Zeichen für ein mehr als hundertjähriges Leben. Entsprechend selten war die Eintragung.

Die beiden Frauen legten zuletzt mehrere dicke Bände aus schwarzer Pappe mit beschrifteten Etiketten vor Aldrian hin und erklärten ihm, dass es sich um die Bücher der Pesttoten handle. In allen diesen Registern, viermal dicker als gewöhnlich, gab es keine Zeichnungen, sondern nur lange Reihen von Namen und Daten, die mit grüner Tinte festgehalten waren.

»Von Juni 1575 bis Februar 1576 starben 3500 Menschen an der Pest, im Jahr darauf während der zweiten Epidemie über 4600, was mehr als einem Drittel der Bevölkerung entsprach. Die Stadt gelobte«, fuhren sie fort, »eine Votivkirche zu bauen, wenn die Pest aufhörte.« 1577 sei die Krankheit dann tatsächlich verschwunden. Zur Erinnerung an die Errettung habe man von Andrea Palladio die Kirche »Il Redentore« auf der Insel La Giudecca errichten lassen. Am Ende der dritten Epidemie, die Venedig von 1630 bis 1631 heimgesucht habe, sei zuletzt die Santa Maria della Salute gebaut worden, dieser letzten großen Pestwelle seien damals wieder ein Drittel der Bewohner zum Opfer gefallen. Weshalb die Seuche von da an verschwunden sei, sei nicht geklärt, wo doch die Pest Europa bis 1720 heimgesucht habe.

Es gab auch Bücher, die den Pestbefall bei Tieren festhielten, und weitere über die Pest in anderen Ländern wie Deutschland, Österreich oder Frankreich.

Die beiden Frauen räumten die Dokumente in die Aktenregale zurück und gingen ihm durch einen hohen, weißen Gang über eine Marmortreppe voraus zu den Büros, durch deren offene Türen er Schreibtische mit Computern, Möbel und weitere Regale erkannte.

»Wenn sie Genaueres über die Pest wissen wollen, machen wir sie mit Dr. Dr. Galotti bekannt, er ist unser Fachmann für die Geschichte der Medizin«, sagte die blonde Frau und wies auf einen Beamten, der an seinem Schreibtisch saß. Aldrian wollte sich dankend verabschieden, aber die Dunkelhaarige stellte ihm bereits den kleinen, korpulenten grauhaarigen Mann mit Bart vor, der eine zu große Brille mit Goldrand und einen schwarzen Anzug trug. Aldrians Verabschiedung von den beiden Frauen ging überstürzt vor sich. Dr. Dr. Galotti, Doktor der Medizin und Philosophie, wie die Frauen ihm beim Abschied erklärten, eilte ihm im Laufschritt voraus, schnappte sich von einem Kleiderständer seinen Mantel, trippelte schweigend aus dem Gebäude, immer einen Schritt vor Aldrian, hinaus auf den Vorplatz und ohne anzuhalten über die Brücke des Kanals in das nahe gelegene Caffè Frari mit vier oder fünf Tischchen und einer Wendeltreppe in den ersten Stock. Dort legte er den Mantel ab und ließ sich an einem Fensterplatz nieder. Er schnaufte und bestellte beim – ihm offenbar gutbekannten – Besitzer einen Campari rosso und zwei Toasts. Aldrian nahm dasselbe.

»Ich kenne Sie ... Warten Sie ...«, sprach Dr. Dr. Galotti ihn jetzt erst an ... »Sie sehen Jakob Aldrian ähnlich. Sind Sie sein Bruder?«

»Ja.«

»Aus Wien? Der Maestro Suggeritore?«

»Ja.«

»Das ist großartig ... Ihr Bruder hat mir von Ihnen erzählt. Er ist häufig zu uns ins Archiv gekommen. Ich musste ihm die alten illustrierten Bücher über die Fauna und Flora Venedigs zeigen, die er immer wieder angeschaut hat ... Übrigens sehen Sie Ihrem Bruder wirklich ähnlich. Sind Sie Zwillinge? Nein?«

»Mein Bruder ist verschwunden«, sagte Aldrian ernsthaft. »Ich bin dabei, ihn zu suchen.«

»Überlassen Sie das der Polizei. Sie begeben sich vielleicht in Gefahr. Mehr kann ich Ihnen dazu nicht sagen.« Er machte eine kurze Pause und fuhr dann fort: »Sie wollen also etwas über die Pest in Venedig wissen ... Haben sie etwas zum Schreiben bei sich, ja?«

Aldrian nickte verwirrt und holte das Notizbuch und einen der beiden neuen Kugelschreiber heraus, während Dr. Dr. Galotti noch auf die Toilette eilte.

Als er zurückkehrte und endlich Aldrian gegenüber Platz nahm, hatte der Wirt schon das Gewünschte gebracht, und der Doppeldoktor fing sofort zu essen an. Er verschlang, während er sprach, gierig die Toasts, spuckte dabei unbeabsichtigt winzige, halbzerkaute Speiseteilchen aus und kümmerte sich nicht darum, ob Aldrian mit dem Notieren nachkam. Mit vollem Mund weiter diktierend, bestellte er einen zweiten Campari und weitere Toasts, während Aldrian die ganze Zeit über ein gleichgültiges Gesicht aufsetzte.

Wie abwesend blickte er zuletzt auf seine Armbanduhr, hob erschrocken die Brauen, sprang auf und schüttelte Aldrian die Hand, bevor er die Treppe hinunterklapperte.

Aldrian nahm erst jetzt die beiden Toasts, die er bestellt hatte, zu sich, trank den Campari, einen zweiten und einen dritten, wobei er seine Notizen über Venedig und die Pest durchlas. Das war nicht einfach, da er aufgrund seines Hörsturzes schon im Archiv nicht alles verstanden hatte und sich daher das Fehlende erst zusammenreimen musste. Außerdem ging ihm Dr. Dr. Galottis Warnung vor der Gefahr, in die er sich begebe, nicht aus dem Kopf. Der Archivar hatte die gemeinsamen Bestellungen, erfuhr er, bereits bezahlt, weshalb er nur die nachfolgenden Camparis beglei- chen musste. Er war müde und erschöpft. Während er sich benommen von der Anstrengung und dem Alkohol langsam durch die Straßen und Gassen zum Haus seines Bruders begab, dachte er weiter über die Anspielungen Dr. Dr. Galottis nach und die mit dem Essen zerbissenen Worte und Sätze über die Pest in Ve- nedig und deren Verlauf.

Die Pest in Venedig

Soweit Aldrian sich an Dr. Dr. Galottis Diktat erinnern konnte, waren im Jahr 1347 Genuesen und Venezianer in der Stadt Kaffa auf der Halbinsel Krim von Tataren belagert worden. Diese hatten schwarzverfärbte menschliche Leichname über die Mauern der Festung geschleudert. Dr. Dr. Galotti hatte eine Pause eingelegt, bevor er ergänzte, dass es sich dabei um Pesttote gehandelt habe. Eine venezianische Galeere habe in der Folge infizierte Ratten und deren Flöhe eingeschleppt. Der Pestbazillus sei nämlich über die Flöhe auf die Besatzung und später die Bewohner der Stadt übertragen worden. Von dort aus habe sich die Epidemie über den ganzen Kontinent ausgebreitet. Insgesamt seien ihr in nur vier Jahren – von 1348 bis 1352 – 25 Millionen Menschen zum Opfer gefallen. Das sei ungefähr ein Drittel der damaligen Bevölkerung Europas gewesen. Allein in Venedig hätte mehr als die Hälfte der Bewohner die Epidemie nicht überlebt. Abgesehen davon, dass die Krankheit von einem Menschen auf den anderen übertragen wurde, habe niemand etwas über ihre Ursache gewusst. Erst ein halbes Jahrhundert später sei ein Gesetz erlassen worden, das die Besatzung jedes Schiffs vierzig Tage nach Einlaufen im venezianischen Hafen unter Quarantäne stellte, bevor sie an Land gehen durfte. Aber da die Venezianer nichts von der Übertragung durch Flöhe und Ratten gewusst hätten, hätten die Maßnahmen ihren Zweck nicht erfüllt. Es habe zwei Arten von Pesterkrankungen gegeben, führte Dr. Dr. Galotti aus: die Beulen- und die Lungenpest. Bei der Beulenpest seien die Erreger der Krankheit nach Flohbissen in die Lymphknoten eingedrungen und hätten zusammen mit hohem Fieber und Kopfschmerzen in den Leisten, unter den Achseln und hinter den Ohren bis zu zehn Zentimeter große Geschwüre verursacht, die zum Teil blutig-eitrig aufgebrochen seien. Seien die Erreger jedoch in die Blutbahnen gelangt, hätten sie die Lungenpest hervorgerufen. Nur wenn die Beulen sich von selbst geöffnet hätten oder sie von einem Pestarzt unter Lebensgefahr aufgeschnitten worden wären, sei vielleicht eine Heilung möglich gewesen. Die Lungenpest habe eine bläuliche Verfärbung der Haut infolge ausgedehnter Blutungen kleiner Gefäße, Atemnot und einen schwarzen, blutigen Auswurf hervorgerufen. Nach wenigen Tagen sei der Kranke daran verstorben. Außerdem hätte es, wie Dr. Dr. Galotti kauend erklärt hatte, eine leichtere Form der Pest gegeben, die die Infizierten hätten überleben können, worauf für eine längere Zeit Immunität eingetreten sei. Meistens seien jedoch keine Diagnosen gestellt worden. Zwischen 1348 und 1630 hätte es im Abstand von fünfundzwanzig Jahren weitere Pestepidemien gegeben. Immer wieder sei die Seuche ausgebrochen und aus bis heute nicht geklärten Gründen plötzlich wieder verschwunden.

Dr. Dr. Galotti hatte kurz nachgedacht. Anno 1575,

dem Jahr der zweiten großen Pestepidemie, war er dann fortgefahren, seien sich die damaligen Ärzte, die Medici, zuerst nicht sicher gewesen, um welche Seuche es sich handelte, und die Kaufleute hätten überhaupt das Auftreten von pestähnlichen Krankheitsfällen geleugnet, um ihre Geschäfte nicht zu gefährden. Die Pest sei diesmal vom Festland eingeschleppt worden, von einem Mann aus Trient mit dem Namen Matthias Tridentinus. Es habe sich, wie berichtet worden sei, um die Beulenpest gehandelt. Aus den Akten des Archivio di Stato di Venezia habe man genaue Kenntnisse von den Vorgängen erhalten. Noch bevor die Ärzte die richtige Diagnose gestellt hätten, hätten die Gesundheitsbehörden damit begonnen, die Kranken zu isolieren. Sobald die Seuche epidemische Formen angenommen hätte, seien Lazarette errichtet worden. Ein Teil der Infizierten sei in Häusern isoliert worden, wobei es nur den Pflegern und Pestärzten erlaubt gewesen sei, die Gebäude zu betreten. Den Medici sei gleichzeitig befohlen worden, Schutzkleidung zu tragen: einen schwarzen, bis zum Boden reichenden Mantel, das Gesicht mit einer Vogelmaske bedeckt, deren langer Schnabel mit duftenden Kräutern vollgestopft war, da die Erkrankten Gestank verbreiteten und man den getrockneten und aufbereiteten Pflanzen außerdem eine schützende Wirkung zugeschrieben habe. Übrigens habe es die gesamte Zeit über genügend Pestärzte gegeben, wie Dr. Dr. Galotti hinzufügte. Auf der kleinen Insel Lazzaretto Vecchio, nahe dem Lido, seien die Sterbenden und Todkranken, die mit Booten dorthin befördert worden waren, in hundert Räumen untergebracht worden. Niemand habe eine Infektion länger als siebzig Stunden überlebt. Die Picegamorti, Männer mit Glöckchen an den Armen, hätten die Toten dann auf die Begräbnisinseln gerudert und in fünf Fuß tiefen Massengräbern bestattet. Der Name Lazzaretto leite sich übrigens von der Bezeichnung »lazzari« ab, dem Ausdruck für Leprakranke, die später in demselben Gebäude, diesmal aber vom St.-Lazarus-Orden, gepflegt worden seien. In den Pesthäusern habe Schmutz, Gestank und die Willkür der Pfleger geherrscht, die man unter Strafgefangenen mit dem Versprechen auf spätere Freilassung rekrutiert habe. Die Regierung habe zudem Prostituierte in die Lazarette beordert. Die Picegamorti seien auch für die Pflege zuständig gewesen. In der Stadt hätten sie überdies die Verbrennung aller Nachlasse der Verstorbenen durchgeführt und seien für die Einhaltung der Isolierung von Infizierten in deren Häusern zuständig gewesen. Die Pfleger und Pflegerinnen hätten jedoch davon ausgehen müssen, dass sie ihren Dienst nicht überlebten. Die Folgen seien Korruption, Laster und Sadismus gewesen. Es sei auch klar gewesen, dass man bei Verstorbenen habe stehlen können. Zusätzlich zu den Strafgefangenen und Prostituierten habe man Arme als Arbeitskräfte angeworben und ihnen hohe Belohnungen in Aussicht gestellt. Das Lazzaretto Vecchio hätten die Venezianer selbst »Inferno«, »Hölle«, genannt. Es habe Selbstmorde in großer Zahl und Anfälle von Wahnsinn gegeben, hatte Dr. Dr. Galotti mit monotoner Stimme doziert. Das andere Lazarett, das Lazzaretto Nuovo, habe hingegen die Bezeichnung »Purgatorio«, »Fegefeuer«, gehabt. Dort hätten sich die Patienten befunden, bei denen die Pest noch nicht zur Gänze ausgebrochen gewesen sei und wo noch Hoffnung bestanden habe. Das Lazzaretto Nuovo hätte sich auf der Insel Sant' Erasmo Capannone befunden. Ein Anlegesteg habe zu dem Gebäudekomplex geführt. Nahezu zehntausend Menschen seien dorthin evakuiert worden, und die Wasserwege nach Venedig deshalb in dieser Zeit von Hunderten von Schiffen und Booten verstopft gewesen.

Als auch in den beiden Lazzaretti kein Platz mehr frei gewesen sei, habe man Krankenlager auf dem Wasser eingerichtet, die von der Garde bewacht worden seien. Auf den Schiffen hätten vor allem Reiche gelebt. Sie seien von Ärzten und Priestern betreut worden, und ihren Verwandten sei es gestattet worden, sie von Booten aus reichlich mit Lebensmitteln zu versorgen. Im Archiv gebe es Beschreibungen der Schiffe als »heitere« Inseln in einem Meer von Unglück und Tod. An den Abenden habe man die Gesänge und Gebete an Deck bis in die Stadt hören können. Die an Bord Genesenen hätten rauschende Abschiedsfeste veranstaltet, wenngleich es auch hier Kranke gegeben hätte, die wahnsinnig geworden seien. Das Alltagsleben in der Stadt sei fast vollständig zusammengebrochen, es habe nur noch Begräbnisse und Trauernde gegeben. Wem es möglich gewesen sei, der habe die Stadt verlassen, zurück seien vor allem die Armen und Kranken geblieben, deren einzige Hoffnung die Religion gewesen sei. Im August 1576, bei der zweiten großen Epidemie, sei auch der berühmte Maler Tizian an der Pest gestorben. Erst 1894 sei es gelungen, das Pest-Bakterium *Yersinia pestis* und seinen Infektionsweg nachzuweisen und mit der Entdeckung des Penizillins durch Alexander Fleming im Jahr 1928 auch zu bekämpfen, hatte Dr. Dr. Galotti seinen Vortrag beendet, bevor er davongeeilt war.

Beatrice

Einige Male war Aldrian benommen vor Schaufenstern stehen geblieben und hatte die Waren betrachtet, um sein Gehirn zu beruhigen. Vielleicht sträubte er sich auch dagegen, in das Haus seines Bruders zurückzukehren, wusste er doch nicht, was ihn dort erwartete. In einer Auslage warf er einen Blick auf die kitschigen grünen und blauen Glasgondeln, die als Aschenbecher gedacht waren. In der nächsten auf buntgescheckte Krawatten in allen Farben, und an einer der vielen Marktbuden stieß er auf einen Korb mit bunten Karnevalsmützen, die Zipfel mit Glöckchen aufwiesen wie die Kopfbedeckung eines der Männer, die ihn vor der Haustüre niedergeschlagen hatten. Gleich daneben bot ein Laden verschiedene Arten von Masken an. Sie waren für Frauen gedacht und mit Farben und Mustern geschmückt wie Schmetterlingsflügel. Es gab Vogelmasken und Harlekinsmasken, Katzen- und Kokottenmasken. Ihm fiel wieder ein, dass er Diego Sarcia, der immer einer Aufführung in der Wiener Staatsoper hatte beiwohnen wollen, ohne dass es jemals dazu gekommen war, einen Besuch abstatten sollte, weil dessen Maskengeschäft in der Rughetta del Ravano auf seinem Weg lag und sich nicht weit davon die Ostaria Dai Zemei, ihrer beider Stammlokal, befand. Vor dem Maskengeschäft hielt Aldrian daher wieder an und erblickte Diego durch die Auslage. Er saß in seiner winzigen Arbeitsecke vor einem pultartigen kleinen Tisch auf einem hohen Stuhl und bemalte gerade eine Maske mit schwarzer Farbe. Das kleine Geschäft unterschied sich von anderen durch die seltsamen Puppen, die von der Decke, an den Wänden und im Schaufenster hingen: ein Pestarzt, ein fetter Pfarrer mit Mondgesicht, ein Odysseus und ein Zyklop, Giuseppe Verdi, Rigoletto und Richard Wagner oder ein Mäusekoch und ein Frosch mit Zylinder. Daneben gab es die üblichen Masken und karikaturhafte Grimassen von hässlichen Menschen oder solche, wie sie bei Aufführungen der griechischen Tragiker verwendet wurden, beziehungsweise weißgeschminkte japanische wie für ein Kabuki-Theater. Aldrian dachte jedes Mal, wenn er das Geschäft betrat, an »den Puppenspieler Feuerfresser«, der Pinocchio in sein Wandertheater aufnahm. Die Masken verschwanden immer wieder von den Wänden, dem Tisch und von der Decke, weil sie verkauft wurden, neue, andere traten an ihre Stelle, so dass ein ständiger Wechsel in dem vollgestopften Raum stattfand. Diego war Arbeiter in einem großen Zirkus gewesen, wo er die Kunst des Maskenmachens kennengelernt hatte. Mit seiner Frau Carla und seinen zwei Kindern, die in Mestre studierten und bei seinen Schwiegereltern lebten, hatten Aldrian und sein Bruder einmal zufällig einige Tage in der Toskana verbracht und waren sich rasch nähergekommen. Diego war mittelgroß, hatte eine Halbglatze, einen langen Bart und Brille und trug im Geschäft eine Schürze, die

115

in Brust- und Oberschenkelhöhe reichlich mit Farbtupfen bedeckt war. Er war ein jähzorniger Querkopf. Sein Blick hatte etwas Flackerndes, Durchdringendes, und in seiner Vergangenheit war er, wie er selbst gerne erzählte, als Raufer gefürchtet gewesen. Er hob den Kopf, als Aldrian eintrat, blickte auf und kam dann, wie immer, rasch auf ihn zu.

»Michele!«, rief er aus und umarmte Aldrian.

»Jakob und Elena sind verschwunden«, sagte Aldrian leise.

»Ich weiß«, antwortete er traurig, während er Aldrian an sich drückte. »Die Polizei war heute bei euch im Haus, und die Schlösser sind ausgewechselt worden.« Sie lösten die Umarmung, und Aldrian fragte erstaunt, woher er das wisse.

»Das hat sich schnell herumgesprochen. Du bist überfallen und deine Schlüssel sind dir gestohlen worden«, fuhr Diego besorgt und zugleich vorwurfsvoll fort. »Lass deinen Kopf sehen.«

Aldrian winkte ab. Die ganze Zeit hatte er auf das Theater im Hintergrund geschaut, und er kam sich vor, als befände er sich in einer Puppenoper für Kinder.

»Wollen wir nicht in die Ostaria Dai Zemei gehen?«, schlug Diego in einem Ton vor, der kaum Widerspruch duldete.

Aldrian schüttelte den Kopf. »Ein anderes Mal.«

»Stimmt es auch, dass du im Bett aufgewacht bist, obwohl man dich auf der Straße niedergeschlagen hat?« Es klang wie ein Verhör.

»Ja«, antwortete Aldrian unwillig.

»Und dass du im Haus eingesperrt warst?«

»Ja, es war ein Scheißmorgen.«

116

»Es ist vielleicht eine Drohung gewesen«, sagte Diego. Sie standen noch immer in der Mitte des Geschäfts. »Zumindest eine Warnung.« Er machte eine kurze Pause und schaute Aldrian ins Gesicht.

»Du bist in Gefahr, Michele«, setzte Diego ruhig fort.

Er drehte sich um, holte aus seiner Schreibtischlade etwas heraus und reichte ihm eine handliche Pistole. »Eine Röhm RG 70, sechs Schuss«, fügte er sachlich hinzu.

Aldrian versuchte, die Waffe abzulehnen, aber Diego schnitt ihm mit dem Argument, es handle sich nur um Gaspatronen, das Wort ab. Er versperrte die Tür, ließ die Jalousien herunter und erklärte ihm ohne Umstände den Mechanismus. »Was für ein seltsames Wiedersehen«, dachte Aldrian und bewegte unwillig seinen Kopf.

»Was hast du?«, fragte Diego und blickte auf.

»Nichts. Ich dachte nur, dass unser Wiedersehen seltsam ist.«

Diego verlor darüber kein Wort, sondern verlangte von Aldrian, dass er ihm den Ladevorgang, das Sichern und Entsichern bis zum Schluss vorexerzierte, und wartete hierauf so lange, bis die Pistole in der Jackentasche seines Freundes verschwunden war. Dann erst zog er die Jalousien wieder hoch und öffnete die Ladentür. Die Instruktionen hatten weniger als fünf Minuten gedauert.

Aldrian musste lächeln, denn er empfand mit einem Mal ein Gefühl von Sicherheit. Er war sich darüber im Klaren, dass es unsinnig war, aber er kämpfte nicht dagegen an.

Als er sich wieder auf den Weg machte, verspürte

er noch immer Erleichterung, obwohl sich nichts geändert hatte. Er ging mit Absicht dieselbe Strecke wie am Vorabend zurück und blickte in der Ruga del Speziali in die Schaufenster der Geschäfte, um seine Erinnerungen durch neue Eindrücke abzuschwächen, und bog am Ende der Gasse schließlich zum Haus seines Bruders ab. Der Fischmarkt war längst geschlossen, die Halle leer, und im Geschäft seines Bruders brannte nach wie vor kein Licht. Er betätigte den großen Türklopfer aus Messing, der im Maul eines Löwen hing, hörte, wie über ihm ein Fenster geöffnet wurde, und sah Margherita zu ihm herunterschauen.

Kurz darauf begrüßte ihn die Schwester seiner Schwägerin mit Besorgnis.

Wieder verspürte Aldrian Erleichterung und sogar so etwas wie Freude, dass er nicht allein war und sie ihn erwartete.

»Ich habe mich noch mit jemandem zusammengesetzt, der mir die Pestjahre in Venedig nahegebracht hat ...«, murmelte er entschuldigend, während sie die Wohnung von Elena und Jakob betraten. Tatsächlich waren in der Zwischenzeit alle Schlösser im Haus ausgewechselt und durch Balkenschlösser ersetzt worden. Die Polizei, erfuhr er, am Küchentisch sitzend, hatte die Räume durchsucht und wollte ihn am nächsten Tag noch einmal zum genauen Hergang befragen, deshalb würde Commissario Galli gegen zehn Uhr zu ihm kommen, sagte Margherita. Sie gab ihm die neuen Schlüssel für das Haustor, die Geschäftstüre, die Wohnung seines Bruders und sein Zimmer. Sodann bat sie ihn, weil sie für ihren Mann und ihre Freundin Beatrice ein Abendessen kochen wolle, vier Branzinos, die auf

einem Tablett lagen, auszunehmen, denn der Fischhändler hätte, wie sie sagte, gerade keine Zeit gehabt,
es zu tun. Aldrian wunderte sich, weshalb sie ausge-
rechnet die Wohnung seines Bruders für die Einladung
ausgesucht hatte, und fragte sie danach. Sie sei abergläubisch, antwortete sie und erzählte ihm, während
sie selbst zwei Zitronen mit kaltem Wasser wusch,
dass ihre Schwester und Jakob nicht einmal ihren Sohn
Emilio von ihrer Abreise unterrichtet hätten.

Aldrian hob erstaunt die Augenbrauen, während er
den von ihr genannten Betrag für die neuen Schlüssel
auf den Tisch legte.

Ohne aufzublicken, fuhr Margherita fort, sie hätte
daher Emilio bei ihrem Telefonat nichts von dem Vorfall erzählt, um ihn nicht zu beunruhigen. Außerdem
habe sie ihn informiert, dass seine Eltern die Schlösser
ausgewechselt hätten.

Aldrian hatte seinen Neffen schon länger nicht mehr
gesehen, weil er in London Kunst studierte. Er nahm
die ersten beiden Fische aus und öffnete die übrigen
beiden, Margherita begann indessen den Bauch der
Wolfsbarsche mit Kräutern und Zitronenscheiben zu
füllen. Bevor Aldrian in seine Wohnung ging, wusch
er sich die Hände und gab ihr einen Kuss auf die
Wange.

In seinem Zimmer steckte er das Ladekabel seines
neuen Smartphones in die Steckdose und versuchte,
sich die Telefonnummer zu merken. Die Balkenschlösser, fand er, hatten das Haus in eine Festung verwandelt. Plötzlich empfand er Wut über seinen Bruder
und Elena, die irgendwo untergetaucht waren. Erst
mit dem zweiten Gedanken stellten sich Sorge und

Angst ein. Möglicherweise hing der Überfall auf ihn gar nicht mit dem Verschwinden von Jakob und Elena zusammen. Die beiden Ereignisse, überlegte er weiter, konnten auch unabhängig voneinander stattgefunden haben. Aber wenn das der Fall war, weshalb waren Jakob und Elena dann verschwunden? Vielleicht aus finanziellen Gründen … Oder sie waren nach China gereist, um etwas, das mit dem Großhandel von Perlen zu tun hatte, zu regeln. Wenn aber der Überfall auf ihn und das Verschwinden der beiden in einem Zusammenhang standen, dachte er, verstand er alles noch weniger … Was konnte die Ursache sein, und wer konnte dahinterstecken? Man hatte ihm Angst einjagen und ihn vertreiben wollen, so viel stand fest. Wenn er jedoch trotzdem blieb, was dann? Und welche Rolle konnte es spielen, dass er sich nicht im Haus aufhalten sollte? Er schloss die Augen und schlief erschöpft ein, bis ihn Margherita weckte.

»Kommst du dann?«, rief sie durch den geöffneten Türspalt, und als er sich nicht sofort meldete: »Schläfst du?«

Er räusperte sich und antwortete mit heiserer Stimme, dass er schon wach sei. Langsam schloss sich die Tür wieder, und er stellte sich unter die Dusche, wechselte seine Kleidung, legte einen der beiden Kugelschreiber auf den Nachttisch und ließ den anderen, das Notizbuch und die Gaspistole in der Jacke, mit der er ausgegangen war.

Im Wohnzimmer seines Bruders war der Tisch gedeckt, Margherita, Eugenio und Beatrice Stefanelli saßen schon beisammen, tranken Prosecco und schenkten auch ihm ein Glas ein. Aldrian spürte, dass man ihn bemitleidete, denn Eugenio fragte ihn, ob er die nächsten Tage nicht bei ihnen übernachten wolle, aber er mochte nicht als Gast in fremden Wohnungen schlafen. Es kam ihm seinen Gastgebern gegenüber indiskret vor, und er vermied es auch, selbst etwas – eine Gewohnheit, eine Eigenart – von sich preiszugeben.

Dadurch, dass Margherita mit Absicht die Schuppen von den Branzinos nicht entfernt hatte, war die Haut knusprig fest geworden, und Margherita löste sie ab und zerteilte die Fische in Filets. Er sah ihr dabei zu, weil er in die Küche gekommen war, um ihr zu helfen, aber sie hatte bereits den Salat vorbereitet, und so servierte er mit ihr gemeinsam die Speisen.

Das Gespräch drehte sich, wie er nicht anders erwartet hatte, um das Verschwinden von Jakob und Elena. Margherita war jetzt auch beunruhigt, dass die beiden Laptops weder in der Wohnung noch im Geschäft gefunden worden waren.

»Vielleicht haben sie die beiden Männer gestohlen, die mir das Telefon und die Schlüssel abgenommen haben«, versuchte Aldrian sie zu beruhigen. Darauf begann Margherita jedoch zu weinen und konnte sich nicht mehr beruhigen, bis Eugenio aufstand und sich mit ihr verabschiedete.

Die ganze Zeit über hatte Aldrian, abgesehen von seiner Bemerkung, geschwiegen und bemerkt, dass Beatrice ihm heimliche Blicke zugeworfen hatte. Schon bei seinem letzten Besuch in Venedig war ihm aufgefallen, dass sie gerne in seiner Nähe gewesen war. Sie saßen jetzt stumm nebeneinander, und er schenkte ihr ein Glas Rotwein aus einer halbleeren Flasche Merlot ein. Da ihm nichts anderes in den Sinn kam, tastete er nach ihrer Hand, und sie ließ es zu seiner Freude geschehen. Das Weinen von Margherita hatte sie traurig gemacht, während es ihn nur erschreckt hatte. Er wollte sich nicht vorstellen, was mit seinem Bruder und dessen Frau geschehen sein konnte, bevor es keinen Anhaltspunkt gab, noch dazu war auch er abergläubisch und befürchtete, dass er womöglich das Unglück selbst heraufbeschwor.

Er sagte es ihr, lud sie ein, mit ihm auf der Couch Platz zu nehmen und dort weiter zu trinken, und sie lehnte sich an ihn. Jetzt erst nahm er die Stille wahr, die im Haus und auf der Straße herrschte. Sie erhob sich, schüttelte ihr Haar, und als sie ihm sagte, dass sie gehen wolle, küsste er sie und bat sie zu bleiben.

Schon ein halbes Jahr hatte er keine Frau mehr umarmt. Bei seinen wenigen Bordellbesuchen hatte er nie das erlebt, was er zu erfahren gehofft hatte. Und mit Gelegenheitsbekanntschaften war es zumeist bei hastigen Umarmungen in irgendeinem Hotelzimmer geblieben. Oft genug hatte er die Bemerkung gehört, die halb bewundernd und doch abschätzig gefallen war, dass er verrückt sei oder verrückt sein müsse, und allmählich war ihm sein Verhalten auch selbst bewusst geworden: Sein phänomenales Musikgedächtnis, seine Leidenschaft für Opern, seine kniffligen Zauberkunststücke hatten ihn so beansprucht, dass er von nichts anderem mehr hatte sprechen können.

Beatrice Stefanelli hatte er seit einigen Jahren immer wieder bei Margherita getroffen und war beeindruckt von ihrem Aussehen, ihrem Wissen und Urteilsvermögen gewesen. Von Anfang an war ihm klar gewesen, dass er mit ihr kein kurzes Abenteuer erleben würde, und andererseits wollte er es vermeiden, durch ein falsches Wort ihre Zuneigung, die er zu verspüren glaubte, zu verlieren. Jetzt aber hatte es sich gleichsam von selbst ergeben, dass sie einander umarmten.

Auf dem Fischmarkt

Am frühen Morgen weckte ihn Beatrice und küsste ihn auf die Wange. Nach dem Frühstück in seiner Küche versprach er ihr, sie am Abend zu besuchen. Er war immer noch von der Wärme ihres Körpers und der vergangenen Nacht verzaubert. Als er die Haustür hinter ihr versperrte, vermisste er sie bereits und gestand sich ein, dass er glücklich war. Jedenfalls solange er hoffen durfte, dass sein Bruder und Elena unversehrt waren. Und wenn nicht?

Er schob den Gedanken von sich und ihm fiel ein, dass sie hätten zurückkommen können, während er und Beatrice im Wohnzimmer miteinander geschlafen hatten.

Er stieg wieder zu seiner Wohnung hinauf und legte sich auf das Bett. Im Halbschlaf dachte er an die Umarmungen mit Beatrice.

Gegen acht Uhr erwachte er. Sein Smartphone war aufgeladen, er hatte sich die Nummer gemerkt und den PIN-Code notiert und rief zuerst Beatrice an, um ihr zu sagen, dass sie ihn erreichen konnte und wie sehr er sich auf den kommenden Abend freue. Als Nächstes gab er Margherita seine Nummer weiter, die sich mehrmals für ihre Tränen am Vorabend entschuldigte, sich aber nicht trösten ließ.

»Weine nicht«, bat er sie zum Abschied, worauf sie wieder zu weinen begann.

Commissario Galli wirkte beim Anruf Aldrians auf die Frage, ob es beim ausgemachten Termin bliebe, als dächte er an etwas ganz anderes. Schweigend notierte er sich offenbar die Telefonnummer, die Aldrian ihm gab.

»Nein«, sagte er dann, »ich glaube, ich weiß für den Augenblick genug. Ich melde mich, wenn sich etwas Neues ergibt.«

Da sein Besuch in San Servolo erst für Sonntag ausgemacht war, konnte er sich Zeit lassen. Er schlüpfte in seine Kleider und trug das Bild von Adalbert Stifter, das er aus Wien mitgebracht hatte, in die Wohnung von Elena und Jakob, packte es aus und stellte es unter die gerahmten Bilder, die Jakob gemalt hatte. Er räumte die Gläser, die Küchengeräte und das Service in den Geschirrspüler, warf die Weinflaschen und Papierservietten zusammen mit der zerknüllten Morddrohung aus seinem Papierkorb in den Müllsack, lüftete, kehrte den Boden, saugte den Teppich, zog das Tischtuch ab und stellte die Sitzbank wieder auf. Schließlich rief er Beatrice an und fragte sie, ob er auf dem Markt das Essen für den Abend einkaufen solle. Sie fand, dass es eine gute Idee sei. Er schloss die Fenster wieder, räumte den Geschirrspüler aus, stellte den Müllsack vor das Haus, versperrte anschließend hinter sich die Wohnung und duschte. Er zog frische Unterwäsche, ein schwarzes, langärmeliges Poloshirt, Jeans und die Windjacke an, holte zwei Einkaufstaschen aus der Küchenkommode und steckte Bargeld und seine Bankomat-Karte ein.

Der Fischmarkt war um diese Zeit schon belebt. Ihm fiel auf, dass kleine, bunte, runde und viereckige Konfetti wie ein Kindersternenhimmel vor der Halle auf dem Boden verstreut lagen. Die Halle war im Winter noch dunkler als sonst, da keine Sonne auf sie schien. An mehreren Verkaufstischen wurden silberblaue Schwertfische angeboten. Den kleineren waren die Köpfe abgetrennt worden, die nun mit großen, runden, dunklen Augen und ihren Schwertern in einem Meer von anderen toten Fischen, Muscheln, Krebsen und Scampi lagen. Von weitem machte es den Eindruck, als seien die Schwerter Besenstiele, an denen die Tiere erstickt waren. Er blickte auf das größte Exemplar, das Augen hatte wie aus Tinte und ein abgeschnittenes Horn. Eine der Seitenflossen hing gleich einem schlaffen Kinderarm von dem Verkaufstisch. Die angebotenen Meerestiere waren mit handgeschriebenen Preiszetteln versehen. Ein Mann mit Gummischürze, weißen Arbeitshandschuhen, einem dicken Rollkragenpullover und einer Wollmütze besprengte den von seinem Kopf abgetrennten Körper des Schwertfisches mit einem Wasserschlauch und begann ihn in Scheiben zu schneiden. In der Mitte jedes einzelnen ovalen Stücks war der Knorpel der Hauptgräte zu sehen. Der Mann ging geschickt mit dem langen Messer um, in Kürze waren nur noch Schwertfischsteaks auf den Eiswürfeln vorhanden. Dasselbe spielte sich auch mit dem Kopf ab, bis nurmehr schwarze Augen, das geöffnete Maul und das Knochenschwert übrig geblieben waren. Sie sahen aus wie der Rest eines geköpften, großen Vogels. Am nächsten Stand lag ein Stechrochen auf einem Transportwagen mit weißer Kunststoffkiste. Die große Schwanzflosse reichte bis zum Boden, der Kopf war in die Höhe gereckt, und der Schwanz mit dem spitzen, gezahnten Stachel ähnelte dem langen Schnabel eines vorzeitlichen Ungeheuers. Er ging an den Verkaufsbuden vorbei, während um ihn herum zerlegt, zerschnitten und abgeschuppt wurde. Zum ersten Mal sah er auch kleine Haifische auf dem Markt, die Kiemen ließen ihn an Augen mit geschlossenen Lidern denken, das leicht geöffnete Maul erinnerte an den Buchstaben C. Daneben waren Steinbutte aufgeschichtet, große, flache, fossilienähnliche Tiere, rundum mit Flossen verziert, als seien sie alte, verdorrte Sonnenblumen aus unbekannten Meeresgärten der See. Über den sich eng aneinanderreihenden Verkaufstischen waren Scheinwerfer angebracht, die die Waren beleuchteten. Der Fischgestank mischte sich mit Kloakendünsten, dem süßlichen Duft der Blumen- und Obststände zu einer Geruchswolke, aus der die Händler und Kunden ihren Atem schöpften. In einer grünen Blechschale glitzerten tote, schwarze Aale. Riesige Krabben, die ihn an Schildkröten mit Spinnenbeinen denken ließen, lagen neben rot-weiß gestreiften Scampi. Tintenfische und ihre schwarze Körperflüssigkeit bedeckten fast die gesamte Fläche eines weiteren Verkaufstisches, und auf einem anderen waren Polypen mit weißen Armen auf einen Haufen geworfen. Ihre knopfähnlichen Saugnäpfe glichen der Perlmutttastatur einer ländlichen Ziehharmonika. Noch einen Schritt weiter fiel ihm ein schleimiges, mit braunen und weißen Flecken dichtgesprenkeltes Tiefseewesen auf, dessen hellgraue, gebrochene Augen wie die eines Blinden durch ihn hindurchsahen und ihn an eine unbekannte Riesenschnecke denken ließen, die bedeckt von Sand Jahrhunderte überdauert hatte. Die schwarz-goldenen Augen der toten Polypen und der Anblick der Seeteufel mit spitzen Zähnen in den weitaufgerissenen Mäulern ihrer Drachenköpfe riefen ihm wieder die Albträume seiner Kindheit ins Gedächtnis. An jedem Verkaufsstand war eine runde Waage mit großem, weißem Zifferblatt und einem Zeiger aufgestellt.

Er wählte zwei Thunfischsteaks aus, kaufte vor der Halle einen Strauß weißer Rosen, und da er daran dachte, einen Risotto zu kochen, im gegenüberliegenden Gemüseladen Safran, Reis, grünen Salat, Tomaten, Kartoffeln, Zwiebeln, Zitronen und Mandarinen. Außerdem ließ er sich von einem melancholischen Fleischermeister im weißen Arbeitsmantel ein Stück Roastbeef aufschneiden. Der grauhaarige Mann hatte neben dem Hackstock drei Messer liegen, ein großes wie ein Kurzschwert, eines mit schmaler, spitzer Klinge und ein kräftiges für die tägliche Arbeit. Von der Decke hingen verschiedenste Sorten von Wurstkränzen, und in der Vitrine erblickte er neben Innereien und einem Schafsschädel einen nicht zu fetten Kochschinken, von dem er sich ebenfalls ein großes Stück aufschneiden ließ. Da die Taschen längst voll waren und er außerdem das Obst in Netzen tragen musste, begab er sich zurück ins Haus, stieg keuchend die Treppen hinauf, stellte die Taschen und Netze auf den Küchentisch und legte sich kurz auf das Bett, um sich von der Anstrengung zu erholen. Sobald er alles eingeräumt hatte, besuchte er aber noch einmal den Markt. Diesmal nahm er auch einen Rucksack für die Getränke mit. Er wählte den Weg durch die Gasse mit den Feinschmeckergeschäften und besorgte sich Mineralwasser, Butter, Käse, Oliven, Balsamico-Essig, Pfefferminze, Eier, Orangenmarmelade und in der nahe gelegenen Bäckerei knuspriges Weißbrot. Auch wenn ihm der Fischmarkt und seine Umgebung gut bekannt waren, blieb doch jeder Einkauf ein Alltagsabenteuer, das er liebte. In einer Nebengasse suchte er wie gewohnt den Laden für Teigwaren und Wein auf. Die stille, ältere Frau erkannte ihn – wie immer nach einer längeren Abwesenheit – nicht mehr wieder, sie übergab ihm die gewünschten Spaghetti, die Flaschen Merlot, Cabernet Franc und Prosecco, die er in den Rucksack und in die Taschen stopfte, und nachdem Aldrian die Lebensmittel und Getränke wieder nach Hause geschafft und an den richtigen Platz gestellt hatte, machte er mit dem Rucksack gewohnheitsmäßig noch einen letzten Rundgang, um zu prüfen, ob er etwas vergessen hatte. Die Fischhalle ließ er diesmal aus, am Blumenplatz stand gerade ein junger Mann mit Kübeln voll gelber Sträuße, die Aldrian für eine bestimmte Sorte von Chrysanthemen hielt. Er fand es schön, wie sie sich im Stanniolpapier, in das sie später eingewickelt wurden, spiegelten. An den Obst- und Gemüsebuden betrachtete er die Radicchio-Köpfe, die ihm wie weinrote Pflanzenorgane mit dicken, weißen Adern aus dem Dunkel der Erde erschienen, die gelbroten Pomodori, »goldene Äpfel«, wie diese Tomaten oder Paradeiser wörtlich übersetzt hießen, schuppenköpfige Artischocken und die lackschwarzen und gedrechselt glatten Melanzane. Dabei dachte er unentwegt an die Schönheit und Grausamkeit der Schöpfung, an das Opernhaus mit seiner wunderbaren Musik, die den tragischen Libretti erst

129

Leben einhauchte, und vor allem an Elena und Jakob, die fast täglich diesen Weg genommen und die Fischhalle von ihren Fenstern aus gesehen hatten. Er seufzte und drückte die Tür zum Süßwarengeschäft auf, das bis zur Decke gefüllt war mit großen, gläsernen Behältern, die Messingverschlüsse aufwiesen und mit Bonbons in allen Farben gefüllt waren. Bei jeder seiner Venedigreisen stattete er ihm einen Besuch ab. Die Gläser trugen Etiketten, auf denen nur Zahlen zu lesen waren. Jedes Mal, wenn er es betrat, fühlte er sich an eine Zauberapotheke erinnert, die er als Kind für sich erfunden hatte. In ihr waren nicht bloß Süßigkeiten aller Art vorhanden, sondern jede von ihnen besaß eine eigene Wirkung. Mit einem blauen Bonbon konnte er sich unsichtbar machen, mit einem grünen jemanden in ein Tier verwandeln – in eine Fliege, um »ihn« zu töten, in eine Katze, um »sie« zu liebkosen –, mit einem roten flog er wie eine Schwalbe dahin, mit einem silbernen konnte er Gedanken lesen, mit einem gelben durch Wände gehen und so fort. Es gab für jede Verwandlung ein eigenes Bonbon, und er bemerkte jetzt, dass er viele Farben und Muster und deren Wirkungen schon vergessen hatte. Von der freundlichen Ladenbesitzerin ließ er sich eine Mischung aus Bonbons in all jenen Farben, an die er sich hatte erinnern können, machen. Ihm fiel ein, dass es geradezu kindisch war, und er lächelte insgeheim über sich selbst. Das nächste Geschäft, die Macelleria Equina, wie er zum wiederholten Male in roten Buchstaben auf der Schaufensterscheibe las, war eine Pferdefleischerei. Zwei gemalte Pferdeköpfe prangten unter der Inschrift. Er hielt immer mit einem Gemisch aus Unwillen, Abscheu und

Neugierde davor an. Jedenfalls hatte er es nie betreten, immer aber einen Blick durch das Schaufenster geworfen. Der Laden hatte keine Fliesen, sondern Korkböden und -wände, was ihm das Aussehen einer Schachtel gab. Eine lange Vitrine zeigte Fleischwaren, die von denen anderer Tiere nicht zu unterscheiden waren. Gleich daneben befand sich das Geschäft des Fleischermeisters, bei dem er gerade das Roastbeef gekauft hatte: An einer der gefliesten Wände hingen – wie er noch wusste – eine halbe rote Schweinehälfte ohne Kopf mit weißen Rippen und Wirbeln, gelbe, gerupfte Hühnerkörper, deren Köpfe ebenfalls fehlten, und die Schaufensterscheiben spiegelten ihn selbst und die gegenüberliegenden Obst- und Gemüsestände mit den Kunden, die davor standen. Er hörte sein Telefon läuten, meldete sich. Margherita informierte ihn aufgeregt, dass die Ortung der Mobiltelefone von Elena und Jakob ohne Ergebnisse geblieben sei. Das habe sie gerade von Commissario Galli erfahren.

»Wir wissen so viel und so wenig wie zuvor«, sagte sie enttäuscht.

Aldrian war erleichtert, nichts Schlimmeres gehört zu haben, hielt sich aber zurück und tröstete Margherita.

»Ich habe ein schlechtes Gefühl«, sagte sie, »ich habe Angst … Auch um dich … Weshalb bist du niedergeschlagen worden? Wer hat dich in dein Bett gelegt, dir dein Telefon und die Schlüssel abgenommen und dich eingesperrt? Weißt du irgendetwas, was du mir verschweigst?«

»Ich stehe vor dem gleichen Rätsel wie du«, antwortete er.

»Hast du keine Angst? Man hat dir ohne Zweifel gedroht, damit du abreist. Dieser Meinung ist auch der Commissario!«

Aldrian dachte an die Gaspistole in seiner Sakkotasche und an die Tüte mit verschiedenfarbigen Bonbons in seiner Windjacke.

»Ich möchte nicht gleich wieder fahren, und vor allem will ich zuerst wissen, was mit Elena und Jakob geschehen ist.«

»Emilio hat angerufen. Jetzt macht auch er sich Sorgen.« Sie schwieg. »Die Laptops haben sich auch nicht gefunden«, fuhr sie dann fort.

»Wir müssen Geduld haben«, antwortete Aldrian und hatte eine Redewendung gebraucht, die er als Souffleur oft gehört oder selbst verwendet hatte.

»Du hast recht«, verabschiedete sie sich ratlos.

Er kaufte sich in der Nähe ein Stück Pizza Margherita und ihm fiel die Namensgleichheit mit der Schwester seiner Schwägerin ein. Trotzdem kaufte er noch ein zweites Stück und trank dazu eine Flasche Bier.

Was bedeutete es, dass er gerade diese Pizza mit Appetit aß, ging es ihm durch den Kopf … Er verdrängte die Einfälle, wie er auch seine Sorgen und Ängste verdrängte, denn in Wahrheit waren es weder die farbigen Bonbons aus dem Süßwarengeschäft noch die Gaspistole, sondern die Liebesnacht mit Beatrice, die ihm Kraft gab. Das konnte Margherita nicht wissen … Oder doch?

Er überlegte, Beatrice anzurufen, unterließ es aber. Als er zum Canal hinblickte, sah er ein Traghetto mit Passagieren von einem Ufer zum anderen fahren. Auf der gegenüberliegenden Seite befand sich die Ca' d'Oro, die er immer aufsuchte, wenn er allein sein wollte, aber da er wusste, dass es im Palazzo bei Sonnenlicht am schönsten war, weil der Lichteinfall durch die Fenster außergewöhnliche Schattenornamente auf den Mosaikboden und an die Wände der Säle warf, verschob er seinen Besuch auf einen freundlicheren Tag.

Zu Hause räumte er wieder die Poststücke, Zeitungen und Prospekte hinter der Eingangstür weg, und legte sie auf den kleinen Tisch. In seinem Zimmer schüttelte er dann die Gedanken, die ihm beim Aufheben der Zusendungen durch den Kopf gegangen waren, ab und las im Notizbuch, was er im Archiv festgehalten hatte. Die Räume und die Regale erschienen wieder in seinem Kopf, die beiden Frauen und die Crociere. Er machte eine Pause und fügte schließlich mit dem neuen Kugelschreiber hinzu, dass im kalten Archiv von Venedig – ähnlich wie in einem Eisbohrkern, der bei Klimauntersuchungen an den Polen zutage gefördert wird – winzige Reste von Fossilien, der Fauna und Flora vergangener Zeiten gespeichert seien und in den Aktenfragmenten Puzzleteile des Alltags oder andere Spuren vergangener Zeiten aufbewahrt würden. Und wie Naturwissenschaftler aus diesen Reliquien das Klima vergangener Jahrhunderte, ja Jahrtausende rekonstruierten, konnten Historiker im Archiv aus den Akten, die sich wie Eisschollen auf Caspar David Friedrichs Gemälde übereinandergetürmt und verkeilt hatten, allmählich das Leben der Menschen in der Vergangenheit begreifbar machen.

Er schlief kurz ein und notierte nach dem Erwachen noch seine Eindrücke vom Fischmarkt, bevor er in einem plötzlichen Entschluss den Commissario anrief.

Als Galli sich meldete, hörte Aldrian im Hintergrund Menschenstimmen, vielleicht aus einem Lokal, wie er vermutete. Er fragte ohne Umschweife, was es bedeutete, dass die Ortung der beiden Mobiltelefone kein Ergebnis gebracht hätte. Der Commissario dachte kurz nach, und Aldrian hörte in der Zwischenzeit nur die Menschenstimmen im Hintergrund.

»Wir haben die Ortung das erste Mal durchgeführt, als ich noch bei Ihnen im Haus war. Sie hat kein Ergebnis gebracht. Inzwischen haben wir es mehrmals wieder versucht, doch vergeblich. Frau Margherita Bellucci, die Schwester Ihrer Schwägerin, hat mich heute angerufen und mich danach gefragt ... Ich habe ihr gesagt, was ich weiß.«

»Und was bedeutet es, dass Sie kein Ergebnis haben?«

»Vielleicht haben Ihr Bruder und seine Frau ihre Telefone entsorgt, vielleicht sind sie zerstört worden – mit Absicht oder durch einen Unfall.«

Aldrian verspürte Unruhe und ein starkes Gefühl von Ohnmacht.

»Es gibt Handytaschen, die eine Ortung unmöglich machen«, fügte Galli wie zum Trost hinzu. »Das funktioniert über einen abschirmenden Vlies nach dem Prinzip des Faraday'schen Käfigs. Ansonsten können wir Gespräche abhören oder sogar unbemerkt Fotos aufnehmen und übertragen. Sobald wir die Telefonnummer haben, funktioniert das, selbst wenn das Gerät ausgeschaltet ist. Wir nehmen jedenfalls die Angelegenheit sehr ernst«, schloss der Commissario.

Automatisch schaltete Aldrian den Fernsehapparat ein, in dem ein Bericht über das Acqua alta vom Vortag lief. Mehrmals sah er den überschwemmten Markusplatz und bis zu den Waden im Wasser stehende Maskierte. Als die Sendung zu Ende war, schaltete er das TV-Gerät wieder ab und war sich im Klaren, dass er Margherita von seinem Gespräch mit dem Commissario nicht unterrichten durfte, ohne eine neuerliche Krise in ihr auszulösen. Mit geschlossenen Augen sah er seinen Bruder und Elena vor sich in ihrem Wohnzimmer sitzen. Sie schauten ihn teilnahmslos an. Er vermochte aus ihren Blicken nicht zu schließen, was sie von ihm wollten, und versuchte innerlich ein Gespräch mit ihnen zu führen, doch vergeblich. Sie saßen in seiner Vorstellung nur da und schauten ihn an.

Um sich abzulenken, wollte er sein iPad aus dem Koffer nehmen, es fiel ihm jedoch ein, dass er es in Wien gelassen hatte, weil er sich ganz auf seine Arbeit hatte konzentrieren wollen. Im Nachhinein war er froh darüber, denn es war ihm klar, dass die zwei Männer, die ihn niedergeschlagen und beraubt hatten, auch seinen Computer mitgenommen hätten, wie vielleicht auch die Laptops von Jakob und Elena. Dass Elena bei ihren Restaurierungsarbeiten und Reisen stets ihren Laptop eingepackt hatte und auch Jakob wegen seiner Geschäfte und mehr noch wegen seiner Leidenschaft für die Malerei den seinen, beruhigte ihn ein wenig.

Er stieg dann die Treppen hinunter und suchte in der Wohnung seiner Schwägerin und seines Bruders den kleinen Nebenraum auf, in dem die elektronischen Geräte aufbewahrt waren, aber er fand nur noch die Kabel, die auf dem Boden lagen. Jakob besaß einen eigenen Schrank für seine DVDs, der bis zur Zimmerdecke reichte. Er war so vollgestopft, dass Aldrian sich darin nicht zurechtfand. In erster Linie waren es Portraits von Malern und ihren Werken, Opern und die Lieblingsregisseure der beiden. Von Jakob die Filme von Pasolini, Visconti, Buñuel, Fellini, Peter Greenaway, Ingmar Bergman, Michael Haneke und Dokumentationen über Vögel, Insekten – vor allem Bienen und Ameisen – Käfer und Schmetterlinge, aber auch über Amphibien und Pflanzen. Elenas Favoriten waren Alfred Hitchcock, David Lynch, Stanley Kubrick, die Coen-Brothers, David Fincher und Martin Scorsese. Um dem Partner eine Freude zu machen, sahen sich die beiden auch immer die Lieblingsfilme des anderen mit an.

Aldrian drückte neugierig die Open-Taste des DVD-Players und sah, dass darin ein Computerspiel lag; es handelte sich um »Grand Theft Auto«, »Schwerer Kraftfahrzeug-Diebstahl«, das Emilio leidenschaftlich gerne gespielt hatte, als er noch mit seinen Freunden in die Mittelschule ging. Oft genug hatte Aldrian ihn überrascht, wie er – über das Smartphone mit seinen Freunden verbunden – gespielt und dabei laute Rufe ausgestoßen hatte, besonders das amerikanische »Oh my God!«. Die Playstation, ein schwarzer, kleiner Kunststoffkasten, lag noch zusammen mit dem Controller unter dem Fernsehtisch, was ihn verwunderte, da Emilio noch in England war. Aber vielleicht war er zu Weihnachten zu Besuch gekommen, und nach seiner Abreise hatte niemand mehr DVDs angeschaut. Das war allerdings unwahrscheinlich, denn Emilio hatte ja ein eigenes Zimmer und bewahrte seine Geräte dort auf.

Aldrian hatte »Grand Theft Auto« nicht gemocht,

weil es seine »paranoide Veranlagung«, wie er es selbst bezeichnete, verstärkte, übrigens ähnlich wie die Religionen mit ihrem Gott, der alles von einem wusste und bis in alle Einzelheiten wahrnahm. Selbst wenn er auf die Toilette ging oder mit einer Frau schlief, sah dieser Gott zu. Es war eine Gedankenkette, die sich automatisch in seinem Kopf bildete, sobald es um Religionen ging. Aus diesem Grund hatte er es auch in Venedig nach Möglichkeit vermieden, die Schole, die Kunstgalerien der Accademia oder Kirchen aufzusuchen, weil sie ihm den Eindruck vermittelten, das Auge Gottes beobachte ihn aus einem der Bildnisse heraus wie durch ein verstecktes Guckloch. Er fand, dass es ideologische Propagandabilder waren, die ihn stumm und doch beredt von einer parallelen, nicht sichtbaren Welt des Glaubens ohne Vernunft überzeugen wollten. Andererseits liebte er es, Messen von Johann Sebastian Bach, Anton Bruckner oder Wolfgang Amadeus Mozart zu hören und die Musik von Arvo Pärt oder Sofia Gubaidulina. Aber an Heiligenbildern, an biblischen Szenen, die das Metaphysische mit der Realität verbanden, eilte er für gewöhnlich vorbei, obwohl ihn Höllendarstellungen in Kirchen oder von Hieronymus Bosch faszinierten, weil sich ihm dort die geheimsten Ängste in den Köpfen der Menschen offenbarten und ihre Bereitschaft, grausame Verbrechen zu begehen. Trotz seiner Abneigung gegen das Spiel »Grand Theft Auto« hatte er angefangen, es zu laden und zu spielen. Er hatte für die Wettkämpfe mit Emilio sogar eine zweite Playstation gekauft, die noch in dessen Zimmer liegen musste. Emilio hatte zumeist gewonnen, zuletzt war es seinem Neffen zur Erleichterung Michaels aber endlich zu langweilig geworden, gegen ihn anzutreten. Er fand das Ungeschick seines Onkels beim Lenken der fiktiven Fahrzeuge oder beim fiktiven Schießen ermüdend und lachte bald nur noch über ihn, bis er ihn eines Tages nicht mehr darum bat, mit ihm zu spielen. Emilio hatte als zweites Ich immer einen muskulösen Athleten gewählt, häufig einen Afroamerikaner. Er selbst hingegen hatte genommen, was der Zufall ihm anbot. Aldrian schaltete die Geräte ein, lud das Programm und wählte den Typen aus, den Emilio bevorzugt hatte. Die Spielfigur raste sogleich bei strömendem Regen mit einem gestohlenen Sportwagen auf einer Autostraße dahin, säbelte unbeabsichtigt Telegraphenmasten und Bäume um, knallte gegen ein anderes Auto und überschlug sich. Der Athlet stieg unverletzt aus und hielt auf Aldrians Befehl einen Lastwagen an. Als der Fahrer die Tür öffnete, riss Aldrians Spielfigur ihn heraus, schwang sich hinter das Lenkrad und raste weiter. Es ging darum, in einer Verbrecherhierarchie aufzusteigen und Geld zu machen, indem man Auftragsmorde erledigte, Banken ausraubte oder Diebstähle beging. Für die Täter war es sogar möglich, in einer Militärbasis Panzer, Hubschrauber oder Kampfjets zu rauben. Die Stadt wie auch die umliegenden Landschaften waren wie in Träumen auf eine ungewohnte Weise real. Obwohl Aldrian oft selbst gespielt und noch öfter Emilio dabei zugesehen hatte, erschienen immer wieder neue und überraschende Gegenden auf dem Bildschirm. Im Grunde gab es keine Spielregeln, die Polizei, die vom Programm gesteuert wurde, war nicht weniger aggressiv und blutrünstig als die Kriminellen.

Jakob und Elena hätten ihn wohl für verrückt gehalten, wenn sie ihn so gesehen hätten. Er hatte aber
den Eindruck, dass das Spiel ihm jetzt half. Einerseits
lenkte es ihn von seiner eigenen Situation ab, andererseits verstärkte es auch seinen Zorn darüber, dass es
nur Ungewissheit und Fragen gab.

Mit einem Mal kam er sich lächerlich vor, er schaltete die Playstation und den Fernseher aus und ging
zurück in sein Zimmer. Wenn wenigstens Emilio hier
wäre, dachte er, aber zugleich wollte er nicht, dass
sein Neffe sich Sorgen machte. Er schloss die Augen
und fuhr mit seiner athletischen Spielfigur in Wüsten-
landschaften, Wälder und um Straßenecken, er stieg in
fremde Wohnungen ein, lief einen Strand entlang und
gelangte schließlich vor das Haus in Venedig, in dem
er sich befand. Gerade als der Athlet die Haustüre öffnete, erwachte er, sprang aus dem Bett, öffnete die Tür
zum Treppenhaus und lauschte. Draußen war es dunkel und still.

Ein langer Abend

Beatrice Stefanelli freute sich über seine Umarmung, seine Blumen und die Thunfisch-Steaks.

»Ich habe dich den ganzen Tag vermisst«, sagte er verlegen.

»Ich dich auch«, antwortete sie zu seiner Freude.

In der Küche machte er sich sogleich an die Arbeit.

»Erzähl mir von deinem geschiedenen Mann«, schlug er ihr vor. Er benötigte Rosmarin, den Beatrice im Gang vor der Tür in einem Topf auf einer Fensterbank stehen hatte, Pfefferkörner und Lorbeerblätter, zerstieß sie in einem Mörser, vermischte sie mit Olivenöl und salzte sie.

Plötzlich stand Beatrice auf und küsste ihn, und auch er küsste sie, und ihm fiel ein, dass er noch die Schürze umgebunden hatte ...

Als sie sich wieder ankleideten und in die Küche zurückgingen, war er wie verzaubert von ihrer Zuneigung. Wie immer in Liebesangelegenheiten zweifelte er insgeheim jedoch daran, dass seine Eindrücke richtig waren. Er fuhr dort mit dem Kochen fort, wo er aufgehört hatte, band sich zuerst wieder die Küchenschürze um und begann die Pfanne zu erhitzen, bevor er die Thunfisch-Steaks auf beiden Seiten anbriet.

Beatrice hatte inzwischen eine gläserne Schüssel mit Tomatensalat auf den Tisch gestellt. Sie arbeiteten zusammen, als hätten sie es immer schon getan. Zuletzt öffnete er eine Flasche Pinot Grigio. Die Blumen standen bereits in einer gläsernen Vase, als sie Platz nahmen, sich zuerst die Hände drückten und in die Augen schauten, bevor sie zu essen anfingen.

Nachher blickte er aus dem Fenster ihrer Wohnung auf den Campo San Polo, der schwach beleuchtet war. Ein Mann mit Hut stand neben einem kleinen Hund, der ein Bein gehoben hatte.

Sie sprachen über Aldrians für Sonntag angesetzten Besuch auf der Insel San Servolo, wo sich früher das Irrenhaus von Venedig befunden hatte. Aldrian kannte die Insel und ihre Gebäude schon seit langem. Erst in den siebziger Jahren des vergangenen Jahrhunderts war die Anstalt geschlossen und zu einer Universität umgebaut worden, in der unter anderem die traditionellen Restaurierungstechniken unterrichtet worden waren. Elena, begann Aldrian zu erzählen, hatte dort Vorträge und Seminare abgehalten, und er hatte sie ein paarmal begleitet und über ihr Wissen und ihre Fertigkeiten gestaunt. Vielleicht hatte sie ihm, wie er später vermutete, zeigen wollen, wozu auch sie fähig war, denn bei ihren gemeinsamen Besuchen mit Jakob im Teatro La Fenice und dem abschließenden Restaurantbesuch hatte er mit seinen Kenntnissen und den auswendig vorgetragenen Beispielen aus der jeweiligen Oper all ihre Bekannten beeindruckt. Mitunter hatte er sich auch auf der von einer hohen Mauer umgebenen Insel San Servolo allein herumgetrieben. Einmal hatte er einen Plan aus den siebziger Jahren bei sich gehabt, setzte er die Erzählung fort, auf dem ein Friedhof eingetragen gewesen war, und aus Neugierde hatte er ihn aufsuchen wollen. Er war zahlreichen Studenten begegnet – Japanern und Japanerinnen, Engländern, Deutschen, die er an ihrer Sprache erkannt hatte, und vor allem Italienern –, Professoren in Anzügen und Krawatten und Professorinnen mit Modeschmuck und feinen Schuhen, die auf dem Gang miteinander scherzten, während die Studenten, durchwegs in grünen oder beigen Jeans, Sneakers, Pullovern und Windjacken im Café oder auf einer Bank im Freien saßen. Die Gebäude in dem großen Park mit den hohen Bäumen und die Ziegelmauern mit 21 Fensterluken (er hatte sie abgezählt) und schmiedeeisernen Gittern, durch die man das bewegte Meer und in der Ferne die Stadt sehen konnte, waren restauriert worden. Alles hatte von den Bemühungen gezeugt, die Vergangenheit, die Zeit, als der gesamte Komplex ein Irrenhaus gewesen war, auszuradieren. Er hatte in mehrere Gebäude geschaut, aber nichts mehr hatte auf das Leid und die Schrecken hingewiesen, die noch im Gemäuer vorhanden und zu hören sein mussten, wie er dachte, obwohl er wusste, dass es nicht stimmen konnte. Die Hinweise darauf waren bei den Umbauarbeiten ebenfalls wegrenoviert worden, glaubte er damals. Als er eine Putzfrau mit Wasserkübel und Besen einen ansonsten menschenleeren Gang entlangeilen sah, flüsterte er böse: »Gründlich aufgeräumt habt ihr!«

Er sei auf dem Hauptweg des Parks bis zum Ende der vielleicht einen halben Kilometer langen Insel gegangen, erzählte Aldrian weiter, bis zur Stelle, an der er den Friedhof vermutete. Der Park war dort verwildert. Hohes Gras, Gebüsch, Mohnblumen – durchaus romantisch, stellte er fest. Unsicher habe er begonnen, nach Spuren zu suchen, fuhr Aldrian fort, er habe jedoch keine gefunden. Nicht einmal ein Kreuz, einen Grabstein oder irgendeinen Hinweis. Die Bäume schienen ihm hier noch höher und die Natur unberührter zu sein. Das Einzige, was er im hohen Gras entdeckt habe, war Baumaterial, Müll und ein gepolsterter Drehstuhl. »Eine verwilderte Müllkippe«, fuhr er fort. Der gepflasterte Weg führte zu einer Bauhütte, vor deren Eingang ein Fahrrad lehnte. Im Schuppen saß ein Mann mittleren Alters und füllte im Dämmerlicht ein Formular aus.

Aldrian rief ihn mit: »Scusi! –« an und fragte ihn, wo der Friedhof sei.

»Der Friedhof?«

»Ja«, Aldrian holte den alten Stadtplan heraus und zeigte ihm das grüne Rechteck mit den kleinen, schwarzen Kreuzen.

»Der Friedhof des Irrenhauses? Mein Gott!« Den hätten alle schon vergessen, das sei schon lange her, es gäbe keinen Friedhof mehr.

Aldrian wies noch einmal stumm auf die Karte.

»Nein, nein!«, widersprach ihm der Mann, verärgert darüber, dass Aldrian ihm inmitten des renovierten, schönen Gebäudekomplexes mit einer alten Stadtkarte kam und nach dem Friedhof der Geisteskranken fragte, und wandte sich ab.

Hinter der Hütte war Baumaterial aufgestapelt, ein Arbeiter mit blauem Schlapphut beförderte mit einer Schubkarre Ziegel zu einer Baustelle und war plötzlich im hohen Gras zwischen den Bäumen und Sträuchern verschwunden. Aldrian wartete einige Minuten, ohne zu wissen warum, aber der Arbeiter tauchte nicht mehr auf. Schließlich begab er sich selbst in das hohe Gras, um nach den Gräbern zu suchen. Er war davon überzeugt, dass die Toten noch unter der Erde ruhten, über die er schritt. Wer sollte sie auch weggeschafft haben? Und warum und wohin?

Auf seinem Plan war, wie er jetzt sah, eine Marienkapelle eingezeichnet, und als er sich genauer umblickte, entdeckte er sie ein Stück weiter im Park. Auf ihrer offenen Seite erkannte er eine winkende Madonnenfigur mit einem Jesuskind im Arm. Eine Außenstiege, von der eine kleine Eidechse huschte, führte wendeltreppenartig hinauf bis zum Dach. Langsam erklomm er die Stufen, die Aussicht wurde immer weiter. Er konnte jetzt über die Rundmauer hinausschauen, auf einen Himmel mit schweren, weißen Wolken und ein luxuriöses Kreuzfahrtschiff in der Ferne. Und im Gras entdeckte er dann von oben einige kleine Grabsteine, gerade so hoch, dass er sie ausmachen konnte. Manchmal stand ein weiterer auf gleicher Höhe, so dass er sich vorstellen konnte, wie die Reihen der Gräber verlaufen waren. Vor der Kapelle sonnten sich zwei grün-gelbe Eidechsen und fühlten sich offenbar in der Abgeschiedenheit sicher. Auf dem Dach, setzte Aldrian fort, habe er schließlich einen weißen, flachen Stein mit einem Relief, das einen Verstorbenen darstellte, gefunden. Er habe ausgesehen wie ein Grabstein eines im Ornat aufgebahrten Bischofs mit Spitzmütze, sei dafür aber viel zu klein gewesen. Wahrscheinlich war es ein Gedenkstein, der von der Kirchenmauer stammte, überlegte er. Er befand sich vermutlich auf dem Dach der Kapelle, um ein Loch zu verdecken oder um die Ziegel zu beschweren, damit sie nicht von einem Sturm davongetragen würden. Aldrian stieg wieder hinunter und machte sich auf den Weg zurück zur Vaporetto-Station. Unterwegs setzte er sich auf eine Steinbank in der Nähe eines uralten Baumes, um weiter nachzudenken. Ein brustkorbgroßes und ein weiteres kleines Stück waren aus dem Stamm herausgebrochen und lagen auf dem frisch gemähten, sommerlich duftenden Rasen. Es machte auf Aldrian den Eindruck, als habe der Baum eine klaffende Wunde und die im Gras liegenden, vermorschten und von zig Löchern durchsiebten Holzstücke seien längst zu etwas anderem geworden: zu Skulpturen aus Sonne, Regenwasser und der Feuchtigkeit der Erde. Er dachte auch an die Trümmer von untergegangenen Schiffen, die im Meer trieben, und blieb sitzen, bis die Bäume anfingen zu reden, von den Patienten auf San Servolo, die ihre Stadt nur noch von weitem als Geistererscheinung im Meer hatten sehen dürfen …

Sie tranken die zweite Flasche Wein, als Beatrice sich daran erinnerte, wie sie als Kind mit ihrer Tante die Insel besucht hatte, während die Renovierungsarbeiten gerade vor dem Abschluss standen. Die Tante war mit einem der Gärtner befreundet gewesen, der sie eingeladen hatte, ihn zu besuchen.

»Das ist nichts für dich«, hatte die Tante zu ihr gesagt und sie zu einer Bank geführt, auf der sie sitzen bleiben sollte, bis sie zurückkäme. Darauf, erzählte Beatrice weiter, habe die Tante sich mit dem Gärtner in ein Gebäude verdrückt.

Sie sei allein im Park zurückgeblieben, habe den Baulärm gehört und den Arbeitern zugeschaut, die sie nicht beachtet hätten. Vor dem Hauptgebäude seien zwei riesige Agaven gestanden, die es vielleicht heute noch dort gäbe. Oleanderbüsche hätten geblüht und die Bäume große Schatten auf den Rasen geworfen. Die Fensterluken in der Mauer seien ihr wie bewegte Bilder vorgekommen. Das Meer mit den hüpfenden kleinen Wellen, die Möwen, die gegenüberliegende Insel mit ihren Gebäuden und die Wolken hätten zusammen mit den unverputzten Ziegeln der Mauer etwas Unwirkliches ausgestrahlt, was sie damals aber nicht so habe formulieren können. Auch die verschiedenen hellen grünen Blätter auf den Bäumen, die sich im Wind bewegt hätten wie giftige, unbekannte Algen, seien ihr aufgefallen. Sie sei sich vorgekommen wie Alice im Wunderland. Aber am meisten hätten sie die Gebäude beeindruckt. Sie hätten etwas von Schulen, einem Internat, einem Hospital, einer Kaserne gehabt. Eigentlich habe sie sich ganz und gar in einem Gemälde befunden.

Beatrice fing plötzlich zu lachen an, und auch Aldrian lachte, bis sie sich schließlich küssten. Aldrian holte das Sakko, das über einem Sessel hing, und schlug den Kragen zurück, um ihr das Abzeichen mit der vergoldeten Taube zu zeigen, dabei erzählte er ihr, wie er es erstanden hatte.

»Es ist merkwürdig«, sagte er. »Bis jetzt habe ich immer gedacht, ich sei anfällig für Paranoia, und jetzt, wo ich allen Grund dazu hätte, mache ich mir nur Sorgen um Jakob und Elena.« Sie versuchten, aus dem wenigen, was sie darüber wussten, Schlüsse zu ziehen, aber

Aldrian konnte nicht einmal sagen, ob der Überfall auf ihn mit dem Verschwinden seines Bruders und seiner Schwägerin in einem Zusammenhang standen.

»Ich finde es unheimlich«, sagte Beatrice, »und ich habe Angst um dich, wenn du im Haus deines Bruders schläfst. Wenn du willst, kannst du so lange, bis alles geklärt ist, zu mir ziehen.«

Sie legte ihren Kopf auf seine Schulter und schloss die Augen.

Als sie am nächsten Morgen nebeneinander erwachten und zum Fenster hinausblickten, schneite es in dichten Flocken.

Schnee

Aldrian fand Beatrice begehrenswert, egal ob mit Stöckelschuhen oder barfuß, frisiert oder unfrisiert, mit lackierten Fuß- und Fingernägeln oder unlackierten, er war fasziniert von ihrer Intelligenz, ihrer Warmherzigkeit und ihrer Verletzlichkeit. Immer schon hatte er allein gefrühstückt. Das hatte aber kein Gefühl von Einsamkeit in ihm ausgelöst. Seine geschiedene Frau hatte, wenn sie nicht gemeinsam Abenddienst gehabt hatten, nicht darauf gewartet, bis er am nächsten Vormittag zu Hause erwacht war – müde, im Kopf noch die Musik der letzten Nacht, des abgelaufenen Tages oder Abends oder schon der Proben für Opern, die neu einstudiert wurden. Zumeist hatte er es noch vor der Körperpflege zubereitet: Pfefferminztee, Weißbrote oder Toasts mit Butter, die er mit Honig bestrichen hatte. Beim Frühstück hatte er auch mit der Lektüre der Tageszeitungen begonnen, die er seit mehr als zwanzig Jahren abonniert hatte, weshalb er sich in ihnen auskannte wie in der Partitur eines ihm bekannten Komponisten. Er wusste, wo er welche Artikel fand, er kannte die Gedanken der Journalisten, die er nie gesehen oder kennengelernt hatte, den Stil des Karikaturisten und vor allem die Aufmachung der Kulturseite. Fast nie hatte er – bis auf die Mittagsnachrichten – ferngesehen. In seiner freien Zeit hatte er zumeist geschlafen, verschiedene Aufnahmen der jeweils gleichen Oper gehört, Partituren gelesen oder Zauberkunststücke eingeübt und gelangweilt seiner Frau, der er sich immer mehr entfremdete, zugehört.

Es war für ihn daher etwas Besonderes, dass Beatrice ihn verwöhnte – mit Orangenmarmelade, Fruchtsäften und russischem Tee, den er mit Wasser verdünnte. Sie setzte dabei die Erzählung über ihren geschiedenen Mann fort, von dem Aldrian in der vergangenen Nacht hatte wissen wollen, wer er gewesen war. Er arbeite immer noch als Pathologe an der Medizinischen Universität von Bologna, und sie hätte von ihm einen Briefbeschwerer mit einem Gehirnschnitt geschenkt bekommen, der in klaren Kunststoff eingegossen war, hatte er von ihr erfahren. Das Gehirnpräparat stammte von einem weltberühmten Dirigenten, der häufig in der Mailänder Oper aufgetreten war. Noch in der Nacht hatte Aldrian den Briefbeschwerer zu sehen verlangt. Er lag im Wohnzimmer auf dem obersten Bücherregal, versteckt hinter anderen, und Beatrice hatte ihm das schauerliche Relikt geschenkt, als sie sein Interesse daran bemerkt hatte. In Wahrheit sei es ihr immer unheimlich gewesen, sagte sie jetzt. Sie besaß darüber hinaus eine ganze Sammlung von antiken Briefbeschwerern aus Murano-Glas in der Millefiori-Technik und einzelne, besonders schöne aus Böhmen. Die Millefiori-Paperweights wiesen, zeigte sie ihm, zumeist farbige, abstrakte Muster auf, die ihre Wirkung aus ihren Farbkombinationen, ihrer Symmetrie und ihrer Eigenart bezogen: Sie entwickelten sich vom Boden herauf zur Kuppe der Halbkugel hin, hörten jedoch in der Regel schon im unteren Drittel auf – man betrachtete sie ja von oben. In den böhmischen hingegen, die ein bergkristallähnliches Aussehen hatten, waren zumeist bunte Glasblumen eingeschlossen. Beatrice wusste von jedem Paperweight, wann und wo sie es entdeckt, das Geschäft, in dem sie es gekauft, und den Preis, den sie dafür bezahlt hatte.

Aldrian zeigte ihr darauf die Gaspistole, die ihm Diego Sarcia zur Verfügung gestellt hatte. Sie betrachtete die Waffe nachdenklich und stumm und holte dann einen Revolver und die dazugehörige Munition aus der Schreibtischlade. Ihr geschiedener Mann hatte ihn dort liegen gelassen, »um nicht Selbstmord zu begehen«, wie er bei der Trennung zu ihr gesagt hatte. Er wolle ihn »später«, wie er ergänzte, wieder bei ihr abholen. Tatsächlich hatte Beatrice ihren Mann wegen eines jüngeren, verheirateten Arbeitskollegen verlassen, erfuhr Aldrian, der aber nach zwei Jahren die Beziehung mit ihr beendet hatte. Mehr wollte Beatrice nicht darüber preisgeben und ihre Schweigsamkeit auch nicht kommentieren.

»Triffst du ihn noch?«, wollte Aldrian wissen. Sie schüttelte den Kopf, und er glaubte ihr nicht.

»Ich fahre nach Padua und komme erst am Abend wieder zurück«, sagte sie nach dem Frühstück. »Sehen wir uns dann?«

In diesem Augenblick läutete Aldrians Telefon. Auf der anderen Seite meldete sich Commissario Galli. Er rufe ihn nur »der Vollständigkeit halber« an, begann er. Man habe das letzte Mal im Haus seines Bruders nach den Geschäftsbüchern gesucht, allerdings ohne Ergebnis. »Keine Aufzeichnungen, keine Rechnung, nichts.«

Auch die Kasse sei leer gewesen. Von seiner Schwägerin habe er Namen und Adresse des Steuerberaters von Jakob und Elena erfahren. »Wir haben mit seiner Hilfe die Buchhaltung überprüft, aber nichts Verdächtiges gefunden. Alles scheint in bester Ordnung zu sein. Das spurlose Verschwinden bereitet uns jedoch weiterhin Kopfzerbrechen ... Wir haben keine Hinweise, keinen Anhaltspunkt und können nur spekulieren. Haben Sie mit Ihrem Bruder oder Ihrer Schwägerin über deren Geschäfte gesprochen? Oder eine Andeutung darüber gehört?«

»Nein.«

»Wenn Ihnen etwas dazu einfällt, rufen Sie mich bitte an. Mit Margherita Bellucci sprechen wir später. Wir haben auf ihrer Mailbox eine Nachricht hinterlassen.«

Nachdem er Beatrice den Inhalt des Telefonats erzählt hatte, dachte sie lange nach.

»Wenn du willst, kannst du nach Mailand fahren«, sagte sie dann. »Ich habe dort eine kleine Dienstwohnung«, fuhr sie fort, »wo ich auch an den Wochenenden bleiben kann. Außerdem lebt mein Bruder in Mailand.«

Sie griff nach ihrem Smartphone, doch Aldrian lehnte ab. Er wusste selbst nicht, warum.

»Ich habe keine Angst«, sagte er. »Und du weißt, dass ich an meinem Reiseführer arbeite.«

Sie schwieg wieder, stand auf, stellte sich vor das Fenster und sah zu, wie die Schneeflocken vom Himmel fielen. »Das letzte Mal hat es so geschneit, als ich noch zur Schule ging«, sagte sie, ohne sich umzudrehen. »Alles sieht so friedlich aus ... Ich kann nicht genau sagen, weshalb mir das Verschwinden von Elena und Jakob Angst macht, und ich will dich auch nicht beunruhigen, aber ich habe ein schlechtes Gefühl. Warum haben dich die beiden Männer, die dich niedergeschlagen haben, da mit hineingezogen?«

»Das hat wahrscheinlich nichts mit dem Verschwinden von Jakob und Elena zu tun«, widersprach er.

»Wenn sie dich beobachten, dann wissen sie jetzt auch, dass du die Nacht über bei mir warst«, fuhr Beatrice fort, »und wenn sie es nicht wissen, dann werden sie es herausfinden, sobald du es wieder tust.«

Aldrian schwieg und überlegte. Sie hatte recht, dachte er.

»Ich werde weiter im Haus meines Bruders übernachten«, sagte er.

»Wenn ich dich dort besuche, werden sie auch das herausfinden.«

Er steckte den Briefbeschwerer mit dem dünnen Gehirnschnitt des berühmten Dirigenten in seine Jackentasche und spürte dabei die Gaspistole.

»Darf ich die Pistole und das Präparat bei dir lassen, bis ich zurückkomme?«

»Ja.«

»Ich muss jetzt gehen«, hörte er sich sagen, und er hatte das Gefühl, ein Sturkopf zu sein. Er drehte sich noch einmal um und sah sie weiterhin aus dem Fenster schauen, hinter dem dichte Schneeflocken fielen.

»Was soll ich tun?«, fragte er. »Ich kann nicht nach Mailand fahren.« Er sagte »kann« statt »will«, um sie nicht herauszufordern.

»Ich weiß«, gab sie zur Antwort und kehrte sich ihm zu. Ihr Gesicht war im Halbdunkel des Zimmers nicht zu erkennen. Als er näher trat und sie umarmen wollte, bemerkte er, dass sie wie abwesend über etwas nachdachte.

Wenig später eilte er über den Campo San Polo.

Am besten, wir treffen uns jedes Mal in einem anderen Hotel, und ich übernachte in meiner Wohnung, überlegte er. Es ist auch wichtig, dass ich Commissario Galli darüber informiere. Aldrian kontrollierte, ob ihm jemand folgte, hielt unter einem Hauseingang an und wählte die Nummer des Kommissariats. Alles um ihn herum war friedlich, und die Menschen, die den Platz und die Gassen bevölkerten, steckten sich gegenseitig mit ihrer Freude über den Schneefall an.

Der Commissario meldete sich selbst, hörte Aldrian zu und erklärte ihm, dass er im Augenblick nichts für ihn und Margherita tun könne. Solange keine Spur von seinem Bruder und dessen Frau zu finden sei, sei es ihm nicht möglich einzuschreiten. Überdies habe er keine Personalreserven. »In der Zwischenzeit«, fuhr er fort, »haben wir aber mit den chinesischen Behörden Kontakt aufgenommen.« Diese hätten die Firmen befragt, mit denen seine Verwandten Jakob und Elena Geschäfte gemacht hätten. Erst vor einer halben Stunde hätte er von den chinesischen Behörden erfahren, erklärte der Commissario, dass in den letzten Wochen keiner der beiden ein- oder ausgereist sei und dass es in dieser Zeit auch keine Kontakte zwischen ihnen und den Firmen gegeben habe. Der Internetverkehr sei jedoch seit drei Tagen unterbrochen, hätten die Firmenvertreter einheitlich zu Protokoll gegeben, und die Behörden ermittelten jetzt gerade bei den angegebenen Handelspartnern. Es gehe um Perlenketten,

Schmuck, Fossilien, Tierskelette und Mineralien, habe man ihm bestätigt. »Rufen Sie mich an, wenn Sie den Verdacht haben, dass Sie verfolgt werden«, schloss der Commissario.

Aldrian machte mit seinem Smartphone eine Fotografie vom Campo San Polo bei Schneefall und nahm in Gedanken versunken den Weg zur Rialtobrücke anstatt wie gewohnt zur Vaporetto-Station San Silvestro. Wieder blickte er sich um und wieder stellte er fest, dass ihm niemand folgte.

Die Rialtobrücke mit den umliegenden Häusern kam ihm im Schneegestöber vor wie eine grobgerasterte Schwarzweißfotografie, auf der die weißen Punkte plötzlich zu tanzen begannen ... Der Canal Grande verschwand in Richtung San Marco noch vor der Biegung im Schneegestöber.

Er stieg die Treppen der Brücke hoch und schaute alles von oben an: Die Passagiere in den Gondeln schützten sich mit Schirmen vor dem nassen Schnee, Vaporetti und Lastenkähne kamen unter dem Brückengewölbe zum Vorschein oder verschwanden darunter. Ihm war, als starrte er in eine Video-Installation. Die Gondeln, die vor den Palazzi an Pfählen vertäut lagen, waren mit Schnee bedeckt, ebenso die kleinen Vordächer der Geschäfte. Ihre Besitzer kehrten sie zuerst mit langen Besen ab und rollten sie dann ein. Er stieg die Rialtobrücke wieder hinunter und kaufte in der »Farmacia« eine Tube Zahnpasta. Das Kind des benachbarten Bäckers lief gerade auf die Straße und jauchzte vor Vergnügen, es war ein Mädchen in Strumpfhosen, mit einer hellblauen Weste, vor dem sich jetzt ein Fotograf mit Stativ aufstellte, der zuvor seine Kamera in einem durchsichtigen Nylonsack verpackt hatte. Rasch waren Aldrians Haare und Kleider nass geworden, und er musste seine Brille mit einem Papiertaschentuch abwischen. Es war besser, fiel ihm ein, wenn er sich in seinem Zimmer umzog, bevor er nach San Servolo fuhr. Der Fischmarkt war Sonntag und Montag immer geschlossen. Nachdem er die verhängten Obst- und Gemüsestände sowie die Auslage des Pferdefleischers passiert hatte, schlug er, um sich vor dem Schnee zu schützen, den Weg zur Fischhalle ein, deren Geruch ihn sofort wieder umgab. Draußen vor den Arkadenbögen fielen weiter die Schneeflocken. Niemand ging vorbei oder stand an einer Ecke und las Zeitung, nur zwei Möpse hechelten quer über den Vorplatz, kläfften und verschwanden wieder. Er eilte auf das Haus zu, öffnete die Eingangstür und verschloss sie hinter sich gleich wieder. Dann vergewisserte er sich, dass die Wohnung seines Bruders im ersten Stock abgeschlossen war. Oben in seinem Zimmer ließ ihn ein Fäulnisgeruch die Fenster öffnen. Die Toilette stank und die Luft in seiner Wohnung roch wie sonst nur vor einem Regen. Er legte die Zahnpastatube auf das Waschbecken, wechselte seine nasse Kleidung, holte eine schwarze Wollmütze und Jeans aus dem Schrank und schloss die Fenster wieder. Es schneite und schneite. Die Flocken fielen schräg vom Himmel, der milchig und grau war. Noch nie hatte er erlebt, dass es in Venedig schneite, nur sein Bruder hatte ihm davon erzählt. Die Erinnerung an ihn und Elena war so heftig, dass er die Augen schloss. Als er sie wieder öffnete, ließ er sich vom dichten, heftigen Schneefall vor dem Fenster hypnotisieren. Er starrte in das

Gestöber hinein, um sich selbst zu vergessen, und sah nur noch einen weißen Regen, der je nach Windrichtung rascher oder wie in Zeitlupe fiel. Die Dächer, die er von seinem Fenster aus wahrnahm, waren ebenfalls weiß. Religiöse Gedanken gingen ihm durch den Kopf, sie wichen der Freude über die neue Erfahrung und die gedämpfte Stille. Langsam befiel ihn Müdigkeit. Er starrte jedoch weiter in den Schneefall vor seinen Augen und registrierte die verschiedenen Geschwindigkeiten, mit denen die Flocken durch die Luft wirbelten. Noch immer war er fasziniert von dem Schauspiel, dass sie für Sekundenbruchteile in der Luft stillzustehen schienen, um sofort wieder herunterzubrausen. Mitunter vermischten sich auch die beiden Geschwindigkeiten und ließen ihn dann an Luftwirbel beim Start eines Hubschraubers denken. Als er aufstand und aus dem Fenster blickte, erkannte er vereinzelte Spuren im Schnee. Zwei Frauen mit geblümten Regenschirmen schlüpften gerade in ein Haustor. Ein Passant, den aufgespannten Knirps-Schirm in der Faust, rauchte eine Zigarette. Niemanden kümmerte, was ihn bewegte, stellte Aldrian, erstaunt über seine Einfalt, fest. Als er den Fernseher einschaltete, sah er einen Dokumentarfilm über Fliegenmaden, der für ihn nichts an ekelerregendem Grausen zu wünschen übrigließ. Fliegeneier aus einer Filmdose wurden auf eine faulende Schweineleber angesetzt. Man sah die Maden auch im Mikroskop und schließlich auf dem offenen Bein einer Patientin, gleichsam als lebende Chirurgen.

Bevor er ging, warf er noch einmal einen Blick durch das Fenster. Die Fernsehantennen wackelten und nickten leicht im Wind, wie Pflanzen aus Draht.

Er ging wieder zur Vaporetto-Station vor der Rialtobrücke, kam unterwegs an einem Marktstand für Stickereiwaren aus Burano vorbei – die meisten Verkäufer hatten schon den kleinen Vorplatz verlassen – und blieb kurz stehen. Auch der Mann, dem der Marktstand auf Rädern gehörte, räumte bereits zusammen, und die feinen Stickereiwaren sahen im Schneefall aus wie kostbare Eisblumen, die vom Fensterglas abgelöst worden waren. Einige maskierte Passanten schienen den Schneefall zu genießen und tanzten und lachten übermütig. Im Vaporetto kam es Aldrian vor, als befände er sich in einer Venedigschneekugel, die zuvor geschüttelt worden war, so dass weiße Pünktchen auf das Schiff fielen, in welchem er den Canal Grande zum Markusplatz hinunterfuhr. Im Fahrgastraum waren alle Plätze belegt, daher klammerte er sich an eine Haltestange. Nur ein kleiner Teil der Passagiere war maskiert. Schweigend und bewegungslos gleich Statuen fuhren sie mit ihm dahin: ein greiser Edelmann, eine Frau als dunkelgoldene Pflanze, ein betrunkener Gondoliere mit Clownsnase und Brille. Als bei der nächsten Station Fahrgäste ausstiegen, nahm er auf einem der frei gewordenen Sitze Platz, bevor die übrigen in Beschlag genommen wurden. Draußen unter der Venedigschneekugel zogen weiter die Palazzi in bleichen Farben vorbei, und ihre in winzige Bruchteile zerlegten Spiegelbilder auf dem Wasser wurden unentwegt ausgelöscht, um gleich darauf für einen winzigen Moment wieder sichtbar zu werden. Er blickte sich um, stellte fest, dass der Mann, der ihm gefolgt war und ihn niedergeschlagen hatte, nicht zu sehen war, und ihm fiel ein, wie oft er gemeinsam mit Jakob oder Elena diese Strecke im Vaporetto zurückgelegt hatte. Der poröse Schneevorhang um das Schiff schien sich lautlos zu schließen und die vergangene Zeit dahinter aufzulösen. Doch schnitt er nicht – wie ein Vorhang im Opernhaus – die imaginäre Wirklichkeit auf der Bühne von der Realität im Zuschauerraum ab, sondern förderte sogar wegen seiner Durchsichtigkeit das osmotische Einsickern von Erinnerungen. Die Gedanken in seinem Kopf bedrückten Aldrian. Selbst wenn er für seinen Reiseführer recherchierte oder einen Opernauszug im Ohr hatte, überfielen sie ihn, und er spürte, dass mit seinem Bruder und seiner Schwägerin etwas Schreckliches passiert sein musste. Sie waren, dachte er, zu einer Höhlenwanderung ins Dunkle aufgebrochen und für ihn jetzt nicht mehr erreichbar, aber er weigerte sich, darüber zu sprechen, denn er hatte im kabbalistischen Schöpfungsbuch Sefer Jezira gelesen, dass Gott zuerst die zehn Zahlen und die 22 Buchstaben des hebräischen Alphabets geschaffen hatte, aus denen dann die Welt mit allen Steinen, Pflanzen, Tieren, den vier Elementen und zuletzt den Menschen entstanden war. Aus Wörtern konnte also Wirklichkeit werden, war er überzeugt, und aus Zahlen Tatsachen. Wurde nicht auch die Musik auf diese Weise in den Partituren festgehalten? Ihm fiel Hieronymus Boschs »Garten der Lüste« ein, dessen beide Außenflügel einen Moment der Schöpfung darstellten. Hieronymus Bosch war einer der Maler, die er besonders schätzte. Es hatte sogar eine Zeit gegeben, in der er ihn über alle anderen gestellt hatte, weil er die Menschen – wie er fand – in ihrer ganzen Armseligkeit erkannt hatte. Er glaubte, dass er jetzt selbst etwas von dieser Bosheit, diesem Hass, dieser Grausamkeit in sich wecken musste, um den Wahnsinn, dem er ausgeliefert war, zu überstehen. Bisher war ihm nur wichtig gewesen, dass er keine Angst verspürte, was er trotz seiner sorgenvollen Gedanken hatte vermeiden können. Ohne Übergang fiel ihm jetzt ein, dass Lorenzo Verra, der pensionierte Maestro Suggeritore im Teatro La Fenice, vermutlich schon, wie verabredet, im Caffè Florian saß und auf ihn wartete. Er blickte auf die Uhr und war erleichtert, dass er noch eine Viertelstunde Zeit hatte. Nach seinen Einkäufen auf dem Fischmarkt hatte er Lorenzo angerufen und ihm in groben Zügen erzählt, was vorgefallen war. Lorenzo mochte und verehrte ihn nicht zuletzt wegen seines musikalischen Gedächtnisses. Er hatte ihm spontan seine Hilfe angeboten und wollte Genaueres wissen. Schließlich hatten sie vereinbart, dass sie gemeinsam nach San Servolo fahren würden, wo der Vizedirektor, Dr. Calzea – wie Aldrian von Dr. Feilacher erfahren hatte –, ihn erwartete. Da Lorenzo Junggeselle war, pflegte er lange zu schlafen und erst gegen Mittag im Caffè Florian zu frühstücken. Seine Zwei-Zimmer-Küche-Wohnung befand sich ganz in der Nähe, aber er mochte es nicht, dass man ihn besuchte. Aldrian vermutete ein Chaos in seinen Räumen, doch vermied er es, ihn darauf anzusprechen.

Nachdem das Vaporetto angelegt hatte, eilte Aldrian zur Piazzetta, blieb stehen und schaute zum Himmel hinauf, aus dem die Flocken fielen … Und zum ersten Mal wagte er es, zwischen den beiden Säulen – der einen mit dem Markuslöwen auf der Spitze und der anderen mit dem heiligen Theodorus, der auf einem krokodilähnlichen kleinen Drachen posierte – durchzulaufen. Von seinem Bruder hatte er erfahren, dass an dieser Stelle Verurteilte geköpft, gehängt oder gevierteilt worden waren, weshalb noch heute kein Venezianer diesen Weg wählte. Er drehte sich um und blickte auf die vor ihm liegende Lagune – den Bacino di San Marco –, die Kirche Santa Maria della Salute und den in der grauen Luft verschwindenden Glockenturm der Insel San Giorgio Maggiore. Er kam am Caffè Chioggia vorbei, wo ein Klavierspieler in schwarzem Mantel unter den Arkaden Auszüge aus Donizettis »Liebestrank« spielte. Der Säulengang des gegenüberliegenden Dogenpalastes machte auf ihn im Schneegestöber den Eindruck einer optischen Täuschung.

Als er zum Platz hinschaute, sah er eine Gestalt mit einem bunten Karnevalshut, der mit Glöckchen geschmückt war, auf sich zukommen, und im ersten Augenblick vermeinte er, einen der beiden Männer wiederzuerkennen, die ihn niedergeschlagen hatten. Dahinter folgte im gleichen Schritttempo ein Staatsbeamter aus dem 15. Jahrhundert mit Bart. Der Mann mit dem Karnevalshut war – wie sich gleich darauf herausstellte – ein Jugendlicher, und der Bart seines Begleiters gehörte zur Maske, die dieser trug. Trotzdem schlug sein Herz heftig. Zwischen Fremdenführerinnen, die einen nicht aufgespannten Schirm in die Höhe hielten und Touristengruppen vorangingen, aufflatternden Taubenschwärmen, mit Blitzlicht fotografierenden Reisenden und als Edelmänner und Hofdamen, amerikanischer Präsident und deutsche Bundeskanzlerin, als Stan Laurel und Oliver Hardy oder mit Masken aus den umliegenden Geschäften verkleideten Passanten, welche im Schneefall wie unter einem nicht enden wollenden weißen Konfettiregen in der Menge aufgingen, drängte er sich weiter zum Caffè Florian.

Im Maurischen Zimmer saß Lorenzo Verra noch nicht auf seinem Platz in der Ecke – er hasste die Fensternähe –, wie Aldrian erleichtert feststellte. Er setzte sich an einen gerade frei werdenden Tisch, bestellte Pfefferminztee, der im Caffè Florian »Infuso di Menta« hieß, und blickte durch die verglaste Eingangstür. Das kleine Orchester vor dem Caffè Florian machte gerade eine Pause. Die Musiker hielten sich in einer Ecke neben dem Eingang auf und tranken Kaffee. Aldrian hatte den Eindruck, dass draußen gerade »Ein Maskenball« von Giuseppe Verdi gespielt wurde, und sogleich war sein Kopf voll Musik. Er hörte den Anfang des dritten Bildes im dritten Akt, das den Titel »Großer Ballsaal« trägt. Dabei ging es um einen geplanten Mord. Vorsichtig schaute er sich nach dem bärtigen Mann um, aber der Raum mit den Bildnissen der üppigen Orientalinnen war hauptsächlich von alten Frauen besetzt, die keine Masken trugen, und einigen soignierten, zeitunglesenden Herren. Der Schneefall, den er durch die Fenster beobachten konnte, beflügelte seine Erinnerungen an die Kindheit, als er sich danach gesehnt hatte, erwachsen zu sein. Das erschien ihm damals wie ein Versprechen auf ein unbekanntes Leben, in dem er frei war. Und er erinnerte sich auch an die Faschingsdienstage in der Volksschulzeit und der Unterstufe der Mittelschule, weil er sich an diesem Tag mit seinen Mitschülern verkleiden durfte: als Micky Mäuse, als Prinzessinnen, als Cowboys oder Indianer oder als Chinesen und Zauberer. Er machte mit seinem Smartphone mehrere Fotografien zum Fenster hinaus auf die Passanten im Schnee und die maskierten Menschen, sodann hielt er das Maurische Zimmer mit Blitzlicht fest, aber als die älteren Herren und Damen die Zeitungen senkten oder ihn irritiert anschauten, betrachtete er auf dem Display rasch noch die Schneeflocken und die Maskierten und steckte dann das Telefon wieder ein. Ein Kellner servierte ihm diskret den Pfefferminztee. Aldrian nahm es kaum wahr. In Ungewissheit zu leben ist schrecklich, sagte er sich von einem Moment auf den anderen, als ihm wieder sein Bruder und seine Schwägerin in den Sinn kamen. Er nahm sein Notizbuch und den neuen Kugelschreiber heraus und fing an, Aufzeichnungen zu machen. Zugleich begann auch das kleine Orchester unter den Arkaden wieder zu spielen, und er notierte: »Caffè Florian, rote Polstermöbel, verglaste alte Wandgemälde, ›biedermeierlich‹ mit orientalischen, chinesischen und italienischen Figuren, mitunter mythologisch – wie Fenster in die Vergangenheit. Parkettböden, runde Marmortischchen. Ältere Frauen vor einer Tasse Schokolade und kleinen Karaffen mit Wasser. Gerade fliegen Tauben an den ›Zugabteilfenstern‹ vorbei. Fußgänger unter den Arkaden der Prokuratien, Männer als Frauen verkleidet. Gedämpfte Musik im Raum. Geige, Klarinette, Klavier, eine Ziehharmonika. Die Kellner verhalten sich wie die Tauben auf dem Platz. Versammeln sich kurz, gurren, raunen einander etwas zu, schwärmen auseinander, kommen wieder zusammen. Die Gäste im Caffè bleiben zumeist länger sitzen als gewöhnlich. Japaner mit Mundschutz. Gehen zuerst am Caffè vorbei, kommen wieder zurück, treten ein, nehmen an einem Tischchen Platz und sehen aus wie Chirurgen, bevor sie ihren Mundschutz abnehmen.«

»Scusi, scusi!«, Lorenzo Verra umarmte ihn, wie es seine Art war, von hinten und nahm, mit einer Steppjacke und einem Schal bekleidet, Platz, bevor er seinen eleganten Hut abnahm und seine streng nach hinten gekämmten, grauen Haare zeigte. Er war auffallend klein, fast wie ein Kind, trug eine hell- und dunkelbraun gesprenkelte Maßbrille aus Schildpatt und hatte seine weißen, dünnen Augenbrauen schwarz gefärbt. Seine Zähne waren *zu* makellos überkront – das alles ergab eine seltsam jugendliche und zugleich alte Ausstrahlung. Stets fiel Aldrian ein, wenn er an ihn dachte, dass Lorenzo für einen vorgeblich Fünfundvierzigjährigen eher neunzigjährig aussah, weil seine Sprechweise und Gesten nicht seinem tatsächlichen Alter entsprachen. Eigentlich war er eine unsympathische Erscheinung, und Aldrian hatte einige Zeit gebraucht, bis sich die ersten Eindrücke gesetzt hatten und dahinter ein chaotischer, unsicherer Mensch zum Vorschein kam, der bei Widersprüchen häufig seine Standpunkte wechselte, damit, wie er sagte, die Harmonie gewahrt bliebe. Er war jedoch kein Opportunist, sondern er begnügte sich damit, wie er Aldrian erklärt hatte, Denkanstöße zu geben. Provozieren wollte er aber keineswegs. Als Maestro Suggeritore war er allerdings ein Diktator gewesen. Vom konzilianten Lorenzo Verra war dann nichts mehr zu sehen oder zu hören gewesen, er hatte sich stattdessen zu einem »Anwalt der Noten und Wörter«, die in einer Partitur standen, gemacht. Seit Aldrian das wusste, hatte er ihm alle Schwächen verziehen und war sein Freund geworden.

Gerade wollte Lorenzo das gewohnte Frühstück bestellen, als Aldrian ihn mit strenger Stimme darauf hinwies, dass sie zum Vaporetto an der Station San Zaccaria zurechtkommen mussten, da er, wie gesagt, um 13 Uhr mit dem Vizedirektor Dr. Calzea verabredet sei.

Er schob ihm die »Infuso di Menta« hin, an der er nicht einmal genippt hatte, und die ebenso tadellosen Kekse in einer Schale.

Während Lorenzo hastig trank und die Kekse in sich hineinstopfte, bezahlte Aldrian und ging hinaus auf den Markusplatz; es sah alles so bizarr aus, dass er lange hätte stehen und die Kirche von San Marco, auf die in einem fort Tausende von Schneeflocken fielen, anschauen können. Doch schon nach wenigen Augenblicken schoss Lorenzo aus dem Caffè heraus, wobei er kurz stolperte, aber gerade noch einen Sturz vermeiden konnte.

»Wieso bist du weggelaufen?«, fragte er aufgeregt. »Willst du mich allein im Caffè sitzen lassen?«

Lorenzo war noch nie in San Servolo gewesen. Er hatte Scheu davor, weshalb Aldrian vermutete, dass er vielleicht Streit suchte, um kneifen zu können. »Ich dachte an Jakob«, log Aldrian wie zur Entschuldigung und kam sich im selben Augenblick mies vor.

Sie gingen außerhalb der Arkaden im Schneefall weiter.

»Nein, nein«, unterbrach ihn Lorenzo. »Wie konnte ich das vergessen … Bist du überhaupt in der Lage, nach San Servolo zu fahren?«

Das war wohl der nächste Versuch von Lorenzo, die Fahrt zu verschieben, dachte Aldrian und sah seinen Bruder vor sich, wie er ihn als Kind mit Schneebällen beworfen hatte.

»Ja, ich weiß, du bist um 13 Uhr mit Dr. Calzea verabredet«, fuhr Lorenzo nach einer kurzen Unterbrechung fort, »und musst unbedingt auf die Insel fahren, und wenn ich will, kann ich in Venedig bleiben, und du bist mir nicht böse. Aber ich komme ganz sicher mit, Michael!«

Sie mussten ein seltsames Paar abgeben, dachte Aldrian. Wenn Lorenzo seinen Hut trug, sahen sie von weitem aus wie Vater und Sohn.

Einige als Commedia-dell'Arte-Figuren Verkleidete hatten sich im Schneefall vor dem Markusdom aufgestellt, um von Touristen fotografiert zu werden. Lorenzo kannte alle ihre Rollen: Der Pantalone hatte die Maske eines alten Mannes vor dem Gesicht, mit Falten, einer spitzen Nase und einem Spitzbart und trug zu einem schwarzen Umhang gelbe Pantoffeln und rote Strumpfhosen – er stellte die Karikatur eines geizigen venezianischen Kaufmanns dar. Arlecchini oder Harlekine, die die Fähigkeit hatten, ins Diesseits und Jenseits zu reisen, sprangen, um sich warm zu halten, ununterbrochen in die Höhe und landeten, den Gesetzen der Schwerkraft folgend, wieder auf dem Markusplatz. Eine Colombina – »ein Täubchen« – klatschte dazu begeistert in die Hände, und der einfältige Pulcinello – das kleine »Küken« –, ein Hanswurst im weißen Kostüm mit weiten Ärmeln, einer schwarzen Halbmaske und einem spitzen Hut, versuchte, seine Handlungen laut kommentierend, die Colombina mit Taubenfutter anzulocken. Daraufhin wurde er zum Gaudium des Publikums von den Arlecchini symbolisch verprügelt. »Rache ist etwas, wovon jeder träumt«, dozierte Lorenzo. »Viele ziehen in den Krieg, weil sie etwas drängt, sich für ihr Schicksal zu rächen, und ihnen ein Motiv dafür eingeimpft wird. Man dreht die Dinge so, dass Menschen zuletzt auch für etwas gänzlich Erfundenes Rache nehmen, wenn sie nur von ein paar Idioten in ihrer Haltung bestätigt werden.« Erschrocken hielt Lorenzo inne, als käme ihm zu Bewusstsein, dass Aldrian seine Bemerkungen falsch auffassen könnte. Doch Aldrian beschäftigte sich im Augenblick nicht mit Rache, er wusste ja nicht, was wirklich geschehen war und an wem er sich überhaupt rächen sollte. Er konnte höchstens gegen eine Hausmauer treten oder in den Canal Grande spucken.

»Danke für das phantastische Frühstück«, wechselte Lorenzo das Thema, ohne seinen Ton zu ändern. »Ich esse nie mehr als ein paar Kekse, aber immer trinke ich Kaffee, nie Tee. Allerdings muss ich zugeben, dass der Pfefferminztee exzellent war.«

So redete und redete er, während sie durch den turbulenten Schneefall gingen, bis sie in das kleine Vaporetto für die Fahrt nach San Servolo einstiegen. An Bord fing er jedoch, nachdem das Schiff Fahrt aufgenommen hatte, wieder mit dem Reden an.

»Hast du dich gefragt, weshalb die beiden Männer dich niedergeschlagen, ins Haus getragen und zu Bett gebracht haben? Die ganze Zeit habe ich darüber nachgedacht, aber als Venezianer kann ich dir nur eines flüstern –«, er senkte seine Stimme und hauchte ihm ins Ohr: »M.«

»M.?«, fragte Aldrian in normalem Tonfall.

Lorenzo machte daraufhin etwas, was er noch nie getan hatte: Er puffte Aldrian so, dass es niemand sehen konnte, mit der Faust gegen die Rippen und drehte sich beleidigt dem Fenster zu.

»M.?« Jetzt erst begriff Aldrian, dass er die Mafia gemeint haben konnte, aber er fand Lorenzos Betragen übertrieben und schüttelte seinen Kopf.

»Das hast du beim Brand des Teatro La Fenice auch nicht geglaubt«, flüsterte Lorenzo verärgert.

»Und was ist damals herausgekommen? Es waren zwei Elektriker!«, gab Aldrian gereizt zurück. Gleichzeitig bemerkte er, dass die Plätze vor und hinter ihnen besetzt waren. Aber Aldrian hatte nicht geflüstert, weil er sich vor der »M.« fürchtete, sondern weil er sich schämte, mit Lorenzo ein Gespräch zu führen, das andere für lächerlich halten mussten. Und als Lorenzo ihm nicht antwortete, sondern weiterhin beleidigt aus dem Fenster hinausblickte, fragte er ihn jetzt im Flüsterton: »Und warum? Warum sollen sie das getan haben?«

Lorenzo drehte ihm sein wütendes Gesicht zu und zischte ihn an: »Warum? Das fragst du? – Sie wollen nicht, dass du Nachforschungen anstellst! Sie wollen, dass du verschwindest! – Sie wissen alles über dich! Auch, dass wir jetzt gemeinsam nach San Servolo fahren, denn sie beobachten dich Tag und Nacht.«

Das Schneetreiben und das Meer, das sie umgab, ließen sie die Stadt, die hinter ihnen lag, nicht mehr erkennen, sondern nur ein weißes, langgestrecktes Gebäude, das sich vor ihnen aus dem Wasser erhob. Aldrian fand, es passte alles gut zu Lorenzos aufgebracht-ängstlichem Geflüster.

Er drehte sein Gesicht von ihm weg und blickte nach vorne, denn er hatte den dringenden Wunsch, das Geflüster zu beenden. Lorenzo fühlte sich jedoch umso mehr aufgefordert, ihm seine Meinung zu sagen: »Was weißt du vom La Fenice! ICH war dort Maestro Suggeritore und nicht du! Ich habe das Theater am 29. Januar 1996 mit eigenen Augen brennen sehen.«

Aldrian kannte Lorenzos Ausbrüche und hatte seine Schilderung des Brandes bereits mehrfach gehört, deshalb bemühte er sich jetzt, ihn zu beruhigen.

»Ich weiß, du hast mir die Geschichte schon erzählt, reden wir auf San Servolo weiter«, flüsterte er ihm ins Ohr.

»Du weißt gar nichts«, zischte Lorenzo zurück. Er sprang auf und wollte offenbar nicht mehr neben ihm sitzen, weshalb Aldrian sich ebenfalls erheben musste, um ihn vorbeizulassen. Lorenzo drängte sich ungestüm hinaus und trippelte die zwei Stufen zur Plattform hinauf, wo er zu einem Denkmal erstarrte, dessen Blick aufs Meer gerichtet war.

Doch hatte die Auseinandersetzung auch Spuren in Aldrians Gehirn hinterlassen, womöglich hatte Lorenzo recht, überlegte er. Aber was konnten sein Bruder und seine Schwägerin mit der »M.«, wie er jetzt selbst dachte, zu tun gehabt haben? Soweit er wusste, kam nur das Geschäft der beiden in Frage, und vor allem der Perlenhandel. Das erschien ihm aber mehr als unsinnig, weshalb er am liebsten aufgestanden wäre und mit Lorenzo weitergestritten hätte. Jakob und Elena liebten das Schöne, das Wahre und das Gute, wie man sagte, sie spendeten für Hilfsorganisationen und waren gläubige Katholiken. Aber das war kein Beweis, widersprach er sich sogleich.

Er konnte jetzt vage die beleuchteten Pfähle sehen, die zu dem langgestreckten, weißen Gebäude führten. Zwei Kirchtürme überragten es, doch waren sie wegen des niedrigen, grauen Himmels und der Schneeflocken nur schattenhaft zu erkennen. Je näher sie kamen, desto mehr ließen sie ihn an ein Kloster denken.

Plötzlich tauchte eine Gondel auf, die von zwei Männern am Heck und am Bug mit jeweils einem Ruder fortbewegt und gesteuert wurde.

Jedes Geräusch wurde vom Motorengedröhn des Vaporettos übertönt.

Im gesamten weißen Gebäude vor ihnen brannte kein Licht, fiel ihm auf, bis auf ein geheimnisvolles Schimmern hinter dem schmiedeeisernen Gittertor, das zum Meer führte. Schon erreichten sie die Anlegestelle, und zu seiner Erleichterung wartete Lorenzo, der vor Aldrian ausgestiegen war, auf ihn. Er ging ihm sogar entgegen und flüsterte: »Scusi, scusi ... *du* bist doch in Gefahr, und ich bin ein *Idiot* –«, er sah sich ängstlich um, wohl weil ihm klargeworden war, dass er das Wort, das an diesem Ort tabu war, ausgesprochen hatte, »und ich bin ein Arschloch«, verbesserte er sich.

»Nein«, widersprach ihm Aldrian, »ich habe anfangs nicht verstanden, was du gemeint hast ...«

»Ja. ›M.‹« Sie lachten plötzlich und sprachen in normalem Tonfall weiter.

San Servolo

Auf der Palme in der Ecke des Eingangsgebäudes, dem Weg, dem Rasen, dem Balkongeländer im ersten Stock und dem Dach lag Schnee. Sie betraten wie die übrigen Besucher das Foyer und folgten einem Pfeil in einen großen und hohen Raum, in dem eine üppige Sekretärin hinter einem Pult abwechselnd telefonierte und ihre Laptops bediente.

Aldrian erklärte ihr, er sei mit Dr. Calzea verabredet, und erhielt die Auskunft, dass der Vizedirektor sich um zwanzig Minuten verspäte.

Da Aldrian sich nicht auf die Wartebank setzen wollte, schlug er Lorenzo vor, spazieren zu gehen.

»Es schneit«, widersprach sein komplizierter Freund und wollte sich wohl wieder über das Ansinnen Aldrians empören, aber bevor es noch so weit kam, fügte er hinzu: »Wunderbar. In Venedig muss man, wenn es schneit, etwas Besonderes tun, es schneit ja fast nie.«

Aldrian nickte.

»Wohin gehen wir?«, fragte Lorenzo zugleich höflich und nervös. »Ein Park im Schnee sieht aus wie ein Friedhof.«

Seit Aldrians erstem Besuch hatte sich der Park vollständig verändert. Alle Pflanzen, von den hohen Bäumen und den lanzenförmigen Zypressen, den kugelförmig beschnittenen Hecken bis zu den Forsythiensträuchern, waren von Schnee bedeckt, der hier noch dichter zu fallen schien als in der Stadt, die nun durch die rechteckigen Öffnungen in der die Insel umgebenden Ziegelmauer nicht mehr zu erkennen war. Fast alle Gebäude waren gelb gestrichen, und die Anlage sah für Aldrian jetzt weniger wie ein Kloster, sondern eher wie ein Untersuchungsgefängnis oder eine Verwaltungsburg aus.

»Mir ist kalt!«, flüsterte Lorenzo, die Luft zwischen den Zähnen einsaugend, und blieb stehen. Da Aldrian ungerührt weiterging, lief er ihm nach und fragte ihn, ob er den Erfrierungstod suche.

Die Fenster der Gebäude waren hoch und hatten Rundbögen, und als sie die Kapelle erreichten, aus der eine steinerne Marienfigur winkte, verstummte Lorenzo endlich und bekreuzigte sich. Die Kapelle war kleiner, als Aldrian sie in Erinnerung hatte. Sie stand wie ein Legospielzeug auf einem weißen Tischtuch im Schnee. Dort, wo sich früher der Friedhof befunden hatte, war jetzt eine offene Halle auf Pfählen errichtet worden, die vermutlich im Sommer von Studenten und dem Personal benutzt wurde, um im Freien zu essen. Nicht weit entfernt befanden sich ein umzäunter Fußballplatz und ein Basketballfeld. Darunter ruhten mit einiger Gewissheit, dachte Aldrian, die Toten. In einer Ecke entdeckte er einen Schuttabladeplatz, auf dem er Steinblöcke, Fragmente alter Säulen und Baumaterial erblickte. Da alles mit Schnee bedeckt war, konnte Aldrian nicht feststellen, ob auch Grabsteine darunter waren.

Auf dem Rückweg stießen sie auf einen Korb mit

Pinienzapfen, von denen jeder einzelne bis zu dreitausend Kerne enthielt, wie Lorenzo erklärte.

Sie erreichten wieder den Eingang des Hauptgebäudes, und beim Anblick der sich dahinter in den düsteren Himmel erhebenden Kirchtürme bekreuzigte sich Lorenzo erneut. Der hohe Saal war leer, die Sekretärin lächelte, und sie setzten sich auf eine Bank, wo Aldrian sich sogleich stenographisch Notizen zu machen begann. Lorenzo beobachtete ihn zunächst neugierig und fragte ihn schließlich, worüber er sich Aufzeichnungen mache.

»Über unseren Spaziergang«, erklärte ihm Aldrian.

»Ja? Aber wir haben doch nichts gesehen!«

Endlich erschien Dr. Calzea, ein dicker, schwitzender Mann in einem eleganten grauen Anzug, mit weißem Hemd und Krawatte. Das gescheitelte Haar lag dünn über der durchschimmernden Glatze.

»Wann wurde der alte Friedhof überbaut?«, begrüßte ihn Aldrian höflich.

»Welcher Friedhof? Hier gibt es keinen Friedhof!«, antwortete Dr. Calzea bestimmt.

»Doch –«, widersprach Aldrian, »ich habe eine ältere Venedig-Stadtkarte, auf der er eingezeichnet ist.«

»Zeigen Sie mir die Karte.«

»Ich habe sie nicht bei mir«, antwortete Aldrian in ärgerlichem Tonfall, »aber den Friedhof hat es gegeben.«

Der Vizedirektor drehte sich zu der Sekretärin hin, die aufmerksam zugehört hatten, und wies sie an, aus dem Büro des Polizeipräsidenten einen Freund anzurufen, der bei den Umbauarbeiten auf der Insel San Servolo als Berater tätig war. Hierauf schüttelte er den beiden die Hand, und Lorenzo ergriff die Gelegenheit und berichtete vom Fund des Korbes mit den Pinienzapfen, dessen Bergung Dr. Calzea der Sekretärin auftrug.

Die Sekretärin hatte gerade den Hörer aufgelegt, und der Vizedirektor fragte sie ungeduldig, ob es nun tatsächlich einen Friedhof gegeben habe. Die Sekretärin gab ihm mit einem kurzen »si« zu verstehen, dass er sich geirrt habe, und fuhr mit ihrer Arbeit fort.

Dr. Calzea stotterte verlegen, dass der Friedhof aus einer Zeit stammen könne, in der die Insel zuerst ein Benediktiner- und später ein Nonnenkloster beherbergt habe. Er ging raschen Schrittes voraus und hielt erst vor einem gerahmten Bild mit achtzig kleinen, ovalen Schwarzweißfotografien ehrenwerter Herren. Dort erklärte er, dass es sich um Schüler des berühmten Turiners Cesare Lombroso handle, eines Professors der gerichtlichen Medizin und Psychiatrie. Er habe den naturwissenschaftlichen Zweig der Verbrechenserforschung – die sogenannte Kriminalanthropologie – begründet, aus der sich schließlich die Kriminalbiologie entwickelt habe.

»Es haben sich gleich zu Beginn zwei für Paranoia anfällige Berufsgruppen gegenübergestanden: Verbrecher und Ermittler. Beide beschäftigen sich damit, den jeweils anderen in einen Zustand des Verfolgungswahns zu versetzen und dadurch auszutricksen«, fuhr Dr. Calzea fort. »Zumeist waren die Verbrecher einen Schritt voraus. Besonders die Mafia, die gerne mit Spitzeln und Verrätern, Erpressbaren und Ängstlichen zusammengearbeitet hat, entwickelte Täuschungsmanöver und Tarnungen, die die Polizei erst mit Hilfe der Wissenschaft aufdeckte. In San Servolo wurde der krankhafte menschliche Geist damals sozusagen ›röntgenisiert‹. Sie wissen, was ich meine.«

Aldrian hatte inzwischen jedes einzelne Portrait der Kriminalanthropologen aus dem Ende des 19. Jahrhunderts angeschaut. Es waren ausschließlich Männer gewesen, die inzwischen wohl aus dem Gedächtnis der Menschheit verschwunden waren.

»In San Servolo«, setzte der Vizedirektor fort, »wurde noch der alte, der vom gesellschaftlichen Verhalten geprägte Normalitätsbegriff verwendet. Die Wissenschaftler und das Pflegepersonal waren im Großen und Ganzen ratlos. Soeben hatten sie ein neues Land, einen neuen Planeten, nein, ein neues Universum entdeckt: den Wahnsinn, die Schizophrenie, die Depression, die Manie, die Paranoia. Vor der Paranoia schreckten sie am meisten zurück – hatte doch jeder Mensch etwas davon in sich: falsche Verdächtigungen, Eifersucht, Neid, Hass –, sie konstruieren im Kopf der Menschen irreale Weltbilder. Es entstanden Fanatiker, Querulanten, Verschwörungstheoretiker, Amokläufer, Hypochonder. Der deutsche Psychiater Emil Kraepelin beschrieb in seinem 1899 erschienenen Lehrbuch der Psychiatrie die Paranoia als Wahnsystem, das mit vollkommener Erhaltung der Klarheit und Ordnung im Denken, Wollen und Handeln einhergeht. Es gab auch die Ansicht, dass es Paranoikern nicht gelinge, Teil eines ›wir‹ zu sein, wie es hieß, und sie die anderen nicht ertragen könnten. Daher schlug ein Paranoiker unbeabsichtigt eine Brücke zu ihnen, indem er sich zumindest als Verfolgter sah. Kennen Sie den Spruch: ›Nur weil du paranoid bist, heißt das nicht, dass sie nicht hinter dir her sind‹?«

Er lachte. »Wenn wir gegenseitig die Weltbilder in unseren Köpfen lesen könnten, wären wir entsetzt über die verzerrten Vorstellungen und Gedanken, die darin vorherrschen, und würden letztlich selbst paranoid werden. Wir begeben uns also nicht in ein Gruselkabinett, sondern in eine Traumwelt, um sie beeinflussen zu können – im Unterschied zu den Patienten.«

Er machte auf dem Absatz kehrt und ging ihnen wieder voraus. Lorenzo zuckte mit den Achseln, deutete mit dem Zeigefinger auf seine Stirn und setzte ein Gesicht auf wie ein Polizeikommissar, dem man eine müde Ausrede zur Antwort gibt.

Sie gelangten schweigend über einen längeren Korridor mit schachbrettartigem Boden und mehreren von der Decke hängenden Kronleuchtern zu einer Treppe, die in den ersten Stock führte, in das Museo del Manicomio, das Museum der ehemaligen Irrenanstalt. Gleich zu Beginn zeigte Dr. Calzea ihnen die Erinnerungstafel für den berühmtesten Patienten, Matteo Lovat, »der sich selbst gekreuzigt hat«, wie Dr. Calzea bemerkte. Eine Zeichnung stellte Lovat bei der Selbstkreuzigung dar.

»Matteo Lovat wollte als Kind Priester werden, vermutlich auch, weil es diesen besserging als den Armen«, führte er aus. »Aber seine Eltern hatten kein Geld, um ihn auf eine entsprechende Schule zu schicken, und deshalb wurde er Schuster. Ein strenger Meister zwang ihn, den ganzen Tag über zu sitzen und schweigend seine Arbeit zu verrichten. Wegen der einseitigen Ernährung mit Hirsebrei und Polenta erkrankte er an der Pellagra, einer Mangelerscheinung, die Entzündungen der Haut mit flechtenartigen Ausschlägen in Schuppenform, besonders im Gesicht und an den Händen, also den der Sonne ausgesetzten Teilen des Körpers, hervorruft, und anfangs Durchfälle und später sogar Demenz zur Folge haben kann. Bis vier Jahre vor seinem Tod im Alter von 47 Jahren – hier in San Servolo – fiel er nur durch übertriebene Frömmigkeit auf, wie der Arzt Cesare Ruggieri in seiner Krankengeschichte schreibt. Er habe von nichts anderem als von Fast- und Festtagen gesprochen, von Predigten und von Heiligen. Im Juli 1802 schloss sich Matteo Lovat eines Tages in seinem Zimmer ein und schnitt sich seine Geschlechtsteile ab, die er zum Fenster hinauswarf. Dr. Ruggieri schreibt weiter, dass seine Furcht vor den Fleischeslüsten ihn zu diesem Entschluss gebracht habe. Und: Lovat habe selbst vorgesorgt und gepresste und kleingehackte Kräuter, die die Bauern des Dorfes, aus dem er stammte, verwendeten, um Blutungen zu stillen, sowie Stücke alter Leinwand vorbereitet, damit die Wunde im Unterleib rasch heile. Wegen des Spotts der Dorfbewohner zog er aber zu seinem Bruder nach Venedig, wo er wieder in einer Schusterwerkstatt Arbeit fand. Ein Jahr später, 1803, wollte er sich zum ersten Mal selbst und mitten auf der Straße kreuzigen.« Als er sich einen Nagel durch einen Fuß habe schlagen wollen, führte Dr. Calzea weiter aus, hätten ihn Passanten daran gehindert. Auf die Frage, weshalb er sich habe kreuzigen wollen, habe er keine Antwort gegeben. Nur seinem Bruder habe er gestanden, dass an diesem Tag das Fest des heiligen Matteo, seines Namenspatrones, gefeiert worden sei. Mehr sei aus ihm nicht herauszubekommen gewesen. Er habe bald darauf Arbeit in einer anderen Schusterwerkstatt gefunden und sei umgezogen, und zwar in den dritten Stock eines Hauses in der Via delle Monache Nr. 2888, wie man aus der Beschreibung von Cesare Ruggieri wisse. Dort habe er neuerlich eine Selbstkreuzigung vorbereitet und sich Nägel, eine Dornenkrone, Stricke und Bänder verschafft. Daraus habe er ein weites Netz aus Stricken angefertigt, das ihn in aufrechter Stellung halten würde. »Den Ablauf der Selbstkreuzigung sehen Sie auf der Abbildung«, sagte Dr. Calzea und wies auf das Bild an der Wand. Darauf erkannte Aldrian Matteo Lovat, der in dem besagten Netz wie in einem umgedrehten Sonnenschirm stand, die Füße und die linke Hand an ein zusammengebasteltes Holzkreuz genagelt, ebenso die linke Hand an einen Balken, während die Rechte, von einem Nagel durchbohrt, über das Netz hing und der Kopf mit der Dornenkrone zur Seite gefallen war. Das Kreuz hatte er auf komplizierte Weise mit Stricken an einem Balken unter der Decke seines Wohnraums befestigt, zu dem eine große, rechteckige Fensteröffnung führte, so dass es zuletzt mit seinem aus vielen Wunden blutenden Körper außen an der Ziegelmauer des Wohnhauses hing. Cesare Ruggieri, so Dr. Calzea weiter, habe die gesamte Tortur Lovats bis in die kleinsten Einzelheiten beschrieben: zuerst die Annagelung des eigenen Körpers an das Kreuz und das Schlüpfen in das vorbereitete Netz – Prozeduren, die er beide noch in seinem Zimmer vorgenommen habe – und sodann den quälenden Prozess, mit dem es ihm gelungen sei, sich mit dem Kreuz sichtbar unter die Fensteröffnung im dritten Stock zu hängen und damit sein Leidenswerk zu vollenden. »Nachdem man ihn umständlich vom

Kreuz befreit hatte, wurde er mit einem Boot in das Krankenhaus Santi Giovanni e Paolo gebracht. Kaum waren seine Hände imstande, ein Pfund an Gewicht zu halten, als er sein Gebetbuch nahm und den ganzen Tag darinnen las«, schreibt Ruggieri. »Ende August 1805 wurde er nach San Servolo gebracht«, fuhr Dr. Calzea fort, »wo er eine Woche später anfing zu fasten und nicht einmal mehr einen Schluck Wasser zu sich nahm. Einem anderen Patienten gelang es zwar, ihn zu überreden, das Fasten zu brechen und sich zu ernähren, aber schon weitere fünfzehn Tage später weigerte er sich wieder, etwas zu essen. Wie schon beim ersten Mal wurde er mit täglichen Nahrungsklistieren behandelt. Diesmal währte sein Fasten aber elf Tage, und so ging es fort. Inzwischen begann er, sich bei jeder Gelegenheit unbeweglich den brennendsten Sonnenstrahlen auszusetzen, und man musste Gewalt anwenden, um ihn in den Schatten zu ziehen. Im Januar 1806 fand man dann erste Symptome von Schwindsucht bei ihm. Und am 10. April ›gab er seinen Geist auf‹, wie Ruggieri festhielt.« Dr. Calzea machte eine kurze Pause, während Aldrian und Lorenzo schweigend das Bild betrachteten.

»Daraus ergibt sich«, schloss er dann, »dass auch der Glaube an die Wahnwelt grenzt und dass diese Grenze fließend ist. Finden Sie es nicht merkwürdig, dass hier in San Servolo jahrhundertelang Benediktinermönche und später Nonnen lebten – in eigens erbauten Klöstern, in denen sie ganz in ihrer fiktiv-religiösen Welt bleiben konnten und von dort aus überall verbreiteten, dass ihre unsichtbare Welt die einzig wahre und die eigentliche ein Werk des Teufels sei? Aber auch die Wissenschaft, die Ärzte, leben in ihren Köpfen sozusagen nach dem Stand der Erkenntnis, die vermutlich den Menschen in hundert und mehr Jahren nur noch wie ein hilfloses Tappen im Dunklen erscheinen wird.«

Sie waren inzwischen weitergegangen und hatten den ersten Saal betreten.

Überall war auf grauen Tafeln in weißer Schrift und

auf Englisch und Italienisch die Entwicklung der Irrenanstalt und der angewendeten Behandlungsmethoden
nachzulesen.

»Sie sehen«, sagte Dr. Calzea, »was wir Menschen
uns alles an Grausamkeiten, die aus der Hilflosigkeit
kommen, ausdenken können. Dahinter steht vor allem die Unfähigkeit, sich in die Köpfe von Menschen,
die anders sind als wir selbst, zu versetzen. Wenn es
aber geschieht, dann ohne Respekt und Neugierde.
Man wollte damals nur das Kranke wahrnehmen, das
sogenannte Abnormale, und es beseitigen oder sogar
ausrotten. Die meisten Menschen verstehen es auch
heute noch nicht, ein fremdes Universum in einem anderen zu entdecken. Eine bemerkenswerte Ausnahme
ist diesmal die Religion, die uns schon als Kindern
eingetrichtert und in unserer Umwelt vorgelebt wird.
Ein religiöser Mensch glaubt an das Wundersame, ein
sogenannter Geistesgestörter erlebt Wundersames sozusagen aus sich selbst heraus. Vor allem aber ist den
sogenannten Irren die Fähigkeit zur Verstellung abhandengekommen, speziell, wenn sie eine allgemein
als Anfall bezeichnete Krisensituation durchleben.
Dann überschreiten oder unterschreiten sie das norma-
tive Denken, wenn ich das so sagen darf. Ich möchte
Sie jetzt allein lassen mit Ihren Eindrücken und Gedanken. Wenn Sie eine Frage haben, warten Sie bitte auf
das Ende der Besichtigung. Sonst laufen Sie Gefahr,
dass Sie San Servolo als ein untergegangenes Schiff betrachten, das auf dem Meeresgrund liegt. Tatsächlich
aber ist es ein Spiegelbild, in dem wir uns selbst betrachten können.«

Zuerst sahen sie eine walzenförmige Maschine, die

aus zahlreichen, mit Karteikarten gefüllten Rahmen bestand. Eine alphabetisch aufbereitete Ordnung erlaubte einen raschen Zugriff auf die Daten der Patienten. Aldrian fiel das Archivio di Stato ein mit den Hunderttausenden Akten, und er begriff angesichts der monströsen Karteikarten-Trommel, wie wichtig es den Menschen von jeher war, alles unter Kontrolle zu halten – ob notwendig, wie in diesem Fall, oder nicht.

In dem großen Ausstellungssaal mit Steinboden, der früher ein Korridor gewesen sein musste, weil es kein Fenster darin gab, waren Vitrinen mit Schauobjekten aufgestellt. Von der nachträglich mit Holzbalken versehenen Decke erhellten Scheinwerfer den Raum. Lorenzo behielt von nun an bis zum Ende der Führung wieder seinen Flüsterton bei, als befände er sich an einem heiligen Ort, doch war es jetzt die Wirkung des Unheimlichen, für das er, wie Aldrian wusste, empfänglich war.

»Seine Ausführungen über die Paranoia waren Unsinn und der Vergleich mit der Kirche unangebracht. Die meisten Menschen glauben an Gott, was ist Schlechtes daran?«, brach es aus ihm heraus.

»Es gibt auf der Erde keine Wahrheit, die einzig ist und alles umfasst«, antwortete Aldrian in normalem Tonfall, weshalb Lorenzo ihm einen verärgerten Blick zuwarf.

Sie standen zuerst in einer rottapezierten Nische. Eine Dusche war von einer vogelkäfigartigen Konstruktion aus Messingrahmen umgeben, mit Hilfe eines Bedienungspults konnten der Druck und die Temperatur des Wassers – über ein Dutzend Hähne und eine runde Anzeige für ein Manometer – reguliert werden.

Aus den Abbildungen – zum Teil Schwarzweißfotografien, aber auch Stiche – war ersichtlich, dass man in San Servolo Behandlungen mit Hilfe eines Schlauchs praktizierte oder Bäder in Wannen angeordnet waren. Zum Beispiel wurde der Kopf eines Patienten mit kaltem Wasser besprüht, oder es wurden warme Zwölf-Stunden-Bäder verordnet.

Auf der rechten Seite der Nische war »Contenzione«, »Zwangsjacke«, in einer Vitrine zu lesen, und darin eine eindrucksvolle Sammlung von langen Kettenschnüren, an denen Fuß- und Handgelenksfesseln befestigt werden konnten, zu sehen, sowie die dazugehörigen Schlüssel. Außerdem Ledermanschetten zur Ruhigstellung von Knie- und Ellenbogengelenken, Hals- und Brustkorbbänder zur besseren Fesselung, zwei Zwangsjacken und ein Holzkoffer voll kupferner Klistiere, deren einzelne Teile handgeschriebene Zettel mit Anleitungen aufwiesen. Eine Abbildung zeigte eine Tobende mit wirren Haaren in der Zwangsjacke und daneben noch einmal, jedoch als scheu zu Boden blickende junge Frau, die wieder ein normales Leben führte. Ein weiteres Bild stellte eine an ein Bett gefesselte Kranke dar. Aus einer Inschrift erfuhr Aldrian, dass es sich um eine Patientin handelte, die gerade zur »Hydrotherapie« gebracht wurde. Lorenzo hatte auf die Objekte nur einen kurzen Blick geworfen und sich dann in den nächsten Abschnitt des Saales verzogen, in dem, wie Aldrian gleich darauf sah, Arbeiten der damaligen Insassen ausgestellt waren – allerdings nur wenige Exemplare. Aldrian fiel auf, dass Dr. Calzea inzwischen verschwunden war, und so fragte er Lorenzo, weshalb er so aufgebracht sei.

»Ich finde den Vizedirektor zynisch«, flüsterte er eindringlich, wie es seine Art war, »ich bete, ich besuche hin und wieder die heilige Messe, ich feiere Weihnachten und Ostern, bin ich deshalb verrückt?«

Da Aldrian schwieg, fuhr er noch einmal zischend auf und schrie im Flüstern: »Mir ist eine Welt mit einem erfundenen Gott lieber als das Dahinleben ohne ihn!« Man sah ihm an, dass er jedes Interesse an der Besichtigung verloren hatte. Aldrian las indessen, dass von vierhundert Patienten zwei Drittel gearbeitet hätten. In der Bäckerei, in der Küche, im Park, im Fotostudio, in der Druckerei, als Friseure, Schneider und Schuster, aber auch als Bearbeiter von Messing oder anderem Metall. Ausgestellt waren ferner in kindlichem Stil gemalte Bilder, geflochtene Körbe, kleine Schiffe aus Holz – etwa ein wirklichkeitsgetreues Modell einer Gondel –, Fensterbalken, verschiedene Schuhe, ein Fässchen oder ein für Aldrian undefinierbarer Holzgegenstand in Form eines Kopfes, der auf dem »Schädeldach« Schlagspuren aufwies und mit einem Gesicht bemalt war, das an ein Gespenst denken ließ. Ein Klavier für Musiktherapie stand in einer Ecke, und Aldrian spielte auf dem verstimmten Instrument ein paar Takte aus der Mondscheinsonate. Sofort kam Lorenzo herbeigelaufen, schüttelte den Kopf, verdrehte die Augen und hielt sich ostentativ die Ohren zu. Auf einer Tafel war zu lesen, dass die Patienten zweimal in der Woche gemeinsam mit dem Pflegepersonal musizierten und an einem Tag vor einem offenen Fenster in der unmittelbaren Nähe des Parks Klavier gespielt wurde. Es gab auch eine Fotografie, welche die Hospitalisierten zusammen mit Uniformierten, die Kappen trugen – vielleicht Pflegern –, zeigte, dahinter standen mehrere Männer mit schwarzen Melonen auf den Köpfen.

Im nächsten Saal warf er einen Blick auf die Geräte für die Elektrotherapie – die sachlich und neutral aussehenden Elektroschockapparate –, mit denen bei den Patienten kontrollierte epileptische Anfälle ausgelöst werden konnten. Diese wurden, so die Erklärung, bei endogenen Depressionen mit Suizidgefahr oder schweren schizophrenen Zuständen eingesetzt. Was Aldrian jedoch sofort anzog, waren die achtzig Schwarzweißkopien aus einem mit »Album Comparativo« beschrifteten Buch, die auf einer langen Fensterbank des Nebensaales Stück für Stück ausgestellt waren. Die ovalen, schwarzweißen Vergleichsfotografien stellten die abgebildeten Personen bei der Einlieferung und nach der Behandlung als »Guariti«, »Geheilte«, dar. Es waren in der überwiegenden Mehrzahl Männer. In den Gesichtern der gerade Eingelieferten, den »Malati«, war Verwirrung zu erkennen. Sie sahen verwahrlost aus, und ihr Haar war zerzaust. Manche trugen schmutzige, zerrissene Kleidung oder Uniformjacken und Militärmützen. Ihr Gesichtsausdruck war abwesend, erschrocken, introvertiert, weinerlich, betend, aggressiv, verächtlich, überrascht, voller Traurigkeit und immer misstrauisch. Bei zwei Frauen waren auch Verwandte im Bild, die den Patientinnen den Kopf hielten, indem sie ihnen mit einer Hand auf die Stirn griffen – Aldrian schloss daraus, dass die Betroffenen nicht hatten aufgenommen werden wollen. Die zweite ovale Fotografie zeigte dieselben Patienten bei ihrer Entlassung, jetzt gepflegt, frisiert, tatenlustig, verschämt, heiter, beleidigt, zweifelnd, ernst, amüsiert, willenlos, gleichgültig, in seltenen Fällen aber noch besorgniserregender als bei der Einlieferung. Es waren merkwürdige »Grabsteinfotografien«, die Aldrian auf dem unsichtbaren Friedhof der Vergessenen betrachtete, und es waren vermutlich bewegende Schicksale, die sich hinter ihren Gesichtern verbargen. Unter den Fotografien waren in gestochener Handschrift die jeweiligen Diagnosen zu lesen. »Mania con furore« unter dem Portrait eines verwegen dreinblickenden Soldaten, »Monomania intellectuale« unter einem trotzig neben die Kamera blickenden Schnurrbärtigen, »Trinker« bei einem, dem Aldrian seine lauten Schmähreden in einer Gaststube anzusehen glaubte. Er blickte aus dem Fenster und erkannte, dass es noch immer schneite. Später betrachtete er die alte Plattenkamera in einem Holzkasten, die auf einem Stativ in der gegenüberliegenden Ecke aufgestellt war, halb zugedeckt mit einem blauen Tuch. Er wandte sich der anderen Seite zu, ging an sechs vergrößerten Schwarzweißfotografien eines kranken, präparierten Gehirns vorbei – »eine untergehende Milchstraße«, wie er dachte, bevor er stehen blieb. Es war unfassbar, was in dem gefalteten, gerunzelten, gewellten Brocken Fleisch vor sich gegangen war. Alle Empfindungen, Bilder, Wörter und Gedanken waren jetzt erloschen. Gleich darauf stand er vor weiteren, diesmal farbigen Fotografien, die alte Hirnschnitte zeigten – schwarz-, rot- und gelbgefärbt. Einer war mit kleinen, weißen Punkten übersät, als sei in ihm die Erinnerung an Schneeflocken gespeichert, doch waren es auf dem sich langsam zersetzenden Abzug nur die Folgen eines winzigen chemisches Prozesses. In Schrecken versetzte es Aldrian jedoch, als ihm der Briefbeschwerer von Beatrice einfiel, in dem sich der Gehirnschnitt des berühmten Dirigenten befand (ein Molekül aus dem musikalischen Gedächtnis?).

Im abschließenden Raum mit Sitzgelegenheiten warteten schon Dr. Calzea und Lorenzo auf ihn, die sich gegenseitig nicht wahrzunehmen schienen, denn Lorenzo hörte mit seinem Smartphone Verdis »Requiem«, wie er Aldrian später sagte, und der Psychiater hielt ein geöffnetes Taschenbuch in der Hand und kündigte – indem er sich erhob, ohne Aldrian und seinen Kollegen eines Blickes zu würdigen, an: »Zuletzt lese ich Ihnen eine Fußnote aus Cesare Ruggieris Bericht über die Selbstkreuzigung Matteo Lovats vor. Ruggieri schreibt im Zusammenhang mit Lovats Sucht, sich dem prallen Sonnenlicht auszusetzen: ›Ungewöhnlich wohltätige Folgen der stark-einwirkenden Sonnenstrahlen (so wie man sie nicht selten von der Anwendung der Brennzylinder beim dumpfen Wahnsinn, bei der Gefühllosigkeit und dem Stumpfsinn beobachten kann), wollen die Benediktinermönche im Kloster Ossiach, in dem von mir durchreisten Oberkärnten, von kristallenen Kugeln in der Größe einer Pomeranze, die ihnen die Heilige Mutter Maria im Jahr 1300 während der Messe auf den Altar legte, gesehen haben. Sie brauchten diese Kugeln bei Besessenen, Rasenden, Tauben, Stummen, Blinden und bei heftigen Hauptschmerzen. Beim Sonnenschein mussten die Kranken vor der Kirche in einem Sessel sitzen, an den sie angebunden wurden. Ein Priester nahm eine dieser Kugeln, hielt sie gegen die Sonne und brannte den Sitzenden, bis er zu schreien anfing, und dann sey er seiner Krankheit entledigt gewesen. Nur die, welche dem Bacchus oder der Venus opferten, bekamen Rückfälle.‹« Dr. Calzea lachte, steckte das Taschenbuch ein und sagte plötzlich todernst: »Ich stehe Ihnen zur Verfügung, ruhen Sie sich bitte zuvor etwas aus.« Dann ging er zurück zur Treppe und eilte wieder lautlos davon.

»Ich habe dir gesagt, er ist verrückt. Hauen wir ab!«, flüsterte Lorenzo, so laut er konnte, und Aldrian, dem das Benehmen Dr. Calzeas ebenfalls seltsam vorkam, folgte ihm.

Aldrian blieb im Freien kurz stehen, da er nicht, ohne sich zu verabschieden, gehen wollte, und überlegte, was er unternehmen sollte, während Lorenzo mit lauter Stimme rief: »Lass uns endlich verschwinden!«

Doch bevor Aldrian ihm zustimmen konnte, kam Dr. Calzea aus dem Schneegestöber von der anderen Seite des Gebäudes her auf sie zu und fragte sie atemlos, weshalb sie nicht auf ihn warten wollten. Er habe kurz die Toilette aufgesucht, entschuldigte er sich, nicht ohne einen leisen Ton des Vorwurfs. Rasch eilte er ihnen wieder voraus, blieb, nachdem sie ein weiteres Gebäude hinter sich gelassen hatten, stehen, öffnete eine Tür und bat sie einzutreten.

Aldrian erkannte einen großen steinernen Seziertisch mit einem bienenwabenförmigen Abflussloch inmitten eines winzigen Raumes und weiße, verglaste Schränke, in denen alte chirurgische Instrumente lagen: Hammer, Säge, Seziermesser, Scheren, Pinzetten, Wundhaken sowie runde, gläserne Waschschüsseln, alle fein säuberlich geordnet, als ob im nächsten Augenblick mit einer Sektion begonnen werden sollte. Das weiße Waschbecken mit zwei schwarzen verrosteten Wasserhähnen war in einer Ecke angebracht. Erst jetzt erblickte Aldrian die Sammlung von Gehirnabgüssen und Knochenschädeln in den Vitrinen der gegenüberliegenden Seite des Raums. Wenn man die Toten nicht der Universität für anatomische Sezierkurse zur Verfügung gestellt hatte, wo hatte man sie sonst hingeschafft, sofern sie keine Verwandten hatten? Auf den aufgelassenen und später überbauten Friedhof?

Die Gehirnabgüsse waren von gelber Farbe, nur einer war dunkelgrau, und sie lagen da wie riesige Nüsse, die das Meer angeschwemmt hatte. Die Knochenschädel stammten vorwiegend von alten Menschen – er schloss das aus den großen Zahnlücken –, die Schädeldächer waren allesamt geöffnet und die Gehirne entfernt, eine Kalotte lag umgedreht neben dem dazugehörigen Kopf. Im letzten, unteren Fach der Vitrine zeigte der Lichtstrahl von Dr. Calzeas Taschenlampe zwei schrecklich deformierte Köpfe, die ihn an Schädel von prähistorischen Tieren denken ließen.

Lorenzo hatte längst unter dem Eingang der angrenzenden Kirche Aufstellung genommen, bemerkte Aldrian, als er wieder ins Freie trat und den Maestro Suggeritore suchte.

Dr. Calzea war inzwischen schon vorausgeeilt, sie öffneten die schwere Tür und sahen ihn, wie er gerade das Licht aufdrehte. Das hohe Kirchenschiff war bescheiden ausgestattet, und infolge des Schneefalls gelangte durch die Fenster hinter dem Altar kaum Licht in das Innere.

»Kommen Sie!«, lud er Aldrian ein und überließ es den beiden dann, die ärmliche Ausstattung zu betrachten.

Nach längerem Schweigen fuhr er im selben Tonfall fort: »Ich möchte Ihnen noch die historische Apotheke zeigen, es ist die älteste von ganz Italien.« Er lief ihnen im dichten Schneefall neuerlich voraus, und einige Schritte dahinter folgten ihm die beiden Souffleure. Lorenzo war inzwischen so zornig, dass er mit seinen Zähnen rhythmisch zu klappern anfing, was er, wie Aldrian aus Erfahrung wusste, jedes Mal vor einem Wutausbruch machte. Ein falsches Wort genügte jetzt, und er würde die Beherrschung verlieren.

Doch als Dr. Calzea sich umdrehte und ihn besorgt fragte, ob er friere, schüttelte Lorenzo nur freundlich den Kopf und stellte das Zähneklappern ein.

Erst in der historischen Apotheke beruhigte Lorenzo sich wieder. Der Raum war an allen vier Wänden von braunen Regalen mit korinthischen Säulen aus Holz umgeben, deren Kapitelle vergoldet waren. Darin waren mit blauem, dichtem Blattmuster auf weißem Grund versehene Majolikatöpfe mit zwei Henkeln ausgestellt, Tiegel, Dosen und Albarelli. Zusammen mit den Instrumenten des Apothekers, die in einem gläsernen Fach zu sehen waren, riefen sie den Eindruck einer botanischen Versuchskammer mit handbemalten Vasen hervor.

Verdacht

»Es war Zeitverschwendung«, sagte Lorenzo auf der Heimfahrt, »dass wir die Anstalt besucht haben.«

Doch Aldrian war mit seinen Gedanken weit, ganz weit weg. Er fixierte den Schneefall im Scheinwerferlicht des Vaporettos und stellte sich vor, dass Sekunden, Minuten, Stunden, Jahre als winzige, gefrorene Kristalle vom Himmel fielen. Die Vergangenheit löste sich ebenso auf wie die Zukunft, es existierte allein die Gegenwart, der Augenblick, der ein durchsichtiges Teilchen aus Glas in einem Kaleidoskop war, welches fortlaufend seine Muster änderte oder plötzlich stillstand und in der Dunkelheit gänzlich verschwand. Man konnte draußen kaum etwas erkennen, erst in der Nähe des Markusplatzes sah Aldrian einen weißen, beleuchteten Luxusdampfer wie einen schwimmenden Wolkenkratzer langsam und lautlos vorübergleiten. Als sie ausstiegen, tummelten sich überall Menschen mit Regenschirmen. Im Gewühl von Maskierten und Unmaskierten stapften die beiden zur Anlegestation am anderen Ende des Platzes. Es sieht aus, dachte Aldrian, als würden Wolken von Löwenzahnsamen auf die Stadt zufliegen und sie mit einer weißen Schicht bedecken. Und als würden diese Samen jetzt weiter und weiter aus den Wolken fallen, ergänzte er im

Kopf. Oder weiße Insektenschwärme, die sich lautlos aus dem Himmel auf die bereits von winzigen Larven bedeckten Dächer, Calles und Stradas niederließen, regentropfenkleine, gewichtslose Tiere, deren Chitinpanzer unter den Schuhen der Passanten knirschten.

Lorenzo schien erleichtert und wollte Aldrian unbedingt nach Hause begleiten.

»Wegen der ›M.‹?«, fragte Aldrian mit leichtem Spott. Aber Lorenzo zog es vor, nichts gehört zu haben.

Das Vaporetto nach San Silvestro war so mit Passagieren vollgestopft, dass es aussichtslos war, einen Sitzplatz zu ergattern, weshalb beide im Gedränge auf der Plattform stehen blieben, eingezwängt zwischen einem glatzköpfigen, alten Herrn mit großer, schwarzer Augenmaske (die sein halbes Gesicht bedeckte) und einer künstlichen Rose im Knopfloch seines Burberrymantels, einem jungen Mann mit Goldhelm, aus dem rote Straußenfedern wucherten, einem goldbestickten, roten Wams und einem königlichen Umhang, einer Prinzessin in einem weißseidenen Brautkleid – und einer Dame, deren Augenmaske von den Lippen bis zur blonden Perücke reichte, auf der kunstvoll ein hohes, noch höheres, geöffnetes Schatzkistchen ruhte, das von zwei Kerzenleuchtern geschmückt war. Sie machte auf Aldrian den Eindruck, soeben aus einem »Alice-im-Wunderland-Pop-up-Buch« gesprungen zu sein. Da die Perücke und das Schatzkästchen bis zum Dach hinaufragten, musste sie mit gesenktem Kopf stehen und wurde vom Schaffner gebeten, auf dem Vordersitz außerhalb der Kabine Platz zu nehmen. Sie empörte sich darüber, da sie in der nächtlichen Kälte keinen Mantel trug, und wies auf das Schneetreiben hin, die anderen lachten, spotteten oder verteidigten sie, während sie sich nicht vom Fleck rührte. Mitten im Tumult meldete sich Aldrians Telefon. Wegen der allgemeinen Platznot gelang es ihm nur unter Mühen, das Smartphone aus der Jackentasche zu ziehen und auf dem Display Beatrices Nummer zu lesen. Nachdem er zweimal »Ich verstehe nichts!« in das Mikrophon geschrien hatte, fingen andere an, den Satz laut zu wiederholen. Erst eine mit alten, prachtvollen Stoffen als Hofnarr verkleidete junge Frau verschaffte ihm mit einem »Silenzio!«-Ausruf, der zuerst mit Gelächter beantwortet wurde, für einige Momente Ruhe, in der aber das Geschwätz der Passagiere und das Brummen und Dröhnen des Vaporettos vor der nächsten Anlegestelle noch immer zu laut waren, als dass Aldrian verstehen konnte, was Beatrice sprach, weshalb er das Gespräch, das gar nicht stattgefunden hatte, beendete. Lorenzo wollte ihn gerade auf etwas aufmerksam machen, als ein Mann in einer »Bauta« – der klassischen venezianischen Maskierung, einem schwarzen Dreispitz und einem schwarzen Mantel – mit Daumen und Zeigefinger eine Pistole simulierte und auf Aldrian zielte, sich gleich darauf umdrehte und an der nächsten Station rasch von Bord sprang, sich im Anlegehäuschen jedoch noch einmal umdrehte, wieder auf die Menschen, die gedrängt auf der Plattform standen, zielte, einen weiteren Schuss simulierte und hierauf im Schneetreiben verschwand. Während die anderen Fahrgäste ihm keine Aufmerksamkeit schenkten, brauste Lorenzo auf. Trotz seiner geringen Körpergröße hatte er alles beobachtet und zischte flüsternd: »Hast du das gesehen?«

Aldrian hatte es gesehen, aber nicht auf sich bezogen.

»Es hat dir gegolten!«, soufflierte ihm Lorenzo mit erschrockenem Blick.

»Nein«, widersprach Aldrian ebenfalls flüsternd, »hör auf!«

»Ich habe es dir gesagt!«, gab Lorenzo zurück.

Aldrian sah zwischen den anderen Menschen auf der Plattform die farbig gestreiften »Paline« vorbeiziehen, die »Pfähle«, an denen noble Venezianer ihre Privatboote festmachten, und stieg nicht wie gewohnt an der Station San Silvestro, sondern erst an der Haltestelle Rialtobrücke aus.

»Was ist jetzt wieder los?«, hatte sich Lorenzo erregt, als Aldrian sitzen geblieben war. »Wir müssen vorsichtig sein«, hatte dieser geantwortet, ohne ihn anzusehen.

Er suchte dann in der Nähe der Brücke nach einem Platz unter einem Dachvorsprung, blieb stehen und wählte Beatrices Nummer. Lorenzo hielt sofort Abstand, er drehte sich sogar um und blickte in die Auslage eines CD-Geschäfts, was Aldrian beruhigte. Als Beatrice endlich abhob, fragte er sie, ob sie sich in der Ostaria Dai Zemei treffen könnten. Es war die Ostaria, in der er für gewöhnlich mit seinem Bruder eine Ombra getrunken oder am Abend einen Spritz mit Stockfischmus-Brötchen zu sich genommen hatte.

»Ich bin noch müde ... Ich ruf dich an.«

»Gut. Ich bin mit Lorenzo Verra unterwegs. Du kennst ihn.«

»Der Souffleur des Teatro La Fenice, ein kleiner, älterer Herr?«

»Ja, er hat mich nach San Servolo begleitet. Ich bin in einer Stunde bei dir. Ich liebe dich, Beatrice.«

»Ich dich auch.«

Als er aufgelegt hatte, kam Lorenzo strahlend näher und rief: »Du bist verliebt!«

»Du hast gelauscht!«, gab Aldrian verärgert zurück.

»Ich habe nicht gelauscht«, antwortete Lorenzo, noch immer lachend. »Du vergisst, dass ich exzellent höre. Ich wollte gar nicht lauschen, aber du hast so laut gesprochen, vielleicht, weil du den Hörsturz hattest –«

»Arschloch!«

Aldrian beeilte sich jetzt, in die Gaststätte zu kommen. Sie war im Winter immer geschlossen gewesen, weil sie schmal und klein war und fast nur aus einem Tresen bestand, weshalb Jakob zumeist in das »Antico Dolo« gegangen war, das nur ein paar Schritte weiter auf der anderen Straßenseite lag. Zu den übrigen Jahreszeiten konnten die Gäste in der Ostaria Dai Zemei unter einem Leinendach im Freien sitzen, da zahlte sich das Geschäft für die Besitzer auch aus. Inzwischen hatten sie aber eine benachbarte Wohnung dazugemietet und das Lokal vergrößert.

Der neue Gastraum war mit metallenen Rohrsesseln und Tischchen ausgestattet, und die beiden Besitzer Ettore und Giacomo belegten fleißig Brötchen. Sie waren früher Musiker im Teatro La Fenice gewesen, aber infolge des Brandes im Jahr 1996 arbeitslos geworden. Bis zum Wiederaufbau des Opernhauses hatten sie das Lokal an der Straßenecke Rughetta del Ravano und Rio Terrà San Silvestro zu einem Treffpunkt der

Einheimischen und einem Geheimtipp für Touristen gemacht, so dass sie später nicht mehr in das Orchester zurückkehrten. Dafür kamen jetzt vor allem Mitglieder des Chors und befreundete Musiker, aber auch Bühnenarbeiter zu ihnen.

Aldrian und Lorenzo wurden wie verlorene Söhne begrüßt, rasch hatten sie einen Platz an einem der Tische gefunden und den gewohnten Spritz auf dem Tischchen vor sich stehen.

Aldrian suchte gleich die Toilette auf, und als er auf dem Rückweg war, hörte er Gesprächsfetzen aus dem Gastraum, denen er zuerst keine Beachtung schenkte. Dann hielt er an und versuchte zu verstehen, worüber sich ein Mann ereiferte. »Wo sie sind? Bei den Fischen!«, sagte er.

»Aber weshalb?«

»Weshalb? Weshalb? Alle haben Geheimnisse!«

»Und du?«, fragte eine Frauenstimme, worauf Gelächter folgte, das in eine freudige Begrüßung überging, da offensichtlich ein guter Bekannter eingetroffen war. Er nahm hörbar am Tisch Platz, und der Mann fuhr fort: »Was hättest du davon, Sergio? Du bist Taucher ... Was sagst du zum Verschwinden des Ehepaars Aldrian? Ich meine, sie sind bei den Fischen.«

»Darüber schweige ich«, antwortete die Stimme.

»Warum?«

»Weil ich nichts weiß!«

»Aber sie sind doch verschwunden?«

»Ja, und?«

»Glaubst du, dass man sie in den Canal geworfen hat?«

»Das sind Gerüchte!«

»Wo habt ihr bei der Polizei die meisten Leichen aus dem Wasser gezogen?«

»In der Lagune.«

In diesem Augenblick trat Aldrian in den Raum, ging entschlossen auf seinen Tisch zu und setzte sich.

»Die sprechen vom Verschwinden meines Bruders und seiner Frau«, sagte er leise zu Lorenzo, und sofort bemühte sich der Maestro Suggeritore zu verstehen, was gesprochen wurde.

»Ich kenne Venedig von oben und von unten. Ich weiß, wie der riesige Wald von Baumstämmen unter dem Wasser aussieht und was oben zu sehen ist«, übersetzte Lorenzo leise denjenigen, der Sergio hieß.

Sergio wechselte jedoch das Thema, und Lorenzo flüsterte Aldrian zu: »Alle in deinem Viertel reden darüber. Niemand sagt, dass es die ›M.‹ war, aber ich weiß es.«

»Wieso?«, fragte Aldrian gereizt.

»Willst du meinen Rat hören?«

»Nein.«

»Warte in Wien, bis alles vorüber ist …«

Allein der Gedanke kam Aldrian wie ein Verrat vor. Er hasste die Vorstellung, zu Hause zu sitzen, während er in Venedig jeden Schritt der Ermittlungen erfahren konnte. Er dachte auch, dass er seinen Bruder und dessen Frau jetzt nicht im Stich lassen durfte, obwohl ihm klar war, dass das Unsinn war.

Zu seiner Überraschung stand der Mann mit dem Namen Sergio vom Tisch in der Ecke auf und kam zu ihnen herüber, um sich kurz vorzustellen und, wie sich herausstellte, zu entschuldigen. Er heiße Sergio

Celi und *habe* Jakob Aldrian *gekannt*. Er korrigierte sich aber im selben Atemzug, dass er Jakob Aldrian *kenne*. »Sie sind, nehme ich an, sein Bruder Michael, von dem er mir erzählt hat, jedenfalls sehen Sie ihm ähnlich. Ich finde es großartig, dass Sie hierbleiben und warten, bis alles geklärt ist.« Er deutete eine Verbeugung an, kehrte aber nicht mehr an seinen Tisch zurück, sondern beantwortete Lorenzos Fragen über die ›M.‹.

»Glauben Sie, dass es etwas mit der ... Sie wissen schon ... zu tun hat?«

»Es wäre nicht seriös, darauf zu antworten.«

»Was würden Sie anstelle von Herrn Aldrian denken?«

»Ich glaube, ich würde herumrätseln und zugleich daran glauben, dass meine Verwandten bald wieder kämen.«

Aldrian verlangte die Rechnung und verabschiedete sich.

»Ich begleite dich!«, flüsterte Lorenzo und erhob sich gleichfalls.

Kaum waren sie auf der Straße – noch immer fiel der Schnee in dichten Flocken –, rief Beatrice an. Sie war schon unterwegs zum Fischmarkt, und er verabredete sich mit ihr vor der Rialtobrücke. Er steckte das Smartphone ein, und Lorenzo stieß zugleich aus: »Dieser Sergio Celi ... aalglatt, du darfst ihm nicht vertrauen, eine Menge Leute arbeiten für die ›M.‹.«

Aldrian erfasste ein kurzer Schwindel. Er blieb stehen und atmete tief durch.

»Was hast du? Was ist los?«, fragte Lorenzo besorgt.

»Nichts.« Er ging rasch weiter, während Lorenzo wieder anfing, ihn zu beschwören: »Ich begleite dich bis zur Rialtobrücke und lass dich dann allein … Entschuldige, aber ich habe gehört, dass du dich mit einer Frau verabredet hast … Die ›M.‹ ist überall. Vielleicht überlegst du dir, ein Hotelzimmer zu nehmen. Gott schütze dich.«

Bis sie – im Schneefall, der Frieden verbreitete – die Rialtobrücke erreicht hatten, schwieg Aldrian. Ohne ein weiteres Wort flüsterte Lorenzo: »Adieu« und umarmte ihn, bevor er sich über die Brücke, umgeben von Schneeflocken wie auf einem japanischen Holzschnitt, davonmachte.

Aldrian war noch immer schwindlig. Die Worte »Sergio Celi« und »M.« hatten ihm das Gesicht seines Verfolgers in Erinnerung gerufen, das er im Spiegel des Caffè Florian zum ersten Mal gesehen hatte, und er war jetzt fest davon überzeugt, dass es – ohne Bart und Haare – Sergio Celis Aussehen glich. Je mehr er darüber nachdachte, desto einleuchtender erschien ihm seine Wahrnehmung.

Noch immer in Gedanken ging er dann mit Beatrice unter ihrem Regenschirm im Dunkeln durch die Arkaden der Fabbriche Nuove zum Markt. Es war Beatrice gewesen, die diesen Weg gewählt hatte, vermutlich um die Umwelt besser beobachten zu können. Trotzdem war auch ihm jetzt unheimlich, aber da er in seiner Vorstellung Beatrice beschützen musste, überwand er sich und ließ sich nichts anmerken.

Sie erzählte ihm von ihrer Fahrt nach Padua und dem Gespräch mit einem Biologen über die Fauna und Flora der Lagune. Er kenne Jakob und schätze ihn, besonders wegen seiner »einmaligen«, wie er gesagt habe, Illustrationen in entomologischen Lehrbüchern, und habe ihn sogar mit Maria Sibylla Merian verglichen. Sie lachte.

Durch die runden Torbögen konnten sie aus der Dunkelheit auf den Canal Grande und den fallenden Schnee schauen, der lautlos im Wasser verschwand.

»Er wusste auch«, fuhr sie fort, »dass du die meisten Opern auswendig kennst ... dein Bruder hat es ihm erzählt ...«

»Ja?«

»Möchtest du ihn kennenlernen?«

»Im Augenblick nicht«, antwortete Aldrian ausweichend und dachte weiter an Sergio Celi.

»Kennst du Sergio Celi?«, fragte er unvermittelt.

»Wen? Nein, ich glaube nicht. Wer ist das?«

»Ich möchte dich nicht beunruhigen.«

»Das tust du aber gerade.«

Er schwieg zuerst, erzählte ihr aber dann, was in der Ostaria vorgefallen war.

Sie holte ihr Telefon aus der Tasche und rief im Gehen, und ohne sich mit Aldrian abzusprechen, Ettore an. Sie kannte die Telefonnummer der Ostaria auswendig, da sie sich mit Elena und Jakob im Sommer dort häufig getroffen hatte.

Aldrian versuchte, sie davon abzuhalten, aber sie war bereits mit Ettore verbunden und wollte von ihm wissen, ob er einen Taucher namens Sergio Celi kenne. Sie schaltete auf Lautsprecher und beschrieb sein Äußeres, aber Ettore war sich sicher, ihn an diesem Abend zum ersten Mal gesehen zu haben. Auch von der Tischgesellschaft, bei der Sergio Celi zuerst Platz genommen hatte, habe er niemanden gekannt. Die Ostaria sei voller Menschen gewesen, entschuldigte er sich, und er habe Mühe gehabt, mit dem Belegen der Brötchen nachzukommen. »Ist etwas mit ihm?«

»Das weiß ich nicht.«

»Warte!«

Sie hörten das Rascheln von Papier und hierauf Ettore mit jemandem sprechen, aber im Lärm, der im Lokal herrschte, konnten sie nichts verstehen.

Endlich meldete sich Ettore wieder: »Nein«, sagte er, »es ist merkwürdig, aber niemand kennt ihn.«

»Er arbeitet bei einer Baufirma als Taucher.«

»Ja?«

»Versuche, ihn dir mit längeren Haaren und einem Bart vorzustellen«, drängte ihn Beatrice.

Ettore lachte.

»Kennst du ihn dann vielleicht?«, fügte sie hinzu.

»Ich habe ihn nur flüchtig gesehen, da bin ich überfragt.«

»Wenn er wiederkommt, frag ihn, wo er arbeitet, quetsch ihn richtig aus.«

»Das kann ich nicht versprechen.«

»Es ist aber sehr wichtig. Du weißt, dass Jakob und Elena verschwunden sind?«

»Sie werden auf Reisen sein. Sie sind immer wieder weggefahren.«

»Aber es gibt keine Spur von ihnen.«

Ettore schwieg.

Dann sagte er: »Und du glaubst, dass der Taucher –«

»Sergio Celi«, unterbrach ihn Beatrice.

»Sergio Celi etwas damit zu tun hat?«

»Ja.«

»Gut, ich helfe dir.«

Beim Öffnen der Haustür hatte Aldrian ein banges

Gefühl. Es war totenstill. Er machte Licht, schüttelte den Schnee aus der Kleidung und trat fest mit den Füßen auf, um die Sohlen zu reinigen. Er bückte sich nach der Post, legte sie auf den Tisch, und während er mit Beatrice in seine Wohnung hinaufging, überprüfte er, ob die Tür zur Wohnung von Elena und Jakob verschlossen war. Alles war so, wie er es verlassen hatte. Auch in seiner Garçonnière fiel ihm nichts auf, bis auf die Tatsache, dass die Heizung funktionierte.

Sie legten sich auf das Bett und hielten sich in den Armen.

Irgendwann liebten sie sich.

In der Küche bereiteten sie sich dann ein Abendessen aus allem, was sie im Kühlschrank fanden, zu. Beatrice bestand zuerst darauf, allein für ihn zu kochen und dabei ein Glas Rotwein mit ihm zu trinken. Aber es wollte sich nicht die gewohnte Freude einstellen.

Schließlich kochte Aldrian allein, und sie trank das Glas Rotwein. Er machte mit dem Gemüse und den Küchengeräten automatisch kleine Zauberkunststücke, doch hörte er damit bald wieder auf, da sie nur wenig Interesse daran zeigte.

Als sie mit dem Essen begannen, läutete ihr Telefon. Sie stand auf, wechselte ins Schlafzimmer und sprach so leise, dass Aldrian sie nicht verstehen konnte.

Unerwartet empfand er ein fernes Gefühl von Eifersucht. Ein schlechter Tag, dachte er.

Lachend kam Beatrice jedoch in die Küche zurück. Sie hielt das Telefon noch in der Hand und erklärte ihm, dass Ettore sie soeben angerufen und mit Sergio Celi, der unerwartet zurückgekommen sei, verbunden habe. Der Mann heiße tatsächlich so. Er habe zuerst als Taucher bei der Polizei gearbeitet, dann noch immer als Taucher bei einer Baufirma und sei jetzt dort als Experte und Gutachter beschäftigt – sie nannte den Namen und die Adresse der Firma. Celi befasse sich auch mit archäologischen Untersuchungen unter der Stadt. »Er hat mir seine Adresse und seine Telefonnummer gegeben«, sagte sie. Am Tisch, an dem Sergio zuerst Platz genommen habe, hätte er sich mit seinem Chef, dessen Sekretärin und zwei anderen Mitarbeitern getroffen. Und: er habe noch nie einen Bart und lange Haare getragen, er besitze auch keine Perücke und keinen falschen Bart. »Es tut ihm leid«, schloss Beatrice, »dass er dich in Schrecken versetzt hat, aber du könntest ihn jederzeit anrufen.«

»Hast du ihm alles erzählt?«, fragte Aldrian, und sein Gesicht verriet Unbehagen.

»Ja. Ich habe ihm auch gesagt, dass du dir nicht sicher bist.«

Sie nahm wieder am Tisch Platz, lachte neuerlich und erklärte bestimmt: »Jetzt essen wir!«

Aber Aldrian empfand nur Scham, weil er vor ihr den Eindruck von Kopflosigkeit gemacht hatte, und er wünschte sich alles andere als das. Zu seinem Erstaunen aber schien gerade seine vorübergehende Hilflosigkeit Beatrices Zuneigung zu beflügeln. Sie scherzte und trank mit ihm so lange, bis sie beide beglückt ins Bett fielen.

Am nächsten Morgen hatte Aldrian nur noch vage Erinnerungen an den Abend. Sein Kopf schmerzte, und neben ihm auf dem Bett lag ein Zettel, auf den Beatrice in Blockbuchstaben geschrieben hatte, dass sie ihn liebe. »Für immer«, hatte sie hinzugefügt, und weiter unten: »Es hat aufgehört zu schneien.«

Er stand auf und warf einen Blick aus dem Fenster. Alles war wie sonst, doch der Schnee, der den Vorplatz bis zu den Arkaden bedeckte, wies zahlreiche schwarze Fußspuren auf und haftete nicht mehr an den Dächern. Dann fiel ihm die Führung zu den geheimen Wegen im Dogenpalast ein, die er schon mehrmals mitgemacht hatte. Trotzdem hatte er sich über das Internet schon in Wien eine Eintrittskarte gekauft, da er sie noch einmal erkunden wollte, um sich Aufzeichnungen zu machen. Bis dahin war jedoch noch Zeit. Er rief Beatrice an, sagte ihr, wie sehr er sich ihre Nähe wünsche, und sie vertröstete ihn auf den Abend.

Im Schlafzimmer entdeckte er, dass sie ihm am Abend die Gaspistole, den Revolver und die Tasche mit seinen Toilettenartikeln sowie den Gehirnschnitt des berühmten Dirigenten mitgebracht und in einer Nylontasche an der Wand abgestellt hatte. Er legte die Gaspistole auf das Nachtkästchen und verstaute den Revolver und den Gehirnschnitt im Schrank. Obwohl er wusste, dass es makaber war, hörte er – während er den Kunststoffwürfel mit dem Bruchteil eines genialen Menschengehirnes in der Hand hielt – das »Halleluja« aus Händels »Messias« in seinem Kopf. Er wurde es auch nicht los, als er lüftete, die Betten machte, die Küche aufräumte, das Geschirr in die Spülmaschine sortierte, den Teppich saugte und den Müll in einem der schwarzen Kunststoffsäcke, die zusammengefaltet in der Küche lagen, entsorgte. Auch nicht, als er die Fenster wieder schloss, die Toilettentasche ins Bad stellte und duschte, sein Haar wusch, die Zähne putzte und mit Wachs seiner Frisur Halt gab. Mehrmals unterbrach er dabei das »Halleluja« und sagte halblaut »Idiot« zu sich. Er kleidete sich an, nahm die Gaspistole vom Nachtkästchen, steckte sie ein und stellte den Müllsack vor das Haus, von wo ihn, wie er wusste, ein Mann in städtischer, grauer Arbeitskleidung abholen würde. Als er zum Himmel aufschaute, war er überrascht, dass keine Wolke mehr zu sehen war und Sonnenlicht auf den Schneedächern lag. Er glaubte auch, das Glucksen und Klatschen des Schmelzwassers zu hören, war sich aber nicht sicher. Während er gerade tief durchatmete, erschien ein Bote mit einem großen Paket unter dem Arm.

»Sind Sie …«, er entzifferte den Namen auf dem Etikett mühsam, »Michael Aldrian?«

»Ja.«

Der junge Mann übergab ihm das Poststück, das in eine dunkelgraue Plastikhülle eingewickelt war, und verschwand um die Ecke. Das Etikett, stellte Aldrian fest, war gedruckt, nannte ihn als Empfänger und wies keinen Absender auf. Er war erstaunt, denn das Paket war ziemlich schwer und obendrein mit einer Schnur kreuzförmig zugebunden. Mühsam trug er es in das Haus, schob mit ihm einen Teil der Zeitungen auf dem Tisch zur Seite, die aber zu Boden fielen. Das Poststück wies weder eine Marke noch einen Stempel auf, bemerkte er. Also musste es ihm von einer privaten Firma zugestellt worden sein. Weshalb hatte er aber den Empfang nicht mit seiner Unterschrift bestätigen müssen? Und weshalb hatte es der Bote so eilig gehabt, dass er nicht einmal auf ein Trinkgeld gewartet hatte?

Während er noch darüber nachdachte, rief ihn seine Schwägerin Margherita an und lud ihn zum Frühstück ein. Zuerst überlegte er, ob er das Paket vorher aufmachen solle, aber dann verschob er es auf den Nachmittag, wenn er vom Dogenpalast zurückkehren würde.

Wassermusik

Die Schwester seiner Schwägerin, Margherita Bellucci, wohnte mit ihrem Mann, dem Zahnarzt Eugenio, am Campo San Tomà in der Nähe des Archivio di Stato di Venezia. Es gab dort eine eigene Vaporetto-Haltestelle und eine »Trattoria San Tomà«, vor allem aber Carlo Fibonacci, einen Glasermeister und Verkäufer von alten venezianischen Fotografien, Ansichts- und Landkarten, Postern und Drucken.

Eine schmale Tür führte in den winzigen Laden, der vollgestopft war mit Rahmen, Werkzeug, einem kleinen Verkaufspult und einer größeren, roten Reklametafel für Campari Bitter sowie einem Kofferradio und Papierrollen. In einer der beiden Auslagen hing ein Schild: »Specchi e cornici«, »Spiegel und Rahmen«, und darunter stand sein Name.

Da Aldrian eine Wochenkarte besaß, nahm er am Vormittag das nächste Vaporetto und fuhr im Sonnenschein nur eine Station bis zur Höhe des Archivio di Stato di Venezia. Carlo Fibonacci war ein Freund von Jakob, er hatte seinem Bruder die Spiegel für dessen Wohnung verkauft, seine Bilder gerahmt und eine alte Venedig-Stadtkarte aufgetrieben, die ebenfalls gerahmt in Jakobs Arbeitszimmer hing. Aldrian bemerkte, wie selbstverständlich ihm alle diese Bilder inzwischen geworden waren, und jetzt, wo Jakob verschwunden war, erschienen sie ihm plötzlich wie Gedankenbilder aus dessen Kopf.

Elena hatte von ihren Reisen jedes Mal kolorierte Kupferstiche mitgebracht, wusste er. Vor allem Insekten waren darauf zu sehen, aber auch Vögel, ein Nashorn, Chamäleons, Schlangen und Blüten. Er hatte einmal zufällig einen Stapel auf dem Wohnzimmertisch liegen sehen. Mehrmals hatte Aldrian sich über seinen Bruder lustig gemacht. »Du bist Noah«, hatte er zu ihm gesagt, und Jakob hatte darüber gelacht und ihm geantwortet, das sei nicht falsch, in seinem Atelier habe er eine Arche in Form eines Metallschranks mit Schubfächern. Darin sammle er die kolorierten Kupferstiche von jedem Tier, jeder Pflanze, von Würmern, Muscheln, Fischen und Schnecken bis hin zu Seeadlern, Walen, Orang-Utans, Tigern und Elefanten. Ein Atelier?, überlegte Aldrian, daran hatte er nie gedacht. Er hatte keine Ahnung, was Jakob damit gemeint hatte. Vielleicht wusste Margherita etwas darüber oder ihr Sohn. Der Gedanke an ein Atelier und den Metallschrank, die »Arche Noah« mit den herausziehbaren Fächern, und der Vergleich mit der biblischen Erzählung spukten noch in seinem Kopf herum, als er durch das Seitenfenster sah, wie das Vaporetto einen Lastenkahn überholte, auf dem ein großer Metallschrank befestigt war. Er ließ das Boot nicht aus den Augen, bis es verschwand. Ein Hinweis?, fragte er sich irritiert. Jedenfalls würde er die Suche nach dem Atelier aufnehmen, sobald er mit Margherita darüber gesprochen hatte.

Bevor das Vaporetto anlegte und er ausstieg, meldete sich Commissario Galli am Telefon.

»Wir können davon ausgehen«, sagte er ohne Umschweife, »dass Ihr Bruder und seine Frau nicht nach China gereist sind. Sie haben bei der Botschaft um kein Visum angesucht. Auch nicht für andere Länder, das haben wir überprüft. Die Finanzen sind zwar in Ordnung, aber Ihr Bruder hat ein Konto in der Schweiz. Wissen Sie davon?«

»Nein.«

»Auf dem Konto liegen acht Millionen Schweizer Franken. Und in einem Safe teurer Schmuck. Außerdem besitzen die beiden ein Grundstück und eine Villa auf der griechischen Insel Lesbos, in Skala Kallonis, einem kleinen Fischerdorf am Golf von Kalloni, wo sie sich jedoch nie gezeigt haben. Es soll ein Vogelparadies sein. Alles lief über einen griechischen Anwalt, der ebenfalls verschwunden ist. Das Vermögen der beiden ist, wie wir festgestellt haben, mit den Einnahmen aus dem Perlenhandel und im Geschäft allein nicht zu erklären. Können Sie mir weiterhelfen?«

»Nein … nein«, stammelte Aldrian, während er ausstieg.

»Haben Sie keinen, wenn auch noch so unbedeutenden Anhaltspunkt?«

»Nein.« Dabei fiel ihm Dr. Dr. Galotti aus dem Archivio di Stato di Venezia ein, der ihm die Pest erklärt und ihn davor gewarnt hatte, eigene Ermittlungen anzustellen, der Lastenkahn mit dem metallenen Schrank, das Atelier von Jakob, das er vergessen gehabt hatte, die beiden Männer, die ihn niedergeschlagen, der Maskierte, der mit ausgestrecktem Zeigefinger auf ihn geschossen hatte, und Lorenzo Verra, sein Kollege aus dem Teatro La Fenice, der ihn immer wieder flüsternd vor der »M.« gewarnt hatte. Er war nicht davon überzeugt, dass alles in Zusammenhang mit Elenas und Jakobs Verschwinden stand, aber das eine oder andere mit Sicherheit. Er schwieg und trat über den Steg auf die Straße.

»Außerdem sind Ihr Bruder und Ihre Schwägerin häufig nach Paris und London gereist«, fuhr der Commissario fort, »soweit wir wissen an die siebzig- bis achtzigmal in den letzten Jahren. Dort sind sie derzeit aber auch nicht. Normalerweise arbeitet Frau Aldrian im Louvre oder in der Tate Gallery, sie ist eine gesuchte Expertin. Zum letzten Mal hatte sie im November und Dezember in diesen Museen zu tun. Was könnte sie dazu veranlasst haben zu verschwinden? Ihr Sohn Emilio weiß nichts, Ihre Schwägerin weiß nichts, und auch Sie wissen nichts.« Automatisch drehte Aldrian das Revers seiner Jacke um und sah die kleine goldfarbene Taube, die er am Campo Formosa während des Hochwassers gekauft hatte. Er hörte die Geräusche von schmelzendem Schnee, das Glucksen in einer Dachrinne, das Zerplatzen von Tropfen auf dem Boden. Die Schneeschmelze war, fiel ihm ein, ein musikalischer Vorgang. Sie klang wie ein Spinett, das im Canal Grande gespielt wurde, eine Wassermusik, und sofort hörte er Händels Komposition im Kopf, während Commissario Galli weitersprach: »Wie immer halten wir anfangs nur Bruchstücke in der Hand, aber wir sind geduldige Puzzlespieler … Bleiben Sie weiterhin in Venedig?«

»Ja.«

»Wie Sie wollen, Signor Aldrian. Wir werden natürlich unsere Suche fortsetzen. Jetzt auch verstärkt in Venedig, das heißt in der gesamten Lagune.«

Das klang bedrohlich, so als hätte die Polizei schon die Hoffnung aufgegeben, sie noch lebend zu finden. Er ärgerte sich über den Commissario, und er stellte sich vor, wie der Taucher Sergio Celi in den Wäldern aus Baumstämmen unter Wasser die Leichen seines Bruders und Elenas barg.

Grußlos legte er auf und eilte, ohne das Tropfen, das Klatschen, das Pritscheln, das Glucksen des Tauwetters zu überhören, den fernen Klang von Händels Wassermusik im Kopf, auf den Campo San Tomà. Zuerst warf er einen Blick auf Carlo Fibonaccis Spiegel- und Rahmengeschäft und sah ihn verschwommen hinter der offenen Tür in seinem winzigen Raum einen Rahmen von der Wand herunterholen. Mit seinen grauen, langen Haaren, seinem strubbeligen grauen Bart und der goldgerahmten Brille sah er aus wie ein Hippie, der im Alter noch ein Professor geworden war.

Aldrian blieb erst vor dem Haus, in dem Margherita wohnte, stehen und verspürte plötzlich so etwas wie eine Kraft, die aus einem jähen Zorn kam. Er hatte Commissario Gallis Worte noch im Ohr: »Jetzt auch in Venedig ... das heißt in der gesamten Lagune«, aber sein Zorn richtete sich nicht gegen ihn, sondern gegen das, was sich hinter der Leere versteckte, gegen den unsichtbaren Feind, der mit seinem Bruder und dessen Frau Schicksal gespielt hatte und nun auch ihm Angst einjagen wollte. Er würde im Haus seines Bruders bleiben, bis das Verschwinden der beiden aufgeklärt war, und er dachte mit kindlichem Gemüt, dass ihn die kleine goldfarbene Taube allein durch ihre versteckte Anwesenheit daran erinnern würde.

Margheritas und Eugenios Wohnung im zweiten Stock war geräumig und von Licht durchflutet. Hinter dem Gebäude gab es einen kleinen Garten, in dem das Ehepaar seine gemeinsamen Mahlzeiten einnahm. Im Stockwerk unter ihnen lebte die Mutter Margheritas, der das Haus gehörte, bevor sie es ihrer Tochter überschrieben hatte. Häufig war Aldrian mit seinem Bruder und Elena bei deren Schwester zu Gast gewesen, und er hatte sich in der mit teuren Möbeln, Sofas, Lampen und Teppichen ausgestatteten Wohnung, die er scherzhaft den Palazzo piccolo am Rio di San Tomà nannte, immer wohl gefühlt.

Wie auch in Aldrians eigener Wohnung in Wien hing Jakobs Aquarell eines Chamäleons (nach einer Vorlage aus einem alten Lehrbuch) gerahmt an einer Wand. Bei dessen Anblick verspürte Aldrian wieder den Zorn auf das, was sich hinter der Leere versteckte und über ihn verfügen wollte.

Eugenio war schon in seiner Arztpraxis, so dass Aldrian nur Margherita gegenübersaß, die mit rotverweinten Augen ein kleines Frühstück hergerichtet hatte, das aus Weißbrot, Butter, Marmelade, Honig und Tee bestand, und wie immer entschied sich Aldrian für Butter und Honig. Schweigend begann er zu essen, während Margherita sich bemühte, ihre Fassung zu bewahren.

»Der Commissario hat dich angerufen?«, fragte sie.

Aldrian nickte.

»Und?«

»Wir müssen abwarten.«

»Willst du nicht besser nach Wien zurückfahren?«

»Nein.«

» ... Elena und Jakob hatten ihre Träume«, fuhr sie nach einer kurzen Pause fort. »Sie träumten vom Garten Eden ... Das haben wir alle gewusst.«

»Ich nicht«, antwortete Aldrian, »aber jetzt, nach dem Gespräch mit Commissario Galli, verstehe ich es. Es ist ein Gedanke, der weitere Gedanken auslöst, wie ein Magnet Eisenfeilspäne anzieht.«

»Ja?« Sie putzte sich mit einem Papiertaschentuch die Nase.

»Und das Geld?«, fragte sie, »Woher kommt es?«

»Das wird sich herausstellen.«

»Was denkst du?«

»Nichts.«

»Du enttäuschst mich!«, gab sie plötzlich wütend zur Antwort. »Du machst es dir leicht.«

»Ich will mir nicht etwas ausmalen, was sich dann als Einbildung herausstellt. Das heißt, ich versuche es.«

»Ich verstehe«, gab sie böse zurück.

Aldrian überhörte ihre Antwort. Margherita stand auf, begab sich in die Küche und stellte einen Teller mit Orangen vor ihn hin. Ihre Augenbrauen waren zusammengekniffen, woran Aldrian erkannte, dass sie Streit suchte.

»Sie sind sehr süß. Nimm dir, Eugenio hat sie heute erst gekauft.«

»Ja?«

Sie nahm das Obstmesser in die Hand und begann,

eine der Orangen für ihn zu schälen, worin sie eine große Geschicklichkeit besaß, wie er wusste. Sie liebte es sogar, ihre Fertigkeit vor Gästen und bei Tisch wie nebenbei zu zeigen, weil es niemand besser konnte als sie und man sie dafür bewunderte.

»Du bist mit Beatrice zusammen?«, fragte sie plötzlich, und ihr Gesicht drückte Misstrauen aus.

»Woher weißt du das?«

Jetzt schwieg sie und genoss es, ihn zappeln zu lassen. Sie legte die kunstvolle, gelbe Spirale der Orangenschale, die sie gerade entfernt hatte, auf den leeren Teller, der vor ihr stand, und reichte ihm die makellose Frucht.

»Beatrice hat gestern bei Ettore und Giacomo in der Ostaria angerufen und sich nach einem Sergio erkundigt. Ich kenne ihn nicht ...«

Sie wollte offenbar seine Eifersucht wecken, verstand Aldrian.

»Ich auch nicht ... es war alles nur ein Irrtum, lass uns über etwas anderes sprechen –«

»Ich kann nur über etwas reden, das mir durch den Kopf geht ... und ich bin unglücklich ... ich habe ein ganz schlechtes Gefühl«, sie fing an zu weinen, und Aldrian wusste, dass er sie mit Kälte behandelt hatte, vielleicht weil er noch immer seinen Zorn spürte über das, was sich hinter der Leere versteckte und ihr Schicksal bestimmte.

Bevor sich Aldrian zum Dogenpalast aufmachte, trat er in den winzigen Laden von Carlo Fibonacci.

»Ich wollte nur kurz bei Ihnen vorbeischauen, ob es Sie noch gibt ...«, begrüßte er ihn.

Carlo hob widerwillig den Kopf und fragte Aldrian, weshalb es ihn nicht mehr geben solle?

Gerade, als er nach einer witzigen Antwort suchte, sah er auf dem kleinen Ladentisch eine Zeichnung, die ohne Zweifel von Jakob angefertigt worden war. Sie stellte einen bizarren Käfer dar, seine Flügel waren goldbraun, und er hatte einen schwarz glänzenden Schnabel, der aus einem langen, gebogenen und einem kürzeren unteren Horn bestand. Das Insekt, das ihm wie eine Erfindung vorkam, ähnelte einem Nashornkäfer und war nahezu zwanzig Zentimeter lang, schätzte Aldrian, und Fibonacci hatte zur Probe eine dunkelbraune und eine schwarze Rahmenleiste herausgesucht, die danebenlagen.

Aldrian bemerkte jetzt, dass Fibonacci die ganze Zeit über, seit er das Geschäft betreten hatte, voller Unruhe war.

»Woher haben Sie die Zeichnung?«, fragte er deshalb.

»Warum?«

»Jakob ist verschwunden –«

»Ich weiß«, antwortete Carlo hastig und beeilte sich, »er hat mir das Bild vor einiger Zeit geschenkt« hinzuzufügen. »Der ›Dynastes hercules‹ ist der größte Käfer der Welt«, fuhr er fort und bemühte sich, das Thema zu wechseln, aber Aldrian wollte es ihm nicht leichtmachen.

»Ich möchte ihn kaufen!«.

»Kaufen? – Nein, das geht nicht.«

»Weshalb nicht?«

»Ich will ihn behalten.«

»Überlegen Sie es sich«, antwortete Aldrian und

verließ, kurz mit einer Hand winkend, den Laden. Er nahm an, dass er Fibonacci irritiert hatte, und die Vorstellung darüber befriedigte ihn.

Wieder hörte er leise die Musik des geschmolzenen Schnees und den Rhythmus und Klang der Tropfen, die von den Dächern fielen und wie das nervöse Pochen auf einer Kindertrommel klangen oder wie hohe, kurze Töne aus einer gläsernen Klarinette. Daneben das Geräusch von Schuhen, die in Pfützen traten und in seiner Vorstellung Tschinellen aus Wasser waren. Er konnte sich im Nachhinein nicht erklären, weshalb er Fibonacci hatte in die Enge treiben wollen, doch irgendwo musste ein Faden sein, der, wenn man an ihm zupfte, das verwirrende, asymmetrische Muster, in dem das Verschwinden von Jakob und Elena verborgen war, auflöste, sagte er sich. Ein schlechter Vergleich, korrigierte er seinen Gedanken, doch im Augenblick drückte er das aus, was er empfand.

Das auf dem Wasser sanft schaukelnde Häuschen der Haltestation San Tomà war schon mit Passagieren, vor allem Touristen mit Fotoapparaten, Handys und Masken, gefüllt. Ein paar Einheimische, vornehmlich Frauen, die Einkaufstaschen in den Händen hielten, kämpften sich angesichts der zahlreichen Fremden grimmig nach vorne, und Aldrian schloss sich ihnen – den Abwesenden mimend – an. So gelangte er bis in die Mitte des Wartehäuschens und hatte jetzt gute Chancen, einen Platz im nächsten Vaporetto der Linie 1 zu ergattern, das schon – übervoll mit Fahrgästen – von weitem zu sehen war.

»Ah, Signore Aldrian«, raunte ihm ein kleiner Mann

zu, der ihn im Gedränge ironisch anlächelte. Aldrian erkannte Dr. Dr. Galotti sofort wieder. Er hatte sich offenbar von seinem Arbeitsplatz im Archivio di Stato di Venezia zur nächstgelegenen Station San Tomà begeben.

»Noch immer in Venedig?«

»Ich wohne hier«, antwortete Aldrian.

»Ich weiß. Ich dachte, Sie wären zurück nach Wien gefahren.«

Aldrian schüttelte den Kopf.

»Ich befürchte, Sie haben damit begonnen, selbst zu ermitteln?«, fragte Dr. Dr. Galotti neugierig.

Aldrian fühlte sich durch die Frage herausgefordert. Außerdem ärgerte es ihn, dass nach seiner Schwägerin und Carlo nun auch der Archivar wegen seines Bruders mit ihm sprach.

»Ich warte, bis Jakob und Elena zurückkommen«, sagte er in abweisendem Tonfall.

Dr. Dr. Galotti kniff die Augen zusammen: »Wussten Sie eigentlich, dass Ihr Bruder mich nach einem alten Zauberbuch, einem Grimoire, fragte? Es handelte sich um Johannes Hartliebs ›Das Buch aller verbotenen Künste‹, Jakob wollte es Ihnen unbedingt schenken, ich konnte es ihm aber leider nicht besorgen.«

In diesem Augenblick schlug Aldrian ihm mit einer Hand auf die Schulter und stahl ihm mit der anderen die Geldtasche aus dem Sakko, die er mit derselben Bewegung in seiner eigenen Jacke verschwinden ließ. Niemand hatte etwas bemerkt.

»Wirklich?«, hatte er dabei ausgerufen.

Das Vaporetto der Linie 1 legte gerade an, und ein Teil der Passagiere strömte aus dem Boot, wodurch die Reihenfolge der Wartenden durcheinandergeriet. Aldrian sah, wie Dr. Dr. Galotti von der Menschenmenge weggeschwemmt wurde, er nahm rasch das entwendete Portemonnaie heraus, fand Geldscheine, zwei Ausweise und gerade, als er alles wieder zurückstecken wollte, eine kleine Schwarzweißfotografie, auf der sein Bruder Jakob mit dem Archivar und einem Fremden zu sehen war, wie er auf den ersten Blick erkannte. Er nahm das kleinformatige Bild an sich, entdeckte auf der Rückseite mehrere Telefonnummern, verstaute die Geldbörse wieder in seine Jackentasche und drängte sich unsanft nach vorne. Mit Mühe gelang es ihm, in das Vaporetto einzusteigen, bevor die Metallabsperrung geschlossen wurde und das Schiff sich in Bewegung setzte. Aldrian hatte – schon während er an Bord drängte – begonnen, Dr. Dr. Galotti zu suchen, und er fand ihn auch im Abteil des Vaporettos auf einem Sitz neben zwei jungen Frauen in Phantasiekostümen und -masken. Diesmal blieb Aldrian höflich, bat die zusammenstehenden Fahrgäste, ihm Platz zu machen, und arbeitete sich so zum Archivar durch. An der nächsten Station erhoben sich die maskierten, jungen Frauen, und auch Dr. Dr. Galotti musste aufstehen, um die beiden vorbeizulassen. Aldrian trat der ersten der beiden absichtlich auf den Fuß, dass sie einen Wehlaut ausstieß, und nutzte den Augenblick, um dem Archivar das Portemonnaie zurück in seine Brusttasche zu stecken. Sogleich entschuldigte er sich bei der Maskierten und ihrer Gefährtin, was zusammen mit dem Bremsvorgang des Vaporettos das Durcheinander noch vergrößerte.

Aldrian schlüpfte inzwischen auf einen der beiden frei gewordenen Sitzplätze und gab vor zu husten.

»Ich bin froh, wenn der Karneval vorüber ist«, sagte Dr. Dr. Galotti. »Um diese Zeit treibt sich viel Gesindel herum.«

Aldrian gab ihm recht und fragte ihn, wie lange er seinen Bruder schon kenne.

»Ich bewundere ihn sehr, wie Sie wissen«, antwortete Dr. Dr. Galotti. »Wir haben uns über einen gemeinsamen Freund kennengelernt, einen Entomologen … Jakob war damals erst seit kurzem in Venedig und hat sich für die Insekten in der Lagune interessiert … Er hat sie alle gezeichnet, und ich sollte einen Text dazu verfassen … Aber ich hatte gerade mein zweites Studium über die Geschichte der Medizin abgeschlossen und keine Lust, sofort wieder mit etwas Neuem anzufangen …Wir fuhren mit einem Fischer sogar mehrmals in die Lagune, der Mann stammte aus Chioggia und kannte sich phantastisch aus. Er ist heute der größte Fischhändler … Jedenfalls habe ich den Abgabetermin immer weiter hinausgezögert, bis das Projekt schließlich einschlief.«

»Schade.«

»Ja, schade.«

»Wo könnten sich Jakob und Elena aufhalten, wenn sie die Stadt nicht verlassen haben?«, fragte Aldrian.

»Weshalb sollten sie sich verstecken? Ich bin erschrocken darüber, dass sie verschwunden sind. Ich zerbreche mir seither den Kopf darüber. Wissen Sie, er ist religiös. Das wird für Sie nichts Neues sein, aber er ist nicht wie andere, die nur die Rituale befolgen und sich ansonsten einen Dreck darum scheren, welches

Leben sie führen ... Er ist kein Heiliger ... Er will es auch gar nicht sein ... Ich weiß nicht, wie ich es Ihnen sagen soll ... Er liebt das Schöne und das Gute – mehr nicht. Er hat es nicht geschafft, diese Vorstellung in seinem Leben immer umzusetzen ... Ich meine, er trinkt gerne ... Er weiß, wie man Geld verdient, er liebt Frauen – allerdings sehr diskret ... Er kennt auch keinen Gehorsam, und er leitet keine Sozialprojekte ... Er versucht immer nur, auch das Gute in einem Menschen, in einem Ereignis zu sehen, und schweigt, wenn nichts davon zu entdecken ist ... Ich will nicht übertreiben, aber wir mögen ihn alle sehr.« Dr. Dr. Galotti hatte stockend und mit immer größeren Pausen weitererzählt. Und zu Aldrians Erstaunen war er zuletzt eingeschlafen. Sollte er ihn wecken? Würde er von selbst wach werden? Wohin fuhr er? Andererseits war Aldrian froh, dass der Doppeldoktor ihm nicht die Fotografie aus seiner Geldbörse hatte zeigen wollen.

An der Station San Marco Giardinetti verließ Aldrian wie fast alle Passagiere das Vaporetto. Bevor er sich über den Landesteg davonmachte, warf er noch einen Blick auf den Schlafenden, um sich davon zu überzeugen, dass er ihm nicht irgendetwas vorgespielt hatte.

Er nahm den kürzesten Weg zum Dogenpalast und vermied es diesmal, auf der Piazetta zwischen den Säulen mit dem Markuslöwen und San Teodoro mit dem Drachen hindurchzugehen, denn ihm fiel ein, wie Jakob ihm die Hinrichtungen, die dort stattgefunden hatten, beschrieben hatte. Dass die Verurteilten um die Mittagszeit vor der Piazetta gefesselt in einen Kahn zu steigen hatten und über den Canal Grande zur Chiesa die Santa Croce gebracht wurden, und wie sie dort mit glühenden Zangen gefoltert und ihnen die Hände oder die Zunge oder die Ohren abgeschnitten worden waren, die man ihnen sodann um den Hals gehängt hatte. Aldrian erinnerte sich auch daran, dass man die Armstümpfe von einem Arzt mit einer Schweinsblase hatte abbinden lassen, damit die Delinquenten nicht verbluteten, bevor sie gehängt oder geköpft wurden, und dass sie den Weg zurück zum Markusplatz zu Fuß zurückzulegen hatten, wenn sie nicht am Schweif eines Pferdes über die Straße hatten geschleift werden wollen. Nach der Hinrichtung seien die Leichen geviertelt, die zerstückelten Reste aufgespießt und nicht selten bis zur Verwesung zur Schau gestellt worden … Aldrian ging auf den Dogenpalast zu und bemühte sich, an etwas anderes zu denken. Da er die Eintrittskarte für die Führung durch die geheimen Wege des Gebäudes bei sich hatte, musste er nicht Schlange stehen, sondern konnte durch den Einlass – wo ihm zum Zeichen, dass er an der Führung teilnehmen durfte, ein roter Punkt aus Papier auf den Kragen seiner Windjacke geklebt wurde – in den großen Hof treten und sich auf einer Bank unter den Arkaden niederlassen. Nicht weit davon entfernt las er einen handgeschriebenen Hinweis, dass an einer bestimmten Säule der Sammelpunkt für die Führung sei. In den schattigen Ecken lagen noch kleine Schneehaufen, und der Steinboden glänzte nass. Hier war die Musik des schmelzenden Schnees auch für einen aufmerksamen Zuhörer nur noch in einzelnen Tönen und mit langen Pausen wahrzunehmen. Die den Hof umgebenden Seiten des Dogenpalastes mit ihren Säulen und Fenstern kamen Aldrian jetzt wie vier mächtige Orgeln vor, die eine Musik der Stille verbreiteten. Sie erzeugten – stellte er sich vor – auf geheimnisvolle Weise die atomistischen Geräusche, die er zu erlauschen vermeinte, in gerade noch vernehmbarer Lautstärke.

Der Dogenpalast

Immer wieder hatte er den Dogenpalast aufgesucht, allein und mit Jakob oder Elena, und er hatte jedes Mal den Wunsch verspürt, ihn sich auswendig zu merken wie die Partituren von Opern, aber er fand es auch reizvoll, ihn nie ganz zu »verstehen«, war er doch eine gewaltige, außen wie innen reichgeschmückte, historische »Spielzeugschachtel« aus der Zeit der Gotik, in der sich Paradies und Hölle zu einer Einheit verschmolzen hatten.

Mit Elena hatte er einmal auch die »Bauhütte« besucht, die ursprüngliche Werkstatt für die Bauunterhaltung des Palastes, mit der Ausbesserungs- und Restaurierungsabteilung. Außerdem das Museo dell' Opera mit seinen Wänden aus Backstein – insgesamt sechs Räume, die von Säulenreihen beherrscht wurden, was ihnen die Atmosphäre eines versteinerten Irrgartens verlieh.

Die Gefühle, die er anfangs für Elena empfunden hatte, hatten sich mit den Jahren in eine Geschwisterliebe verwandelt, fiel ihm jetzt ein.

Ohne es zu wollen, erblickte er wieder die große Gondel in der Mitte des Ganges – ein umgedrehter Souffleurkasten aus dem Teatro La Fenice, dachte er jetzt. Dazu kam ihm der Maestro Suggeritore Lorenzo

Verra in den Sinn, und er sah vor sich, wie dieser, im umgedrehten Souffleurkasten stehend, sich vor den Flammen des brennenden Teatro rettete und mit Hilfe eines nicht weniger seltsamen, monströsen Taktstockes den Rio della Fenice hinunterglitt.

Er lehnte sich zurück und rief sich die Musikstücke in Erinnerung, die er einmal für jeden der Säle und Räume des Dogenpalastes ausgewählt hatte, um sie besser im Gedächtnis zu behalten. Dadurch war das prunkvolle Gebäude für ihn ein Opernpotpourri mit 26 Szenen und verschiedenen Bühnenbildern geworden. In der Partitur stand am Anfang immer ein Notenschlüssel. Im Dogenpalast war dies für Aldrian einer der sogenannten »Bocche di leone«, der Löwenköpfe an den Wänden der Gänge und Treppenhäuser. In ihr geöffnetes Maul hatte man früher anonyme Anzeigen und denunziatorische Schriftstücke eingeworfen. Für Aldrian hatten sie das Aussehen eines fetten »Horchenden«, der angestrengt nach oben blickte, um auch den leisesten Ton zu vernehmen. Diese Beschwerdebriefkästen an mehreren Stellen des Dogenpalastes trugen die Aufschrift DENONTIE SECRETE CONTRO CHI OCCULTERA GRATIE ET OFFICII O COLLUDERA PER NASCONDER LA VERA RENDITA D'ESSI, um die Venezianer anzuregen, sich gegenseitig zu bespitzeln und in das Gefängnis zu bringen, das sich ebenfalls im Gebäude befand, also quasi die Hölle hinter der Kulisse des Paradieses. Mit dem Tod bestraft wurden Diebe, Mörder, Sexualdelikte, Menschen, die angeblich den venezianischen Staat geschädigt oder dessen Repräsentanten beleidigt hatten. Selbst Gotteslästerungen und Flüche konnten eine Hinrichtung zur Folge haben.

In seinem Kopf erklang jetzt Glucks »Orpheus«-Ouvertüre, worauf sich sofort das erste Bild – der Arkadenhof – einstellte. Er war jetzt so konzentriert, dass er in seiner Vorstellung gleichsam durch den Palast schwebte. Eine ungeheure Flut von Gemälden an den Wänden und Fresken an den Decken der Säle zog ihn immer tiefer in die riesige »Spielzeugschachtel« und zugleich in eine andere Zeit hinein.

Um es sich leichter zu machen, hatte er alle paradiesischen Säle der Reihe nach mit verschiedenen Opern von Giuseppe Verdi in Verbindung gebracht und die infernalischen Gerichtsräume und Gefängnisse mit jenen von Gaetano Donizetti. Beschloss Verdis Gefangenenchor aus »Nabucco« die Prunksäle, eröffnete die Wahnsinnsarie aus »Lucia di Lammermoor« den Justiztrakt. Wie mit einem Computer konnte er dadurch die Räume in seinem Kopf bildhaft und mit akustischer Begleitung abspielen oder sogar wie Spielkarten durcheinandermischen. Wurde er müde, dann verselbständigten sich allerdings die einzelnen Akte mit ihren Bühnenbildern, sie überschnitten und überblendeten einander, und die Musik klang wie das Stimmen der Instrumente in einem Orchestergraben vor der Aufführung. Er hatte in Gedanken bereits das Programm geladen und begab sich daraufhin in seiner Vorstellung über die Scala d'Oro, die goldene Treppe, in das Appartamento Ducale. Die mit Deckenstuckaturen und -fresken geschmückten Räume erschienen vor seinem geistigen Auge, und er betrachtete die Einzelheiten – immer Verdi im Ohr, einmal »Otello«, dann »Un ballo in maschera«, »Simon Boccanegra« und später »La forza del destino«. Die Säle waren einander im

Prunk ähnlich, aber was ihre Größe und Ausstattung betraf, völlig verschieden. Das sogenannte Apparta-mento wurde vom jeweiligen Dogen mit Privatmöbeln ausgestattet, und dessen Erben trugen die kostbaren Objekte nach seinem Tod davon. Daher waren die Pri-vaträume jetzt, bis auf einen alten Spiegel, leer, und als einziger Schmuck waren Kassettendecken und Seiden-tapeten übrig geblieben. Wie immer bezauberte ihn die Sala delle Mappe, ein Flur mit einer Erd- und einer Himmelskugel und Landkarten an den Wänden. Und wie immer war es die Terra incognita auf dem Glo-bus, der damals noch unbekannte und nicht entdeckte fünfte Kontinent Australien und andere Länder, die ihn dazu anregten, in Gedanken auf einer der lan-gen Holzbänke entlang der Wände Platz zu nehmen. Wenn er den Globus als ein Gehirn betrachtete, dann war die Terra incognita der Lobus Tempi, der Bereich für die Zeit, die noch auf ihn zukommen würde. Nach seinem Ausscheiden aus der Staatsoper hatte Aldrian das Gefühl gehabt, dass er alles hinter sich gelassen hatte. Er war an der vergehenden Zeit vorbeigesegelt, ohne dass er etwas bemerkt hätte. Jetzt aber, seit er sich in Venedig aufhielt und mit Beatrice zusammen war, glaubte er, dass noch vieles vor ihm lag, auch wenn es Gefahren und Unglück sein mochten. Auf der alten Himmelskugel erkannte er blasse Sternbilder – braune Schatten auf einer hellbraunen, wie ausgebleicht wir-kenden Fläche. Er liebte auch die Kronleuchter aus Muranoglas, die gleich heiligen Geistern von den Decken der Säle hingen. In der anschließenden Sala Grimani fielen ihm als Erstes die drei Gemälde des geflügelten Markuslöwen – eines davon von Carpaccio – auf. Es erinnerte ihn an das Gemälde der beiden feinen Damen, das im Museo Correr hing und für ihn wie eine Satire Carpaccios auf die Langeweile der vornehmen Gesellschaft wirkte.

Die Sala dei Filosofi versprach mehr, als sie darbot. Für Aldrian war sie nur ein Durchgangszimmer. Früher hingen die Portraits von zwölf antiken Philosophen an den Wänden, die aber jetzt der Biblioteca Marciana gehörten, weshalb der Raum zu einem bizarren, mit reichen Stuckaturen ausgestatteten »Leerkabinett« der Philosophie geworden war, die scheinbar mit unhörbaren und unsichtbaren Worten danach trachtete, dieses Vakuum auszufüllen.

Die Sala delle Quatro Porte und die Sala dell' Anticollegio hingegen waren Wartesäle für Gesandtschaften und Delegationen. So kunstfertig ihre Fresken und Gemälde auch angefertigt waren, so sehr missfielen sie ihm, weil sie nur der Selbsterhöhung und -preisung der Mächtigen dienten.

Die folgende schmucke Sala del Collegio erregte seine Aufmerksamkeit vor allem wegen der großen, eleganten Uhren. Sie war für die Versammlung der Justizbehörden vorgesehen gewesen. Aldrian wusste außerdem, dass die Holzsitze und das Tribunal Originale waren. Noch schönere Uhren fanden sich an den Wänden des nächsten Saales, der Sala del Senato, dem Versammlungsort des Senats. Alle Räume beschworen – mit ihren Tizians, Bellinis, Veroneses, Tintorettos, Tiepolos in goldenen, reichverzierten Rahmen, mit ihren Heiligendarstellungen und mythologischen Szenen in leuchtenden Farben, ihren blühenden Stuckaturen und Deckenfresken, die Gottesnähe und

Zeitlosigkeit vortäuschten, mit den von Punktmustern wimmelnden und gleichzeitig das Licht spiegelnden Terrazzo-Fußböden – die Auserwähltheit des Ortes und seines Dogen. Sie täuschten eine Symbiose aus göttlicher Allmacht, venezianischer weltlicher Macht und deren Herrlichkeit vor.

Die Uhren in der anschließenden Sala del Senato zeigten auf dem Ziffernblatt die zwölf Tierkreiszeichen und überdies Gemälde von Jacopo und Domenico Tintoretto und Veronese, die abermals von religiöser oder mythologischer Natur waren. Im 14. Jahrhundert, wusste Aldrian noch von den Führungen, an denen er gemeinsam mit seinem Bruder teilgenommen hatte, regierten sechzig Senatoren, im 16. Jahrhundert waren es schon dreihundert gewesen. Der Doge, der an den Sitzungen teilnahm, besprach mit ihnen die Politik bis hin zu Kriegserklärungen. Es war für Aldrian nicht verwunderlich, dass an der Decke ein Doge, Pasquale Cicogna, dargestellt war, der bei der Eucharistie betete. In der Folge, wusste Aldrian weiter, gab es noch zusätzliche, gemalte Huldigungen für Dogen, die, wie gesagt, in engem Kontakt mit den himmlischen Mächten zu stehen schienen.

Der nächste Saal, die Sala del Consiglio dei Dieci, diente dem Rat der Zehn als Gericht. Er ermittelte gegen jeden Einzelnen, der die Ruhe und Sicherheit des Staats zu gefährden schien. Sie mutete mit ihren vergoldeten Wänden eher wie ein Raum für Hochzeiten an. Nicht zufällig war ihre Decke mit Paolo Veroneses »Juno überschüttet Venedig mit Gaben« geschmückt.

Noch immer in seinem eigenen Kopf wandelnd, erreichte Aldrian die Sala dell'Armamento. Sie war eine

Art nobles Zeughaus, dem Aldrian jetzt nichts abgewinnen konnte, da es ihn an seine Situation erinnerte. Zuletzt schaute er durch ein die Wahrnehmung verzerrendes Fenster aus Butzenscheiben auf den Markusplatz hinaus. Die Räumlichkeiten waren vor allem als Waffen- und Munitionslager genutzt worden, jetzt zeigten sie Rüstwagen, Kanonen und Waffen: Hellebarden, Piken, Spieße, Sicheln, Armbrüste, Schwerter und Knüppel. Ursprünglich hatte ein Fresko die Wände geschmückt, das jedoch bei einem Brand beschädigt beziehungsweise gänzlich zerstört worden war. Es stellte die Krönung Mariae dar. Die Farben waren zum Teil verblasst oder höchstens als feiner Schimmer zu erkennen und die Figuren wie alles übrige Dargestellte nur noch zu erahnen. Gerade diese schwerbeschädigte Darstellung aber hatte Aldrian immer fasziniert. Zeit, Feuer und Nässe hatten sie fast zur Gänze ausgelöscht. Jetzt stand sie für das Verschwinden der Religion, dachte Aldrian, und zeigte sie im Zustand des allmählichen Verblassens. Immer wieder hatte Jakob betont, dass jede Partikel im gesamten Universum vergänglich sei, auch die Religionen, die paradoxerweise Unsterblichkeit versprachen. Aldrian sah in den Fresken aber auch Mauerflecken, die sich zufällig zu einer figurativ deutbaren Form gefügt hatten, ähnlich Wolken, in denen man Bilder lesen konnte. Die nur noch fragmentarisch erkennbaren, einstmals üppig gemalten Bilder von Engeln und Heiligen hatten darüber hinaus etwas Archäologisches. Er befürchtete jetzt fast, dass sie – wenn Licht auf sie fallen würde – verlöschen könnten.

Als er die Sala del Maggior Consiglio vor sich sah,

erklang der Triumphmarsch aus »Aida« in Aldrians Kopf, und in seiner Vorstellung versammelten sich gerade die zehn Mitglieder des Großen Rats, der bis zum Ende des 13. Jahrhunderts die Verwaltung Venedigs regelte. Es war der eindrucksvollste Saal. Aldrian hatte ihn zum ersten Mal in seiner Kindheit und in Begleitung der Eltern gesehen. In seiner Erinnerung hatte er jedoch nur die riesigen Dimensionen behalten, die er damals mit der Welt der Erwachsenen gleichgesetzt hatte. Alle Bilder im Saal waren für ihn weniger Malerei als Tatsachen gewesen, trotzdem waren sie später völlig aus seinem Gedächtnis verschwunden. Er wusste vor allem nicht mehr, was er beim zweiundzwanzigmal sieben Meter großen Bild »Das Paradies« von Tintoretto gedacht hatte. Vermutlich hatte es ihn so verwirrt, dass er es kaum zur Kenntnis genommen hatte. Selbst bei seinem letzten Besuch hatte Aldrian sich nicht auf das Gemälde konzentrieren können. Es war für ihn wie ein Teich voller bunter menschlicher Kaulquappen gewesen, ein Ameisen- oder Bienenschwarm-Bild, wie es Jakob genannt hatte, eine gemalte Menschenvogelwolke, ein Schwarm dahin-

strömender Fische im Ozean. Jedenfalls hatte es für ihn wenig mit Menschen zu tun, obwohl jeder Einzelne in der Menge ein Gesicht hatte. Er hatte auch gleichzeitig immer das Gefühl gehabt, dass er von dem gewaltigen Bild erdrückt würde, und sich vorgestellt, am Ende seiner Tage eine dieser Figuren zu sein.

Tintorettos Vorstellung vom Paradies gefiel ihm nicht, doch hatte er einmal den Dogenpalast besucht, um sie zu studieren. Im selben Saal auf der gegenüberliegenden Seite waren die Bildnisse aller Dogen zu sehen, aber anstelle eines der Portraits hing ein gemaltes schwarzes Banner mit der in lateinischer Sprache verfassten weißen Aufschrift: »Hier ist der Platz des wegen Verbrechen enthaupteten Marin Falier«, der auf den Stufen des Dogenpalasts hingerichtet worden war und dessen Kopf man aufgespießt an der Piazzetta zur Schau gestellt hatte. Falier war wegen Verschwörung gegen den Staat angeklagt worden. Angeblich war seine Frau von einem jungen Adeligen der Untreue bezichtigt und dadurch Falier beleidigt worden. Da der Spötter zwar angeklagt, aber freigesprochen worden war, habe Falier, so die weitere Überlieferung, eine Verschwörung gegen die adeligen Richter angezettelt. Das schwarze Banner anstelle seines Portraits war das Symbol für die »Condemnatio memoriae«, die Auslöschung der Erinnerung an ihn. Sie sicherte dem Dogen aber das ungewollt ewige Leben in der Vorstellung vieler Besucher, dachte Aldrian – jedenfalls solange es diesen Saal gab, während die meisten der anderen Portraitierten bald in Vergessenheit geraten waren. Doch nicht einmal an den übermalten Dogen, das heißt, an den schwarzen Fleck, hatte sich Aldrian später erinnern können. Das Einzige, was ihm im Gedächtnis geblieben war, überlegte er, waren die prunkvollen Treppenhäuser gewesen, riesige, prächtige Jakobsleitern, über die er auf- und abwärtsgeklettert war, bis er sich selbst nur noch als vertrockneter Farbstrich auf den vergoldeten Dekorationen gefühlt hatte, die ein verwirrendes Muster bildeten. Aldrian war vom Dogenpalast fasziniert, auch wenn er ihn nur als Bilder- und Sälelabyrinth sah: Nirgendwo sonst lagen durch Fensterblicke Stadt und Meer so nahe beisammen wie hier und nirgendwo sonst Prunksäle und Gefängniszellen – Schönheit und Grauen. Aber nirgendwo war ihm auch die Realität so unwirklich erschienen. Nicht das Geheimnisvolle dieser Wirklichkeit war es, das die Besonderheit des Palastes ausmachte, sondern dass das Alltägliche ausgeblendet war und die Ausschmückungen und Bilder der pompösen Säle einerseits die Weltgeschichte und andererseits die Religion als die wahre, alles umfassende Realität präsentierten. Der Doge war, wie gesagt, der irdische Gott, der über die Schicksale der Menschen, Frieden und Krieg, Leben und Tod entschied wie der himmlische über das All, die Seelen, Himmel und Hölle.

In der Sala dello Scrutinio waren riesige Schlachtengemälde zu sehen, von denen Aldrian vor allem eines mit Galeeren aufgefallen war. Und er erinnerte sich jetzt, dass ihn dieses Bild – zusammen mit den Prunktreppen – in seiner Kindheit ebenfalls beschäftigt hatte. Es war ein Wimmelbild wie Tintorettos »Paradies«, stammte von Andrea Vicentino und zeigte »Die Seeschlacht von Lepanto«, bei der die Türken im Kampf um die Vormacht im Mittelmeer besiegt worden wa-

231

ren. Auf dem Ölgemälde versuchten Hunderte von Menschen einander umzubringen wie auch auf der Darstellung »Die Schlacht von Zara« von Jacopo Tintoretto und auf den weiteren Darstellungen. Eine andere Wand wurde allein von Jacopo Palmas d. J. »Das Jüngste Gericht« beherrscht. Überall drängten sich auch darauf Massen durch die paradiesische Pforte oder wurden in die Hölle gestoßen.

In seinem Kopf verschwanden die Bilder wieder, und er blickte im Arkadenhof auf die schwarze Gondel und die Menschengruppe, die sich inzwischen für die Führung durch die geheimen Wege im Dogenpalast versammelt hatte. Plötzlich hatte er keine Lust mehr auf die Führung, keine Lust, durch die Prunksäle zu schreiten oder in engen und dumpfen Gängen herumzukriechen, und er entfernte den roten Punkt von seinem Kragen und wartete, bis die Gruppe sich in Bewegung setzte. Eine merkwürdige Dame erschien auf der Bildfläche. Sie trug einen Pelzmantel und sprach in strengem Tonfall wie eine Lehrerin vor einer Klasse von Hilfsschülern. Fotoapparate und Taschen beziehungsweise Rucksäcke, vernahm er, mussten abgegeben werden. Es waren 24 Teilnehmer – Aldrian hatte sie abgezählt –, die weitere Instruktionen erhielten: nicht mit dem Smartphone zu fotografieren, nichts zu berühren, bei der Gruppe zu bleiben –, bevor sie in der »Geisterbahn«, wie er dachte, verschwanden.

Mit der Wahnsinnsarie aus »Lucia di Lammermoor« von Donizetti sah er sich gleich darauf in seiner Vorstellung selbst den Justiztrakt betreten. Die Ausstattung erweckte im Betrachter den Eindruck, unter Deck eines großen, alten Segelschiffs zu sein. Als Nächstes erreichte man ein kleines Zimmer. Es war so etwas wie eine Kapitänskajüte, denn selbst der Boden bestand aus Brettern. Am Ende des langen, schmalen Raums standen ein nicht sehr großer Tisch, ein Polsterstuhl, davor zwei weitere Sessel aus Holz und eine Kommode. Es war das Büro des Cancellier Grande – des auf Lebenszeit angestellten höchsten Beamten. Er verrichtete täglich seinen Dienst und wurde dafür mit Geld »gemästet«, bis er ein Krösus war, damit er nicht bestochen werden konnte. Dafür durfte er aber, wie schriftlich festgehalten, »kein Charisma der Macht verbreiten«. Aldrian versuchte, sich den strengen Mann in der vergleichsweise ärmlichen Kammer als gespaltenes Wesen vorzustellen, als Familienvater und zugleich Beamten, der in der Dienstzeit ein unbarmherziger Paragraphenmechaniker, ein automatischer Befehlsempfänger wie auch -erteiler war. Eine Tür führte aus seiner Kapitänskajüte in das Archiv der geheimen Akten, dessen Faszikel später im Archivio di Stato di Venezia landeten. Die gesamte Konstruktion diente der Kontrolle und Überwachung. Die anschließende schmucklose Sala della Cancelleria Superiore oder Segreta – der Saal des Geheimen Rates – war sozusagen das Offizierscasino des Segelschiffs. Aldrian hörte in seinem Kopf jetzt die Oper »La lettera anonima« von Donizetti. In dem Raum, vor dem eine Marmorbrüstung errichtet und der mit einer Holzdecke und einer Reihe von Wandschränken ausgestattet war, gingen bis zu 24 Beamte ihrer Arbeit nach, die alle nur über ein Detailwissen verfügen durften, das sie dem Cancellier Grande zur Verfügung zu stellen hatten.

Dieser traf dann die Entscheidungen über die weitere Vorgehensweise, wusste Aldrian. Andere Aufgaben der Beamten waren die Anfertigung von Kopien – ein Duplikat jedes Faszikels wurde ja für den Dogen benötigt –, die Aufnahme von Diktaten und Übersetzungen von Dokumenten aus fremden Sprachen und das Heraussuchen von Akten. Die »streng geheimen« Papiere wurden in Wandschränken mit verriegelbaren Türen gelagert.

Eine andere Treppe führte am gegenüberliegenden Ende des Archivsaales zu einem Tisch mit drei Stühlen. Dort hatte sich der Cancellier Grande aufgehalten, wenn er sich mit Beamten besprach. Man öffnete eine Tür, ging durch einen Korridor mit kleinen Fenstern aus Butzenscheiben und gelangte in die Sala della Tortura – die Folterkammer. Auch sie war vollständig aus Holz und hätte der Stall- und Schlachtraum für das Vieh sein können. Hinter einem Tisch mit drei Stühlen erkannte er vier Fenster, wieder mit Butzenscheiben. Auf dem Tisch stand ein Kerzenständer. In der Mitte des Raumes aber hing ein Galgenstrick von der Decke. (Aldrian hatte dafür Donizettis »Roberto Devereux« ausgesucht, die Arie der Königin beim Unterschreiben des Todesurteils.) Der Verhörte wurde mit den auf dem Rücken gefesselten Händen an der Galgenschnur nach oben gezogen und so in der Luft hängend verhört. Vier Beobachter saßen in jeder Ecke der Folterkammer und stellten von dort aus Fragen an den im Raum hängenden Delinquenten. In der Regel soll es nie lange gedauert haben, bis die im Voraus bestimmten Geständnisse gefallen seien, hieß es. Die »Kriminellen« saßen ihre Strafen im Keller, in den

»Pozzi« (Brunnen), ab, die bei Acqua alta unter Wasser standen. Die »politischen Häftlinge« hingegen wurden in die »Piombi« (Bleikammern) über der Sala degli Inquisitori unter den mit Bleiplatten gedeckten Dachboden des Palastes gebracht, wo sie die Kälte des Winters und vor allem die Hitze des Sommers mit aller Macht zu spüren bekamen. Aldrian sah die engen Flure und steilen Treppen vor sich – alles aus Holz und Stein – und das erste der beiden Gefängnisse Giacomo Casanovas. Es war so niedrig, dass der Abenteurer darin nicht aufrecht stehen konnte, weshalb er einen privaten Stuhl benutzen durfte. Dazu kam noch ein Bett. Der Raum war erheblich kleiner als alle anderen, die er im Dogenpalast gesehen hatte. Ein schmales Fenster bot nur einen Ausblick auf das Bleidach eines anderen Teils des Palastgebäudes. Casanova begann dort mit einem eisernen Türriegel, den er bei den kurzen, täglichen Spaziergängen auf dem Dachboden gefunden hatte, ein Loch in den darunterliegenden Saal der drei Richter (die Sala dei Tre Capi) zu bohren, um von dort aus bei Nacht zu fliehen. Unmittelbar bevor er seinen Plan ausführen konnte, wurde er jedoch zu seinem Entsetzen in einen anderen Zellentrakt verlegt. Die vergebliche Schürfarbeit Casanovas, hatte Aldrian gelesen, war noch immer erhalten. Jedenfalls waren die Deckenfresken von Veronese und Ponchino im Saal der drei Richter unbeschädigt geblieben. Aldrian erinnerte sich auch an den großen Dachboden, auf dem Casanova den eisernen Türriegel vom Boden aufgelesen hatte. Dieser befand sich über der Sala del Maggior Consiglio, also dem Saal mit dem riesigen Paradiesbild von Tintoretto. Aldrian wusste noch, wie er im staubigen Rumpf des großen Segelschiffs, an das der Justiztrakt ihn erinnerte, von einem Steg aus staunend um sich geblickt hatte: rundherum Pfosten, Streben, Dachbalken, oben das Bleidach und durch die Gauben wieder nur das Bleidach eines weiteren Gebäudeteils. Von dort aus war er über weitere Stiegen, Stege und Gänge in jenen zweiten Gefängnisraum gelangt, in den Casanova verlegt worden war.

Der Abenteurer hatte nicht gewusst, weshalb er überhaupt in das Gefängnis gebracht worden war. Vermutlich hatte man ihn wegen seines Lebenswandels geheim angezeigt. Das konnte von einem eifersüchtigen Ehemann ausgegangen oder auch aus religiösen Gründen geschehen sein. Angeblich hatte er sich mit Magie beschäftigt und gotteslästerliche Reden geführt, jedenfalls seien zwei Bücher über Magie in seiner Wohnung gefunden und beschlagnahmt worden, hieß es. Außerdem war ihm vorgeworfen worden, mit Ausländern Umgang gehabt zu haben, weshalb man ihn der Spionage verdächtigte. Das Urteil – fünf Jahre Gefängnis – war dann wegen religiöser Frevel gefällt worden.

Von seinem zweiten Verlies aus war ihm endlich unter Mithilfe eines anderen Gefängnisinsassen, Marino Balbi, die Durchbohrung des Dachbodens und nach langem Herumirren auf dem Dach und in den Sälen des Dogenpalastes die Flucht bei Nacht gelungen.

Aldrian erinnerte sich noch daran, wie die Tür zu Casanovas zweiter Bleikammer geöffnet wurde – die Zellen wie Kajüten nebeneinander – und er in das dürftig möblierte Nichts gestarrt hatte. Er hatte versucht zu verstehen, wie es gewesen sein musste, an diesem trostlosen Ort Jahre zu verbringen, aber es gelang ihm nicht. Das konkrete Nichts vor Augen ähnelte dem Dachboden des Hauses seiner Großeltern in Bad Aussee, jedenfalls hatte er als Kind dieselben Empfindungen bei seinem Anblick gehabt. Es gab, fiel Aldrian jetzt ein, in den Gefängniszellen vergitterte Fenster auf den Gang hinaus, die Fußböden waren aus Holz, die Türen äußerst niedrig, so dass höchstens ein Zwerg komfortabel durchgehen konnte.

Als Nächstes erinnerte er sich an die Sala dei Tre Capi, die nicht sehr groß und auch nicht besonders prunkvoll gewesen war und sich trotzdem von den »Piombi« deutlich abhob, als hätte er auf dem alten Segelschiff einen für den adeligen Eigner reservierten luxuriösen Raum betreten: Bilder an den Wänden, Kassettendecken aus 24-karätigem Gold, Kerzenleuchter und Wandsessel aus Holz sowie ein raffiniertes Muster auf dem Marmorfußboden, in dem man sich verlieren und den Eindruck gewinnen konnte, es bestehe aus kleinen, schwarzen und weißen Stiegen. Als Aldrian sich darauf konzentrierte, gelang es ihm, dieses Muster in seinem Kopf wachzurufen, allerdings verlor er dabei den Faden, und plötzlich befand er sich wieder auf der Bank im Arkadenhof, und in seiner Vorstellung spulte sich das Muster des Marmorbodens noch vage weiter ab. Ihm fiel trotzdem ein, dass auf einer Staffelei ein Bild der drei Richter – zwei davon schwarzgekleidet, die weltlichen, und einer rot, der geistliche – dargestellt waren, und er hörte auch den Prolog von Donizettis Oper »Lucrezia Borgia«, die in Venedig zur Zeit des Karnevals spielt.

Aldrian stand auf, machte ein paar Schritte, aber der Drang, den Faden wiederaufzunehmen, war so stark,

dass er vor der schwarzen Gondel anhielt und überlegte, was er als Nächstes nach der Sala dei Tre Capi
gesehen hatte. Es gelang ihm jedoch nicht mehr, das betreffende Musikstück abzurufen ... Vermutlich, dachte
er, war es die Sala degli Inquisitori gewesen. Er sah
einen großen Kamin vor sich und ein Deckenfresko
von Tintoretto ... Die gefürchtete Behörde hatte sich
mit der unerlaubten Verbreitung von Staatsgeheim-
nissen, also der Spionageabwehr, befasst und unter
absoluter Geheimhaltung operiert ... Sosehr er sich
auch anstrengte, gelang es Aldrian nicht mehr, seine
Erinnerungen weiter abzurufen. Er wusste nur noch,
dass es die »Signori della Notte al Criminal« gegeben
hatte, die bei Fackelschein in einem hohen, bildlosen
Raum mit unverputzten Wänden zusammenkamen,
um die Verbrechen, die in der Nacht geschehen, sofort
aufzuklären und zu bestrafen, eine Sala dei Censori,
deren Name für sich selbst sprach, sowie die Sala della
Quarantia Criminal und die Sala dei Cuoi als weitere
Räume des sogenannten »Justizapparates«. Außerdem gab es noch die »Esecutori contro la Bestemmia«
und andere ähnliche »Hütten für Bluthunde«, dachte
er grimmig. Zuletzt fiel ihm der Bussola-Saal ein, so
genannt nach dem dreiteiligen Einbau im Raum, der
zwei Türen tarnte, von denen eine zu den Kerkern
führte. Diese hatte zwei Schlösser und konnte daher
nur von den beiden beauftragten Beamten gemeinsam geöffnet werden, die wiederum jeweils nur einen
Schlüssel besaßen. Der Bussola-Saal diente als Warteraum für die Verurteilten, und mit ihm fiel Aldrian
die dazugehörige Musik, die Kerkerszene im dritten
Akt von Donizettis »Maria Stuarda«, wieder ein, in der

Maria Stuart vor ihrer Hinrichtung von Wahnvorstel-
lungen gequält wird. Er kehrte im Kopf zur Sala dei
Tre Capi zurück und dem verwirrenden Muster des
Marmorbodens und gelangte so in die Sala del Ma-
gistrato alle Leggi, die für die Einhaltung der Rechts-
ordnung diente und in der das Gemälde »Verspottung
Christi« aus dem 16. Jahrhundert und zwei Triptychen
von Hieronymus Bosch hingen. Aldrian kannte die Gemälde von Bosch gut, doch konnte er diesmal nur das
Bild, auf dem mehrere Engel die Verstorbenen durch
einen dunklen Gang in den lichtstrahlenden Himmel
tragen, vor sich sehen. Die blendend helle Öffnung war
vielleicht, wie Jakob immer spekuliert hatte, das Auge
Gottes, durch das die Verstorbenen wieder in das Gehirn ihres Schöpfers heimkehrten. Aldrian schauderte,
denn in seiner Vorstellung hatte er sogar die Stimme
seines Bruders gehört.

Er beeilte sich, in Gedanken rasch hinunter in den Ge-
fängniskeller und über die Seufzerbrücke in das Neue
Gefängnis zu kommen. Abermals verlor er den Faden,
die Musik verstummte, und er fand sich neuerlich vor
der großen, schwarzen Gondel unter den Arkaden des
Hofes wieder. Gleich darauf sah er sich selbst treppauf
und treppab steigen und durch dumpfe, kalte Verliese
gehen. Manche Gefängnisse waren innen mit Holzbalken verkleidet gewesen, so dass die zehn Verurteilten in
jeder Zelle den Eindruck gewinnen mussten, in einem
großen Sarg zu liegen. Er erkannte den Turm mit seinen
Räumen und die Inschriften von Gefangenen an den
Wänden. In einem eigenen Gefängnis waren abgelöste
Mauerstücke mit den Wandkritzeleien und in Glas-
vitrinen Zeichnungen zu sehen gewesen. Frauen wa-

ren zu erkennen, Köpfe, Schiffe, Wörter waren zu lesen, alles in allem ein Bilderbuch der Qual, des Schmerzes und der Verzweiflung. Im Dogenpalast waren Würde, Macht, Niedertracht und Ohnmacht gleichwertig neben Gewalt, Eitelkeit, Gefühllosigkeit und Grausamkeit ausgestellt, geschmückt mit den Albträumen und Visionen der größten Künstler.

Eine Verfolgungsjagd

Aldrian zerriss die Eintrittskarte und warf die Papierschnitzel in einen Abfallkorb. Draußen auf dem Markusplatz, der jetzt zwar gänzlich ohne Schnee war, aber vor Nässe glänzte, wimmelte es wieder von Menschen und Masken. Taubenschwärme flogen auf – Aldrian dachte an das Abzeichen unter dem Revers seiner Jacke –, ein Luftballon stieg in die Höhe, jeder fotografierte jeden, und die Maskierten genossen es, im Mittelpunkt zu stehen. Er empfand das Bedürfnis, im Gewühl zu verschwinden, ein Teil des Durcheinanders zu werden. Ihm fiel das physikalische Gesetz der Entropie ein, das darlegt, wie jede Ordnung sich unweigerlich bis zur völligen Auflösung in Unordnung verwandelt. Als er sich aus Vorsicht umwandte, bemerkte er einen mit einer Augenmaske und einem Dreispitz Maskierten. Er drehte sich noch einmal um und stellte fest, dass der Mann ihm noch immer folgte. Auch bei weiteren Kontrollen war er hinter ihm her, ohne es verbergen zu wollen. Aldrian machte abrupt kehrt, ging eilig an seinem Verfolger vorbei die ganze Strecke zurück bis zum Dogenpalast und schließlich, weil der Fremde ihm offensichtlich weiter folgte, zur Vaporetto-Station San Marco Giardinetti, ohne sich jedoch zum Wartehäuschen zu begeben. Stattdessen versteckte er sich in dem kleinen Park hinter der Procuratie Nuove, dem langgestreckten Gebäude der Bau- und Finanzbehörden, das den Markusplatz an der Längsseite abschloss. Ein Obdachloser lag auf einer Bank und kehrte ihm den Rücken zu. Großmütter führten ihre Enkelkinder in dem kleinen Park spazieren, und eine alte Frau mit Spazierstock hatte gerade ihren Einkaufstrolley an eine Bank gelehnt, um sich, nachdem sie Platz genommen hatte, mühsam die Schuhe zuzubinden. Aldrian tastete nach der Gaspistole in seiner Jackentasche, ging bis zum Canal auf der Rückseite der Procuratie Nuove und warf einen Blick auf das schmutziggrüne Wasser, in dem mehrere Boote am Ufer lagen. Er überlegte kurz, sich in einem von ihnen zu verstecken, dabei zog er die Waffe heraus und las die Firmenbezeichnung auf dem Lauf: Röhm RG 70. Nachdem er die Gaspistole wieder eingesteckt hatte, drehte er sich rasch um. Sein Verfolger stand, bemerkte er, am Eingang des Parks und blickte scheinbar gelangweilt auf die Marktstände mit Souvenirartikeln. Er hatte sichtlich Zeit. Von einem Augenblick auf den anderen beschloss Aldrian, ihn zu stellen. Ohne sich etwas Bestimmtes vorzunehmen, ging er auf ihn zu und sah erstaunt, dass der Fremde – nachdem er ihm einen flüchtigen Blick zugeworfen hatte – sich umdrehte und Anstalten machte zu fliehen. Anfangs spazierte sein Verfolger nur ruhig am Ufer entlang zurück zur Piazzetta und bemühte sich, den Arglosen zu spielen, wie Aldrian dachte. Doch auch Aldrian ging daraufhin schneller, um ihn einzuholen, worauf der maskierte Mann sein Tempo noch erhöhte. Ihm fiel auf, dass der Fremde die gleiche Statur hatte wie der

Bärtige, der ihn im Caffè Florian beobachtet und später niedergeschlagen hatte. Doch trug er keinen Bart und hatte auch keine Haare auf dem Kopf, wie er an seinen Schläfen erkannte. Sie eilten inzwischen an den Säulen San Marco und Teodoro und den mit blauen Planen bedeckten Gondeln vorbei, überquerten die Ponte della Paglia, auf der ein Touristenschwarm mit dem Rücken zu ihnen die Seufzerbrücke fotografierte, und liefen schließlich zum Wartehäuschen der Vaporetto-Station vor dem Hotel Danieli hinauf. Unerwartet blieb der Mann auf dem Landungssteg stehen und schrie ihn mit slawischem oder russischem Akzent an: »Was willst du? Verschwinde!«

Zuerst fiel Aldrian keine Antwort darauf ein, doch glaubte er, jetzt auch die Augen seines Widersachers aus dem Caffè Florian zu erkennen. Er wusste, dass ein Irrtum viel wahrscheinlicher war, dennoch war er davon überzeugt, den Richtigen vor sich zu haben. Er schwieg und blickte mutig in die Augen des Mannes, die kalt wirkten und keine Angst ausstrahlten.

»Du *bist* es!«, stieß Aldrian zornig und ängstlich zugleich hervor. Er verspürte plötzlich einen Stoß gegen seine Rippen, hörte das Dröhnen des anlegenden Vaporettos und überlegte noch, seinem Gegenüber den Dreispitz vom Kopf zu schlagen, als dieser voll Verachtung mit seinem Akzent »Zum letzten Mal: verschwinde!« ausrief und ostentativ ruhig, mit erhobenem Haupt in das Wartehäuschen ging, aus dem die ankommenden Fahrgäste strömten und von dem aus kurz darauf die Wartenden auf das Schiff drängten. Warum Aldrian sich nicht einfach davonmachte, verstand er selbst nicht. Wie alle anderen betrat er das

Vaporetto, blieb auf der vorderen Plattform stehen, schaute sich um, erblickte aber weder einen Dreispitz noch eine Augenmaske. Stattdessen las er auf der gerahmten Karte mit der Fahrroute, dass er mit der Linie 4.2 über La Giudecca zum Bahnhof unterwegs war. Erleichtert darüber, dass er sich, sobald das Schiff in die Lagune hinausfuhr, sicher fühlte, begann er, neuerlich nach dem Mann Ausschau zu halten und entdeckte ihn plötzlich hinter sich. Der Fremde trug noch immer die Augenmaske und den Dreispitz und starrte ihn an wie ein Hundebesitzer sein ungehorsames Tier. Das Gesicht spielte Gleichgültigkeit vor, aber die Augen hatten etwas Unerbittliches, aus dem Aldrian erkennen konnte, dass sein Gegner auf die nächste Gelegenheit wartete, mit ihm abzurechnen. Aldrian hielt seinem Blick stand, wandte sich dann aber dem Meer zu und sah Möwen im Sonnenschein unter dem blauen Himmel kreisen. Er spürte die Gaspistole in seiner Jackentasche und überlegte, ob ihn der Fremde im kleinen Park, in den er geflüchtet war, vielleicht beobachtet hatte, als er kurz seine Waffe aus der Windjacke nahm. Das Wasser und die hüpfenden Wellen anstarrend, entschloss er sich, seinem Widersacher ins Gesicht zu schießen, sollte es zu einer Auseinandersetzung kommen. Er durfte nur nicht an die Folgen denken, sagte er sich. Gleichzeitig fiel ihm ein, dass der Mann hinter seinem Rücken ein Messer verstecken und ihn verletzen oder sogar töten konnte, und er bewegte sich zwischen den Fahrgästen einige Schritte von ihm weg und sah dabei im spiegelnden Glas eines Fensters, dass der Maskierte ihn seinerseits nicht aus den Augen ließ. Das beseitigte Aldrians Zweifel, sich getäuscht zu haben, denn es waren dieselben Augen, war er jetzt überzeugt, die ihn im Caffè Florian beobachtet hatten. Je länger sie auf dem Meer dahinfuhren, desto mehr misstraute er aber wieder seiner Wahrnehmung. Vermutlich war es das Beste, den Mann aussteigen zu lassen und weiterzufahren. Oder selbst auszusteigen und den Mann im Vaporetto zu vergessen, überlegte er.

Als sie San Giorgio Maggiore hinter sich gelassen hatten, war er so mutlos geworden, dass er sich vorwarf, ein Narr zu sein, weil er seinem Verfolger nun selbst nachstellte. Er fixierte den Fremden weiter in der Glasscheibe, ebenso wie dieser es mit ihm tat, und als das Vaporetto an der Station »Zitelle« der Insel La Giudecca anlegte, beobachtete er, dass der Mann zusammen mit anderen Fahrgästen hastig das Vaporetto verließ. Ohne lange nachzudenken, folgte Aldrian ihm. Er fragte sich jetzt auch nicht mehr, weshalb er es tat, denn er benötigte seine ganze Aufmerksamkeit, um den Unbekannten nicht aus den Augen zu verlieren. Die Haltestelle befand sich vor der Chiesa delle Zitelle, und er war überrascht, dass sein Widersacher auf einmal vor ihm davonlief. Vielleicht hatte er doch gesehen, wie er mit seiner Pistole hantiert hatte? Sofort lief Aldrian ihm nach. Er vermutete, es handle sich um eine Täuschung, da der Mann nicht die langen Fondamenta hinaufeilte, sondern über einen Platz flüchtete, der vor dem schmalen Meeresstreifen zur Insel San Giorgio Maggiore endete. Als er die Löcher in der Straße bemerkte, stürzte gerade der Maskierte vor ihm, sprang wieder auf und blickte kurz zurück. Aldrian hatte inzwischen ein gutes Stück aufgeholt, allerdings war sein Gegner schneller als er: Kaum hatte dieser den Platz überquert, verschwand er in eine Seitengasse, und Aldrian, der ihm blindlings folgte, sah, als er selbst die Abzweigung erreicht hatte, gerade noch, wie er nach rechts abbog. Aldrian folgte ihm in eine weitere enge Gasse und griff nach seiner Gaspistole in der Jackentasche. Alles um ihn herum erschien ihm wie tot, und er spürte die Einsamkeit des scheinbar verlassenen Stadtteils. Im selben Augenblick sprang ihm – aus einem geöffneten Haustor – der Mann mit einem Messer in den Weg. Er sah jetzt aus, bemerkte Aldrian noch, wie ein schlecht als Pirat verkleidetes großes Kind. Hastig zielte er auf sein Gesicht und drückte ab, woraufhin der Unbekannte das Messer fallen ließ und mit einem Aufschrei zu Boden stürzte. Dabei stöhnte er laut und hielt sich die Hände vors Gesicht. Aldrian schrie ihn mit der Waffe in der ausgestreckten Hand – um seine eigene Angst zu unterdrücken – an: »Wie heißt du? Wer bist du?«

Er schoss, als befolge er die Regeln eines Zauberkunststücks, noch zweimal und aus nächster Nähe auf sein Gesicht, hob das Messer vom Boden auf, klappte die Klinge zu und steckte es ein. Dann riss er dem Wehrlosen den Dreispitz vom Kopf und stülpte ihn sich selbst auf den Kopf, um nicht erkannt zu werden. Dabei registrierte er, dass das Gesicht seines Widersachers, in das er aus kurzer Entfernung geschossen hatte, voll Blut war, und er unterließ es daher, ihm die Augenmaske abzustreifen. Zuerst suchte er nach dessen Telefon, entfernte eilig die SIM-Karte und nahm sie an sich. Auch fand er einen Personalausweis mit der Fotografie des inzwischen Bewusstlosen, der auf einen russischen Staatsbürger mit dem Namen Petrus Petrussjan ausgestellt war. Er steckte die Papiere in seine Jackentasche, und ihm ging die Floskel »sich aus dem Staub machen« durch den Kopf, woraufhin er sofort wieder zu laufen anfing. Aber wohin er auch flüchtete, stieß er zunächst nur auf Sackgassen, musste umkehren und gelangte neuerlich in eine Sackgasse. Panik erfasste ihn, denn er fürchtete, dass sein verletzter Widersacher um Hilfe rufen könnte. Schließlich erreichte er auf Umwegen die Fondamenta Zitelle. Er riskierte es aber nicht, das Wartehäuschen der Station zu betreten, aus Angst, jemand würde sich später an ihn erinnern, und eilte stattdessen am Canale della Giudecca entlang, bis er die Chiesa Redentore erreichte. Unterwegs musste er gegen sein schlechtes Gewissen ankämpfen, das ihm vorwarf, ein Verbrechen begangen zu haben. Was, wenn sein Verfolger an seinem Blut erstickte? Er hatte ihn ja verlassen, als er noch auf dem Rücken lag. Je länger Aldrian mit dem Dreispitz des Fremden auf seinem Kopf dahineilte, desto sinnloser schien ihm, was er getan hatte. Schließlich lähmten ihn seine Selbstvorwürfe so sehr, dass er stehen blieb. Zum Verletzten zurückzukehren war unmöglich, sagte er sich, denn wenn der vermeintliche Russe einer Organisation angehörte, begab er sich in noch größere Gefahr. Und wenn der Fremde starb? Darauf wusste er keine Antwort. Schließlich wurde ihm klar, dass er verschwinden und Commissario Galli anrufen musste. Nur wenige Menschen begegneten ihm. Sie schenkten ihm, wie er zu seiner Beruhigung feststellte, keine Beachtung. Als er sich umdrehte, erkannte er schon von weitem das nächste Linienschiff und kurz darauf die

Chiesa Redentore, die er zusammen mit seinem Bruder einmal aufgesucht hatte. Er lief in eine schmale Sackgasse, um sich seines Hutes zu entledigen, doch hatte er zugleich die Befürchtung, dass die Polizei eine Spur finden konnte, die zu ihm führte. Die Gasse war so eng, dass zwei Fußgänger nicht nebeneinander gehen konnten. Hinter der Kirche, sah er, setzte sich das Gebäude in ein Kloster fort. Wieder drehte er sich um, doch war ihm niemand gefolgt. »Das bin nicht ich!«, sagte er zu sich und dann in einem fort denselben Satz. Am Ende der Sackgasse warf er den Dreispitz schließlich in eine Ecke, lief die Calle delle Cape, wie er an einer Mauer las, wieder zurück und erreichte gerade das Wartehäuschen, als das Vaporetto der Linie 2 anlegte.

Engel und Dämonen

DAS PAKET

Zuerst glaubte er, dass er nun zum Bahnhof und von dort zur Rialtobrücke fahren werde, nach dem ersten Halt aber stellte er fest – diesmal mit nur drei weiteren Fahrgästen auf der Plattform stehend –, dass das Schiff das gegenüberliegende Ufer ansteuerte. Er hatte das Gefühl, ein eiserner Ring lege sich um seinen Hals, und zugleich spürte er einen heftigen Druck im Brustkorb und dass sein Herz unregelmäßig schlug. Mühsam klammerte er sich an einen Holzgriff, atmete tief ein und versuchte, an etwas anderes zu denken und nicht mehr wie gebannt das langsam näher kommende Wartehäuschen zu fixieren. Erst als er am Zattere Ponte Lungo ausstieg, beruhigte sich sein Herz wieder, und er blieb nach wenigen Schritten verwirrt vor dem Campo San Trovaso stehen. Er war schon öfter an dem Platz vorbeigekommen und hatte jedes Mal angehalten, um zu schauen, was in der Gondel-Werft vor sich ging. Diesmal lagen auf dem Platz vor den barackenähnlichen Schuppen mit dem hohen Kamin fünf Gondeln nebeneinander, mit dem Kiel zum Wasser. Wie schon am ersten Tag nach seiner Ankunft der Palazzo Fortuny, machte auch die Werft auf Aldrian einen ländlichen Eindruck … Er dachte an den Maskenbildner Diego Sarcia, dem er die Gaspistole »verdankte«,

und an den Souffleur Lorenzo Verra, der ihn vor der
»M.« gewarnt hatte, aber auch an Beatrice, an Jakob
und Elena. Dann erst bemerkte er, dass ein Arbeiter
in einem blauen Trainingsanzug mit einem gelben
Maßband die Größe einer Gondel prüfte … Zwischendurch blickte Aldrian unruhig zurück zur Insel La
Giudecca, wo der Mann, dem er mit der Gaspistole ins
Gesicht geschossen hatte, vielleicht noch immer ohnmächtig auf dem Boden lag. Da er die SIM-Karte aus
seinem Smartphone an sich genommen hatte, konnte
der Fremde nicht einmal selbst die Rettung oder die
Polizei verständigen … Einer der Schuppen vor ihm
hatte einen langen Balkon, an dessen Geländer Wä-
schestücke zum Trocknen aufgehängt waren. Er zählte
sie automatisch ab, es waren elf Stück … Und 280 Ein-
zelstücke waren notwendig, wusste er, um eine Gondel
zusammenzubauen. Außerdem wurden verschiedene
Holzsorten dafür gebraucht. Ihm fielen nur Kirsche
und Walnuss, Kiefer und Eiche ein … Drei junge
Männer fingen inzwischen damit an, die Gondeln genauer zu inspizieren. Aldrian, der sich nur langsam
beruhigte, ging ziellos weiter den Rio di San Trovaso
entlang, bis er durch eine Gasse den Canal Grande erreichte, und bog hierauf, weil er sich jetzt auskannte,
zur Accademia-Brücke ab, wo er ein Vaporetto bestieg.
Die ganze Fahrt über war er nicht fähig, etwas anderes wahrzunehmen als sich selbst. Die Dinge sprachen
nicht mehr zu ihm. Er bemerkte ihre Entzauberung
und sagte sich, dass er selbst daran schuld sei. Ohne
lange zu überlegen, stieg er an der Station San Tomà
aus, aber kaum stand er vor dem Campo, schlug er den
Weg zum Rio della Frescada ein und dachte an Jakob,

mit dem er einmal zur nahe gelegenen Chiesa San Pantalon gegangen war – gegen seinen Willen, weshalb sie vorher in eine kleine Pizzeria in der Nähe eingekehrt waren und – als Aldrian endlich nachgab – die Kirche versperrt vorgefunden hatten. Er suchte sie jetzt und stand kurz darauf vor ihr. Sie war ein unscheinbarer Ziegelbau, dessen Fassadenverkleidung nie verwirklicht worden war. Sein Bruder, erinnerte er sich, hatte ihm auch alles über das Deckengemälde, das aus vierzig einzelnen Bildern bestand, erzählt. Es konnte bedeuten, dass auch Jakobs Leben sich wie ein Puzzle aus verschiedenen Teilen zusammensetzte – nein, es musste sogar so sein, denn auf diese Weise entstand das gesamte Dasein – und dass er, Aldrian, eines dieser Teilchen war, von dem, wenn überhaupt, nur sein Bruder wusste, welcher Platz dafür vorgesehen war. Ihm fielen auch die Mosaiken im Markusdom ein. Sie waren ebenso aus kleinsten Stücken zusammengefügte Bilder, die erst einen Sinn ergaben, wenn sich jedes der Steinchen an seinem Platz befand. Als Aldrian die Kirche betreten wollte, erblickte er wie damals den Anschlag, dass Besichtigungen nur von 8 bis 10 und von 16 bis 18 Uhr möglich seien. Er schaute auf seine Uhr und stellte ungläubig fest, dass es 15 Uhr 50 Uhr war, aber ebenso erstaunt wäre er gewesen, wenn es 10 oder 14 Uhr gewesen wäre. Er mochte jetzt nicht die vergangenen Stunden rekapitulieren, von wann bis wann er sich im Hof des Dogenpalasts aufgehalten, wie lange die gegenseitige Verfolgung gedauert hatte und wie lange die Fahrt mit den Vaporetti … Zufällig fand er die Pizzeria wieder, die er damals mit Jakob aufgesucht hatte, und er bestellte eine Focaccia alle Olive und ein Glas Wein. Die Focaccia war ein Brot aus Hefeteig mit Oliven, und er wusste noch, wie gut es zum Wein geschmeckt hatte. Er trank noch ein zweites Glas, bevor er zurück zur Kirche ging.

Sie war dunkel und leer. Als er nach oben blickte, überraschte ihn ein Fresko, das den Kirchenraum in unermessliche Himmelsweiten zu öffnen schien. Dann hatte er den Eindruck, als würde er selbst fliegen und von oben den Höllensturz, den Sturz der aufständischen Engel sehen, die sich bei ihrem Fall in Dämonen mit dunklen Flügeln verwandelten, wie auf den Bildern von Pieter Brueghel oder Hieronymus Bosch. Es herrschte unter den heiligen Gestalten ein solches Gedränge, dass Aldrian an einen Schwarm Heuschrecken dachte, der vom Höllenfeuer angezogen wurde. Links und rechts von ihnen wuchsen die Säulen eines Thronsaals empor, zwischen denen der Boden offenbar weggebrochen war. In seinem Thronsaal, so beschwor es das Gemälde, hatte Gott die Aufständischen wie durch eine Falltür in die Flammen gestürzt, in denen sie verglühten, verbrannten, verglosten und zuletzt zu Asche zerfielen.

Im Hauptgang zwischen den Betbänken entdeckte Aldrian einen Automaten, der nach Einwurf einer Münze das Deckengemälde für sechzig Sekunden erhellte. Aldrian suchte nach einem Geldstück und setzte sich in die nächste Kirchenbank. Das gesamte Panorama war nun von Scheinwerfern angestrahlt, während er im Dunkeln saß. Von unten hinaufschauend, sah er die Engelwesen auf ein gleißendes Licht zufliegen – einer natürlichen Ordnung folgend, wie

Nachtfalter oder Hornissen von einer Glühlampe angezogen werden. Sie schwebten über seinem Kopf, bewegungslos, schwerelos, für einen langen Moment, für immer. Gleich darauf erlosch der Scheinwerfer, und aus dem Aufstieg in den Himmel wurde wieder der Höllensturz, und statt nach oben blickte Aldrian wie zu Beginn in die Tiefe. Eine Zeitlang betrachtete er, weitere Münzen einwerfend, das Negativ und das Positiv desselben Bildes. Es war ein großartiges Zauberkunststück, dachte er. Endlich streckte er sich in der Dunkelheit auf der Betbank aus und schlief erschöpft ein.

Er erwachte erst durch den Besuch einer Schulklasse. Die Kinder besetzten die hinteren Bänke, während die Lehrer sich vorne berieten, bis schließlich einer von ihnen mit einem Vortrag begann. Niemand warf eine Münze in den Automaten, um statt der Hölle, wie Aldrian sich sagte, den Himmel zu sehen.

Mühsam richtete er sich auf und ging unter dem leisen Gelächter der Kinder, die ihn vermutlich für obdachlos oder verrückt hielten, hinaus auf den Platz.

Zuerst wusste er nicht, was er als Nächstes tun sollte, dann rief er Beatrice an und fragte sie, ob sie sich am Abend treffen würden. Beatrice war über seine Frage erstaunt und antwortete ihm selbst mit einer Frage: ob er es sich anders überlegt habe? Sie lachte fröhlich, und er fühlte sich erleichtert.

»Nein, nein«, widersprach er. »Sehen wir uns bei dir oder bei mir?«

»Wo bist du gerade?«

Aldrian log, dass er vor der Gondelwerft stehe.

»Gegen acht Uhr bei dir«, fuhr Beatrice fort, »und diesmal bringe ich etwas zum Essen mit.«

Die Sonne stand noch immer am Himmel, aber ein Wind war aufgekommen, der das Wartehäuschen mit leichten, ruckartigen Bewegungen schaukeln ließ. Dadurch hüpften auch die zersplitterten Spiegelungen der Gebäude und des Himmels in allen Aquarellfarben auf dem Wasser. Langsam fingen die Dinge an, wieder mit ihm zu sprechen, bemerkte er, und er fühlte, dass sein Kopf freier wurde. Er wusste noch nicht, was er als Nächstes tun würde. Vielleicht auch nichts. Aber die fremde SIM-Karte? Und die Telefonnummern auf der Rückseite der Fotografie, die er Dr. Dr. Galotti entwendet hatte? Die Gaspistole, aus der zwei Schüsse abgefeuert worden waren? Das Messer seines Verfolgers? Dessen Ausweis?

Mehr und mehr Menschen sammelten sich im Wartehäuschen, manche drängten sich – um Unauffälligkeit bemüht – vor, und beinahe hätte er, in Gedanken versunken, das Vaporetto in die Gegenrichtung genommen, als es anlegte und die Wartenden ein wenig das Gleichgewicht verloren, bevor sie sich beeilten, an Bord zu gelangen.

Im nächsten Linienschiff war es kalt, und der Sitzbereich war überfüllt, trotzdem fand er einen leeren Platz zwischen Maskierten und gewöhnlich Gekleideten. Neben ihm saß eine Frau mit einem Behälter, aus dem ihn eine ängstliche Katze musterte. Vermutlich war das der Grund, dachte Aldrian, weshalb der Sitz frei geblieben war. Das Tier gab keinen Laut von sich. Die Tür zur Vaporetto-Kabine zischte stetig auf und zu, was die Menschen auf der Plattform und die sitzenden Passagiere gleichermaßen irritierte. Aldrian erklärte es sich damit, dass einer der Fahrgäste im Gedränge immer wieder an den Knopf stieß, der für das Öffnen und Schließen der Tür verantwortlich war.

Nachdem er sich an Land durchgekämpft hatte, eilte er zum Haus seines Bruders. Wieder fand er hinter der Wohnungstür Poststücke, und das Paket, das ihm der rätselhafte Bote am Morgen gebracht hatte, lag immer noch auf dem Tisch, wo er es hingelegt hatte. Er stellte es zuerst auf den Boden, klaubte die Poststücke auf und ging dann mit dem Paket die zwei Stockwerke in seine Wohnung hinauf. Dort zog er seine Windjacke aus und holte alle Gegenstände, die er seit dem Zwischenfall bei sich trug, aus den Taschen. Auch die Gaspistole legte er dazu, bevor er auf die Toilette ging und dort, wie häufig, wenn er sie aufsuchte, nachdachte. Auf keinen Fall wollte er Beatrice in die Sache mit hineinziehen. Andererseits musste er sich eine Geschichte zurechtlegen, die glaubwürdig war. Jedenfalls würde er die Gaspistole aus dem Spiel lassen, sie durfte nicht weiter existieren, also musste er Diego Sarcia sagen, er habe sie verloren … Aber wo? Oder war sie ihm gestohlen worden? Am Markusplatz oder auf dem Vaporetto im Gedränge? Was sollte er mit dem Messer machen? Er konnte angeben, dass er verfolgt und bedroht worden sei und dass er es seinem Widersacher auf La Giudecca zusammen mit dem Ausweis und der SIM-Karte bei einer Rauferei abgenommen habe. Es war egal, ob man ihm glaubte oder nicht. Der »springende Punkt«, dachte er … was für eine seltsame Redewendung, ein Punkt, der sprang.

Sein Bruder hatte ihm einmal erzählt, woher der Satz stammte: Das »punctum saliens« – Jakob hatte in jüngeren Jahren häufig die lateinische Formulierung gebraucht – war ein pulsierender roter Fleck, der am vierten Tag der Bebrütung eines befruchteten Hühnereis mit bloßem Auge zu sehen war. Er bedeutete die Metamorphose vom pflanzlichen zum tierischen Wesen. Aldrian hatte sich die ganze Geschichte gemerkt, um eines Tages damit »klugscheißen« zu können, wie er sich jetzt sagte ... Der »springende Punkt« also war die Gaspistole. Nachdem er die Toilette verlassen und sich die Hände gewaschen hatte, holte er eine Schere aus der Lade der Einbauküche und schnitt das Paket auf. Durch die kreuzförmige Schnürung, und weil es in eine dunkelgraue Plastikhülle eingewickelt war, machte es auf Aldrian den Eindruck, als ob es sich um das Relikt eines Verbrechens handelte. Vorsichtig und misstrauisch öffnete er es und fand darin einen Brief, darunter ein antiquarisches Buch mit marmoriertem Einband, und als er beides heraushob, unzählige Päckchen sortierter und mit Gummibändchen zusammengehaltener Einhundert-Euro-Scheine. Fassungslos legte er sich auf das Bett und schloss die Augen. Eine Weile lag er so da, setzte sich dann wieder auf und las den mit einem Computer geschriebenen Brief. Als Erstes stellte er fest, dass er mit Jakob unterschrieben war, jedoch nicht eigenhändig, sondern ebenfalls gedruckt. »Lieber Michael«, las er auf Italienisch, »Du wirst Dir sicher Gedanken über Elenas und mein Verschwinden gemacht haben. Wir sind aus verschiedenen Gründen gezwungen, ein neues Leben zu beginnen. Kümmere Dich bitte in nächster Zeit um unseren Sohn Emilio. Ihm gehören drei Viertel der Summe, der Rest ist für Dich. Betrachte es bitte als Erbschaft, die ich Dir vermache, und verlasse Venedig, um Dich nicht in noch größere Gefahr zu bringen. – Dein Jakob.«

Es waren, wie er sofort nachzählte, 1000 Hundert-Euro-Scheine, und als Erstes schob er den Karton unter das Bett, zog ihn aber gleich wieder heraus und entnahm ihm das marmorierte Buch. Es war ein Kapitel aus Johannes Hartliebs Hauptwerk »Das Buch aller verbotenen Künste« und hatte den Titel »Die Kunst Chiromantia«, in dem mehr als vierzig geöffnete Hände großformatig zu sehen waren, auf der linken Seite jeweils männliche, auf der rechten weibliche. Die Abbildungen selbst waren mit Texten in alter Schrift versehen, und Aldrian dachte an die Zaubergriffe, die in magischen Lehrbüchern abgebildet und beschrieben waren, nur dass aus den geöffneten Händen damals die Zukunft geweissagt wurde. Ihm fiel jetzt ein, dass er sich bei seinem letzten Besuch einen Abend lang mit seinem Bruder über Magie unterhalten hatte. Und er erinnerte sich auch wieder, dass Dr. Dr. Galotti bei seinem Gespräch im Vaporetto erwähnt hatte, er habe ein Grimoire für Jakob besorgen sollen. Johannes Hartlieb beschrieb im »Buch aller verbotenen Künste« den »Liber Consecratus«, »Das gesegnete Buch«, den »Picatrix« – eine arabische Kompilation aus Texten zur Magie, Astrologie und Talismankunde – und das »Sepher Raziel«, das Buch des Engels Raziel, das Noah angeblich in seiner Arche mitnahm, nachdem es ihn gelehrt hatte, wie er sein Schiff bauen solle. Hartlieb hatte sich gegen all diese Veröffentlichungen gewandt und sein

Werk verfasst, damit man von der Magie ablasse. Allerdings hatte er bis zu diesem Zeitpunkt selbst magische Bücher geschrieben. Aldrian hingegen hatte sich aus historischen Gründen damit befasst. Er schlug den marmorierten Band auf und las die Widmung: »Für Michael von Jakob, am Weihnachtsabend«. Obwohl er verwirrt war, schloss er daraus, dass Jakob ihm das Buch hatte zu Weihnachten schenken wollen. Jedenfalls war es kein Beweis, dass sein Bruder wirklich noch lebte, wie auch nicht der Brief. Und das Geld? Niemand, der Jakob verschleppt oder ermordet hätte, würde auf eine derart große Summe verzichten … Und noch etwas anderes gab ihm zu denken. Er nahm den Brief wieder zur Hand und las: »Verlasse Venedig, um Dich nicht in noch größere Gefahr zu bringen. – Dein Jakob.« Aldrian spürte, dass es eine versteckte Drohung war. Und er dachte daran, wie sein Verfolger ihn am Markusplatz nicht aus den Augen gelassen hatte. Vielleicht gehörte er zu den Unbekannten, die ihn bedrohten, und hatte ihn überwacht, um festzustellen, ob er abfahren würde? Er schloss die Augen, schüttelte den Kopf, überlegte kurz, ob sein Bruder ihn mit diesem Zauberkunststück hatte übertreffen wollen, und verstaute das Geld, das Buch und den Brief unter dem Bett. Als Erstes wählte er die Telefonnummer von Diego Sarcia, dem Besitzer des Maskengeschäfts. »Michele«, begrüßte ihn Sarcia erfreut, und als dieser ihm mitteilte, dass ihm die Waffe im Getümmel am Markusplatz gestohlen worden sei, unterbrach ihn Sarcia mit den Worten: »Ich hab sie dir geschenkt, aber du wolltest sie nicht. Jetzt schenke ich sie dir noch einmal!«

Aus lauter Besorgnis schlug er ihm sogar vor, noch am Abend eine »andere Schreckschusswaffe«, die er nie benutzt hätte, vorbeizubringen, aber Aldrian versprach ihm, ihn im Geschäft aufzusuchen. Er steckte entschlossen die Gaspistole ein, begab sich auf den Vorplatz, durchquerte die leere Markthalle, schlenderte einige Schritte am Canal entlang, bückte sich rasch und knüpfte einen seiner Schuhe auf und wieder zu. Dabei holte er unauffällig die Waffe heraus, die er sich unter den Ärmel geschoben hatte. Nachdem er sich vergewissert hatte, dass ihn niemand beobachtete, ließ er die Gaspistole über die Ufermauer gleiten. Sie versank mit einem leise glucksenden Geräusch im Wasser. Er verstand das so schnell und unauffällig zu machen, wie er es bei seinen Zaubertricks gelernt hatte. Dann erhob er sich, schaute sich um und ging zurück in seine Wohnung. Ihm war leichter, ohne dass er sich wirklich befreit fühlte, wenigstens war die Waffe aus dem Haus verschwunden. Die Gegenstände lagen noch immer auf dem Küchentisch. Vermutlich war es das Beste, wenn er Commissario Galli anrief … den Karton mit dem Geld und dem Buch über die Handlesekunst durfte er jedoch auf keinen Fall erwähnen. Er würde ihm den Ausweis, die SIM-Karte des Russen und dessen Messer übergeben, auf keinen Fall aber durfte er erzählen, dass er seinen Verfolger auf La Giudecca niedergeschossen hatte. Die Geschichte funktionierte nur, wenn er angab, kopflos geflohen zu sein. Nach dem Vorfall musste er sich in das Vaporetto zur Insel La Giudecca geflüchtet haben und nach dem Kampf mit dem Fremden wieder mit dem Wasserbus zur Station San Silvestro gefahren sein. Er wählte die Nummer, aber es dauerte ein wenig, bis der Commissario abhob.

»Ich bin verfolgt und überfallen worden«, sagte Aldrian.

Galli fragte nicht lange, sondern verlangte von ihm, zu Hause zu bleiben, und legte auf.

Aldrian nahm sich daraufhin noch einmal vor, den Karton mit dem Geld nicht zur Sprache zu bringen. Er steckte die Fotografie, die er Dr. Dr. Galotti entwendet hatte, in seine Geldtasche, überzeugte sich noch einmal, dass man das Paket mit den Banknoten unter seinem Bett nicht sehen konnte, und erhielt kurz darauf den Anruf von Beatrice, dass sie zu ihm unterwegs sei. Er erzählte ihr wieder nicht, was vorgefallen war, und auch nicht, dass Commissario Galli ihn aufsuchen würde, sondern sagte ihr nur, dass er sie liebe. Gleichzeitig verspürte er den Drang, ihr etwas zu schenken … Einen großen, unerschwinglich teuren Briefbeschwerer?

Als sie das Gespräch beendet hatten, fiel ihm der Spiegel ein, den er in dem Geschäft nahe dem »Bovolo«, dem »Schneckenturm«, während des Acqua alta gesehen hatte. Er war zweifellos ein Meisterstück, das auf ihn einen starken Eindruck gemacht hatte. Jetzt noch erinnerte er sich an alle Einzelheiten. Er dachte auch an das Geld, die dicken, mit einem Gummiring zusammengehaltenen 100-Euro-Bündel … Er würde sie nicht anrühren. Von jeher besaß er die Eigenschaft, sich Problemen zu stellen, und allmählich erwachten in ihm wieder die Kräfte, und er sagte sich, dass er alles tun musste, um das Verschwinden seines Bruders und dessen Frau aufzuklären. Wie oft hatte er bei

Opernaufführungen einen Abend durch blitzschnelle Reaktionen gerettet, wie oft hatte er Dinge für sich behalten, die ansonsten zu Feindschaften geführt hätten, und wie oft hatte er lügen oder etwas erfinden müssen, um Streit zu vermeiden, machte er sich Mut. Trotzdem zweifelte er daran, ob er allen Situationen gewachsen sein würde. Er öffnete den Schrank, sah den Revolver, den Beatrice von ihrem Mann zur Verwahrung bekommen hatte, und nahm ihn heraus. Es war eine Rossi M33 mit sehr kurzem Lauf und deshalb leicht in die Jackentasche zu stecken. Die Trommel war geladen, und zum ersten Mal war Aldrian dafür dankbar, dass er den Militärdienst abgeleistet hatte. Inzwischen hatte es unten am Haustor geläutet, er verstaute die Waffe wieder im Schrank, stieg die Treppen hinunter und öffnete die Tür. Doch es war nicht, wie erwartet, Beatrice, sondern Commissario Galli in Begleitung eines Polizisten. Aus Angst, sie könnten durch einen unglücklichen Umstand den Karton unter dem Bett oder den Revolver im Schrank entdecken, führte Aldrian die beiden in Jakobs Wohnzimmer hinauf und bat sie, Platz zu nehmen, während er Beatrice mit einer sms darüber informierte, dass der Commissario ihn aufgesucht habe, bevor er sich am Tisch niederließ.

Der Commissario verlangte, jede Einzelheit des Vorfalls zu wissen, aber Aldrian verschwieg ihm – wie er es sich vorgenommen hatte – seine wahre Rolle. Am meisten interessierte Galli der Kampf zwischen ihm und seinem Verfolger, und Aldrian antwortete ihm auf jede Frage nur das Notwendigste. Mehrmals behauptete er, sich nicht mehr genau erinnern zu können. Auch den Dreispitz erwähnte er nicht. Inzwischen betrachtete der Commissario die Fotografie auf dem Ausweis, den Aldrian seinem Widersacher abgenommen hatte, und das Messer, vor allem aber die SIM-Karte des Russen.

»Sie haben die SIM-Karte aus dem Telefon Ihres Verfolgers herausgenommen?«, fragte der Commissario erstaunt.

Aldrian antwortete, er könne als Zauberer noch ganz andere Kunststücke vollführen, und nahm dem Commissario die SIM-Karte aus der Hand, rieb seine Hände und zeigte ihm, dass sie verschwunden war. Der Commissario reagierte nicht darauf. Aldrian schüttelte die SIM-Karte wieder unbemerkt aus seinem Ärmel und gab sie ihm zurück.

Es sei der Polizei von niemandem gemeldet worden, dass ein Mann auf La Giudecca niedergeschlagen und verletzt beziehungsweise in einem Krankenhaus behandelt worden sei, sagte Galli dann, um hierauf zu schweigen.

Der Polizist hatte die Gegenstände inzwischen als Beweisstücke an sich genommen. Dabei hatte er wie ein Automat gehandelt.

Der Commissario wollte sodann wissen, welches Fabrikat das Smartphone seines Verfolgers gewesen sei, und Aldrian beantwortete seine Frage.

»Ich glaube, es ist besser«, sagte Galli plötzlich, »Sie fahren zurück nach Wien. Man wird Sie in Venedig mit Sicherheit weiter beobachten lassen. Außerdem besteht die Gefahr, dass man sich an Ihnen rächt.«

Aldrian drehte seinen Kopf zur Seite und erkannte Beatrice, die – er wusste nicht, wie lange schon – stumm in der Tür stand und dem Gespräch folgte.

»Das ist Frau Stefanelli«, stellte Aldrian sie zögernd vor. Da alle sie anstarrten, sagte Beatrice, dass sie vom Platz aus das Licht gesehen und deshalb gleich die Wohnung betreten habe. Das Eingangstor sei nicht versperrt gewesen.

»Sie haben die Haustür hinter sich nicht ins Schloss fallen lassen!«, bemerkte Aldrian ironisch, blickte den Commissario an und lächelte.

Galli erhob sich – auch der Polizist sprang auf – und schaute ihm in die Augen. »Denken Sie darüber nach, was ich Ihnen gesagt habe. Ich halte Sie von nun an auf dem Laufenden, und ich werde versuchen, Personenschutz für Sie anzufordern. Gute Nacht.«

Aldrian hörte sie die Treppen hinuntersteigen, und nachdem die Haustür ins Schloss gefallen war, berichtete er Beatrice, was sich ereignet hatte, ohne aber etwas davon zu erwähnen, dass er das meiste dem Kommissar verschwiegen hatte.

»Ich glaube dir nicht«, sagte Beatrice trocken. »Ich kann verstehen, dass du die Polizei anlügst, aber nicht, weshalb du mir die Unwahrheit erzählst.«

»Ich habe dir die Wahrheit gesagt«, gab Aldrian zur Antwort.

Und als Beatrice aufstand und zur Türe ging, fragte er sie aufgebracht, ob sie gehen wolle?

Sie schwieg im Vorzimmer, wo sie sich ihre Jacke ausgezogen hatte, weiter.

»Ich habe dir die Wahrheit gesagt!«, wiederholte Aldrian.

»Ja? Die ganze?«

»Nein«, gab Aldrian zurück, »nicht die ganze.«

»Und was ist die ganze Wahrheit?«

Er antwortete zuerst nicht und stieß dann hervor: »Ein Haufen Scheiße.«

Sie setzten sich beide wieder in das Wohnzimmer und schwiegen.

»Ich möchte, dass wir zu mir gehen. Ich wollte ohnedies für dich kochen, aber ich bin nicht dazu gekommen«, sagte Beatrice nach einer Weile. »Und nimm die Gaspistole mit.«

»Ich habe sie weggeworfen.«

»Weshalb?«

»Weil ich damit dem Mann ins Gesicht geschossen habe.«

Sie dachte kurz nach und fragte ihn dann, weshalb er dem Commissario nichts davon erzählt habe.

»Das macht alles noch komplizierter. Ich muss dann erklären, woher ich die Gaspistole habe«, bemerkte Aldrian, und man würde beginnen, ihm zu misstrauen, und weitere Fragen stellen.

»Was hast du mir noch alles verschwiegen, Michael … Sag jetzt nichts, es ist schlimm genug.«

Aldrian war erleichtert, aber er wusste, dass er Beatrice später auch die Sache mit dem Paket, dem Geld und dem Brief gestehen würde.

»Dann nimm den Revolver, den ich dir gegeben habe, und komm«, sagte Beatrice sanft. Sie begleitete ihn hinauf in seine Wohnung, vergewisserte sich, dass er die Waffe an sich nahm, sich warm ankleidete und die Wohnungen und das Haus verschloss. Den gesamten Weg durch die Rughetta del Ravano bis zum Campo San Polo ließen sie – indem sie sich abwechselnd umdrehten und die Umgebung musterten – hinter sich, als seien sie auf der Flucht.

Aldrian beruhigte sie: »Ich schaffe es ... Du wirst sehen ... Ich bleibe bei dir.«

»Ich weiß«, gab sie ihm gleichfalls in beruhigendem Tonfall zurück.

Vor dem Campo San Polo trennten sie sich und trafen sich erst im dunklen Hausflur wieder, in dem Beatrice auf ihn schon wartete und ihn küsste.

»Und wann sagst du mir alles?«, fragte sie ihn.

Aldrian aber wollte nichts mehr preisgeben, bevor er sich nicht im Klaren darüber war, was er mit dem Geld tun und wann er Emilio verständigen würde. Wie immer wollte er vollendete Tatsachen schaffen, er konnte nicht anders.

»Ich muss erst nachdenken, ob ich dir etwas Wichtiges verschwiegen habe. Ich bin noch immer verwirrt und muss mich erst finden.«

»Du entkommst mir nicht!«, antwortete sie und lachte.

Er verstand, dass sie ihm keinen Glauben schenkte und ihre Fröhlichkeit gespielt war, doch hatte er sich wenigstens eine kurze Atempause verschafft.

Carpaccio

Der Abend verlief still und ruhig. Beatrice fragte ihn nichts mehr, und er versuchte, die Erinnerung an seinen Verfolger loszuwerden. Was er zuvor auf der Fahrt zum Dogenpalast und im Säulenhof erlebt hatte, war ausgelöscht, und es tauchten immer nur kurze Abrisse des Erlebten in seinem Kopf auf.

Beatrice kochte Spaghetti mit Fleischsugo, während er darüber nachdachte, was er ihr für ein Geschenk machen sollte. Noch immer schwankte er zwischen dem Paperweight und dem Spiegel, entschied sich dann aber für einen besonders schönen Briefbeschwerer, denn den Spiegel konnten sie nur gemeinsam kaufen, sonst würde die Frage, was er bedeutete, im Raum stehen. In der Rughetta del Ravano kannte er jedenfalls einen Laden, in dem er – so glaubte er zu wissen – alte Paperweights aus Murano gesehen hatte – nur hatte er sich zuvor nie dafür interessiert.

Beim Essen verloren sie kein Wort über die Situation, in die Aldrian geraten war und durch sein Schweigen Beatrice miteinbezog. Erst beim Wein fingen sie wieder an, über Jakob und Elena zu sprechen, über die Liebe der beiden zur Kunst, und Beatrice erwähnte das Bild, das für die beiden das großartigste von allen war: Vittore Carpaccios »Zwei venezianische Damen«. Es war Ende des 15. Jahrhunderts entstanden, und Aldrian konnte sich wieder, wie schon vorher, daran erinnern, dass er es im Museo Correr gesehen hatte. Elena, fiel ihm ein, hatte mehrfach begeisterte Bemerkungen über das Gemälde gemacht und von einem zweiten gesprochen. Doch war es kein Duplikat, wie Beatrice ihm erklärte, während sie einen dicken Katalog aus ihrem Bücherregal holte und vor ihm aufschlug. Aldrian erkannte die farbige Abbildung der beiden Frauen wieder und las unter dem Bild auf Seite 237. Warum 237?, schoss es ihm durch den Kopf. Er bemerkte, dass er dabei war, den Verstand zu verlieren. Oder ging es um die linke, die Seite 236? Die Quersumme der ersten Seite ergab 12, arbeitete sein Gehirn weiter, und wieder zusammengezählt 3, die zweite Seite hingegen 11 beziehungsweise 2. Irritiert nahm er den Katalog zur Hand und sah die beiden gelangweilten Frauen der besseren Gesellschaft auf einer Terrasse sitzen, die eine blickte im Hintergrund, ein weißes Tuch in der Hand, abwesend in die Ferne, die andere konzentrierte sich auf das Geschehen zu ihren Füßen. Frisuren und Kleider waren prächtig. Im Vordergrund lag ein geöffneter Brief auf dem Terrassenboden. Zweifelsohne war es ein großartiges Bild. Carpaccio hatte, wie erst später die Impressionisten, eine alltägliche Szene festgehalten. Ein weißer, kleiner Hund hatte der älteren Dame beide Pfoten in eine Hand gelegt, während ihre andere eine Gerte hielt, in die sich ein größerer Hund, von dem nur der Kopf zu sehen war, verbissen hatte. Der Marmorboden wies ein Muster aus Kreuzen, Quadraten und Karos auf, die eine geometrische Figur

bildeten. Vor der Frau im Hintergrund hockten ein grüner Papagei und ein Pfau, und ein junger Mann oder
ein älteres Kind schlüpfte gerade zwischen den Säulen der Brüstung auf die Terrasse. Die Brüstung selbst
zierten zwei weiße, taubenähnliche Vögel, ein Granat-
apfel und eine Vase mit dem Stängel einer Pflanze, der
vielleicht eine Blüte trug, die das Bild aber nicht zeigte.
Während Aldrian sich angestrengt bemühte, die Schrift

auf dem Brief im Vordergrund zu lesen, ermunterte ihn Beatrice umzublättern. Er las die Seitennummerierung 238 und 239, und sein Gehirn rechnete automatisch die Quersummen 13=4 und 14=5 aus. Die rechte Seite stellte eine Kormoran-Jagd dar: 26 Männer – er hatte sie alle abgezählt – standen in sieben Kähnen. Das statische, wie eingefrorene Bild hieß »Jagd in der Lagune«. Zwei Männer ruderten jeweils die Boote, und ein Bogenschütze erlegte die Kormorane, die im Wasser schwammen, auf verstreuten Pfählen oder weit hinten auf einem langen, die ganze Bildbreite einnehmenden Zaun hockten. Hinter dem Zaun waren drei mit Schilf gedeckte Hütten zu erkennen und ein

269

dunkelgrüner Schilfgürtel, über dem ein Schwarm von fünfzehn Vögeln (wieder hatte er sie gezählt) aufgeschreckt in den Himmel flog und ein Vogel auf der linken Seite des Gemäldes allein sein Glück in der Flucht suchte. Eine geballte große und mehrere kleinere Wolken von blässlich-violetter und -blauer Farbe bedeckten den bleichen Himmel. Während Aldrians Gehirn noch mit dem Zählen und Rechnen beschäftigt war, zeigte Beatrice auf die linke Seite. Dort fügten sich plötzlich die beiden Bilder zusammen. Die Frauen warteten im Vordergrund gelangweilt auf die Heimkehr der Jagdgesellschaft, die vor der Terrasse Kormorane jagte.

»Weißt du, wie man herausbekommen hat, dass die beiden Bilder zusammengehören?«, wollte Beatrice wissen.

Aldrian blätterte nach vorne zu den beiden Damen und dann wieder zurück zur »Jagd in der Lagune« und fand zu seiner eigenen Überraschung selbst den entscheidenden Hinweis. Der Stängel der Pflanze in der Vase auf der Brüstung des Terrassen-Bildes setzte sich im Vordergrund des Jagd-Bildes fort und zeigte dort drei Lilienblüten, die man zuvor für wilde Pflanzen am Ufer gehalten hatte. Es war für Aldrian phantastisch und zugleich grotesk, vor allem, weil die »Zwei

270

Damen« im Museo Correr in Venedig und die »Jagd in der Lagune« im Paul-Getty-Museum in Los Angeles hingen. Beatrice fuhr fort, dass für die Jagd auf Enten und Kormorane Kugelbogen verwendet wurden, also Pfeile mit Kugeln aus getrocknetem Lehm statt der Eisenspitze, um weder Fleisch noch Gefieder der Vögel zu beschädigen. Aber wie war es überhaupt dazu gekommen, dass die beiden Bilder getrennt worden waren, wollte Aldrian wissen. Darauf, sagte Beatrice, gebe es noch keine Antwort. Jedenfalls stehe es fest, dass die Darstellungen zusammengehörten. Entweder seien beide als Zierde auf eine Schranktür oder einen Fensterladen gemalt worden, denn die Holzmaserung sei identisch. »Die Maserung des Holzes«, fuhr sie fort, »ist wie ein daktyloskopischer Fingerabdruck. Es gibt keine zwei gleichen. Eigentlich müsste eine zweite Schranktür oder ein zweiter Fensterladen existieren oder existiert haben, jedenfalls wiesen Rillen und Scharniere in der Tafel mit der »Jagd in der Lagune« darauf hin. Elena habe eher dazu geneigt, sagte sie, dass die Tafel ein Fensterladen gewesen sei und, vom Zimmer aus und im geschlossenen Zustand gesehen, das Abbild der tatsächlichen Sicht auf die Terrasse und die Lagune gezeigt habe, so als ob die Fensterläden gar nicht geschlossen seien, was einen reizvollen Effekt hervorgerufen haben müsse.

In diesem Augenblick fiel Aldrian ein, was Commissario Galli ihm am Telefon gesagt hatte, nämlich, dass sich Jakob und Elena ein Haus auf der Insel Lesbos gekauft hätten ... in der Nähe des Golfs von Skala Kallonis und dem gleichnamigen Dorf. »Es soll ein Vogelparadies sein«, hörte er wieder die Stimme des

Commissario in seinem Ohr. Schon während sie sich in die Abbildungen vertieft hatten, waren die Darstellungen für ihn wie Hinweise gewesen. Er unterbrach Beatrice und schilderte ihr alle Einzelheiten des Anrufs von Galli. Sie war überrascht, dass die beiden ein Anwesen auf Lesbos besaßen, das sei offenbar ein Geheimnis gewesen ... Sie hätten mehrmals davon gesprochen, dass sie auf »Paradiessuche« seien, für die Zeit, wenn sie alt wären. Jetzt erinnerte sich auch Aldrian daran. Beide schauten wortlos die Abbildungen an, bis Beatrice sagte, die beiden Frauen könnten die Schwestern Elena und Margherita sein und der Junge, der sich auf die Terrasse begebe, Elenas und Jakobs Sohn Emilio. »Es ist eine scheinbare Idylle, und die andere Welt, die brutale«, fuhr sie fort, »ist weit entfernt. Wenn man das Paradies sucht, ist die Jagd etwas Böses, der Mord an Tieren ... Die Jäger sind Kolonialisten der Natur, die schrittweise zurückweicht. Nur der Brief im Vordergrund auf der Terrasse ist ein Rätsel ... Die Angelegenheit wird aber noch rätselhafter, wenn du das kleine Bild auf der Rückseite der Tür oder des Fensterladens betrachtest.« Es zeigte, sah Aldrian jetzt, einen gemalten Türstock und darauf einen »Briefhalter«, das heißt eine gespannte Schnur, hinter die sechs Briefe geklemmt waren. Das Ganze war so großartig dargestellt, dass es einen nahezu dreidimensionalen Eindruck erweckte. Beatrice erklärte ihm, dass Carpaccios Alltagsszene nicht nur die erste in der Geschichte der italienischen Malerei sei, sondern auch das Bild mit den Briefen auf der Rückseite der »Jagd in der Lagune« die erste Augentäuschung, was man als »Trompe-l'œil« bezeichne. Aldrians Gedanken kreisten im-

mer noch um den Brief, der auf der gemalten Terrasse mit den beiden Frauen lag, und da die jüngere der beiden, wie gesagt, ein weißes Tuch in einer Hand hielt, glaubte er jetzt, dass der Briefhalter auf der Rückseite des Jagdgemäldes damit zusammenhing. »Möglicherweise ist das auf der Terrasse liegende Schriftstück ein Abschiedsbrief des Geliebten, und die anderen hinter der Schnur sind seine Liebesbriefe«, sagte Aldrian.

»Oder der Geliebte hat ihr mitgeteilt, die Jagd werde

noch länger dauern, weshalb man in den kleinen Häusern, die man im Hintergrund sieht, übernachten müsse ... Oder dass er gleich nach Ende der Jagd nach Hause aufbrechen werde.«

In Aldrians Kopf bildeten sich sofort weitere Erklärungen, doch Beatrice fuhr fort:»Das ist noch immer nicht alles. Der Briefhalter, den Carpaccio gemalt hat, ist eine vergrößerte Kopie aus dem Gemälde ›Der heilige Hieronymus im Gehäus‹ von Niccolò Antonio Colantonio, das im Museo di Capodimonte in Neapel hängt. Es stellt den Schutzpatron aller Übersetzer in dessen Studierzimmer dar. Hieronymus hatte Cicero und Plato übertragen. Der Gelehrte hält, in einem Stuhl sitzend, die Pranke eines Löwen in seiner Hand und entfernt mit einem Federkiel einen Dorn aus dem Ballen der linken Vorderpfote.« Sie hatte inzwischen ein anderes Buch geholt und es vor Aldrian aufgeschlagen. – »In der Studierstube siehst du kein Fenster«, fuhr sie fort, »an der Hinterwand steht ein hölzernes Regal mit Folianten und Papierrollen ... Das Archiv des Übersetzers. Hieronymus wollte nicht von der äußeren Wirklichkeit abgelenkt werden, und der Löwe sollte ihn dabei beschützen. Der Heilige hat sich ja längere Zeit in der Wüste aufgehalten, auch darauf spielt der Löwe im Bild an, der von da an der Begleiter seines Retters wurde. Üblicherweise geht so etwas umgekehrt aus: Der Löwe wird vom Dorn befreit und frisst seinen Helfer.«

Wieder wollte Aldrian damit beginnen, in das Ölgemälde die Geschichte von Jakob und Elena hineinzuinterpretieren, aber Beatrice unterbrach ihn:»Das führt uns nicht weiter«, sagte sie, »diese vielen Details

274

sind nur verwirrend wie ein Traum. Vielleicht wussten sie es selbst gar nicht, wie sehr ihre eigene Geschichte mit dem Bild verbunden ist.«

Aber Aldrian ging an diesem Abend noch vieles durch den Kopf, auch hatte der Wein ihn allmählich betäubt, so dass er im Wohnzimmer einschlief.

Gefälschte Wirklichkeiten

Er erwachte am nächsten Morgen allein auf der Couch in Beatrices Wohnung. Neben ihm lag ein DIN-A4-Blatt mit ihrer Handschrift. Er nahm es und las: »Ich weiß so viel über Carpaccios Bild, weil ich mit Jakob und Elena die Ausstellung ›Die Renaissance in Venedig und die Malerei im Norden‹ besucht habe. Das war 1999 oder 2000. Besonders Elena hat jedes Detail über das Gemälde gewusst, und Jakob, dem sie es schon vor mir erklärt hatte, hat später Anspielungen darauf gemacht.«

Beim Lesen fiel Aldrian eine Bemerkung Jakobs über ein Ölgemälde Carpaccios in »Fortsetzung folgt«-Technik ein, das er mit einem aufgedeckten Geheimnis verglich, und Aldrian dachte an seinen Verfolger, den Karton mit dem Geld und Commissario Galli. Er musste unbedingt herausfinden, wie das Haus in der Bucht von Skala Kallonis aussah, das sich Elena und Jakob gekauft und als Geheimnis gehütet hatten, überlegte er.

»Denk nicht zu viel darüber nach«, las er weiter, »es ist ein Bild, das sie als Gesamtes angesprochen hat, ich meine die verschiedenen Wirklichkeitsebenen – die wie abgeschottet wirkende Terrasse und die Bucht, die Jäger und die Kormorane und nicht zuletzt die geheimnisvollen Briefe beziehungsweise das Bild des Übersetzers Hieronymus mit dem Löwen und dem Regal im Hintergrund, auf dem Du fast eine Kopie des Briefhalters von einem anderen Maler findest. Unser Kulturredakteur hatte eine ganz andere Deutung, der zufolge die Jagd jenseits der Terrasse nur die Gedanken der beiden Frauen widerspiegelt, während sie auf ihre Männer warten, die auf der Jagd sind und ihnen die Briefe geschrieben haben. Übrigens findest Du in der Bibliothek von Jakob und Elena eine Geschichte der venezianischen Malerei, in der alles genau beschrieben ist. Es ist erst halb sieben, und ich muss fahren. Am Nachmittag bin ich wieder aus Padua zurück. Bleib bitte so lange in meiner Wohnung: Ich habe Bücher, einen CD-Player, Gesamtaufnahmen von Opern und einen Fernsehapparat. Im Kühlschrank gibt es Mineralwasser, Bier, Wein, Butter, Käse und Schinken und im Brotkasten ein Sandwich von gestern. Mach Dir keine falschen Hoffnungen: Du wirst von mir nie einen Abschiedsbrief erhalten! Ich liebe Dich, Beatrice.«

Aldrian richtete sich auf und atmete tief ein. Nein, er wollte jetzt den Briefbeschwerer kaufen, Diego Sarcia den versprochenen Besuch abstatten, in Jakobs und Elenas Haus nach dem Rechten sehen und – da die Sonne schien, wie er durch das Fenster erkannte – das Ca' d'Oro aufsuchen.

Er wählte Commissario Gallis Nummer, der rasch abhob und, ohne ihn zu begrüßen, zu reden anfing.

»Gerade wollte ich Sie anrufen«, hörte er. »Die Polizei hat gestern das Haus Ihres Bruders und seiner Frau in Lesbos aufgesucht, um festzustellen, ob es bewohnt ist. Soweit wir wissen, war nichts Auffälliges zu bemerken. Aber heute Nacht ist das Gebäude vollständig abgebrannt. Es gab eine Explosion, die in ganz Skala Kallonis zu hören war, und nach weiteren Explosionen stand alles in Flammen. Wo sind Sie gerade?«

»Zu Hause«, log Aldrian. »Gibt es ein Bild von dem griechischen Haus?«

»Ja, wir haben es vom Immobilienhändler, der es verkauft hat. Ein altes, großes Gebäude mit einer Terrasse direkt aufs Meer hinaus.«

Aldrian überlegte, ob er den Commissario um eine Kopie bitten sollte.

»Noch etwas, das Ihren Verfolger betrifft«, fuhr der Commissario fort. »Bisher ist niemand mit einer entsprechenden Verletzung oder dem Namen aus dem Ausweis in das Krankenhaus eingeliefert worden. Auch ein Todesfall ist nicht gemeldet worden.«

»Darüber bin ich erleichtert, danke«, sagte Aldrian. »Übrigens, schicken Sie mir die Fotografie des Hauses auf mein Smartphone?«

Galli antwortete mit einem kurzen »Ja«. »Fahren Sie zurück nach Wien«, empfahl er ihm wieder und legte, ohne seine Antwort abzuwarten, auf.

Aldrian blickte aus dem Fenster, schlüpfte in seine Schuhe, bekleidete sich mit der Windjacke und eilte die Treppe hinunter. Vor der Haustür suchte er noch einmal den Platz nach etwas Verdächtigem ab und ging so unauffällig wie möglich zu seiner Wohnung zurück. Die meisten Läden waren noch geschlossen. Auch das Schaufenster des Maskengeschäfts von Diego Sarcia war nicht beleuchtet, ebenso wenig wie das des Ladens, der tatsächlich Briefbeschwerer verkaufte. Aldrian warf einen Blick hinein und fand ein sehr

278

großes Paperweight in Millefiori-Technik. Er stellte den Kragen auf, blickte sich um und bog erst vor den Fabbriche Vecchie ab, ging weiter durch den Arkadengang der Fabbriche Nuove, in dem man einen Verfolger leichter sehen konnte, zum Campo della Pescaria, tauchte zwischen den Gemüse- und Obstständen unter und roch den Duft von Früchten und Blumen. Schon am frühen Morgen erschienen vor allem ältere Menschen, die nicht schlafen konnten, um einzukaufen. Vom Canal Grande, sah er, fuhr gerade das Traghetto ab, ein breites, gondelartiges Boot, in dem die Passagiere zumeist aufrecht standen, während ein Mann mit einem Ruder das schwarze Schiffchen antrieb. Er wandelte zwischen den Marktständen, im Bewusstsein, nichts kaufen zu müssen und nur die Schönheit des Gemüses und des Obstes betrachten zu können. Denn drinnen, im Haus seines Bruders mit den inzwischen geschlossenen Rollläden des »Jurassic-Park«-Geschäfts, dem Karton mit Banknoten und den vielen Rätseln existierte eine andere, eine beklemmende und erschreckende Welt, die genauso real war wie der Totenmarkt der Pflanzen und Tiere, dachte er, an dem er sich gerade aufhielt. Wie immer suchte er auch die Fischhalle auf, denn selbst in den von Menschenhand getöteten Lebewesen sah er zugleich die Schönheit einer verborgenen Welt mit verborgenen Schicksalen. An langen Tischen wurden wieder Oktopusse und Kalmare von den Händlern ausgenommen, was wie immer einen grausigen Anblick bot. Die schwarze Flüssigkeit trat aus, sah er abermals, besudelte die Gummihandschuhe der Männer und den weißen Körper des Kopffüßers und hinterließ Spuren auf der Arbeitsplatte mit dem runden Loch, durch das die Abfälle verschwanden. Hierauf wurden mit einer Handbrause das jetzt zum Nahrungsmittel gewordene Tier, die Gummihandschuhe und die Arbeitsplatte gesäubert und anschließend das nächste Meerestier auf dieselbe Weise in ein Nahrungsmittel verwandelt. Er blieb lange vor dem Tisch stehen und wusste selbst nicht warum.

Nachdem er sich vergewissert hatte, dass der kleine Revolver in seiner Jackentasche war, und er sich mehrfach umgeblickt hatte, öffnete er das Haustor und schloss es gleich wieder hinter sich ab. Auch die Tür zu seiner Wohnung versperrte er hinter sich und zog erst dann das Paket mit dem Geld heraus … Er konnte auf alles verzichten und den gesamten Betrag Emilio übergeben, überlegte er. Ihm fiel ein, dass auch das Haus und seine Wohnung einem Brandanschlag zum Opfer fallen konnten, und sogleich stieg Wut über seine Ohnmacht in ihm auf. Er wollte etwas zerschlagen oder zerstören, aber er wusste zugleich, dass es sinnlos war. Doch wenn es sinnlos war, dann konnte er diese Sinnlosigkeit auch für sich beanspruchen. Der Gedanke erleichterte ihn. Er würde die Sinnlosigkeit annehmen, die Leere, hinter der die Drahtzieher verborgen waren. Er musste nicht logisch vorgehen. Im Nachhinein war er sogar zufrieden, dass er seinem Verfolger mit der Gaspistole zwei Mal ins Gesicht geschossen hatte …

Er duschte, kleidete sich um, fand noch das Sandwich von vorgestern, bestrich einige Scheiben mit Butter und Honig, kochte Tee und stopfte sich den Magen voll. Dann nahm er zehn 100-Euro-Scheine aus dem

Karton und steckte sie ein. Er würde hier ausharren, bis er wusste, was mit seinem Bruder geschehen war, sagte er sich. Als Erstes würde er in der Bibliothek Elenas und seines Bruders die »Geschichte der venezianischen Malerei« suchen und lesen, was dort über das Gemälde Carpaccios geschrieben stand. Als das Telefon klingelte, sah er den Namen »Beatrice« auf dem Display.

»Bist du bei mir zu Hause«, fragte sie.

»Ja«, log er. »Es geht mir gut … Ich muss in der Rughetta noch eine Kleinigkeit besorgen und Diego Sarcia aufsuchen, ich habe es ihm versprochen.«

»Du machst mir Angst.«

»Wir können in ein Hotel ziehen.«

»Das ändert nichts.«

Er schwieg.

»Ich bin bald zurück, warte auf mich. Dann werden wir alles gemeinsam erledigen.«

»Ja.«

»Versprichst du es mir?«

»Ich liebe dich«, antwortete Aldrian, denn er wollte sie jetzt nicht belügen.

Er steckte sein Telefon wieder ein und ging nachdenklich in die Wohnung von Elena und Jakob hinunter, schloss die Tür auf und suchte in der Bibliothek nach dem Buch des Autors Günter Brucher. Es war ein dreibändiges Werk, und auf den letzten Seiten des zweiten Bandes stieß er auf das Bild von Carpaccio und eine ausführliche Beschreibung. Der klare und aufschlussreiche Text führte die Bedeutung jeder Einzelheit des Gemäldes an. Die beiden Tauben waren ein Zeichen für die Treue in der Ehe, las er, das weiße Tuch in der Hand der jüngeren Frau bedeutete ebenso wie die Lilie Keuschheit, und der Jüngling, der zwischen den Säulen des Geländers auf die Terrasse schlüpfte, überbrachte möglicherweise einen weiteren Brief. Aldrian begriff, dass jeder Gegenstand auf dem Bild eine Bedeutung hatte, jede Körperhaltung der dargestellten Personen und Tiere, jede noch so geringe Einzelheit. Alles war klar in der Beschreibung dargelegt und doch nur eine Summe von Spekulationen. Was er aber auf seine Situation bezog, war, dass alles und jedes wichtig sein konnte. Er stellte den Band zurück in das Regal und schaltete in Jakobs und Elenas Wohnung die Heizung aus, ohne an etwas anderes zu denken als daran, Kosten zu sparen. Als Nächstes würde er den Briefbeschwerer kaufen und dann Diego aufsuchen, nahm er sich vor. Wenn es ihm dann noch passte, konnte er in der Ostaria Dai Zemei bei Ettore und Massimo eine Ombra oder einen Spritz zu sich nehmen und später wieder in seine Wohnung zurückkehren. Am Tag würde man das Haus wohl kaum abfackeln … Außerdem konnte er gar nicht in Beatrices Wohnung zurückkehren, er hatte ja keinen Schlüssel. Oder er würde das Ca' d'Oro besuchen. Kaum hatte er einige Schritte gemacht, blieb er stehen und schaute sich um. In der Rughetta herrschte jetzt mehr Betrieb als am Morgen, und auch die ersten Masken tauchten auf. Es waren nur noch wenige Tage bis zum Sonntag, dem Höhepunkt des Karnevalstreibens in Venedig, dann würde sich das Leben langsam wieder normalisieren, dachte Aldrian.

Da der Menschenandrang immer größer wurde, je weiter er die Rughetta hinaufging, beeilte er sich auf den letzten Metern, bevor er das Maskengeschäft seines Freundes betrat.

Wie immer saß Diego schon an seinem Tisch im Hintergrund des Ladens. Aldrian drängelte sich vorsichtig durch die Masken und die Ausstattungsgegenstände bis zum Hocker neben dem Tisch.

Diego trug eine blaue Arbeitsschürze, hatte seine Brille aufgesetzt und bemalte gerade konzentriert eine Phantasiemaske.

»Erzähl«, begrüßte er ihn abwesend.

Aldrian überlegte zu seiner eigenen Überraschung, ob er ihm trauen konnte, und berichtete ihm dann zögernd und in groben Zügen, was geschehen war. Nur das Paket mit dem Geld verschwieg er. Diego hörte auf zu arbeiten, und an seinem Mienenspiel erkannte Aldrian, dass er bestürzt war.

»Du darfst nicht in Jakobs Haus zurückkehren, hörst du? Du fährst sofort weg. Weit weg. Und wo du dann auch bist, wirst du still sein, wenn du nicht auf immer verstummen willst!«

»Nein.«

»Nein?«

»Ich muss wissen, was mit meinem Bruder und seiner Frau geschehen ist. Vorher finde ich keine Ruhe.«

»Du Narr!«

»Du bist selbst ein Narr!«

»Tut mir leid.«

Nach einer Pause stand Diego auf und zog die Schublade des Tisches heraus.

»Dann musst du eine Schusswaffe haben!«

»Nein.«

»Was willst du sonst von mir?«

»Dich etwas fragen.«

Diego blickte ihn traurig und zugleich misstrauisch an, ohne etwas zu sagen.

»Wenn du an meiner Stelle wärst, was würdest du tun?«

Diego überlegte sich seine Antwort sorgfältig, kratzte sich am Kopf, hustete, drehte sich von ihm weg und sagte dann: »Es wird in unserem Viertel viel über die Sache geredet und spekuliert, aber alle sind sich einig, dass du in Gefahr bist. Ich verstehe dich, aber ich finde es trotzdem nicht richtig, was du machst. Es ist sinnlos.«

Da war dieses Wort wieder, und Diego hatte ausgesprochen, was er selbst darüber dachte.

»Dann werde ich etwas tun, das keinen Sinn ergibt.«

»Gut ... Setz dir eine Maske auf, wenn du auf die Straße gehst. Hier nimm eine weiße, unbearbeitete.«

Sie hatte ein anderes Aussehen als die, die Aldrian bei seiner Ankunft auf der Rialtobrücke gekauft hatte.

»Und noch eine andere, sonst kommt man schnell dahinter, dass du es bist«, fuhr Diego fort. »Du musst unauffällig aussehen und vielleicht sogar einfältig. Du kannst auch die Pierrot-Maske nehmen«, er war jetzt besorgt, spürte Aldrian – fast so wie sein Bruder Jakob. Und wie ein älterer Bruder nahm er auch kein Geld.

»Hast du meine Telefonnummer?«

»Nein. Aber ich würde gerne deine Werkstatt im zweiten Geschäft sehen.«

»Sonntag ... gegen 8 Uhr ...« Er schrieb seine Telefonnummer auf, und Aldrian tippte sie in sein Smartphone ein.

»Du kannst mich jederzeit anrufen, und ich bringe

dich auch bei mir in Mestre unter, wenn du endlich kapiert hast, dass es besser für dich ist«, fuhr Diego fort.

Auf sein Drängen hin setzte Aldrian die weiße Larve auf, und kaum hatte er wieder die Straße betreten, verspürte er Freude bei dem Gedanken, anonym zu sein. Auch gab er sofort dem Einfall nach, den Briefbeschwerer als Maskierter zu kaufen. Er kam sich jetzt vor wie als Zauberkünstler, wenn er auf der Bühne stand. Und Diego hatte recht gehabt, dass es die allergewöhnlichste und unauffälligste Maskierung sein musste. Er verspürte den starken Wunsch, alles vergessen zu können und wieder als Zauberer aufzutreten, statt sich mit dem Karton und den 100-Euro-Scheinen herumzuschlagen. Die Assoziationsketten, die in seinem Kopf abliefen, hatten ihm früher während der Inszenierungen und Aufführungen der Opern geholfen, seinen Beruf als Souffleur mit großer Perfektion auszuüben, nun aber empfand er sie als Belastung. Am liebsten hätte er sie ausgeschaltet wie das Licht, bevor er einschlief.

Das Muranoglas-Geschäft in der Rughetta war, wie er erst jetzt auf einem Zettel hinter der Glastür las, wegen Krankheit des Besitzers geschlossen, und in seiner Verfassung dachte er an das Archivio di Stato di Venezia, Dr. Dr. Galotti und die Pest-Dokumente mit ihren unheimlichen Botschaften.

Inzwischen kämpfte er bereits gegen den Touristenstrom an, der sich zum Markusplatz hinbewegte und in dem sich zahlreiche ebenfalls Maskierte befanden, die ihm hin und wieder zuwinkten. Er achtete nicht darauf. Am besten, er versuchte, der Menschenmenge auszuweichen und rasch voranzukommen, sagte er sich. Zuerst gelangte er zur Frari-Kirche und dann vor die Scuola Grande di San Rocco mit dem biblischen Bilderzyklus des venezianischen Malers Tintoretto. Er verwarf sogleich die Idee einzutreten, denn er fand ein paar Schritte vorher, ohne es beabsichtigt zu haben, ein Antiquitätengeschäft, das Briefbeschwerer anbot. Ohne seine Maske abzunehmen, stieß er die Tür auf. Als er nach alten Paperweights fragte, legte die reich mit Schmuck behängte Besitzerin misstrauisch – vermutlich wegen der Maske, die er trug – ein kleineres auf den Tisch, und sobald er ein weiteres zu sehen verlangte, nahm sie das gerade vor ihm liegende an sich, stellte es wieder in das Regal zurück und suchte erst dann ein neues heraus. Der Vorgang wiederholte sich mehrmals, bis schließlich der Antiquar aus dem Hinterraum erschien und ihn fragte: »Wollen Sie etwas Kostbares?«

Aldrian nickte, und der freundliche Mann kam mit einem bunten, alten Paperweight in Millefiori-Technik zurück, das phantastisch aussah. Die Symmetrie der einzelnen, kleinen, bunten Glasgebilde im Inneren des Briefbeschwerers und deren blaue, gelbe, grüne und weiße Elemente setzten Aldrian in Erstaunen. Er konnte sich nicht erinnern, jemals ein schöneres Exemplar gesehen zu haben, und selbst der Preis von 980 Euro schreckte ihn nicht ab. Er bezahlte mit seinen 100-Euro-Noten, steckte das Wechselgeld und seinen sorgfältig verpackten Kauf in die Tasche seiner Windjacke und ließ zu, dass der Antiquar ihm die Ladentür öffnete. Automatisch nahm er den Weg nach San Pantalon, denn er wollte jetzt nicht seiner Schwägerin oder ihrem Mann begegnen. Unterwegs erstand er an

einem der mobilen Marktstände für Souvenir-Klei-
dungsstücke eine schwarze Baseballkappe mit dem
Markuslöwen, setzte sie auf und erreichte die Kirche
in dem Moment, als sich das Tor öffnete. Ministranten
in rot-weißen Kleidern geleiteten den mit einem Mess-
gewand geschmückten Pfarrer inmitten einer kleinen
Menschengruppe ins Freie, wo er stehen blieb und
freundliche Worte mit den Gläubigen wechselte. Aldrian nahm die Kappe vom Kopf und die Maske ab
und trat ein. Eigentlich wusste er nicht, was er tat. Er
setzte sich im Mittelteil in eine der freien Bänke, und
da er sehr müde war, streckte er die Beine aus und
betrachtete das Deckenfresko weit oben über seinem
Kopf. Es ergriff sofort wieder Besitz von ihm, und als
er die Augen schloss, spürte er, wie er im Geist zuerst
hinaufschwebte und dann zu stürzen begann …

Endlich öffnete er wieder die Augen. Es war still
und eiskalt, und der Himmel oder die Hölle an der Decke warteten noch immer darauf, ihn zu verschlucken.
Er stand auf, stellte fest, dass er allein war, und ein
Blick auf die Uhr – es war 3 Uhr nachmittags – bestätigte ihm, dass er nahezu vier Stunden geschlafen hatte
und versehentlich eingesperrt worden sein musste,
als man die Kirche über Mittag geschlossen hatte. Er
suchte das Telefon in der Hosentasche, schaltete es aus
und beschloss, nichts weiter zu unternehmen, bis das
Tor wieder geöffnet würde. Insgeheim lachte er über
sich, obwohl es eisig kalt war. Er stellte sich vor, Noah
zu sein, der in seiner Arche darauf wartete, dass die
von ihm ausgelassene Taube mit einem frischen Oli-
venzweig im Schnabel zurückkehrte und das Ende der
Sintflut verkündete. Automatisch griff er zum Revers

seiner Jacke und tastete nach seinem goldenen Abzeichen. Dann begab er sich zurück zur Betbank und blickte abermals nach oben. Eine Münze einzuwerfen und das Deckenfresko zum Himmel zu machen, wagte er nicht, denn er fühlte sich wie ein Wassertropfen, der in den Sog eines Abflussrohres gelangt war und von ihm mitgerissen wurde ...

Als die Kirche endlich wieder offen war, blieb er sitzen, obwohl er entsetzlich fror. Zwischendurch hatte er sich wieder auf die Bank gelegt. Er fand es merkwürdig, dass das Deckenfresko ihn nicht mehr losließ, aber er genoss es auch, diese Erfahrung zu machen.

Endlich warf er eine Münze in den Automaten und schaute in den jetzt erhellten Himmel.

Draußen war es wärmer. Er setzte immer noch frierend die Maske und die Kappe auf und ging über den Platz. Als er in eine Auslage mit Feinkostwaren blickte, verspürte er zu seiner Überraschung keinen Hunger. Von einem Moment auf den anderen entschied er sich, Carlo Fibonacci in seinem Rahmen- und Posterladen aufzusuchen und ihn wieder nach dem größten Käfer der Welt, den Jakob gemalt hatte, zu fragen. Jedoch nahm er einen Umweg, um sich aufzuwärmen, bis er schließlich das Geschäft erreichte. Ohne seine Maske herunterzunehmen, trat er ein. Die Tür war nicht verschlossen gewesen, und Licht brannte, doch war in der »Gerümpelkammer«, wie er den Laden für sich bezeichnete, niemand anwesend. Hinter der kleinen Verkaufstheke hing Jakobs Käferbild gerahmt an der Wand. Er blickte sich um, stöberte unter der Verkaufstheke und öffnete, da ein Schlüssel an einem der Türchen steckte, das kleine Schloss. In zwei Schubladen, die er herauszog, lagen Bilder, die von Jakob gemalt worden waren. Er erkannte sie auf den ersten Blick, da er ja einige selbst besaß und sich zahlreiche in Jakobs Wohnung befanden. Nur wiesen nicht alle seine Handschrift auf. Es waren auch andere dabei, auf altem Papier und mit anderen Namen signiert. Maria Sibylla Merian, las er, und John James Audubon sowie weitere, die er in aller Eile nur überfliegen konnte. In der zweiten Lade fand er zwei Aquarelle, auf denen Venedig im Stil J. W. Turners zu sehen war, und einen großartig gemalten, kleinen Vogel. Er nahm die beiden Blätter und die Abbildung eines Rotkehlchens an sich, legte sie zu der Pierrot-Maske, die er zusätzlich von Diego Sarcia erhalten hatte, in den Nylonsack und zog die Lade heraus, in der neben Kleingeld ein scharfes Papiermesser und ein verschmiertes, abgegriffenes Notizbuch lagen. Als er es aufschlug, sah er, dass es Namen und Telefonnummern enthielt. Instinktiv steckte er es ein und hörte dabei ein Geräusch. In seinen Zaubervorführungen hatte er sich selbst immer wieder verschwinden lassen können, dafür fehlten ihm jetzt jedoch die Hilfsmittel. Daher ließ er sich lautlos hinter der Verkaufstheke nieder. Im selben Moment wurde die Ladentür aufgestoßen, und er vernahm Carlo Fibonaccis Stimme.

»Nein«, sagte er ruhig, »ich habe keine Bilder mehr.«

»Ich glaub dir nicht«, unterbrach ihn jemand heftig.

Fibonacci blieb ruhig.

»Willst du mir die Ehre abschneiden? He?«

Der andere schwieg.

»Willst du mich als Lügner hinstellen?«, fuhr Fibonacci erregt fort.

Jemand schaltete das Licht aus, er hörte einen Schlag und vernahm ein Aufstöhnen und das polternde Aufschlagen eines Körpers auf dem Boden.

Da Aldrian befürchtete, dass man ihn, wenn man nach den Bildern suchte, entdecken würde, sprang er auf und zog den Revolver aus seiner Jackentasche. Gleichzeitig wurde es wieder hell, und er erkannte jetzt einen fremden, jüngeren Mann mit schwarzem, von Pomade fettigem Haar, das gescheitelt war. Er trug einen schwarzen Mantel, eine silbergraue Krawatte unter dem Kragen eines weißen Hemdes und hielt einen Schlagring in der Hand.

»Wer sind Sie?«, fuhr Aldrian ihn an. »Was machen Sie hier!«

»Polizei, werfen Sie die Waffe weg und heben Sie die Hände!«, antwortete der junge Mann kalt.

»Zeigen Sie mir Ihren Ausweis!«, herrschte Aldrian ihn an, worauf der junge Mann davonlief. Aldrian sprang über Fibonaccis Körper, kippte den Lichtschalter hinter der Eingangstür und spähte aus dem wieder dunklen Geschäft auf die Straße. Da der Platz stark von Passanten frequentiert war, entdeckte er keine Spur des jüngeren Mannes mehr. Er verließ vorsichtig das Geschäft, aber ein lautes Stöhnen ließ ihn sich umdrehen, und er nahm gerade noch wahr, dass Fibonacci sich aufgesetzt hatte und um Hilfe zu rufen anfing.

Augenblicklich beeilte er sich, in Richtung San Pantalon zu entkommen, und bog dann im Schritttempo zur Fondamenta del Forrer ab, die entlang des Rio della Frescada verlief. Da dort nur noch vereinzelt

Menschen zu sehen waren, riss er sich die Kappe und die Maske vom Kopf und ließ sie – nachdem er zuvor die drei Bilder unter sein Sakko gesteckt und die Pierrot-Maske aufgesetzt hatte – mitsamt der Nylontasche in den Kanal fallen. Dabei kam ihm seine Fingerfertigkeit zu Hilfe, denn er wollte weder die Aquarelle beschädigen noch beim Aufsetzen der Pierrot-Maske beobachtet werden. Er atmete tief ein und aus und überlegte kurz, was er weiter tun solle. Am besten, er rief Beatrice an, fiel ihm ein. Er aktivierte das Telefon und stellte zugleich fest, dass sie ihn bereits fünfmal angerufen hatte.

»Wo bist du?«

Sie hätte, fuhr sie ihn an, in der nächsten Viertelstunde die Polizei verständigt. Dann brach sie ab und es war still.

»Ich bin unterwegs zu dir«, sagte er, »es ist alles gut«, und legte auf. Während er den Weg zur Frari-Kirche nahm und dabei der Scuola Grande di San Rocco und dem Geschäft, in dem er den Briefbeschwerer gekauft hatte, auswich, rief ihn Beatrice neuerlich an und verlangte von ihm, dass er, solange er unterwegs war, mit ihr sprach. Es kam jedoch ein Anruf von Commissario Galli dazwischen, und er musste die Verbindung unterbrechen.

»Können Sie sprechen?«, fragte er Aldrian, ohne eine Antwort abzuwarten. »Wir haben die Leiche Ihres Verfolgers gefunden und dank des Ausweises, den Sie uns gegeben haben, identifiziert. Der angegebene Name stimmt allerdings nicht. Er heißt Vladimir Iwanow und ist ein Russe, den wir seit längerer Zeit wegen verschiedener Delikte suchen. Die SIM-Karte, die Sie uns gegeben haben, hilft uns nicht weiter, da Iwanow alle Anrufe über eine Nummer in der Ukraine abgewickelt hat, die nicht mehr existiert. Es wurden außerdem nur Codes ausgetauscht. Sie waren der Letzte, der ihn lebend gesehen hat, und er weist alle Verletzungen auf, die Sie angegeben haben, bis auf zwei Schussverletzungen durch eine Gaspistole im Gesicht und einen Schlag mit dem Knauf eines Revolvers, der ihm das Bewusstsein geraubt hat. Möglicherweise wurde er damit betäubt, bevor man ihn ins Meer geworfen hat. Jedenfalls fand man ihn vor dem Campo Nani e Barbaro auf der Insel La Giudecca … Sind Sie noch am Apparat?«

»Ja. Ich bin in der Nähe des Campo San Polo.«

»Was tun Sie dort?«

»Ich bin an die frische Luft gegangen.« Es war ihm klar, dass er weder das Geschäft vor der Scuola Grande di San Rocco erwähnen noch über San Pantalon oder Carlo Fibonacci sprechen durfte, auch nicht über den Besuch im Maskengeschäft von Diego Sarcia. Er erreichte gerade den Campo San Polo, als er sich mit dem Commissario in einer halben Stunde verabredete und das Gespräch beendete. Augenblicklich rief er Beatrice an, er ließ sie aber nicht zu Wort kommen. »Der Mann, der mich verfolgt hat, wurde tot aufgefunden«, sagte er. »Der Commissario ist auf dem Weg zu mir, ich muss mich beeilen.« Er nahm die Harlekin-Maske ab, warf sie in einen Papierkorb und beeilte sich, nach Hause zu kommen. Das letzte Stück bis zum Fischmarkt lief er. Hastig öffnete er die Haustür, legte den Revolver in den Schrank und versteckte den eben gekauften Briefbeschwerer zusammen mit den drei

Aquarellen aus Fibonaccis Rahmengeschäft in einem anderen Fach. Fibonaccis Telefonbuch behielt er jedoch in seiner Brusttasche. Dann fiel ihm ein, dass er noch die weiße Maske besaß, die er bei seiner Ankunft auf der Rialtobrücke gekauft hatte. Um keine Komplikationen heraufzubeschwören, verstaute er sie in der Küche hinter Lebensmitteln. Er hatte sie gerade entsorgt, alle Spuren beseitigt und das Fenster geöffnet, als Beatrice läutete.

Sie umarmte ihn und flüsterte ihm ins Ohr, dass er ein Arschloch sei und ihr alles verschweige. Dann küsste sie ihn, und er spürte, wie sehr er sie liebte.

»Wo warst du?«, fragte sie ihn. Bevor er jedoch antworten konnte, stand Commissario Galli mit einem Polizisten vor der Haustür.

Die Wohnung von Jakob wurde nicht mehr geheizt, deshalb war es schwer möglich, das Gespräch dort zu führen. Aldrian bat die beiden und Beatrice daher in seine kleine Küche, wo sie um den Esstisch Platz nahmen.

»Ich will nicht lange herumreden, Sie werden verdächtigt, Vladimir Iwanow getötet zu haben.«

»Ich war es nicht. Das kann ich beschwören.«

»Wer soll es dann gewesen sein? Geben Sie mir einen Anhaltspunkt.«

»Ich habe Ihnen alles gesagt.«

»Das ist zu wenig.«

»Es gibt nichts mehr zu erzählen, außer ich erfinde etwas.«

»Ja?«

Aldrian wusste, dass der Commissario zu wenig gegen ihn in der Hand hatte. Er fürchtete sich auch nicht, es kam ihm eher vor wie ein Kartenspiel, in dem jeder nur sein eigenes Blatt kennt. Alle schwiegen, die Polizisten ebenso wie Beatrice.

»Ich kann Sie auf das Kommissariat mitnehmen, wenn Sie nicht mit uns zusammenarbeiten.«

Aldrian sagte nichts.

»Sie könnten von Iwanow verfolgt und dann von ihm erpresst worden sein.«

»Das hätte ich Ihnen gesagt. Ich wüsste auch nicht, womit er mich hätte erpressen können.«

»Ich glaube Ihnen nicht.«

»Hören Sie auf. Das ist doch lächerlich. Sie können selbst keine meiner Fragen beantworten: Wo ist mein Bruder? Wo Elena? Warum sind die beiden verschwunden? Leben sie noch? Von mir erwarten Sie, dass ich das Rätsel löse, indem Sie mir einen Mord in die Schuhe schieben wollen und mich auf diese Weise erpressen, irgendeine Geschichte zu erfinden, die Sie dann als Lüge aufdecken und mich damit überführen können ... Nehmen Sie mich auf das Kommissariat mit, wenn es Ihnen notwendig erscheint, aber Sie werden auch dort keine Antworten auf Ihre Fragen bekommen.«

Aldrian verstand es, Menschen zu verunsichern, das hatte er jahrelang an der Wiener Staatsoper in Notfällen, und weil es ihm Spaß gemacht hatte, getan. Obwohl er wusste, dass sich der Karton mit den Geldscheinen und der Revolver in seiner Wohnung befanden, empfand er jetzt keine Furcht. Die Sinnlosigkeit, die alles erfasst hatte, befreite ihn von seinen Zweifeln und Befürchtungen, sobald er nur selbst ein Teil davon wurde.

»Wo haben Sie Ihre Gaspistole versteckt?«

»Ich besitze keine Gaspistole.«

»Aber Sie könnten eine gehabt haben.«

»Aha. Ich habe sie, als mich der Mann verfolgt hat, auf der Flucht gekauft, um ihn umzubringen. Aber wo soll das bitte gewesen sein? Wo gibt es ein Waffengeschäft?«

»Eine Waffe kann man organisieren. Eine Gaspistole sowieso. Oder Ihr Bruder könnte eine besessen haben.«

»Mein Bruder könnte sie, wenn er schon eine besessen hätte, auch mitgenommen haben, bevor er das Haus verließ.«

»Ich weiß, dass Sie mir etwas verschweigen, obwohl Ihnen klar sein müsste, dass Sie in Gefahr sind!«

»Warum sollte ich das tun?«

»Das weiß ich nicht. Vielleicht haben Sie mit Ihrem Bruder gemeinsame Sache gemacht? Das Geschäft muss sich jedenfalls rentiert haben, denken Sie an sein Haus in Griechenland. Und vielleicht haben Sie seinetwegen den Russen getötet –«

An dieser Stelle unterbrach Beatrice den Commissario.

»Sie wissen nicht, wovon Sie sprechen«, sagte sie.

»Nein? – Offenbar haben Sie als Journalistin bessere Informationen als ich, Frau Stefanelli«, antwortete Galli voll Spott. »Wer weiß? Vielleicht waren Sie sogar Augenzeugin, als Vladimir Iwanow auf der Insel La Giudecca tödlich verletzt wurde?«

»Sie wissen, dass der Tote ebenso von den eigenen Leuten ermordet worden sein könnte, weil Michael ihm den Ausweis abgenommen hat.«

»Sehr scharfsinnig, wirklich! Was aber, wenn Jakob Aldrian selbst der Organisation angehört? Und sein Bruder ebenso?« Der Commissario bemühte sich jetzt nicht mehr, seinen Hohn zu verbergen.

»Und Iwanow? Hat auch er einer Organisation angehört?«

»Und wenn nicht?« Galli schnitt ein einfältiges Gesicht.

»Ich sehe, Sie haben nur Vermutungen.«

Galli schwieg.

»Geben Sie mir Ihre genaue Adresse am Campo San Polo, damit wir Ihr Haus überwachen können«, sagte er dann kurzangebunden.

»Ich halte das für falsch, solange seine Verfolger nicht wissen, dass Michael bei mir wohnt.«

»Vielleicht wissen sie es bereits.«

»Und wenn nicht?«

»Es ist nicht das erste Mal, dass wir ein Haus observieren und dabei nicht gesehen werden dürfen.«

Sie schrieb ihre Adresse auf ein Stück Papier und blickte gemeinsam mit Aldrian dem Commissario und den Polizisten nach, bis sie in der Fischhalle verschwunden waren.

Als Beatrice die Toilette aufsuchte, nahm Aldrian den neu erworbenen Briefbeschwerer aus dem Kasten, entfernte die Verpackung, warf diese zum Karton unter seinem Bett und steckte ihn mit dem Revolver und dem Gehirnschnitt ein.

Eine Viertelstunde später eilten sie gemeinsam zum Campo San Polo, wo sie, nachdem sie eine Lasagne zu sich genommen und Wein getrunken hatten, zu Bett gingen. Sie umarmten sich mehrmals heftig, und

Beatrice bedrängte ihn dazwischen mit Fragen. Aber Aldrian gestand ihr nichts. Er stritt alles ab, was sie vermutete, und gab keines von seinen Geheimnissen preis.

Am frühen Morgen versteckte er den Gehirnschnitt und den neuen Briefbeschwerer hinter der Sammlung von Paperweights auf Beatrices Bücherregal und legte den Revolver in die Schreibtischlade zurück. Er wollte ihr den Briefbeschwerer nicht jetzt schenken. Es würde nur hilflos aussehen, sagte er sich.

Beatrice, vergewisserte er sich, schlief fest.

Das Geld im Karton bereitete ihm das größte Kopfzerbrechen. Er war nahe daran gewesen, Commissario Galli davon in Kenntnis zu setzen, aber es hatte ihm an Mut gefehlt. Dann dachte er über die beiden Aquarelle im Stil William Turners nach, die in seinem Kasten lagen. Eines davon konnte er vielleicht identifizieren. Er begann gerade, in Beatrices Bücherschrank nach einem Kunstband zu suchen, als er das gerahmte Bild über der Sitzecke entdeckte, das er bisher nicht beachtet hatte. Es war, wie er feststellte, gleich groß wie eines seiner Blätter, aber offensichtlich auf ein anderes altes Papier gemalt, und auf dem Passepartout las er: »Für Beatrice von Jakob.« Rasch fand er eine Ausgabe mit William Turners Aquarellen aus Venedig. Ein unbeschrifteter Zettel steckte als Lesezeichen in dem Buch, und er schlug es auf und sah dasselbe Bild, das über der Sitzecke hing und darüber hinaus in seinem Schrank lag. Auch das Format – 244 mal 309 Millimeter, so maß er mit einem Lineal – stimmte mit der Angabe im Band überein. Es hatte den Titel »San Gior-

gio Maggiore und die Kirche Zitelle auf der Giudecca«
und zeigte nur skizzenhaft die Häuserzeile, die Kirche
mit dem Glockenturm und ein Segelschiff. Weil die
Wasserfarben zart auf das Aquarell aufgetragen waren – »ein Anflug von Rosa und Orange«, wie er in der
Beschreibung las –, entstand der Eindruck, als herrsche
dichter, heller Nebel. Jakob hatte es so genau reprodu-
ziert, dass es vom Original nicht zu unterscheiden war.
Es zeigte übrigens jenen Ort, in dessen Nähe er seinen
Verfolger mit der Gaspistole niedergestreckt hatte. Neben weiteren Bänden über den englischen Maler entdeckte er auch ein dünnes, kleines Exemplar mit dem
Titel »Turner at Farnley – the Book of Birds« aus dem
Jahr 1988. Es war ein Katalog zur Ausstellung der Clore
Gallery in London, erfuhr er aus dem Impressum, und
zeigte exakt das Rotkehlchen, das ebenfalls bei ihm
im Kasten lag. Da Elena Restauratorin war und über
Papiersorten und Farben Bescheid wusste und außerdem permanent Reisen nach Paris und London unter-
nommen hatte, hatte er plötzlich den Verdacht, dass
Jakob zusammen mit ihr Bilder gefälscht hatte. Auch
am Vogelbild war ihm aufgefallen, dass das Exemplar, das er im Rahmengeschäft von Fibonacci an sich
genommen hatte, auf altes Papier gemalt worden war.
In dem schmalen Band, den er in Händen hielt, waren
die zwanzig Vögel abgebildet, die, wie er las, Turner
in Schloss Farnley Hall für den Sohn des damaligen
Besitzers, seines Freundes Sir Walter Fawkes, angefertigt hatte. Der Wunsch des jungen Hawkey sei ein
umfangreiches Buch gewesen, aber Turner habe nach
Pfau, Rebhuhn, Fasan oder Moorschneehuhn damit
aufgehört, las Aldrian weiter. Er stellte die Bücher in

das Regal zurück, dabei erinnerte er sich, dass sich in der Schublade hinter der Verkaufstheke von Fibonaccis Geschäft noch weitere Vogel- und Blumenillustrationen – vermutlich von Maria Sibylla Merian und dem amerikanischen Ornithologen John James Audubon, wie er vermutete – befunden hatten. Audubon hatte, wie Jakob ihm erzählt hatte, die Vögel zuerst mit feinem Schrot geschossen oder mit Qualm, der die Tiere erstickte, getötet und sie sodann mit Draht präpariert. Aus einem seiner Berichte ging hervor, dass er oft mehr als hundert Vögel am Tag getötet haben musste. Aldrian kannte die Abbildungen aus »Die Vögel Amerikas«, das Jakob besaß, und er wusste, dass sein Bruder sie kopieren konnte. Dass er aber Fälscher geworden war – er glaubte jetzt immer mehr daran –, war vermutlich erst durch Elena möglich gewesen. Waren beide aus diesem Grund verschwunden? Und hatte man deshalb ihren Besitz in Griechenland abgebrannt? Aber warum war er selbst verfolgt und niedergeschlagen worden? Und was bedeutete der Versuch, ihn mit einer Riesensumme Geld aus Venedig wegzulocken? Er nahm sich vor, zu schweigen und über alles nachzudenken, denn er war sich jetzt sicher, dass er nahe daran war, den Fall aufzuklären. Und weiter? Er hatte noch eine Verabredung mit Direktor Zorzi in der Biblioteca Marciana, fiel ihm ein.

Er war sich jetzt darüber im Klaren, dass er früher oder später den Commissario würde beiziehen müssen ... Galli würde seine Wohnung auf den Kopf stellen, überlegte er, also musste er das Geld anderswo aufbewahren ... Vielleicht in Jakobs Geschäft, das schon von der Polizei durchsucht worden war? Und wenn man es fand, konnte man es nicht mit ihm in Verbindung bringen. Jedenfalls war es auch wichtig, den Karton gegen einen Koffer aus Jakobs Besitz auszutauschen. Wer wusste schon über dessen Reisegepäck genau Bescheid und konnte beweisen, dass eines der Stücke fehlte? Das alles ging ihm jetzt zugleich durch den Kopf.

Da Beatrice immer noch schlief, zog er sich leise an und nahm den Schlüssel, der im Schloss steckte, an sich. Als er auf den Platz trat, blickte er sich kurz um. Niemand schien ihn zu beobachten. Zuerst eilte er die Rughetta del Ravano zum Fischmarkt hinunter. Dann betrat er seine Wohnung, holte die drei Bilder aus dem Schrank und vergewisserte sich, dass sie auf altem Papier und vielleicht sogar mit alten Farben gemalt worden waren. Er verspürte jetzt den starken Wunsch, das Paket, das Geld und die Bilder loszuwerden. Nachdem er das Buch über Chiromantie von Johannes Hartlieb mit den Abbildungen der Hände in den Schrank gelegt hatte, da er sich wegen der Widmung seines Bruders nicht davon trennen wollte, trug er das Paket hinunter in Elenas und Jakobs Wohnung, stellte es im Wohnzimmer ab und begann, das Reisegepäck zu suchen. Wie erwartet, fand er es im Schrankraum bei den Kleidern und der Wäsche. Dabei glaubte er plötzlich zu verstehen, weshalb die Wohnung vor oder nach seiner Ankunft von den Fremden, die ihn überfallen hatten, durchsucht worden war. Sie hatten wahrscheinlich nach weiteren Bildern von Jakob gefahndet, sagte er sich. Allerdings hatten sie die gerahmten an den Wänden hängen lassen … Vielleicht, um nicht durch ihre Entfernung einen Hinweis auf die gefälschten zu geben … Sein Blick fiel auf die noch verpackte Reproduktion von Adalbert Stifters »Blick auf die Beatrixgasse«, und er fand es jetzt absurd, dass er Jakob bei seiner Ankunft das Bild hatte schenken wollen und es ihm schließlich sogar in die Wohnung gelegt hatte. Er dachte angestrengt nach, während er eine Reisetasche herausnahm, das Geld in ihr verstaute, das Adressenetikett aus der Verpackung des Pakets herausriss und einsteckte. Die drei Aquarelle versteckte er in einem Koffer, wobei ihm einfiel, dass Emilio, sein Neffe, irgendwann zurückkehren würde. Auf keinen Fall wollte er ihn in Gefahr bringen … Daher nahm er den Schlüssel vom Brett, leerte das Geld aus der Reisetasche in den Koffer mit den Bildern und stellte ihn im Hinterraum des Geschäfts in einen alten Schrank, der angefüllt war mit Tierschädeln, weshalb er zuvor noch Platz schaffen musste. Hierauf lief er zurück in seine Wohnung, warf das Etikett des Pakets in einen Müllsack, nahm die Luftpolsterfolie des Briefbeschwerers unter dem Bett heraus, den Brief seines Bruders aus dem Schrank, den Müllsack und eine Schere in die Hände und begab sich wieder hinunter in die Wohnung seines Bruders. Er zerkleinerte die Verpackung mit der Schere, zerriss den Brief und stopfte die Teile in den Müllsack, den er schließlich, wie in Venedig üblich, auf der Straße entsorgte, nachdem er sich davon überzeugt hatte, dass er dabei nicht beobachtet wurde. Das Einzige, was ihn noch belasten konnte, fiel ihm ein, war das Notizbuch mit Telefonnummern, das er im Rahmengeschäft Fibonaccis an sich genommen hatte. Plötzlich glaubte er auch zu wissen, weshalb er niedergeschlagen, verfolgt und überfallen worden war: Vermutlich hatte man ihn beobachtet, wie er bei seiner Ankunft mit der Reproduktion des Adalbert-Stifter-Bildes das Haus betreten hatte, und ihn daher für einen Komplizen Elenas und seines Bruders gehalten. Aber die hohe Geldsumme im Paket, wie passte das zusammen?

Einige Minuten blätterte er im Telefonbüchlein Fibonaccis. Die Namen und Nummern waren mit Bleistift, rotem Farbstift, blauen und schwarzen Kugelschreiberminen aufgeschrieben worden. Es waren etwa hundert Eintragungen, schätzte er. Aus Neugierde suchte er zuerst Dr. Dr. Galotti und Sergio Celi, den Taucher, fand die Namen jedoch nicht. Hierauf schlug er unter Jakob und Elena Aldrian nach und entdeckte zu seiner Überraschung beide, ebenso wie Margherita. Hingegen waren Beatrice Stefanelli und der Souffleur Lorenzo Verra nicht enthalten. Dann aber stieß er auf eine weitere Überraschung: Er fand einen »Sergio« und einen »Vladimir«, und er dachte sofort an Sergio Celi, den Taucher, und Vladimir Iwanow, seinen toten Verfolger … Auch einen »Diego« gab es, dessen Telefonnummer aber nicht mit der des Maskenbildners Diego Sarcia übereinstimmte, die er in seinem Telefon gespeichert hatte. Er wusste, dass er verrückt würde, wenn er nicht versuchte, mit Carlo Fibonacci zu sprechen. Jedenfalls war das Telefonbüchlein für ihn wertvoll, es konnten weitere Menschen und Namen auftauchen, deren Telefonnummern er dann besaß, redete er sich ein, aber die Suche nach den Namen auf den Seiten hatte ihn mehr beunruhigt, als er sich eingestehen wollte. Jeder Mensch, dem er begegnet war, konnte mit dem Verschwinden seines Bruders und seiner Schwägerin etwas zu tun gehabt haben, ausgenommen Beatrice und vielleicht noch der Souffleur des Teatro La Fenice.

Er steckte das Telefonbüchlein in seine Brusttasche, blickte aus dem Fenster und glaubte im Schatten der Fischhalle eine Gestalt, die das Haus beobachtete, zu erkennen. Er würde darauf achten, ob er wieder verfolgt wurde, nahm er sich vor, und versperrte die eigene und die Wohnung seines Bruders, stolperte beinahe, während er überhastet die Treppe hinunterlief, und verschloss, als er im Freien war, sorgfältig die Haustür. Dann lief er auf die Fischhalle zu. Er sah gleich darauf jemanden davonlaufen und versuchte, ihm zu folgen. Trotz des Menschengedränges ließ er sich zuerst nicht von ihm abhängen. Erst als die Gestalt unter den Arkaden der Fabbriche Nuove verschwand, verlor er sie aus den Augen. Außer Atem blieb er stehen und wartete, bis er wieder genügend Luft bekam. Entweder hatte es sich um einen von Commissario Gallis Männern gehandelt, der ihn observierte, oder um einen weiteren Verfolger ... Er verspürte bei diesen Gedanken weniger Angst als Wut. Immer wieder blickte er sich um, ballte die Fäuste und suchte die Straße ab, doch entdeckte er zwischen den Touristen niemanden, der ihm verdächtig erschien. Der Großteil der Passanten kam überhaupt aus der entgegengesetzten Richtung, weshalb ihm die Kontrolle leichter fiel. Er bedauerte es jetzt nicht, dass er keine Waffe eingesteckt hatte, vielleicht, weil ihm dadurch alles noch sinnloser erschienen wäre, als es ohnehin schon war.

Diego Sarcia hockte wie immer hinter seinem kleinen Tisch. Er war schlechter Laune, bemerkte Aldrian, denn er rührte sich nicht von der Stelle und murmelte nur kurz, als er ihn begrüßte.

»Ist etwas?«

»Nein, warum?«, fragte Diego zurück.

»Weil du so schweigsam bist.«

»Das hat mit dir zu tun. Warum fährst du nicht nach Wien? Du kannst ja wiederkommen, wenn alles vorüber ist!«

»Was soll vorüber sein?«

»Darauf gebe ich dir keine Antwort.«

»Sag mir, was du weißt, Diego. Ich habe die ganze Zeit das Gefühl, dass du mir etwas verschweigst.«

Diego hob den Kopf und schaute ihm ins Gesicht.

»Du redest wie meine Frau.«

Aldrian fasste es als Witz, aber auch als den Versuch auf, ihn abzulenken.

»Du kennst Carlo Fibonacci?«

»Ja … Wer kennt ihn nicht? Er hat ein kleines Geschäft auf dem Campo San Tomà. Wer ein Bild rahmen lassen will, sucht ihn auf.«

»Und was sonst?«

»Was meinst du?«

»Hast du Kontakt mit ihm?«

»Ja … Er hat bei mir ein Puppentheater für seine Enkelkinder machen lassen. Warum fragst du?«

»Weil er mit Jakob und Elena befreundet ist.«

Diego schwieg und schaute ihn dabei nicht an.

»Kommst du Sonntag in meine Maskenwerkstatt? Du wolltest sie schon die ganze Zeit sehen«, fragte er dann.

»Ja. Am Sonntag.«

Lachend und durcheinanderredend betraten mehrere Personen das Geschäft, und Aldrian nutzte die Gelegenheit, beim Hinausgehen eine Augenmaske, die als Dekoration auf einem Regal lag, einzustecken. Diego hatte abweisend auf ihn gewirkt ... oder bildete er sich das nur ein?, dachte er.

Der Campo San Polo war jetzt belebt, maskierte Kinder liefen herum, und die Mütter oder Väter waren bemüht, ihnen Freude zu bereiten oder waren mit ihren Gedanken woanders und telefonierten oder unterhielten sich. So leise er konnte, öffnete er die Wohnungstür, ließ den Schlüssel, nachdem er wieder abgesperrt hatte, stecken und stellte erleichtert fest, dass Beatrice noch immer schlief. Es gelang ihm sogar, sich lautlos zu entkleiden und in das Bett zurückzuschlüpfen, ohne dass sie etwas bemerkte. Er schloss die Augen und wiederholte in Gedanken noch einmal, was er inzwischen getan hatte. Dabei musste er eingeschlafen sein, denn als er erwachte, war Beatrice in der Küche. Sie kochte Spaghetti alle Vongole und warf die geschlossenen Muscheln, die man nicht verwenden konnte, in den Abfallkübel. Während er den Tisch deckte, fragte er sie, was sie am Tag vorhabe?

Sie hatte keine Ahnung, dass er am Morgen das Haus verlassen hatte.

Beatrice fand es am besten, wenn er mit seinen Recherchen für den Reiseführer weitermachte, aber am Abend rascher wieder nach Hause käme ... Entweder zu ihr oder in seine Wohnung.

Sie ging in ihr Zimmer und kam mit zwei Schlüsseln für die Haustür und ihre Wohnung zurück. Ohne Erklärung legte sie beide vor Aldrian hin und richtete seine Spaghetti an.

»Isst du nichts?« Aldrian lehnte sich fragend zurück.

»Keinen Appetit.« Sie ließ in der Küche Wasser über ihre Hände laufen und fuhr fort: »Verstehst du nicht, dass du mich verletzt?«

»Ich weiß selbst nicht mehr, was wahr ist und wer ich bin«, antwortete Aldrian.

»Warum sprichst du nicht mit mir darüber?«

»Weil ich nichts mehr verstehe. Ich verstehe nicht einmal mich selbst.«

»Du willst mit mir darüber nicht sprechen.«

»Ja.«

»Weshalb nicht?«

Er schwieg. Es war die Sinnlosigkeit seines Tuns, die er ihr verständlich machen musste, und dass es die einzige Möglichkeit war, die Sache zu begreifen.

»Wenn etwas ohne Sinn ist, was man tut –«

»Dann soll man damit aufhören«, unterbrach sie ihn.

»Nein, dann kann man vielleicht erfahren, was sich hinter der Sinnlosigkeit versteckt.«

»Hinter der Sinnlosigkeit versteckt sich Sinnlosigkeit und dahinter wieder Sinnlosigkeit. Du wirst es sehen.«

»Woher weißt du das?«

»Weil ich mich vielleicht mehr mit dem Alltag herumschlage und du dich mit Erfundenem.«

»Du meinst die Opern-Märchenwelt?«, fragte Aldrian ironisch.

Beatrice gab ihm keine Antwort.

»Ich war eher ein Uhrmacher, der dafür gesorgt hat, dass das Werk läuft … Andererseits bist du hier in Venedig selbst in einer Märchenwelt.«

Eine Zeitlang sprachen sie nichts. Beatrice füllte nun doch ihren Teller mit Spaghetti und begann, darin herumstochern, während Aldrian vorgab, mit Appetit zu essen. Er schenkte Beatrice und sich selbst ein Glas Wein ein, stieß stumm mit ihr an und bemühte sich, den Teller zu leeren, denn seine Gedanken beschäftigten sich vor allem mit dem, was ihn quälte.

»Weshalb vertraust du mir nicht?«, fragte Beatrice nach einer Weile.

»Das ist es nicht.«

»Was sonst?«

»Angst.«

Geld verbrennen

Am nächsten Morgen fuhr Beatrice nach Mailand. Sie nahmen liebevoll Abschied voneinander, und Aldrian beschloss, in seine Wohnung zu gehen, um sich vor seinem Termin in der Biblioteca Marciana frisch zu machen. Zuerst aber zog er ohne bestimmte Absicht wieder den Carpaccio-Band heraus und betrachtete noch einmal die beiden Bilder – die Kormoranjagd in der Bucht und die beiden Frauen auf der Terrasse –, die eines waren. Es regte seine Gedanken an, dass die zwei Wirklichkeitsebenen zuerst in einem Bild vereint gewesen, dann getrennt und schließlich wieder zusammengefügt worden waren. Er hatte jetzt auch im Leben seines Bruders den zweiten Teil gefunden – aber es blieben dennoch viele Rätsel übrig. Wirklichkeit und Traum. Wie gut er die beiden Teile seines eigenen Lebens kannte, die Wirklichkeit und die Macht der Imagination. Und auf der Rückseite des Bildes »Die Jagd in der Lagune« ein Briefhalter, die dritte Wirklichkeitsebene: die Erinnerung und die damit verbundenen geheimen Gedanken – Hass, Begehren, Sehnsucht, Geständnisse, Eifersucht, Betrug, Gleichgültigkeit. Die Wahrheit betraf zumeist nur eine der Wirklichkeitsebenen ... Aber wie sah das gesamte Bild aus? Auch bei Carpaccios Werk fehlten immer noch Teile, das entsprach zur Gänze Aldrians Vorstellung von Wirklichkeit und Wahrheit … Eine vollständige Wahrheit? Die Grenzen der Sprache …

Den gesamten Weg zurück in seine Wohnung hatte er das Bild von Carpaccio vor Augen.

Alles bereitete sich auf den karnevalesken »Kopfstand« am Wochenende vor. Er empfand jetzt keine Angst, beobachtet oder neuerlich verfolgt zu werden, vielleicht weil das Gedränge der Maskierten so groß war. Auch auf dem Fischmarkt tummelten sich Maskierte, die tote Meerestiere und Blumen fotografierten. Es sah seltsam aus, wie sich die Jahrhunderte mischten, das Barock mit dem Rokoko, Zukunftsvisionen mit Fantasy, Märchen mit Utopie. Er staunte trotzdem, dass ihm alles normal vorkam, obwohl es doch verrückt aussah. Wie immer hob er, nachdem er die Tür geöffnet hatte, die Post vom Boden auf. Bevor er sie ablegte, fiel ihm die Titelseite der Tageszeitung auf, in die er sonst keinen Blick warf.

»Falschgeld im Umlauf«, las er. In mehreren Geschäften von Venedig sei mit falschen 100-Euro-Noten gezahlt worden. Darunter war auch der Laden mit den Briefbeschwerern angeführt, dessen Besitzer darüber klagte, dass das Paperweight von einem Maskierten mit falschen 100-Euro-Noten beglichen worden sei, erfuhr er.

Aldrian verspürte nur noch Zorn. Möglicherweise konnte, wenn er Beatrice den Briefbeschwerer schenkte, sie das auf den Gedanken bringen, er sei der Täter. Er schloss die Tür von Jakobs Geschäft auf, nahm den Koffer mit dem Geld und den drei Bildern aus dem Schrank und trug ihn in seine Wohnung.

Dort wickelte er die Banknoten in zwei graue Müllsäcke ein, rollte sie zusammen und verstaute alles in seiner Reisetasche, die er im Schrank aufbewahrte. Hierauf zerriss er die drei Bilder, das Rotkehlchen und die beiden Turners – allesamt Fälschungen, die der Polizei nicht in die Hände fallen durften –, und warf die Schnipsel zu den gefälschten Euroscheinen. Ohne zu zögern lief er die Treppe wieder hinunter und aus dem Haus in Richtung Santa Croce. Zuerst wollte er die beiden zusammengerollten Müllsäcke mit dem Falschgeld einfach zu den Abfallsäcken, die überall vor den Häusern lehnten, stellen, aber immer kam etwas dazwischen: ein alter Mann mit einem Hündchen, das gerade sein Geschäft verrichtete, vereinzelte Touristen, ein Mann mit einem Postkarren, den er mühsam über die Treppe einer Brücke hievte … Er wusste auf die Zwischenfälle keine andere Antwort, als langsam weiterzugehen und auf eine Gelegenheit zu warten, bei der er die Banknoten und die zerstörten Bilder loswerden konnte. Endlich entdeckte er einen Kanal, an dem niemand zu sehen war, aber als er den ersten der beiden Nylonsäcke aus der Reisetasche nahm, liefen zwei Mädchen vorbei, die beinahe über das Gepäckstück gestolpert wären. Er wusste inzwischen nicht mehr, wo er sich befand. In der Nähe des Canal Grande? In der Nähe des Campo San Polo? Dorthin wollte er auf keinen Fall. An einer unbelebten Brücke über einen schmalen Kanal konnte er sich endlich der beiden Pakete entledigen. Das erste ging langsam unter, aber das zweite hielt sich auf der Wasseroberfläche und trieb dahin. Aldrian wollte nicht warten, bis es unterging, und kehrte mit der leeren Reisetasche in der Hand um. Bei den nächsten Müllsäcken stellte er auch die Reisetasche dazu und gelangte endlich über mehrere Umwege zurück auf den Fischmarkt. Erleichtert durch den Umstand, dass er wieder zum Teil der Menge geworden war, streifte er herum, bis er einen klaren Kopf bekam. Dann erst begab er sich zurück in die Wohnung, duschte, kleidete sich um und legte sich erschöpft auf das Bett, bis Beatrice anrief. Nachdem er sie begrüßt hatte, sagte er, dass er nach Hause gegangen sei, um sich für den Besuch in der Biblioteca Marciana umzuziehen.

»Gibt es etwas Neues?«

»Nichts. Was soll es Neues geben?«

»In Venedig kursiert Falschgeld.«

»Ja?«

»100-Euro-Scheine. Hast du welche in der Geldbörse?«

»Nein, ich glaube nicht – doch, einen … aber er sieht älter aus.«

»Pass auf, sonst sperren sie dich noch ein.« Sie lachte. »Du bist der erste Mann, dem ich permanent nachlaufe.«

»Und du die Erste, die mir permanent davonläuft.«

Es fühlte sich gut an, nicht auf jedes Wort achten zu müssen. Sie nahm sich Zeit für ihn, offenbar hatte sie im Augenblick nichts zu tun.

»Was machst du gerade?«, fragte sie ihn, während er daran dachte, ob das in den Müllsack eingewickelte Paket mit den 100-Euro-Scheinen und den Schnipseln der drei Bilder untergegangen oder weitergeschwommen war und vielleicht noch immer im Kanal dahintrieb.

»Ich frage mich gerade, ob es sinnvoll ist, mit meinen Buchplänen weiterzumachen«, antwortete er zerstreut.

»Ich glaube, dass du es tun solltest. Es lenkt dich ab. Am besten aber wäre es, wenn du zurück nach Wien fährst. Nächste Woche könnte ich Urlaub nehmen und nachkommen.«

Nein, dachte Aldrian, ich werde hierbleiben … Auch ein Souffleur kann nicht mitten in einer Opernaufführung wegen Schwierigkeiten seinen Platz verlassen. Er muss alles tun, um den Abend zu retten.

Und ein Zauberer?, fragte er sich. Er könnte sich auf der Bühne höchstens selbst wegzaubern. Nur durch ein unbegreifliches Kunststück, dachte er weiter, könnte er einen Fehler wiedergutmachen.

»Ich werde es mir überlegen«, antwortete er, bevor sie das Gespräch beendete. Doch in Wirklichkeit überlegte er etwas ganz anderes. Man hatte ihm die Banknoten vermutlich geschickt, um ihn als Geldfälscher von der Polizei verhaften zu lassen. Also hatte er die Scheine nie besessen. Er musste es sogar Beatrice gegenüber verschweigen. Außerdem hatte man vermutlich die Absicht gehabt, auch seinen Bruder in Misskredit zu bringen. Und Jakobs eigentliches Verbrechen, das er auf dem Kerbholz hatte – nämlich Bilder zu fälschen –, sollte unerkannt bleiben, und damit alle, die dahintersteckten. Das war ein dämonischer Trick gewesen, jetzt aber war er am Zug. Als Erstes musste er ungesehen zur Biblioteca Marciana fahren. Dafür hatte er seine Augenmaske, die er aber erst aufsetzen wollte, wenn er eine Kopfbedeckung gefunden hatte. Schnell und unbemerkt musste er sich in einen anderen verwandeln … Und verkleidet in der Bibliothek verschwinden.

Aldrian blickte, wie gewohnt, aus dem Fenster auf den Fischmarkt, bevor er losging, und als ihm nichts Verdächtiges auffiel, zog er sein schwarzes Sakko an, das er für Besuche im Teatro La Fenice oder für Einladungen im Schrank hängen hatte, und verließ – nachdem er in die Windjacke geschlüpft war – das Haus durch die Ladentür. Es gelang ihm, ohne Zwischenfall die Rialtobrücke zu erreichen, wo es von Maskierten wimmelte, und er entdeckte auf einem fahrbaren Stand eine ähnliche Harlekin-Mütze mit Glöckchen, wie sie einer der beiden Männer getragen hatte, als sie ihn nach seiner Ankunft vor dem Haus niedergeschlagen hatten. Er kaufte sie und verstaute sie unauffällig in dem weißen Kunststoffsäckchen, das der Händler ihm anbot. Dann überquerte er die Rialtobrücke, machte auf der anderen Seite kehrt und kam wieder zurück, ohne dass er etwas Verdächtiges entdeckte. Am Fahrkartenschalter des Wartehäuschens löste er eine neue Wochenkarte, ging eilig ein weiteres Mal über die Rialtobrücke und zurück und setzte dabei – seinen Kopf ein wenig senkend – rasch die Augenmaske und die Harlekin-Mütze auf. Das alles gelang ihm so perfekt, dass ein Verfolger – sei es von der Polizei oder einem seiner Widersacher – irritiert hätte anhalten und nach ihm suchen müssen, während er schon die Rughetta del Ravano zur Cantina do Mori hinauflief. Er musste wieder gegen den Strom aus Maskierten ankämpfen, die sich wie Betrunkene verhielten und über alles, was ihnen begegnete, lachten. Er war jetzt froh darüber, dass er sich als Hofnarr mit Augenmaske dem Treiben angepasst hatte.

Die »Cantina do Mori« befand sich in der Calle dei do Mori – zum ersten Mal las er die Hausnummer 429 und sein Gehirn rechnete sofort: 4+2+9=15, 1+5=6 und dachte an die sechseckigen Schneeflockenkristalle und Bienenwaben und an die sechs Beine der Insekten. Die Gedanken spielten weiter verrückt, sie gaben ihm statt »Cantina do Mori« die Bezeichnungen »Cantina d'amore« und dann »Cantina della Morte« ein – ein Gasthaus der Liebe und des Todes. Neugierig öffnete er die schmale, verglaste Doppeltür. Das Lokal war randvoll. Von der Decke hingen Kupferkessel, und hinter der langen, dunkelbraunen Theke standen Angelo, der glatzköpfige Besitzer mit Brille, und sein Sohn Mario, beide mit weißen Schürzen bekleidet. Sie sahen im Raum aus wie zwei Psychiater oder Pfleger einer Irrenanstalt. Hinter ihnen in Regalen die Medizin: Whisky, Aperol, Wodka und Grappa, daneben eine Registrierkasse und eine geöffnete Tür zu einem Vorratsraum mit Flaschenregalen. Wie immer fühlte sich Aldrian im dunklen Gastraum geborgen, auch wenn die meisten Gäste maskiert waren. In einer beleuchteten Vitrine lagen die Cicchetti – die Häppchen: Tramezzini mit Speck, Stockfischmus und Parmaschinken, Polentaschnitten, gebratenes Gemüse, hartgekochte Eier und Sardellen, ausgelöster Hummer und kleine Oktopusse, Brötchen mit Sauerfisch, Spießchen mit Zwiebeln und Tomaten und Peccorino. Endlich gelang es ihm, sich bis zur Theke durchzudrängen. Er erhielt eine kleine Auswahl des Angebots auf einem Teller und trank dazu, an einer der Wände lehnend, eine Flasche Bier. Allmählich gefiel ihm das Gelächter und das laute Sprechen der Umstehenden, und vor allem genoss er es, dass Angelo und Mario ihn nicht erkannt hatten, obwohl er, als er etwas geordert und bezahlt hatte, auch hatte sprechen müssen. Zu seiner Überraschung hörte er hinter sich eine Stimme, die ihm bekannt vorkam. Es war niemand sonst als sein Freund Lorenzo Verra. Wie immer sprach er jedes Wort deutlich aus, diesmal besonders laut, um den Lärm zu übertönen, und Aldrian begriff augenblicklich, dass er einmal mehr vom Brand des Teatro La Fenice sprach.

»Sie kennen den Geruch von Venedig, Madame«, führte er gerade aus, »wir Venezianer haben uns daran gewöhnt, aber Sie, die Sie ja nur selten hierherkommen, haben gewiss das leichte Aroma von Fäulnis und Salz wahrgenommen.«

Lorenzo war nicht maskiert, ebenso wenig wie die ältere Dame, die teuer gekleidet war.

»Ich werden den 29. Januar 1996 nie vergessen«, setzte Lorenzo fort, »in dieser Nacht brannte das Teatro La Fenice ab, und der leichte Geruch nach Fäulnis wich dem hässlich-scharfen Gestank des Brandes. Ich sah den Feuerschein vom Markusplatz aus, als ich gegen 22 Uhr das Caffè Florian verließ. Sofort hörte ich Stimmen, die ›Das Fenice brennt!‹ riefen. Sie werden verstehen, dass es mich traf, als wäre ein mir naher Mensch verunglückt. Ich lief, so schnell ich konnte, durch die Stadt und sah und roch und hörte die Katastrophe schon von weitem. Der gesamte Dachstuhl brannte, aber das Schlimmste war der Wassermangel, weil die Kanäle, der Rio de Fenice, der Rio dell' Albero, der Rio della Verona und der Rio Santa Maria del

Giglio, die das Gebäude umschließen, wegen Bauarbeiten trockengelegt worden waren. Die Funken sprühten gegen den Himmel, und selbst am nächsten Tag ließ der Wind noch Asche in den Gassen herumwirbeln. Das Löschwasser also, das Löschwasser musste in der Nacht von Hubschraubern abgeworfen werden. Immer mehr Neugierige sammelten sich vor dem Theater, es war beinahe so wie heute vor der Rialtobrücke, nur dass die Menschen nicht lachten. Viele weinten, wir weinten alle. Ich sah einen Teil meines Lebens in Flammen aufgehen, meine Liebe. Und wissen Sie, wem wir das zu verdanken hatten? Dem Elektroingenieur Enrico Carella und seinem Cousin Massimiliano Marchetti – ich kannte sie persönlich –, die an der Verbesserung der Brandschutzanlage gearbeitet hatten. Sie haben die Oper in Brand gesteckt, weil Carella eine Konventionalstrafe von 7500 Euro drohte, da er die vertraglich zugesicherten Termine nicht eingehalten hatte.«

Aldrian hatte die Geschichte schon tausendmal gehört und wusste auch, dass Lorenzo bald weinen würde.

Er verließ daher die Cantina und begab sich wieder in den organisierten Wahnsinn, wie er das Treiben nannte. Buntes Konfetti und Girlanden wurden in die Luft geworfen und regneten auf die Passanten nieder. Die Rialtobrücke wurde von den Gestalten hastig in Besitz genommen, und Aldrian musste an ein verrücktes, heiliges Ritual denken. Es gelang ihm gerade noch, sich in ein überfülltes Vaporetto zu drängen, indem er die mit sich selbst beschäftigten Wartenden zur Seite stieß, doch an Deck sah er sich augenblicklich von vier

Pestärzten umringt. Sie trugen schwarze Kleider, einen schwarzen Dreispitz und darunter die langen Pesthauben, Hals- und Mundtücher, die Vogelmasken mit den langen Schnäbeln, Brillen, weiße Spitzenhemden und Handschuhe und jeder von ihnen eine lange Rute, mit der sie, ohne ein Wort zu verlieren oder zu lachen, auf alles Mögliche zeigten. Anfangs wiesen die vier auf ihn, dann auf die Palazzi, ein Wartehäuschen, das sie anliefen, oder auf eine andere Person. Aldrian empfand Unbehagen, doch verlor er allmählich das Gefühl der Bedrohung, und als er erkannte, dass sich die vier nur unterhalten wollten, fühlte er sich zu seinem eigenen Erstaunen von ihnen sogar beschützt.

Die Piazzetta des Markusplatzes war zu einer offenen Bühne geworden: Er dachte an den Maskenball im Roman »Das Phantom der Oper«, und er erinnerte sich, dass er einmal mit seinen Zauberkünsten in der geschlossenen Wiener Staatsoper vor der Belegschaft als roter Tod aufgetreten war wie das Phantom in dem Buch.

Vor dem Eingang zur Biblioteca Marciana nahm er die Narrenkappe vom Kopf, verstaute sie in der Plastiktasche und steckte die Augenmaske ein. Doch noch immer hatte er die Ereignisse des Tages – jetzt wie einen quälenden, sich wiederholenden Traum – vor Augen.

Die Biblioteca Marciana

Die Frau mit Brille in der Portierloge sah verschlafen aus, aber sobald er seinen Namen nannte, bat sie ihn zu warten und telefonierte. Aldrian konnte in den Lesesaal hinter der Portierloge blicken, und die Stille und Bewegungslosigkeit im Raum waren wie ein Versprechen, dass die zweite Welt in dem langen, hohen Trakt die erste abgelöst hatte. Von oben fiel Licht durch das Glasdach auf den von Arkaden umsäumten Saal, der früher der Innenhof der Münze, der Zecca, gewesen war, wie Aldrian von seinem Bruder wusste. Der Lesesaal war zusätzlich durch Tischlampen fahl erleuchtet und zu etwa einem Drittel besetzt. Die Portiersfrau wies jetzt auf die breite Prunkstiege, und Aldrian schritt – nachdem er die Plastiktasche mit dem Narrenhut hinterlegt und sein Telefon auf lautlos gestellt hatte –, die erste Welt mit jeder Stufe weiter hinter sich lassend, hinauf in die zweite. Oben wartete bereits der Direktor, Dr. Marino Zorzi, auf ihn, ein eleganter, freundlicher Herr, wie sich herausstellte: das graue Haar gescheitelt, der dunkelgraue Anzug und die Krawatte aus feinstem Material. Er bat Aldrian liebenswürdig in sein Zimmer mit einer großartigen Aussicht auf die Lagune, den Canal Grande und die Insel San Giorgio Maggiore. Vor einem zweiten Fenster stand

ein Baukran, »schon seit Jahren«, wie der Direktor bemerkte. Er sprach zur Erleichterung Aldrians deutlich
wie ein Lehrer zu seinen Schülern. Der Raum war etwa
sechs Meter hoch, und die Bogenfenster rahmten Himmel, Wasser und in diesiger Ferne die beiden Kirchen
Santa Maria della Salute und San Giorgio Maggiore
ein.

Oben der Himmel und unten das Wasser, dachte
Aldrian, oben Wolken und Möwen, unten größere
Schiffe und die Gondeln wie riesige Krähen ... und
bei Nebel musste alles wie eine Vision wirken. Aldrian
fühlte sich jetzt im Paralleluniversum angekommen.
Hinter dem Direktor waren, in einem grüngetäfelten
Schrank, ledergebundene Folianten aufbewahrt. Der
Direktor stand, während er mit ihm sprach, hinter sei-
nem Schreibtisch. Die glänzende Platte spiegelte für
Aldrian seitenverkehrt die Bücher, das Meer, den Him-
mel, die ziehenden Wolken, die Möwen und die Gon-
deln. Dr. Zorzi hatte gerade davon gesprochen, dass
die Bibliothek eine Million Bände besitze, 13 000 Handschriften, 24 000 Drucke des 16. Jahrhunderts und 2300
Inkunabeln, sogenannte Wiegendrucke, und dass sie
auch die Bibliotheken der von Napoleon aufgelösten
Klöster umfasse. Ihm war offenbar aufgefallen, dass
Aldrian auf die Schreibtischplatte starrte – bemerkte
wiederum Aldrian in der Spiegelung des polierten
Holzes –, fuhr aber ungerührt fort, dass der große
Anreger für die Einrichtung der Biblioteca Marciana
der Dichter Petrarca gewesen sei, der versprochen
habe, ihr seine Bücher zu schenken, wenn sie gebaut
würde. Er habe sie dann aber lieber selbst behalten. Sie
besäßen von ihm jedoch einige verzierte Handschrif-

ten wie die »Sonetti de triumphe« aus dem Jahr 1370. Hierauf zitierte er auswendig, was »der Meister« über Venedig geschrieben habe: »Ich sehe Schiffe, so groß wie mein Haus, mit Masten, höher als seine Türme. Sie sind gleich Bergen, die auf dem Wasser schwimmen. Sie befahren jeden Teil des Erdkreises und trotzen unermesslichen Gefahren. Sie bringen Wein nach England, Honig nach Russland, Safran, Öl und Leinwand nach Assyrien, Armenien, Persien und Arabien, Holz nach Ägypten und Griechenland und kehren zurück, schwer beladen mit Erzeugnissen aller Art, die von hier aus in alle Weltgegenden verschickt werden.« Sie besäßen außer den Schriften von Petrarca aber auch Erstdrucke und bibliophile Seltenheiten, fuhr Marino Zorzi fort, wie Ausgaben des palästinischen und babylonischen Talmuds, ein Exemplar des Korans vom Beginn des 16. Jahrhunderts, Schriften von dem in Rom verbrannten Ketzer Giordano Bruno wie »De la causa, principio e uno« und »De l'infinito, universo e mondi« oder die erstgedruckte Fassung von Marco Polos »Buch der Wunder«. Vor allem der einzigartige Bestand griechischer Handschriften aber habe die Biblioteca Marciana bereits im 16. Jahrhundert zum Zentrum für humanistische Studien gemacht. Auch die Sammlung von Opernmanuskripten aus dem 17. Jahrhundert gehöre zu den Schätzen der Bibliothek, fügte Zorzi lächelnd hinzu. Der Erbauer der Bibliothek, der berühmte Architekt Jacopo Sansovino, habe nicht nur die Biblioteca Marciana erbaut, sondern auch die Alten Prokuratien des Markusplatzes – das heißt die ehemaligen Verwaltungsgebäude der Republik – zuerst umgestaltet und dann fertiggestellt, die Zecca und die

Loggetta del Campanile. Der Auftrag an den Archi-
tekten gehe bis auf das Jahr 1537 zurück. Acht Jahre
später sei das Gewölbe des damaligen Lesesaales ein-
gestürzt und Sansovino zur Strafe dafür ins Gefängnis
geworfen worden ... Der Maler Tizian und der Schriftsteller Aretino hätten sich jedoch für ihn eingesetzt, so
dass er einige Zeit später wieder freigelassen worden
sei, allerdings habe er für den Schaden aufkommen
müssen.

Aldrian hatte ihm nicht sehr aufmerksam zugehört,
das Wichtigste hatte er schon von seinem Bruder und
dem Souffleur Lorenzo Verra gewusst, denn er hatte
immer weiter auf die spiegelnde Tischplatte geschaut
und darauf seitenverkehrt gesehen, wie die Möwen-
schwärme über die Lagune geflogen und die Schiffe
gekommen und wieder verschwunden waren.

»Die Bibliothek ist riesig, man kann sich monate-
lang in ihr aufhalten und immer noch darin verirren«,
schloss er und öffnete eine Tür im gegenüberliegenden Schrank, in dem Hunderte von Schlüsseln aufgehängt waren. Noch nie zuvor hatte Aldrian eine so
große Menge an einem Platz gesehen, und er dachte
an Notenschlüssel und die Tausenden von Noten in
einer Partitur. Um eine Oper zu komponieren, musste
jede dieser Noten »passen« wie die Schlüssel in die
Türschlösser. Während Aldrian einen Blick auf die
weiße Leselampe, den Briefbeschwerer, eine kleine
Bücherskulptur und das Schreibzeug warf, entdeckte
er zwei handgebundene, abgegriffene und abgewetzte
Folianten, »Periodici Giornali I und II«. Die durch
den Gebrauch auf den Deckeln entstandenen Muster
erinnerten Aldrian an die braunschwarze Haut einer

Echse. Die aufgeklebten Schilder mit den Beschriftungen waren nur noch in Rudimenten vorhanden.

Zorzi erhob sich, und was nun folgte, erschien Aldrian, während er es erlebte und auch wenn er später daran dachte, wie ein langer Flug über einen geheimnisvollen Kontinent. Durch eine Tür im Zimmer des Direktors gelangten sie in einen holzgetäfelten Bibliotheksraum mit einem Balkon unter der Decke, der mit Büchern in Regalen vollgestopft war, unterhalb davon Schreibtische, Computerbildschirme, Papierstapel und auf dem Boden Haufen von leeren Pappschachteln und aufgeschlagenen Büchern … außerdem Schreibtischlampen, blaue Arbeitsstühle und ein Mann in einem schwarzen Pullover neben einer blonden Frau, die in ihre Arbeit so vertieft waren, dass sie nicht aufblickten. Aldrian hob den Kopf zur Decke, um die Gipsstuckaturen zu betrachten, dann wieder senkte er ihn auf den Terrazzofußboden mit seinen verschiedenfarbigen, braunen, schwarzen und weißen Punkten aus Granit oder Dolomit, aus Kalkstein und Marmor. An der Wand fiel Aldrian – und es kam ihm jetzt vor, als flöge er in die Vergangenheit – ein Kalender mit altem Datum auf, ein Hinweis auf das stillschweigende Voranschreiten der Zeit. Er sagte sich, wie schon so oft, dass die Dinge lebten. Dieser Gedanke war ihm bereits als Kind gekommen, und vielleicht hätte er sonst wohl nie das Zaubern erlernt. Bei seinen Auftritten machte er die Dinge gleichsam zu Bestandteilen seines Körpers, als seien sie etwas wie die Zähne oder Gehörknöchelchen, weshalb sie geradezu automatisch in seinen Händen arbeiteten, ohne von seinem Denken beeinflusst zu werden … Und wieder schweiften seine Gedanken zu dem Zauberbuch und dem Brief seines Bruders im Karton ab, den ihm der Bote übergeben hatte ...

Direktor Zorzi ging voraus in den nächsten Raum, und diesmal dachte Aldrian an einen Sturm, der alles durcheinandergewirbelt, der wirklich »gewütet« hatte. Offensichtlich hatte niemand versucht, Ordnung in das Chaos zu bringen. Eiserne, sehr alte Schränke mit Leisten und Nieten, wie rostige, aus dem Wasser gezogene Schatzkisten, verstärkten noch den Eindruck von Zerstörung. Leitern lehnten an den Schränken, in denen man Nägel an der Innenseite vermuten konnte, die zum Tode Verurteilte beim Schließen ihrer Türen durchbohrten wie die sogenannten Eisernen Jungfrauen. Aldrian betrat bereits einen weiteren Arbeitsraum voller leerer Pappschachteln und Papier. Es sah hier fast so aus wie in der Werkstatt eines an Alzheimer erkrankten Magiers, staunte er.

Sie stiegen jetzt über eine Holztreppe nach oben und fanden sich im ersten Stock auf dem Balkon wieder, mehrere Meter über den Köpfen der Studierenden und zugleich mehrere Meter unter der Decke des Raumes.

Mit den vollgestopften Bücherregalen im Rücken fühlte sich Aldrian im ersten Augenblick wie ein Aufsichtsorgan. Der Direktor führte ihn weiter zum Gang im zweiten Stock des Gebäudes, von wo aus er jetzt den großen Lesesaal aus der Vogelperspektive betrachten konnte. Er zählte die Reihen der Tische und Stühle, insgesamt waren es vier auf jeder Seite, und auf den honigbraunen Tischplatten befanden sich je drei Leselampen mit weißen Schirmen. Es kam ihm vor, als hätten selbst die Leselampen weiße Handschuhe an wie die Studenten, wenn sie mit alten, kostbaren Büchern hantierten. In der Mitte des Lesesaals und zwischen den einzelnen Tischreihen waren Regale aufgestellt, die den Raum in Abschnitte unterteilten, um ein ungestörtes Studieren zu ermöglichen. In einer der Ecken entdeckte er die lorbeerbekränzte Statue des Dichters Petrarca, dann wandte er seine Aufmerksamkeit den Studenten zu, die sich langsam, wie in Zeitlupe durch den Saal bewegten. Andere saßen, in ihre Bücher und Manuskripte versunken, vor den Tischen.

Weiter ging es durch Archiv-Zweckräume, wie der Direktor ausführte, an Eisenregalen entlang, unter Neonröhren, Belüftungs- und Kabelrohren. Es roch überall nach Altpapier. Natürlich hatte Aldrian keine Vorstellung davon, wohin die nächste der vielen Türen führte. Einmal öffnete sich vor ihm ein kleines Arbeitszimmer mit mehreren Computerbildschirmen, hohen Butzenscheibenfenstern und verglasten Schränken, in denen Bücher standen. Der Direktor öffnete eines der Fenster, und Aldrian durfte auf die Piazzetta und den Maskentrubel, die beiden Säulen, den Dogenpalast und den Markusdom hinunterblicken. Auf dem Platz standen noch die Holzbänke vom letzten Acqua alta. Sein Blick schweifte über die Kaffeehausstühle mit den verkleideten Gästen, die Gondeln und das Meer. Es war ihm, als hätte Dr. Zorzi den Deckel eines riesigen Bilderbuches aufgeschlagen, in dem sich das Geschehen verselbständigt hatte. Der Direktor schloss das Fenster wieder, und abermals ging es in scheinbar unendlicher Wiederholung von Räumen mit Kopierern, Lampen, überfüllten Papierkörben, Zentralheizkörpern, Kleiderständern, Regalen, braunen Kartons, Neonröhren, Tischen, Stühlen und Büchern, Büchern, Büchern weiter. Sie überquerten Brücken voller Bücher, die durch Räume voller Bücher in die nächsten Räume voller Bücher führten. Manchmal waren Drahtgitter vor die Regale gespannt, um Diebstähle zu verhindern, weshalb Aldrian zwischendurch an ein Gefängnis für Bücher dachte. Auf einen großen, wieder mit Büchern und leuchtenden Bildschirmen vollgestopften Raum folgte in unregelmäßiger Reihenfolge ein gleich großer, kleinerer oder größerer, so dass man wie in einem verspiegelten Raum den Eindruck von Unendlichkeit gewann. Einmal zeigte ein Deckenfresko das Dichterpferd Pegasus, das auf die Sonne zuflog und in diesem Labyrinth offenbar seinen Stall hatte. Zuletzt fand er sich in einem Durchgangszimmer mit einer von einem Vorhang bedeckten Wand wieder, die ihn an die Bühne eines Puppenspielers denken ließ. Der Direktor öffnete den Vorhang, und Aldrian sah die Welt auf der berühmten Karte von Fra Mauro aus dem Jahr 1459. Es war, sagte sich Aldrian, die Welt hinter der Welt. Wie ein Trugbild bei einem Zauberkunststück war sie sichtbar geworden, und zusammen mit dem Öffnen des Vorhanges machte sie auf den ehemaligen Souffleur den Eindruck, die Kulisse für eine unbekannte Oper zu sein. Da waren der Stiefel Italiens im blauen Mittelmeer, gefurcht von weißen Wellenlinien, im Wasser aufgerollte, beschriftete Pergamente und weiße, kleine Segelschiffe. Das Wasser nannte sogar seinen Namen: Mare Mediterraneum, las Aldrian. Es kam ihm vor, als sei dargestellt, wie die Sprache mit ihren Buchstaben vom Himmel auf das Meer geschwebt war und dort Inseln gebildet hatte. Er erhielt von einem Beamten, den er vorher nicht bemerkt hatte, eine Lupe und durfte das Wunderwerk aus der Nähe und in allen Einzelheiten bestaunen ... die Flüsse und Städte und Berge, phantastisch und zugleich wissenschaftlich präzise gemalt von einem wachen, künstlerischen Geist, einem Leonardo da Vinci der Geographie (der das Schicksal der Physiker aller Jahrhunderte geteilt hatte, die eine Landkarte der Weltgesetze zu zeichnen versucht hatten, aber weder den Zugang zur noch kleineren Welt hinter den Quanten fanden noch zur makroskopischen Welt des gesamten Universums). Fra Mauros bronzene Büste stand davor, ein großer Kopf mit listigen Augen und einem zu ewigem Lächeln erstarrten Mund. Er machte auf Aldrian den Eindruck, als sei er der Künstler, der alle Masken der Welt erfunden hatte.

Gleich dahinter öffnete sich der Prunksaal der Biblioteca Marciana mit geometrisch gemusterten Marmorfußböden, antiken Skulpturen, Deckenfresken von Tiepolo, Tizian und Tintoretto, alles reich geschmückt, reich verziert, als bewege er sich jetzt wirklich in einer Schatzkammer des Geistes. Vor den Rundbogenfenstern hingen gelbe, lichtdurchschienene Vorhänge, und an den Zwischenwänden standen Vitrinen mit illuminierten Handschriften und uralte, bemalte Globen. Aldrian hatte das Gefühl, als könne er von einem Moment auf den anderen den Boden unter den Füßen verlieren. Durch einen Türstock aus schwarzem Marmor gelangte er in den nächsten Saal des Traumreiches, der dem ersten ähnelte. Waren die Globen Darstellungen einer Geographie der Traumwelten?, fragte sich Aldrian. Hielten die Dokumente hinter Glas eine Weltgeschichte der Träume fest? Alles, was die Menschheit – seit ihrem Bestehen – geträumt oder sich in Gedanken vorgestellt hatte? Alles Unausgesprochene und Vergessene? Waren auf den Globen und in den Dokumenten diese nicht existierenden Welten als physisch vorhanden imaginiert worden? Befand er sich in einem Saal der Gegengeschichte, in der auch eine Weltgeschichte der Tierheit dargestellt war? Ihre Schicksale, ihre Gedanken, ihre blutige Ausrottung und Schlachtung? War hier der Schlüssel, phantasierte Aldrian weiter, zu einem anderen Verstehen der Welt zu finden? Waren die Ornamente des Marmorfußbodens die Abbildung eines Paralleluniversums mit seinen Gestirnen?

Der Direktor war stehen geblieben und schien seine Gedanken erraten zu haben.

»Man hat Venedig oft genug als eine Märchenstadt bezeichnet. Das stimmt nur insofern, als es nicht nur verklärende, sondern auch grausame Märchen gibt. Das venezianische Gehirn, das diese Märchen erfunden und sogar erlebt hat, hat selbstverständlich zwei Hälften. Die eine speichert historische Ereignisse und Lügen – das Archivio di Stato di Venezia und der Dogenpalast –, die andere ist das Reich der blühenden Phantasie, der Kunst, der Religion – die Biblioteca Marciana, die Museen und die Kirchen. Beide Gehirnhälften kommunizieren miteinander, daher ist es schwer, ein objektives Gesamtbild zu gewinnen. Feinde von Venedig haben die Stadt als bösartige Land- und Wasserschlange bezeichnet oder als verräterische adriatische Kröte. In den Schriften, die als ›Antiveneti‹ bezeichnet werden, beschreibt ein Franzose – Claude de

Seyssel – die Venezianer als ein Volk, das sich in die Sümpfe verkrochen hat, als ob das Meer sie so wenig wollte wie das Land: herrschend nicht durch Waffen und Klugheit, sondern durch Diebstahl und Betrug, hungrig wie der Wappenlöwe, gierig nach Land, Geld und Blut. Die venezianische Regierung wurde als eine tyrannische Oligarchie hingestellt, die ihre schreckenerregende Leistungsfähigkeit mit Hilfe von Spionen, Folter und Giftmischerei aufrechterhielt. Demgegenüber stehen aber die Lobgesänge auf Venedig, die es immer schon gegeben hat und bis heute noch gibt. Venedig gilt darin als Inbegriff der Schönheit, denken Sie an die Gemälde der Renaissance, an Bellini, Giorgione, Tizian bis zu den Aquarellen von William Turner, an die Bauwerke und – was Sie selbst besser wissen als ich – die Musik von Vivaldi bis Luigi Nono, von Monteverdi, der hier die ersten großen Opern komponierte und aufführte, bis zu Verdis genialen Werken und Igor Strawinsky, dessen Oper ›The Rake's Progress‹ nach den Gemälden und Kupferstichen von William Hogarth – wie Ihnen sicher bekannt ist – im Teatro La Fenice uraufgeführt wurde ...«

»Am 11. September 1951«, ergänzte Aldrian für sich – und schon war sein Kopf erfüllt mit der Musik Strawinskys, die Anspielungen auf verschiedene Opern enthielt, ein Gebet mit Hornklängen, das an »Fidelio« erinnerte, oder einen Gang in die Hölle wie in »Orpheus« ... Außerdem sah er den Lebensweg des Wüstlings Tom Rakewell, wie ihn William Hogarth dargestellt und Christoph Lichtenberg interpretiert hatte, durch Casinos, Bordelle und Irrenhäuser vor sich, da er »The Rake's Progress« bei den Salzburger Festspielen mehrfach selbst souffliert hatte.

»Schriftsteller von Petrarca und Boccaccio bis Lord Byron, Casanova, Ruskin, Henry James, Rainer Maria Rilke, Thomas Mann oder Ernest Hemingway und Jean-Paul Sartre haben sich von Venedig inspirieren lassen, nicht zu vergessen das Theater: die Commedia dell'Arte und Goldoni ... Was ich damit sagen will, ist, dass es immer eine Sache der Perspektive ist, aus der man etwas betrachtet.« Er hörte abrupt zu sprechen auf, als habe er vergessen, worüber er geredet hatte, und verließ den Saal, eilte Aldrian voraus, eine Treppe hinauf und wieder hinunter und öffnete das Studierzimmer für die Handschriften. Obwohl sich Menschen darin aufhielten, hörte Aldrian kein Geräusch, so dass er den Eindruck gewann, es werde ausschließlich von Stummen benutzt. Die Fenster waren durch weiße, wieder lichtdurchschienene Vorhänge verdeckt. Aus den Tischen wuchsen schwarze Kabel mit kleinen Lampen daran. (Um das Studium der kostbaren Pergamente, wie Aldrian vermutete, zu ermöglichen.) Womit beschäftigten sich die hier Anwesenden? Welche Bilder gingen ihnen durch den Kopf, welche Gedanken? Auf Lesepulten, die die Form von Vogelflügeln hatten, lagen aufgeschlagene Werke. Die Wände waren – wie Aldrian jetzt registrierte – zur Decke hinauf mit Blattornamenten und weiteren geometrischen Mustern verziert, auf dem Plafond selbst prunkte ein Fresko mit dem Markuslöwen. Natürlich waren rundherum in Regalen Bücher aufgestellt, und Aldrian stellte sich vor, dass sie einen Chor aus verschiedenen Stimmen bildeten, die auf ihn einsangen oder ihm etwas zuflüsterten wie Sirenen, die ihn anlocken wollten zu bleiben. Manche Benutzer trugen die weißen Baumwollhandschuhe, was Aldrian als zur Stille passend empfand. Und auch hier wie in den meisten Räumen leuchteten Bildschirme. Die Spitzbögen verliehen dem Studierzimmer darüber hinaus eine klösterliche Atmosphäre. Ein Mann mittleren Alters mit Halbglatze, Bart und im Pullover exerpierte gerade aus einem Folianten. »Er ist geborgen, er ist glücklich«, dachte Aldrian. Der Mann kam ihm – in seiner Nische aus drei Regalen mit Büchern – geschützt vor, wie abgesondert vom täglichen Schmerz. Auf einem anderen Tisch stand nur ein einsamer Ventilator, dessen Stecker herausgezogen war. Und überall hölzerne Stehleitern, Neonröhren an den Wänden und ein hölzerner Fußboden, der ein Karomuster aufwies.

»Nun?«, fragte ihn Direktor Zorzi, bevor sie weitergingen. »Finden Sie sich noch zurecht?« Er lächelte.

»Es ist, wie wenn man zum ersten Mal eine Partitur liest, erst wenn man damit fertig ist, fügt sich alles zusammen«, antwortete Aldrian.

Der Direktor nickte und lächelte weiter, bevor er ihn wieder hinunter in den Lesesaal führte. Der frühere Innenhof war von hier aus deutlich zu erkennen. Als Aldrian wieder die in Bücher und Aufzeichnungen versunkenen Leser sah, fiel ihm ein, dass er immer gegen die Aussichtslosigkeit angekämpft hatte, alles zu verstehen: Im besten Fall hatte er sich winzige Bruchstücke gemerkt, bunte Briefmarken auf Umschlägen, ohne dass er erfahren würde, was in den Briefen selbst stand. Wenn er es recht betrachtete, hatte er sich erst gar nicht bemüht, durch Lernen immer mehr zu begreifen, stattdessen hatte er einen spirituellen Weg dafür gefunden. Hatte er das Studium der Musik nicht wie eine Meditation aufgefasst? Nur dadurch war es ihm gelungen, sich auf eine magische, nahezu zauberhafte Weise in diese Welt zu vertiefen wie ein stumm spielendes Kind. Er lehnte seinen Kopf zurück und blickte hinauf zur Decke, die aus einem Gitter aus Beton und quadratischen Fenstern gebildet wurde. Unbeabsichtigt kamen ihm jetzt wieder die sechseckigen Bienenwaben in den Sinn. Doch die Bienen, überlegte er weiter – obwohl er wusste, dass es unsinnig war –, bauten vielleicht sechseckige Waben, weil sie sechs Gliedmaßen besaßen, während der Mensch nur vier hatte ... zweibeinige, zweiarmige Insekten, von denen man nie wusste, was ihnen einfiel und was sie tun würden. Über den Bögen der Arkaden hingen weiße, auf den Boden gerichtete, scheinwerferförmige Lampen. Aldrian sah jetzt die gewaltige Statue des Dichters Petrarca aus der Nähe. Auf seinem Kopf trug er einen Lorbeerkranz, darunter eine Haube, wie Aldrian sie schon von Dante-Abbildungen kannte. Sie war unter dem Kinn zusammengebunden, als hätte der Betreffende Zahnschmerzen. In den Händen hielt er ein Buch, das er ans Herz drückte, wodurch es etwas Geheimnisvoll-Sakrales ausstrahlte. »Das Heiligtum Buch«, begriff Aldrian. Der Blick Petrarcas war abwesend, in sich gekehrt. Nach wenigen Schritten stand Aldrian gemeinsam mit dem Direktor vor einem großen, braunen Holzschrank mit zahlreichen Laden, die in alphabetischer Reihenfolge mit beschrifteten Etiketten versehen waren. Der Karteikasten machte auf ihn den Eindruck eines Medikamentenregisters in einer Apotheke, das über die Gift- und Heilpflanzen Auskunft gab. Es war für ihn ein Vergnügen, die Schubladen herauszuziehen und in den Karteien zu stöbern oder in den daneben aufbewahrten Registerbänden zu blättern: »Inventario vol. 16«, las er und darunter eine lange Zahlenfolge. Natürlich gab es auch hier Computer.

Über eine schmiedeeiserne Wendeltreppe quetschte sich Aldrian wie ein Holzwurm hinauf in das nächste Stockwerk. Dort wartete bereits eine frierende Signora Luciana mit Zopf und Pullover darauf, ihn durch das zweite Stockwerk zu führen. Es gäbe, klärte ihn der Direktor auf, bevor er ihn seiner Mitarbeiterin überließ, insgesamt vierhundert Speicherräume, »aber Sie werden nicht alle sehen wollen«, fügte er ironisch hinzu.

Signora Luciana geleitete ihn an langen Reihen von Eisenregalen, die vollgestopft waren mit Büchern, Folianten und braunen Pappschachteln, entlang bis zu jener Stelle in einer Wand, an der sich die Weltkarte des Fra Mauro früher befunden hatte, und von dort aus an ein anderes Fenster zum Lesesaal. Er konzentrierte sich ganz darauf, aus einer neuen Perspektive hinunter auf die Insekten mit vier Gliedmaßen im Studienraum zu blicken. Allmählich konnte er sich nicht mehr losreißen von dem Gedanken, anstelle der Studenten fremde Lebewesen zu beobachten. Dann wieder durchquerte er schmale Gänge mit Neonbeleuchtung. Je weiter sie sich fortbewegten, desto verstörender kamen ihm die Räume in ihrer Auswechselbarkeit vor: Anhäufungen zahlloser Bücher – jedes wertvoll, jedes wichtig, jedes für sich vielleicht unersetzlich. Dann stieß er auf ein leeres, niedriges Regal, das aussah wie das Modell eines Kachelofens, es war noch dazu schwarz verrußt. Oben, in Hüfthöhe, lag ein Zettel, auf dem Aldrian gerade noch eine Zeichnung erkennen konnte, bevor Signora Luciana ihn ergriffen und wortlos eingesteckt hatte. Aldrian bildete sich ein, etwas Bestimmtes gesehen zu haben, das ihn an Wandkritzeleien in Pissoirs erinnerte. Außerdem sah er an der Mauer einen dunklen Fleck in Form eines riesigen Insekts und er staunte darüber, dass dieses zufällige Gebilde ohne Zweifel dem Abdruck einer Ameise ähnelte. Dann wiederum blieb er vor einem Stadtplan von Venedig stehen, der, natürlich hinter Glas, diesmal in einer vergessenen Ecke an der Wand hing. Er war in allen Schattierungen gelb, das Meer fleckig bernsteingelb, ebenso der Canal Grande und der Canale della Giudecca und auch die kleineren Kanäle. Die Stadtteile waren heller oder dunkler uringelb, an manchen Stellen weißlich gelb, zu den Fondamente Nuove hin verblasst, wie verblüht, mit grüngelben und dottergelben Flecken. Aldrian liebte die Farbe Gelb, und er war fasziniert von der seltsamen Schönheit dieser vergessenen Stadtkarte. Er dachte, dass sie auch das Gehirn eines unbekannten Wesens darstellen konnte, das tot aufgefunden und seziert worden war wie die Gehirne der Patienten im Irrenhaus auf der Insel San Servolo. Fast erschrocken bemerkte er, wie sehr sie dem Gehirnschnitt des großen Dirigenten ähnelte, den Beatrice von ihrem geschiedenen Mann erhalten und ihm geschenkt hatte. Unter einem Elektronenmikroskop, dachte er weiter, stellte es sich vielleicht als das Sprachzentrum des unbekannten Wesens heraus. Ein Erinnerungszentrum, das die großen Museen und Kirchen der Stadt umfasste, den Traumbereich – das Meer, das Wasser. Von dort kamen die Gesichte der Nacht, glaubte er plötzlich zu wissen.

Vorbei an den in Pergament und Leder gebundenen Annalen und Katalogen, die mit goldenen Buchstaben prunkten, gelangten sie zur umfangreichen Reisebibliothek, und da Signora Luciana sich noch immer beeilte, konnte er nur flüchtig einzelne lateinische Titel lesen, Leonardo da Vincis »Codice Atlantico«, Lepsius' Beschreibungen Ägyptens und Äthiopiens. Es gab auch in Packpapier eingewickelte und verschnürte Bücher mit der Aufschrift: »Non dare in lettura«, was wohl bedeutete, dass man sie nicht in den Lesesaal bringen durfte, doch Aldrian dachte stattdessen an das Paket mit dem Falschgeld, dem Buch über Chiromantie und den Brief seines Bruders.

Auf dem Rückweg sah er immer wieder durch Fenster auf die hübschen Giardinetti hinunter und davor den Kanal mit den dreireihig vertäuten Booten und Gondeln, die aussahen, als schliefen sie im stillen Wasser.

Vor dem Direktionszimmer wartete schon Dr. Zorzi, um ihn zu verabschieden, und als Aldrian ihn fragte, wie lange er den Bücherpalast noch betreuen würde, schüttelte er nur den Kopf und sagte, dass er noch zwei oder drei Jahre bis zu seiner Pension seinen Dienst versehen werde. Melancholisch-scherzhaft, durch die geöffnete Tür und das Fenster über die Piazzetta zeigend, fügte er hinzu: »Dann bin ich nur noch einer von vielen.«

Fibonaccis lange Reise

Aldrian ließ sich von der Portiersfrau die Plastiktasche zurückgeben, hielt vor dem Eingangstor an, setzte die Augenmaske und den Narrenhut auf und schlug den Weg durch das Getümmel der Verkleideten zur Station San Marco Giardinetti ein, wo er sich anstellen musste. Auf seinem Telefon, dessen Ton er wieder aktivierte, sah er, dass Beatrice versucht hatte, ihn zu erreichen, und er wählte, so rasch es im Gedränge möglich war, ihre Nummer.

»Wo bist du?«, begrüßte sie ihn wie gewohnt.

»Vor dem Teatro La Fenice«, log er, denn er hielt es für möglich, dass er abgehört würde. »Ich gehe ins Restaurant, um etwas zu essen.« Doch Beatrice bat ihn, zu ihr in die Wohnung am Campo San Polo zurückzukehren. »Du hast ja meine Schlüssel.«

»Ja.«

»Geh nicht in das Restaurant! Kauf dir unterwegs etwas zu essen, Wein ist im Kühlschrank.«

Er sagte nichts.

»Hörst du mich?«, fragte sie.

»Es ist im Augenblick ein so großes Gedränge …«

»Wahrscheinlich komme ich erst übermorgen zurück, ich ruf dich am Abend an. Ich liebe dich.« Sie hatte aufgelegt, und Aldrian verspürte den Wunsch, das Deckenfresko in der Kirche San Pantalon zu sehen und vielleicht Margherita und Eugenio zu besuchen, aber er wusste, dass er sich belog, denn in Wirklichkeit wollte er dem Rahmenhändler Carlo Fibonacci einen Besuch abstatten. Er wartete, bis er sich zwischen den Maskierten an Bord des nächsten Vaporettos drängen konnte, und es gelang ihm gerade noch, sich im Innenraum auf einen freien Ecksitz niederzulassen, bevor er sich von allen Seiten umringt sah. In dem bunten Durcheinander fiel ihm ein Pinocchio auf, weil die Maske zu einem athletischen, etwas zu kleinen Mann gehörte, daneben schnatterten zwei Kinder, die Fuchs und Kater aus dem Buch darstellten, ein Mädchen – mit blauem Haar und als Fee verkleidet – träumte vor sich hin, und ein Feuerfresser und Puppenspieler mit rotem Haar und Bart blickte auf die Kinder. Weiter hinten erkannte er auch den Holzschnitzer, Meister Geppetto mit der sprechenden Grille, weshalb er annahm, dass es sich um eine Schauspieltruppe handelte, die das Theaterstück »Pinocchio« auf der Straße spielte. Er stellte sich jetzt vor, ein Mitglied der Truppe zu sein, und genoss die Sicherheit, die ihn umgab. Unwillkürlich griff er in die Brusttasche. Dabei berührten seine Finger das Telefonbüchlein von Carlo Fibonacci, das er ihm bei seiner letzten Begegnung entwendet hatte, und er nahm sich vor, es genau durchzusehen, denn er war jetzt davon überzeugt, dass es weitere Hinweise enthielt. Jedenfalls hatte er einen Schlüssel in der Hand, nun musste er nur noch das passende Schloss finden. Wenn er sich konzentrierte, sah er Zimmer, Räume und den Lesesaal der Biblioteca Marciana vor sich. Beinahe wäre er eingeschlafen, aber die Pinocchio-Truppe improvisierte gerade kurze Szenen aus dem Stück und brach gleich darauf in Gelächter aus. Die anderen Fahrgäste fingen an zu applaudieren, und daraufhin sangen die Schauspieler die Ballade vom Seemonster, dem riesigen Walfisch, der zuerst Pinocchios Vater und dann den Knaben selbst verschlungen hatte. Als das Lied zu Ende war, begann eine andere Gruppe mit »Gente di mare«, und mit dem Lied über die »Menschen vom Meer« im Ohr stieg Aldrian an der Station San Tomà, wo schon eine größere Menge darauf wartete zuzusteigen, aus. Überall herrschte Leichtigkeit, keine Betrunkenen störten oder stritten, die meisten wandelten mit ihren Masken und Verkleidungen dahin wie an allen übrigen Tagen: Kinder mit ihren Eltern, Touristen, Einzelpersonen und Gruppen. Sie tauchten vor ihm auf und verschwanden, als sei es das Selbstverständlichste, als sei es der gewohnte Alltag. Die Menschen verstanden sich als Narren verkleidet besser, kam es Aldrian vor, im Vergleich zu den übrigen Tagen im Jahr. Die Masken in den Geschäften erschienen ihm wie die Gesichter von Lebewesen, für die es noch keine Namen gab. Auch die Instrumente in einer Musikhandlung hatten das Aussehen von fremden Tieren: Schlangen, Schildkröten, ein schwarzer Rochen mit schwarz-weißem Gebiss und er, Aldrian selbst, sah sich in einem Taucheranzug vor den Terrarien und Aquarien, aus denen die Wesen ihn bewegungslos anstarrten.

Carlo Fibonaccis Laden war wie die meisten an diesem Tag leer. Er selbst blätterte gedankenverloren hinter dem Pult in einer Zeitung.

Aldrian verstaute den Narrenhut und die Augenmaske in der dünnen Nylontasche, die er aus seiner Jacke holte, und trat ein.

Der Rahmenhändler hob den Kopf.

»Ich bin gekommen, um die Zeichnung des Riesenkäfers zu kaufen«, begrüßte er ihn.

Carlo Fibonacci starrte ihn an, als sei er gestorben und erscheine ihm nun als Geist.

»Waren Sie nicht hier, als ich überfallen wurde?«, fragte er.

Aldrian schüttelte den Kopf.

»Nicht?« Fibonacci gab sich einen Ruck und ging zum Gegenangriff über.

»Tut mir leid, ich habe sie nicht mehr.«

»Sie haben sie verkauft?«

Der Rahmenhändler nickte und tat so, als lese er weiter in der Zeitung.

»Wo hat mein Bruder die Bilder gemalt?«

»Woher soll ich das wissen«, antwortete Fibonacci, ohne seine Haltung aufzugeben.

»Zu Hause?«

Fibonacci blickte kurz auf, räusperte sich und antwortete unwirsch: »Wovon sprechen Sie? Ich …«

»In seiner Wohnung habe ich keine Spuren gefunden: keine Farben, keine Papiere, Leinwände oder Pinsel«, unterbrach Aldrian ihn wie bei einem Verhör.

»Ich sagte Ihnen schon, dass ich es nicht weiß«, gab Fibonacci aufgebracht zurück.

»Hat er bei Ihnen gearbeitet? In Ihrer Wohnung?«

»Was wollen Sie von mir?«

»Ich will wissen, in welchem Versteck mein Bruder die Bilder gefälscht hat.«

Mit einer blitzschnellen Handbewegung holte Aldrian das kleine Telefonbuch aus der Brusttasche und ließ es wieder verschwinden.

»*Sie* haben es also gestohlen!«, stieß Fibonacci empört hervor.

»Gehen Sie zur Polizei! Ich warte hier.«

»Sie waren also doch anwesend, als ich überfallen wurde ... Ich erinnere mich jetzt genau daran. Sie sind ein Dieb!«, der Rahmenhändler zitterte vor Wut. Er griff nach einem Bleistift und einem Stück Papier und schrieb hastig eine Adresse auf. Aldrian erkannte die Schrift sofort, da er die Aufzeichnungen im kleinen Telefonbuch überflogen hatte.

»Wer weiß sonst noch davon?«, fragte er kalt.

»Geben Sie mir mein Telefonbuch zurück!«

Aldrian steckte den Zettel ein und antwortete knapp, dass er die Adresse zuerst überprüfen werde.

Plötzlich schwang sich Fibonacci über die Verkaufstheke und versuchte, ihm seinen Brieföffner ins Gesicht zu stoßen. Aldrian sah jetzt alles verlangsamt, er griff nach der Hand mit dem spitzen Gegenstand und drehte sie um, während Fibonacci ihn mit der anderen an den Haaren riss. Der Brieföffner fiel klappernd auf den Fußboden, und Aldrian versetzte dem Wütenden einen Schlag aufs Kinn, dass er ins Gerümpel hinter dem Verkaufspult stürzte.

Dann flüchtete Aldrian aus dem Geschäft, bog um die Ecke, setzte gewandt die Augenmaske und die Narrenkappe auf und eilte reflexartig auf die Kirche San Pantalon zu. Er hielt sie im Augenblick für das beste Versteck. Vor der Kirche schaltete er wieder das Telefon aus und verstaute die Narren-Kleidungsstücke im Plastiksack. Er war es gewohnt, alles dorthin zurückzulegen, woher er es genommen hatte, nur dadurch hatte er in der Wiener Staatsoper als Maestro Suggeritore überhaupt arbeiten können. Auch bei seinen Zauberkunststücken war es notwendig, dass er seine Griffe und Handlungen automatisiert hatte.

Als ihn das Dunkel des Kirchenraums umfasste, verschwand seine Unruhe durch die Gewissheit, in Sicherheit zu sein. Er war der einzige Besucher, stellte er fest, und auch das beruhigte ihn. Zuerst warf er eine Münze in den Scheinwerferautomaten, und während sich die Decke erhellte und wieder verdunkelte, hatte er das Gefühl des Fluges und des Sturzes wie schon beim ersten Mal. Rasch warf er eine weitere Münze ein, zog das kleine Telefonbuch heraus und den Zettel mit der Adresse. »Calle San Domenico« stand dort und eine Hausnummer. Kein Name, kein weiterer Hinweis. Er nahm die zusammengefaltete Marco-Polo-Venedigkarte aus der Brusttasche seiner Jacke, blickte sich um, entfaltete sie, fand aber keine Straße oder Gasse, die so hieß. Das Licht erlosch, und er steckte die Venedig-Karte wieder ein. Hatte Fibonacci ihn hereingelegt? Er wollte nicht daran glauben, denn das Telefonbuch konnte der Polizei all seine Machenschaften verraten. Hatte er ihm hingegen die richtige Adresse gegeben, konnte er die Unbekannten warnen und damit verhindern, dass er sich dort umsah.

Es war jetzt noch dunkler in der Kirche geworden, und er spürte die Kälte, aber auch den Wunsch, zu bleiben und die Scheinwerfer zu aktivieren, als das Kirchentor aufging und eine Schar maskierter und zum Teil angeheiterter Menschen hereinströmte.

Die meisten wurden leiser, kicherten verhalten, jemand hustete, bevor Aldrian eine weitere Münze einwarf und die Decke sich erhellte.

Sofort wurde es still, manche flüsterten noch ein wenig, blickten sich nach einem Messner oder Priester um und stolperten dann laut lachend wieder zurück auf den Platz hinaus.

Kurz darauf erschien, vermutlich durch die Stimmen angelockt, der Priester, der nur einen Blick auf Aldrian warf und dann zurück in die Sakristei ging.

Auch die Scheinwerfer, die die Decke erhellt hatten, erloschen. Aldrian wollte die Kirche ebenfalls verlassen, aber er warf noch einmal eine Münze ein und blätterte ratlos im Telefonbüchlein. Unmittelbar bevor das Licht erlosch, stieß er auf das Wort »Domenico«. Er versuchte die Zeile zu entziffern, aber da er keine Münze mehr hatte, konnte er auch die Scheinwerfer nicht mehr einschalten, weshalb er hinauseilte und das Telefonbüchlein aufschlug. »Giovanni Battista Tiepolo, C. Domenico del 1302«, las er.

Er verglich die Eintragung mit dem Zettel, den Fibonacci ihm gegeben hatte, auf dem ebenfalls »Calle San Domenico« stand und dieselbe Hausnummer 1302.

Gleichzeitig fiel ihm ein, dass er weder die Narrenkappe noch die Augenmaske aufgesetzt hatte. Er blickte sich um, und da ihn niemand beobachtete, verwandelte er sich rasch wieder in einen Unbekannten.

Tiepolo war ein Maler gewesen, überlegte er und nahm sich vor, noch einmal mit Fibonacci zu sprechen. Mehrfach kontrollierte er, ob er vielleicht verfolgt wurde, es fiel ihm jedoch nichts auf. Als er um die Ecke zum Rahmengeschäft bog, begegnete er neuerlich einem Schwall betrunkener Maskierter, vor dem er in das Geschäft flüchtete und nach dem Eintreten beinahe über Fibonacci gestolpert wäre, der in einer Blutpfütze auf dem Boden lag. Was dann geschah, war weniger von seinem Willen gesteuert als von seinem Instinkt. Er blickte auf und sah, dass sich hinter dem Gerümpel eine Tür befand, die einen Spaltbreit geöffnet war. Er wühlte sich durch eine Ansammlung von Gegenständen – einen Besen, verschiedene Rahmen, einen Stuhl mit drei Beinen – und verschwand im Dunkel dahinter. In der Stille hörte er jemanden laufen, er klickte die Taschenlampe seines Smartphones an, lauschte, und als er schlucken musste, befürchtete er, sich durch das Geräusch zu verraten. Es blieb zunächst still, dann nahm er wahr, dass jemand versuchte, im oberen Stockwerk etwas aufzubrechen und mit einem festen Gegenstand – einem Pistolenknauf? – auf Holz einschlug. Schließlich hörte er einen Schuss – offenbar aus einer Waffe mit Schalldämpfer – und hastige Schritte über eine Steintreppe. Aldrian begriff sofort, dass auch er fliehen musste. Er lief jedoch zuerst in den ersten Stock hinauf, stieß dort gegen eine halboffene Tür und befand sich in einem Zimmer mit einer Ledercouch und einem Fernsehapparat. Die Wohnungstür, schloss er, war zuvor durch den Schuss aufgebrochen worden. Ohne lange zu überlegen, eilte auch er die Steintreppe wieder hinunter auf die belebte Straße.

Ein paar Schritte weiter vor dem Geschäft versammelten sich Menschen, die durch die offen stehende Eingangstür auf den toten Fibonacci starrten und Aldrian nicht beachteten, weshalb er sich unauffällig davonmachen konnte.

Er hatte noch nicht wirklich begriffen, was geschehen war. Als Erstes dachte er wieder, dass er ein Narr war, ein wirklicher Narr unter Menschen, die das Narrsein nur spielten und als Befreiung empfanden. Er hingegen war tatsächlich ein Narr geworden, beschimpfte er sich, da er sich in Lebensgefahr gebracht hatte.

Jedenfalls musste er so schnell wie möglich den Narrenhut loswerden, fiel ihm ein. Er riss ihn sich vom Kopf und ließ ihn bei nächster Gelegenheit vor Müllsäcken, die an einer Hauswand lehnten, fallen. Die Augenmaske behielt er auf. Als er das Telefon einschaltete, sah er auf dem Display mehrere Anrufe von Commissario Galli, Margherita und Beatrice …

Hatte man Jakob gefunden? Oder Elena?

Er wählte Beatrices Nummer, die ihm vorwarf, dass er sie noch um den Verstand bringe. Dann erfuhr er, dass Commissario Galli mit einem Durchsuchungsbefehl aufgetaucht war und Margherita ihm das Haus seines Bruders hatte aufsperren müssen.

»Wo bist du?«, fragte sie aufgebracht.

»Ich war im Markusdom, jetzt gehe ich im Faschingstreiben nach Hause.«

»Du sollst Commissario Galli anrufen.«

»Mach du das!«, antwortete Aldrian und schaltete das Telefon aus. Er lief jedoch zum Campo San Polo, kaufte dort ein Briefkuvert, in das er das kleine Telefonbuch steckte, und klebte es zu. Den Zettel, auf dem ihm Fibonacci die Adresse notiert hatte, zerriss er und verstreute die Schnipsel im Gehen wie Konfetti. Schließlich suchte er in der Rughetta del Ravano den Laden von Diego Sarcia auf. Als er die Tür zum Geschäft öffnete, stürzten ihm mehrere Maskierte entgegen, die sich gegenseitig über ihr Aussehen lustig machten. Diego schaute ihn von seinem Stuhl aus erstaunt an.

»Kann ich dich morgen in deinem Studio besuchen?«

»Ja.«

»Wann wirst du dort sein?«

»Gegen acht Uhr.«

»Ich bitte dich, dieses Kuvert für mich aufzubewahren.«

Diego nickte.

»Ein Abschiedsbrief?«, fragte er.

»Was glaubst du?«

»Nichts. Ich glaube gar nichts und will auch nichts wissen.« Er machte eine kurze Pause, in der zwei Kunden das Geschäft betraten. »Angeblich ist die Polizei im Haus von Elena und deinem Bruder«, flüsterte er verstohlen und steckte das Kuvert in seine Tasche.

»Calle San Domenico 1302, Giovanni Battista Tiepolo«, sagte Aldrian vor sich hin, bis er über die Fabbriche Vecchie den Fischmarkt erreichte. Die Augenbrille hatte er schon zuvor unbemerkt weggeworfen.

Polizeiboote hatten dort angelegt, und vor dem Geschäft »Jurassic-Park« trieben sich maskierte Schaulustige herum, die von zwei Polizisten zum Weitergehen aufgefordert wurden. Aldrian glaubte völlig ruhig zu sein, aber er spürte, wie sein Herz schlug, als er an die Polizisten herantrat und sagte, dass Commissario Galli ihn erwarte.

Das Geschäft war beleuchtet, hatte Aldrian schon von weitem festgestellt, und dass fünf oder sechs Polizisten gerade die Regale durchsuchten.

Man führte ihn umgehend zu Jakobs und Elenas Wohnung hinauf, vor der eine verweinte Margherita stand und flüsterte, dass Carlo Fibonacci erstochen worden sei … Die Meldung sei gerade erst an den Commissario durchgegeben worden. Aldrian ließ sich nichts anmerken.

»Wo ist Jakob? Wo ist Elena?«, fragte er.

Margherita schüttelte nur den Kopf, dann wurde er bereits dem Commissario vorgeführt.

»Wir durchsuchen noch einmal das ganze Haus«, sprach ihn Galli, ohne ihn zu begrüßen, an. »Mit Ihrer Wohnung haben wir noch gewartet, bis Sie eintreffen. Darf ich Sie um Ihre Schlüssel bitten?«

Aldrian übergab sie ihm wortlos und setzte sich dann auf einen Stuhl an den Wohnzimmertisch, und auch der Commissario nahm Platz, nachdem er die Schlüssel einem der Polizeibeamten, die gerade die Wohnung von Jakob und Elena auf den Kopf stellten, ausgehändigt hatte. Es war eisig kalt.

»Weshalb durchsuchen Sie noch einmal das Haus?«, fragte Aldrian.

»Haben Sie etwas dagegen?« Galli wartete auf eine Antwort, und als Aldrian schwieg, fügte er hinzu: »Wir gehen jedem Hinweis nach.«

Aldrian überlegte kurz.

»Von wem haben Sie einen Hinweis erhalten? – Das würde mich interessieren«, antwortete er in schroffem Ton.

Galli überging seine Frage und bemühte sich nicht zu verbergen, dass er ungehalten war.

»Wo waren Sie heute Nachmittag?«

»Weshalb wollen Sie das wissen?«

»So kommen wir nicht weiter!«, stieß Galli unwillig hervor.

»Verdächtigen Sie mich?«

»Die Fragen stelle ich.«

»Ich muss zuerst wissen, worum es geht.«

»Um Ihren Bruder und Ihre Schwägerin.«

Aldrian schwieg.

»Soll ich Sie lieber auf das Kommissariat mitnehmen?«

»Dort werde ich auch nichts sagen, solange ich nicht weiß, worum es geht.«

»Wir haben bisher keine Spur von den beiden Vermissten! Aber es ist Falschgeld aufgetaucht, 100-Euro-Noten ...«

Galli beobachtete ihn misstrauisch.

»Und was habe ich damit zu tun?«, antwortete Aldrian.

»Sie stellen schon wieder die Fragen!«

»Also gut, ich habe nichts damit zu tun.«

»Wir ermitteln, ob Ihr Bruder in die Sache verwickelt ist.«

»Warum?«

Der Commissario schwieg ...

»Sie wohnen seit Jahren immer wieder in dem Haus. Ist Ihnen nie irgendetwas aufgefallen? Ihr Bruder war öfter auf Reisen, ebenso Ihre Schwägerin. Das Geschäft ›Jurassic-Park‹ betreute zwischendurch die Schwester Ihrer Schwägerin, Frau Margherita Bellucci. Sie weiß natürlich nichts«, fügte er spöttisch hinzu. »Sie waren doch immer wieder hier, ist auch Ihnen nichts aufgefallen?«

»Nein«, antwortete Aldrian.

»Wussten Sie, dass Frau Bellucci im Geschäft ›Jurassic-Park‹ ausgeholfen hat?«

»Ja, an ein oder zwei Mal kann ich mich erinnern.«

Galli lehnte sich wie gelangweilt zurück und wechselte das Thema.

»Das Falschgeld ist bisher in siebzehn Geschäften in Umlauf gebracht worden.«

Aldrian verstand jetzt, weshalb man ihm den Karton mit den falschen 100-Euro-Scheinen zugesandt hatte. Es war eine Falle gewesen, um ihn der Polizei auszuliefern.

»Geben Sie mir Ihre Geldbörse und stehen Sie auf!«, setzte der Commissario das Verhör fort.

Unwillig erhob sich Aldrian und ließ über sich ergehen, dass er durchsucht wurde. Ein anderer Polizist legte alle Gegenstände, die er bei ihm fand, auf den Tisch, und nachdem der Commissario sie in Augenschein genommen hatte, gab er sie ihm wieder zurück.

»Für welche Wohnung haben Sie die zweiten Schlüssel?«, fragte er nebenbei, und als Aldrian ihm antwortete, sie gehörten Beatrice Stefanelli, fuhr er fort: »Wir sind inzwischen sicher, dass Ihr Bruder und seine Frau nicht von dem Einkommen aus dem Geschäft eine so große Geldsumme erwirtschaftet haben, wie wir sie auf der Bank gefunden haben«, er schlug jetzt einen beiläufigen Tonfall an. »Dann ist da noch der Perlen-Großhandel – aber es ist unwahrscheinlich, dass die beiden damit alles finanzieren konnten. Sie müssen noch weitere Einnahmen gehabt haben. Die Sache mit dem Falschgeld wäre eine Antwort darauf.« Er machte eine Pause und fragte dann: »Kennen Sie Carlo Fibonacci?«

»Ja, aber nicht näher.«

»Wann haben Sie ihn zum letzten Mal gesehen?«

»Als ich Margherita besucht habe, vor zwei Tagen, glaube ich.«

»Und?«

»Ich ging an seinem Geschäft vorbei. Die Tür war offen. Daher haben wir ein paar Worte gewechselt … nichts Besonderes.«

»Auch in Wien ist gestern Falschgeld aufgetaucht«, wechselte Galli wieder das Thema.

»Was habe ich damit zu tun?«

»Ihr Bruder hat doch naturwissenschaftliche Bücher illustriert … Er hat Talent … Einen Geldschein zu fälschen kann für ihn nicht allzu schwierig sein, wo noch dazu seine Frau Restauratorin ist und sich mit Papiersorten auskennt.«

»Was soll ich Ihnen darauf antworten? Dass ich ihn gesehen habe, wie er tagelang Geldscheine abzeichnete?«

»Sie vergessen immer, dass ich es bin, der die Fragen stellt.«

»Das ist alles so absurd, dass ich nicht mehr darauf antworte.«

»Woher kam das Geld für das Haus in Skala Kallonis?« Galli holte eine Fotografie unter den Papieren, die vor ihm lagen, heraus und schob sie zu ihm hin. »Ein schönes Anwesen«, fuhr er fort. »Ihr Bruder hatte dort eine große Anzahl an Bienenstöcken aufstellen wollen. Er hat eine Station zur Beobachtung von Vögeln installieren lassen. Und im Haus befand sich eine Bibliothek, die in mehreren Räumen Tausende neue und antiquarische Bücher aufbewahrte: vor allem über

Tiere und Pflanzen, aber auch über Malerei, das wissen wir von der griechischen Polizei ... Leider ist der Großteil verbrannt.«

Es war ein unscharfes Bild, sah Aldrian, das vermutlich mit einem Smartphone aufgenommen worden war und eigentlich nichts Besonderes darstellte.

»Er hat Biologie studiert, er war Assistent an der Universität, er hat das Schöne gesucht«, sagte er, während er es betrachtete.

Das Paradiesische, dachte er weiter, sein Bruder hatte für sich und Elena einen Garten Eden schaffen wollen, mit Vögeln, Fischen und Insekten. Das passte auch zu seiner Religiosität und seiner Liebe zur Malerei und Musik ... und dafür hatte er vermutlich Bilder gefälscht ... vielleicht auch Geld.

»Sein Projekt muss ihn ein Vermögen gekostet haben«, fuhr Galli fort. »Wenn wir seine Steuererklärungen analysieren, ist der Erwerb dieser Immobilien nicht zu finanzieren gewesen.«

»Ich kenne mich bei Steuererklärungen nicht aus. Dass er große Summen verdient hat, ist nicht strafbar.«

Galli beugte sich nach vorne und musterte ihn wieder. »Das wissen wir auch, ich lasse mich von Ihnen nicht an der Nase herumführen! Wo waren Sie heute Nachmittag?«

»In der Biblioteca Marciana.«

»Wie lange?«

»Sie können sich bei Direktor Zorzi erkundigen.«

»Schätzen Sie selbst«, beharrte der Commissario, der sich nicht abspeisen lassen wollte.

»Das kann ich Ihnen nicht beantworten.«

»Weshalb nicht?«

»Weil ich die Beziehung zur Zeit verloren habe.«

»Und dann?«

»Im Markusdom.«

»Was haben Sie dort gemacht?«

Aldrian fiel ein, wie er mit seinem Bruder gemeinsam die Genesis-Kuppel angeschaut hatte und er antwortete, er habe sich die Genesis-Kuppel angesehen.

»Wie lange? Oder hat sich dort auch die Zeit aufgelöst?«

»Ja.«

»Und dann?«

»Ich habe das Treiben auf dem Markusplatz beobachtet und bin zu Fuß nach Hause gegangen.«

»Und hat sich dabei auch die Zeit aufgelöst?«

»Sie kennen die Antwort schon. Respekt.«

»In der Zwischenzeit ist der Rahmenhändler Carlo Fibonacci ermordet worden. Mit einem Messerstich in den Hals.«

»Das ist deprimierend«, antwortete Aldrian und sah den Leichnam und die Blutpfütze vor sich.

Der Commissario sagte daraufhin nichts mehr und wandte sich seinen Mitarbeitern zu. Nach etwa einer halben Stunde betrat der Polizist, der Aldrians Wohnung durchsucht hatte, wieder das Zimmer und händigte, nachdem er den Kopf geschüttelt hatte, auf eine Handbewegung Gallis Aldrian wieder die Schlüssel aus.

»Weshalb bleiben Sie eigentlich in Venedig?«

»Weil ich kein Geld gefälscht habe …«

»Wir haben einen Hinweis erhalten, dass Ihr Bruder –«

»Von wem?«, unterbrach ihn Aldrian. »Von wem haben Sie den Hinweis?«

Der Commissario schaute ihn an.

»Sie merken nicht einmal«, sagte Aldrian, »dass Sie in die Irre geführt werden.«

»Und wer könnte ein Interesse daran haben?«, fragte Galli süffisant.

»Jedenfalls nicht ich.«

»Das will ich für Sie hoffen«, gab Galli von oben herab zurück.

Nur langsam rückten seine Mitarbeiter und er selbst aus dem Haus ab, ohne sich zu verabschieden.

Aldrian spürte, wie er wieder zornig wurde, und als der letzte Mann das Haustor hinter sich geschlossen hatte, rief er laut »Arschlöcher!« aus.

Er hob den Kopf und sah Margherita, die auf dem Treppenabsatz stand.

»Frag mich jetzt nichts!«, rief Aldrian aufgebracht und folgte ihr in die Wohnung seiner Schwägerin und seines Bruders.

Dort schwiegen sie in der Kälte und Dunkelheit. Als er das Licht anschaltete, sah er die Fotografie des Hauses in Skala Kallonis auf dem Tisch liegen. Er gab sie Margherita, die sie lange und stumm betrachtete.

Endlich fragte sie ihn: »Was denkst du?«

Aldrian wusste, dass er seine Geheimnisse für sich behalten musste, und antwortete: »Dass ich in meine Wohnung gehen werde.«

Sie erhob sich, und er begleitete sie zur Haustür.

»Ich hab dich gern. Auch Eugenio mag dich. Wir freuen uns, wenn du uns besuchst«, sagte Margherita plötzlich.

Sie umarmten sich, und Aldrian versperrte hinter ihr gewissenhaft die Tür. Erst jetzt war ihm klar, dass er zurück nach Wien fahren sollte. Doch er wusste auch, dass er es nicht tun würde.

Die Wohnung von Elena und Jakob war in Unordnung gebracht worden, und er begann – trotz der Kälte, die in ihr herrschte –, sie aufzuräumen. Er stellte die Bücher, die am Boden lagen, wieder in die Regale, hängte die Bilder auf und legte die Gegenstände – soweit er es wusste – an ihre Plätze zurück. Dann rollte er die Teppiche aus, ordnete die Papiere auf dem Schreibtisch und legte sie in die verschiedenen Schubladen. Zuletzt steckte er den Schlüsselbund von Jakob, der wie eh und je an seinem Platz hing, in die Hosentasche und begab sich hinauf in seine Wohnung. Auch dort brachte er alles wieder in Ordnung. Dabei fiel ihm ein, dass das Geschäft »Jurassic-Park« ebenfalls durchsucht worden war, aber bevor er noch hinuntergehen konnte, rief ihn Beatrice an. Sie war in Mailand, wollte aber über jeden Schritt, den er gemacht hatte, jeden Satz, der gefallen, und jeden Gedanken, der ihm durch den Kopf gegangen war, Bescheid wissen. Am meisten beschäftigte sie, weshalb er noch immer in seiner Wohnung blieb und – wie er behauptete – keine Angst habe.

»Ich weiß es selbst nicht«, gab Aldrian zur Antwort.

Später ging er doch hinunter in das Geschäft. Noch immer brannte das matte Licht. Er schaltete es aus, da er, wie er sich sagte, keine Zielscheibe abgeben wollte.

In seinem Bett fand er keinen Schlaf. Selbst als

Beatrice ihn wieder anrief und ihm ihre Liebe versicherte, erreichte sie ihn nicht. Er sah den ermordeten Carlo Fibonacci in der Blutpfütze vor sich und wusste jetzt, dass Elena und Jakob tot waren. Als ihm einfiel, dass das Zauberbuch über Chiromantie mit Jakobs Widmung, das ihm mit dem Karton Falschgeld und dem Brief zugestellt worden war, in seinem Schrank lag, empfand er Unbehagen. Er wollte es sich nicht eingestehen, aber er hatte Angst, dass es eines Tages als Beweismaterial gegen ihn verwendet würde, und er kleidete sich an, ging noch einmal in die Wohnung seines Bruders und stellte das Buch über Chiromantie in ein Bücherregal, bevor er sich wieder auf sein Bett legte. Er konnte nichts anderes tun, als das Licht brennen zu lassen, sich im Zimmer umzusehen und immer und immer wieder dieselben Möbelstücke und Dinge anzuschauen, die er längst kannte. Dann endlich verstand er, dass er sich selbst in der Sinnlosigkeit befand, die jetzt das Einzige war, das er begreifen konnte.

Es war noch dunkel, als Beatrice ihn wieder anrief, und er musste ihr versprechen, dass er zu Hause bleiben würde. Sie würde erst nach dem Wochenende zurückkommen, hatte sich aber anschließend einige Tage freigenommen, sagte sie.

»Ich freue mich darauf«, antwortete Aldrian.

Sie würden gemeinsam fortfahren. Vielleicht nach Mailand … »Ich weiß, dass du die Scala liebst, und dann weiter nach Assisi. Dein Bruder ist gerne dorthin gefahren …«

»Er hat es mir erzählt.«

»Schlaf heute wieder am Campo San Polo. Versprich es mir!«

»Ja.«

Was ihm weiter nicht aus dem Kopf ging, war die
Leere hinter den Ereignissen. Wer stand hinter Fibonacci, fragte er sich. Carlo hatte offenbar zu viel gewusst und war deshalb erstochen worden. Mit wem
aber hatte sein Bruder verhandelt? Er schloss es aus,
dass die Geschäfte über Fibonacci gelaufen waren.
Der Rahmenhändler war nur ein kleiner Verbindungs-
mann gewesen, vermutete er. Sein Tod hatte unter
Aldrians Füßen eine Falltür geöffnet. Und nach dem
Sturz war er wieder auf einer Falltür gelandet und so
weiter. Er sah die Bühne der Wiener Staatsoper vor
sich, die Unterbühne mit ihren Gängen und Mecha-
nismen und dann, im Keller, die Maschinen. Über der
Bühne die Galerien des Schnürbodens und hinter den
Kulissen ein Gewirr aus Kabeln und Stangen und wieder Dunkelheit und noch weiter dahinter mit einem
Schlag den Alltag ... Doch die Bühne, durch deren
Falltür er jetzt gestürzt war, bestand aus vielen Stock-
werken von Unterbühnen mit Falltüren, die ihn tiefer
und tiefer stürzen ließen.

Erst zu Mittag erwachte er und stand auf. Es war
Samstag. Er blickte aus dem Fenster. Dichter grauer
Nebel lag um das Haus, und er sah die Händler nur
als farbige Schatten im Licht der Fischhalle ihre Waren
vorbereiten. Hin und wieder konnte er erkennen, dass
einige von ihnen Masken trugen. Er sah zwei Clowns,
einen Hasen und einen Oliver Hardy mit Kochmütze.
Er blieb eine Minute am Fenster stehen und empfand plötzlich eine unbekannte Sehnsucht nach dem
Alltag. Wie gerne, sagte er sich, wäre er jetzt durch

die Fischhalle gegangen, an den Ständen mit Obst und Gemüse und der Blumenverkäuferin vorbei zur Rialtobrücke oder zur Ostaria Dai Zemei und hätte dort gefrühstückt und mit Ettore und Giacomo geplaudert. An seinen Bruder und Elena wollte er jetzt nicht denken. Wieder überkam ihn Müdigkeit, und als er das nächste Mal erwachte, bemerkte er, dass der Lärm vom Fischmarkt her nachgelassen hatte, aber andererseits die Maskierten damit begannen, vollends die Stadt zu erobern, und er zog es daher vor, zu Hause zu bleiben.

Einmal besorgte er sich »ums Eck« Wurst, Käse, Brot und Wein und floh dann, so rasch er konnte, wieder zurück in das Haus.

Die ganze Zeit über versuchte er herauszufinden, was er als Nächstes tun sollte, aber nichts fiel ihm ein.

DRITTES BUCH

Dies irae

Es war früh am Morgen, und er lag auf seinem Bett und spürte, dass ihm, wie schon oft nach dem Erwachen, plötzlich klargeworden war, welchen Schritt er als Nächstes tun würde. Deshalb zögerte er auch nicht, den Gedanken, die ihm gekommen waren, nachzugehen. Er suchte seine Venedig-Karte, faltete sie auseinander und fand im Index die Calle San Domenico. Sie lag parallel zu dem Park hinter dem Garibaldi-Denkmal, der in die Volksgärten – die Giardini Publici – mündete. Häufig war er schon an den Denkmälern von Verdi und Wagner vorbeispaziert, mit ihrer Musik im Ohr, dann hatte er sich auf eine der Bänke niedergelassen und ganze Akte aus Opern an sich vorüberziehen lassen. Ihm fiel jetzt ein, dass er mit Diego Sarcia in dessen Studio verabredet war, und er steckte Jakobs Schlüsselbund in seine Jackentasche. Als er sich angekleidet hatte, legte er das Smartphone auf den Küchentisch, denn er befürchtete, dass Beatrice ihn anrief oder Commissario Galli ihn orten lassen könnte. Dann wählte er die Nummer von Diego Sarcia, und als dieser sich meldete, sagte Aldrian, »ich komme jetzt«.

»Ja, ich bin schon unterwegs.«

»Und vergiss das Kuvert nicht.«

»Wie viele Millionen hast du hineingesteckt?«

Dummkopf!, dachte Aldrian und legte auf. Was, wenn er abgehört wurde. Er nahm seine schwarze Wollmütze aus dem Schrank, streifte sich Handschuhe über und drehte das Licht hinter sich ab.

Der Nebel auf der Straße machte ihn unsichtbar. Immer schon war es sein Wunsch gewesen, unsichtbar zu sein und alles im Geheimen zu sehen. Vielleicht war er deshalb Souffleur geworden, dachte er. Die ersten fahrbaren Marktstände vor der Kirche San Bartolomeo tauchten im Nebel vor ihm auf, und er kaufte sich eine neue Augenmaske, die er zur schwarzen Wollmütze in die Tasche seines Anoraks steckte. Dann vergewisserte er sich, dass das Abzeichen mit der goldenen Taube hinter seinem Revers steckte, bevor er die Station an der Rialtobrücke erreichte. Die Sicht war so eingeschränkt, dass man die Vaporetti zuerst schwerfällig dröhnen hörte, bevor sie wie große schwimmende Laternen im Nebel auftauchten. Einmal erschien eine Gondel aus der grauen Wand, von der anfangs nur das Klatschen des Ruders zu hören gewesen war. Eine Gruppe von Frauen und Männern, die mit Hüten, Kopftüchern, weißen Schürzen und Einkaufstaschen als Bäuerinnen und Bauern verkleidet waren, tauchte am Gehsteig auf. Aldrian konnte erkennen, dass sie fröhlich waren, und obwohl es ihm nicht eingefallen wäre, sich auf diese Weise dem Karnevalstreiben auszuliefern, beneidete er sie. Touristen, die nicht verkleidet waren, fotografierten die Gruppe, die Blitze der Kameras sahen im Nebel gespenstisch aus. Er entdeckte, soweit er sehen konnte, niemanden, der ihm gefolgt war. Abermals kam eine Gondel, diesmal mit vier Chinesen oder Japanern, zum Vorschein. Im Wartehäuschen standen wegen der frühen Morgenstunde nur eine alte Frau mit einem Einkaufstrolley und drei zigarettenrauchende Männer, sie hatten sich mit Halbmasken aus Gold und rotschwarzen und violett gefärbten Federn im Haar geschmückt, die ihnen das Aussehen von Kampfhähnen gaben. Alle blickten in die Richtung, aus der sie das Vaporetto erwarteten, und lauschten. Anfangs hatte Aldrian zu Unrecht befürchtet, die Maskierten hätten es auf ihn abgesehen oder seien Polizisten, die ihm folgten, doch als er feststellte, dass er ihnen gleichgültig war, beruhigte er sich. Endlich hörte er das bekannte Motorengeräusch, das tiefe Brummen, wenn das Vaporetto die Geschwindigkeit drosselte, und sah kurz darauf das beleuchtete weiße Schiff aus dem Nichts auf sich zufahren. Im Vaporetto saßen nicht mehr als ein Dutzend Menschen, deren Gesichter die weiße, mundlose Bauta zierte. Sie hatten schwarze Dreispitzhüte auf den Köpfen und schwarze Mäntel umgehängt. Mit ruckartigen Bewegungen täuschten sie vor, Irre zu sein. Sie lachten schrill und stießen blökende Laute aus. Aldrian war noch immer nicht maskiert, aber im Vaporetto wagte er nicht, die Augenmaske aufzusetzen. Vorne im Gang standen Touristen mit ihren Koffern, die vor dem Faschingstreiben flüchteten. »Flüchtlinge vor dem Wahn«, dachte Aldrian. Die drei jungen Männer mit Goldmasken und Federn waren ebenfalls draußen geblieben. Aldrian kam es vor, als träumte er ein rituelles Begräbnis. Die in den Fensterscheiben gespiegelten, jetzt durchsichtigen, mit weißen Masken und dem Dreispitz unkenntlich gemachten Menschen zu sehen bestärkte Aldrians Gedanken. Bei jeder Erscheinung von Maskierten, ihren gebärdenartigen Bewegungen, ihren Lauten und ihrem Gelächter und den vorbeiziehenden Palazzi am Ufer des Canal Grande fragte er sich, welche Botschaft ihm gerade übermittelt wurde. Sollte ihm Angst gemacht werden, damit er von seinem Plan abließ? Wurde ihm vor Augen geführt, dass man ihn ignorierte? Oder wurde er verhöhnt und verspottet? Als das Vaporetto endlich in San Stae anlegte, war er erleichtert. Er stellte sich jetzt selbst zur Rede: Wer sollte ihm eine Botschaft schicken? Was denkst du für einen Unsinn?, kritisierte er sich. Von welcher Botschaft sprichst du? Er durfte nur an den nächsten Schritt denken und dann wieder an den nächsten und so fort, nahm er sich vor.

Er zog den Stadtplan heraus und überprüfte den Weg, den Diego ihm beschrieben hatte. Die Werkstatt befand sich in Santa Croce 1807, und dorthin führte ein Winkelwerk von schmalen Gassen, die plötzlich in Sackstraßen mündeten, so dass in ihm wieder ein Gefühl der Orientierungslosigkeit und Verwirrung entstand. Es wurde noch dadurch verstärkt, dass immer neue Gruppen oder vereinzelte Maskierte auftauchten, verschwanden, auf ihn zugingen, ihm auswichen, ihn kurz in ihre Fröhlichkeit miteinbezogen, zumeist aber übersahen und ignorierten. Aldrian vermeinte inzwischen in die Gänge von riesigen Schneckenhäusern geraten zu sein, in denen sich Plankton-Organismen, Kieselalgen, Borstenwürmer, Rotatorien, Manteltiere und Dinoflagellaten tummelten.

In der Werkstatt traf er auf eine Angestellte, die nach den Modellen Sarcias Spiegel, Masken und Bilder anfertigte. Sie hatte Gummihandschuhe übergestreift und trug gerade eine Paste auf ein Modell für einen venezianischen Spiegel auf. Das Modell hatte die Form und das Aussehen eines riesigen Hufabdrucks, vielleicht von einem elefantengroßen Büffel. Inzwischen trat Diego ein und führte ihn zum noch geschlossenen Verkaufsraum, in dem verschiedene bis in die kleinste Einzelheit ausgearbeitete Puppentheater für Commedia-dell'Arte-Figuren aufgestellt waren. Er zeigte ihm ein größeres aus Pappmaché, das einen Platz unter den Arkaden der Prokuratien mit Blick auf den Markusplatz darstellte, und die dazugehörigen Commedia-dell'Arte-Figuren: die beiden akrobatischen Diener, »Arlecchino« im buntgescheckten Flickenkostüm und »Brighella«, der Intrigant im giftgrünen Anzug, sowie die schlagfertige »Colombina«, wie Diego Sarcia ausführte. Die beiden männlichen Puppen saßen zwischen Säulen auf dem Steinboden. Das zweite Puppentheater war eine Bühne mit roten Samtvorhängen, auf der, erklärte Diego, in der Mitte ein Pestarzt (der »Dottore«) stand, dessen Larve und krumme Nase Aldrian an einen wütenden, schwarz-weißen Hahn denken ließen, »links von ihm der bärtige Pantalone«, rechts die komische Alte mit Spitzenbluse und Augenmaske. Vor den drei Figuren häuften sich bunte Masken, hinter ihnen waren der Canal Grande und die Santa Maria Salute zu sehen. Aldrian zog seine Handschuhe aus, und Diego fing an, einen Vortrag zu halten:

»Wie du siehst, sind Masken mein Lebensinhalt geworden. Für die Venezianer waren sie selbstverständliche Kleidungsstücke wie Hüte oder Schuhe. Die Tradition begann schon im 13. Jahrhundert, erreichte aber erst im 18. ihren Höhepunkt, als man die Masken das ganze Jahr über trug, vor allem die Bauta« – Aldrian hatte sie kurz zuvor auf den Gesichtern der Gruppe im Vaporetto gesehen – »mit dem schwarzen Schleier, der Haare, Ohren und den Hals bedeckte. Bei der Krönung des Dogen und dem Empfang ausländischer Ehrengäste war sie sogar vorgeschrieben. In der Regel hat man die Masken allerdings erst am Abend nach der Vesper angelegt. Sie verwischten die Standesunterschiede und halfen, die Schranken zwischen den Geschlechtern zu durchbrechen. Angesehene Adelige konnten unerkannt Freudenhäuser und Spielsalons aufsuchen, Frauen hatten die Möglichkeit, sich in Hosen unter den langen Mänteln ungehindert zu bewegen. Erst Napoleon verbot das Tragen von Masken zur Gänze, er fürchtete die subversiven Kräfte, die sich darunter verbergen konnten.«

Während Diego sprach, setzte er sich verschiedene Pappköpfe auf, einen, der aus zwei kleinen Gesichtern bestand, einen von einem Pferd, oder er versah Aldrians Gesicht mit der Maske eines dicken Sultans samt Turban und Schnurrbart. Zuletzt kam die Angestellte – angelockt durch das Gelächter – mit einer Katzenlarve vor dem Gesicht herein, die ihr eine bezaubernde Leichtigkeit verlieh. Sie gingen zurück in die Werkstatt zu den Farben, Töpfen und Tiegeln, und Aldrian, der sofort an Jakob dachte, wandte sich an Diego, ob auch sein Bruder eine Werkstatt, ein Atelier oder Büroräume gehabt habe.

»Das habe ich mich auch gefragt … Ehrlich gesagt, ich weiß es nicht … Jakob hat aus allem ein Geheimnis gemacht und Elena ebenso. Beide mieden Anspielungen, sagten nie, wohin eine Reise ging oder von woher sie gerade zurückkamen. Sie sprachen zumeist von Tieren, von Pflanzen und Vögeln, ihrer Familie, ja, und von der Kunst, von Malern und Bildern … Die meisten ihrer Reisen gingen nach Paris und London.«

Er stand nun in einer Ecke, die zu beiden Seiten Spiegel aufwies, so dass Aldrian seinen Freund dreifach sah und ebenso die von Masken bedeckten Wände im Hintergrund. Diego bat seine Angestellte nebenbei, das Geschäft zu öffnen, und gab ihm – als sie alleine waren – das Kuvert mit dem Telefonbüchlein Fibonaccis zurück, das Aldrian rasch in seiner Brusttasche verschwinden ließ.

»Das ist für dich!«, sagte er und setzte ihm die Maske des gepuderten, mit einer Perücke bekleideten Casanova auf. »Falls du in die Bleikammern kommen willst.«

Aldrian ließ es geschehen. Im Gegenteil, die Maske passte sogar zu seinen Plänen.

»Schade um das Haus von Elena und Jakob in Griechenland«, sagte Diego, und Aldrian wollte ihn jetzt nicht danach fragen, woher er das wusste. Es war jedenfalls noch in keiner Zeitung zu lesen, das hätte er sonst von Beatrice oder Margherita erfahren.

»Hast du eine Waffe bei dir?«

Aldrian schüttelte den Kopf, und Diego zog einen Schlüssel aus der Tasche, öffnete einen eisernen Karteikasten und drückte ihm eine Pistole mit Schalldämpfer in die Hand. »Sechs Schuss«, sagte er. »Mehr habe ich nicht.«

»Ich möchte sie bezahlen.«

Aldrian legte zweihundert Euro auf den Tisch, und Diego steckte sie ein.

»Sie gehört jetzt dir. Bring sie mir nicht zurück. Und du hast sie auch nicht von mir.«

Aldrian war sich jetzt sicher, dass sein Freund illegal Waffen verkaufte.

Den Weg zurück zur Vaporetto-Station legte er mit der Casanova-Maske vor dem Gesicht zurück, aber erst an der Station San Stae zog er wieder seine Handschuhe an und drehte sich dabei um, weil er vergessen hatte, sich zu überzeugen, dass ihm niemand folgte. Er durfte keinen Fehler machen, sagte er sich. Der unsichtbare Souffleur in seinem Kopf funktionierte noch, und er vertraute ihm. Er erkannte an den unvermuteten Blitzlichtern, dass er selbst zwischendurch fotografiert wurde, und obwohl es ihm nicht passte, blieb er ruhig und wartete, bis das übervolle Vaporetto im Nebel erschien, das von einer Schulklasse mit Mädchen besetzt war. Es waren Lolitas, wie Aldrian dachte, mit lackierten Fingernägeln und für den Karneval bemalten Gesichtern, was wohl ohne Absicht zugleich Unschuld und Begehren signalisierte. Er setzte sich auf einen freien Platz unter die Schülerinnen, und aus ihrem Kichern und Lachen schloss er, dass sie das Gesicht von Casanova auf der Maske erkannt hatten. Die Fensterscheiben klirrten und schepperten, wenn das Vaporetto bremste und dröhnend vor dem Wartehäuschen hielt. Neben ihm lasen eine Studentin und ein Student, wie er dachte, beide nicht maskiert, in ihren Skripten. Sie memorierten offenbar ein Kapitel. Als sie an der Accademia-Brücke ausstiegen, setzte sich eine dicke Frau, die aus einem Fellini-Film zu kommen schien, neben ihn. Sie hatte rotgefärbtes Haar, zwei silberne Daumenringe an einer Hand, am Gelenk eine mit Kristallsplittern verzierte Uhr, die Diamanten vortäuschten, und trug einen bestickten roten Blazer. Ihr Gesicht war reichlich mit Puder bedeckt, auch waren die Augenbrauen sowie ihre Lippen stark geschminkt. Sie lächelte ihn kurz an und blickte dann nur noch geradeaus oder durch das Seitenfenster. Das weiße Schiff legte vor dem Markusplatz an, und alle Passagiere strömten hinaus in den Nebel, so dass er für einen Moment allein im Vaporetto saß, aber gleich darauf drängten sich andere Fahrgäste herein, nahmen die Sitzplätze ein und beruhigten sich erst, als das Vaporetto weiterfuhr. Das Abteil, fiel ihm auf, war jetzt in der Mehrzahl von alltäglich Gekleideten besetzt. Das verunsicherte ihn, denn er hatte die Maske auf dem Kopf nur getragen, weil er unter den Maskierten nicht auffallen wollte. Er überlegte, ob er, um unerkannt zu bleiben, erst an der Station Giardini aussteigen sollte, denn bei dem dichten Nebel würden vermutlich nur wenige Passanten im Park spazieren gehen. Da das Vaporetto in Richtung Lido unterwegs war, herrschte an den Stationen kein großer Andrang, und auch nur wenige Menschen gingen von Bord. Er verließ das Schiff daher an der Station Giardini, wartete, bis es im Nebel verschwunden war, blickte sich um und versuchte, sich zu orientieren, indem er dorthin blickte, wo er San Servolo vermutete, aber nichts war zu sehen außer grauer Luft. Unentschlossen spazierte er den Weg zurück bis zum Denkmal der »Donna Partigiana«. Es war den Partisaninnen gewidmet, die im Kampf gegen den Faschismus ihr Leben gelassen hatten. Die große Bronzeskulptur stellte eine Ertrunkene dar, die auf quadratischen und rechteckigen Podesten aus Zement lag, umgeben von Stufen. Bei Flut verschwand sie fast gänzlich im Wasser, bei Ebbe hingegen erweckte sie den Eindruck, an das Ufer gespült worden zu sein. Aldrian kannte die kräftige Frau mit langen Haaren und großen Händen und Füßen bereits, sie war für ihn bisher ein markanter Teil der Stadt gewesen, aber diesmal war er so bestürzt, dass er gegen Tränen ankämpfen musste, weil er an Elena und Jakob dachte. Durch den Nebel sah das Ganze noch gespenstischer aus. Die geometrischen Podeste und Stufen im Wasser erinnerten ihn überdies an Imkerkästen, was seinen Schmerz noch verstärkte.

Er konnte sich zuerst nicht von der Skulptur trennen, erst als er langsam Hass in sich aufsteigen fühlte, der sich mit dem Gedanken an Rache verband, setzte er seinen Weg fort. In seiner Verwirrung ging er bis zum Park zurück und betrat die Giardini, als ob es sich um eine Mutprobe handelte. Sobald er Furcht empfände, sagte er sich, würde er mit dem nächsten Vaporetto zurückfahren. Die Denkmäler von Verdi und Wagner lösten diesmal keine Musik in seinem Kopf aus, und bei genauerem Hinsehen stellte er fest, dass ihre Nasen abgeschlagen worden waren. Das vergrößerte nur noch seinen Hass. Er nahm die Stadtkarte heraus und durchquerte hierauf die nebeligen Giardini Garibaldi, die auf beiden Seiten von alten Villen und Häusern umgeben waren. Die Gebäude waren in keinem guten Zustand, fiel ihm auf. Hinter der Statue des italienischen Freiheitskämpfers bog er nach links ab und erreichte so die Calle San Domenico. An der Nummer 1302 las er dann auf einer Steintafel über dem Portal mit Rundbogen, dass hier das Geburtshaus von Giovanni Tiepolo stand. Das konnte kein gutes Versteck sein, überlegte Aldrian. Er ging ein Stück weiter und stieß als Nächstes auf eine Villa mit abgeblättertem Verputz. Gelbes und rotes Laub bedeckte den Rasen, und die Kronen der hohen Bäume verschwanden im Nebel. An dem Pfosten vor dem Zutritt war kein Name zu lesen, alles machte einen düsteren Eindruck. Überdies stand auf einem roten Schild mit weißen Buchstaben »Achtung gefährlicher Hund!«. Aldrian kletterte über den zum Teil von Buschwerk umwachsenen Drahtzaun und fand sich zwischen Oleanderbüschen wieder. Nichts bewegte sich. Die Rollläden der Villa waren zum Teil geschlossen, hinter keinem Fenster brannte Licht. Noch immer mit der Maske Casanovas auf dem Kopf, schritt er entschlossen auf das Haus zu. Die Glocke war, wie er gleich sah, herausgerissen worden, weswegen er sich des Türklopfers aus verblasstem Messing bediente, doch nichts rührte sich. Da er keinen weiteren Lärm machen wollte, versuchte er, die Tür zu öffnen, aber sie war versperrt. Daher betrachtete er das Schloss und suchte den passenden Schlüssel auf dem Ring, den er aus Jakobs Wohnung mitgenommen hatte, bis er ihn endlich fand. Vorsichtig betrat er das Haus, blieb stehen und lauschte, bevor er die Tür hinter sich wieder abschloss. Er wusste allerdings nicht, ob das vernünftig war, denn wenn sich jemand im Gebäude aufhielt und er flüchten musste, konnte sie für ihn ein Hindernis sein. Im Flur war noch immer kein Laut zu hören, und als er Jakobs und Elenas Vornamen rief, verhallten sie in den Räumen, als stehe die große Villa leer. Er war sich jedoch darüber im Klaren, dass er leise Geräusche wegen seines Hörsturzes nicht mehr wahrnehmen konnte. Misstrauisch öffnete er die erste Tür und stand in einer Küche, in der er eine Elektroplatte, ein Abwaschbecken, einen Tisch mit leeren Wasser- und Weinflaschen, zwei Gläser, einen leeren Aschenbecher und zwei Stühle sah. Von der Decke hing eine nackte Glühbirne. Er rief wieder die beiden Namen, aber es blieb still. Der Staub, der auf dem Boden lag, verband sich in seinem Kopf mit dem Nebel, der im Freien herrschte. Tote Fliegen lagen zuhauf zwischen den Doppelfenstern. Im nächsten Raum, der unmöbliert war, klebten sie zu Dutzenden auf einem Fliegenfänger, der ihm wie eine Warnung vorkam. Er betrat weitere staubige Zimmer und stieg zuletzt in den nächsten Stock hinauf. Die erste Türe, die er vorsichtig öffnete, führte zu einem Atelier mit bemalten Kulissen, auf denen der Ausblick in einen üppigen, sich weit zum Meer hin erstreckenden Garten abgebildet war. Er sah Zypressen, Pinien und den Himmel spiegelnde Gewässer, Schmetterlinge und Vögel, Bienenkästen, Fernrohre zur Beobachtung von Vögeln und ein Teleskop für den Nachthimmel. Es bestand kein Zweifel, dass es sich um das Haus von Jakob und Elena handelte, ihr »Paradiso«, von dem sie ihm nie erzählt hatten. Ungeduldig nahm er die Casanova-Maske ab und legte sie auf den Fußboden. In der Mitte des Raums entdeckte er ein Modell aus weißem Karton, das offenbar das Gebäude und das Areal des »Paradieses« darstellte. Wie aus einer auf dem Boden liegenden Zeichnung hervorging, war für den Entwurf die Unterseite eines großen Blattes das Vorbild gewesen. »Victoria Amazonica«, die lateinische Bezeichnung für die Riesenseerose, war daneben zu lesen. Auf den ersten Blick ähnelte das Pflanzengebilde einem grünen Spinnennetz, nur dass es kräftiger war und statt der Fäden adernförmige Gefäßstränge hatte, die vom Zentrum ausgingen und sich von kleineren Quersträngen aus in einzelne, rhombische und rechteckige Zellen unterteilten. Dort, wo die Stränge in der Mitte aufeinandertrafen und der Stängel der Riesenseerose mit dem Blatt verbunden war, stand die alte Villa mit der Terrasse, die durch die geplanten Zubauten später – wie auch das Blatt – ebenfalls die Form einer Ellipse annehmen sollte. Die asymmetrischen Parzellen würden, weitgehend mit Wasser gefüllt, den Himmel spiegeln oder, wie er sah, mit Seerosen bewachsen sein. Der symmetrische Teil war für Bienenstöcke, Bäume und Sträucher vorgesehen, für Orangen-, Zitronen- und Olivenhaine und kleine Weizenfelder … Die beiden Einschnitte an den einander gegenüberliegenden Seiten des blattförmigen Areals gaben dem gesamten Komplex die Form von zwei Flügeln eines riesigen Vogels. Aldrian hob den Kopf und blickte durch das Fenster in den Nebel hinaus. Da er nichts Verdächtiges entdeckte, öffnete er die nächste Tür und gelangte in einen Arbeitsraum, der vollgestopft mit Farbkonserven, Chemikalien, Terpentin, Flaschen, Tuben, Tiegeln, Spachteln, Lupen, Pinseln, einem Zeichentisch, Blei- und Farbstiften und einer Staffelei war. Auf dem Tisch lagen herausgeschnittene Seiten aus Kunstbänden, großformatige Abbildungen der Werke verschiedener Maler: William Turners Vogelstudien aus Farnley Hall und seine »Venedig-Aquarelle«, Maria Sibylla Merians Pflanzen- und Insektenbilder oder Aquarelle von Georg Flegel: Tulpen, Schwertlilien, Nelken, Rosen,

371

Akeleien, Trompetennarzissen, Sumpfdotterblumen, Maiglöckchen, Levkojen, Anemonen und Zyklamen, Johannisbeeren, Erbsenschoten, Nüsse, Eicheln, Erdbeeren und Äpfel, aber auch solche mit einem Eisvogel, einer Blaumeise, einem Papagei, einer Fliege, Garnelen, Muscheln, einer Seidenraupe in verschiedenen Stadien der Entwicklung und einem Hirschkäfer. Die Abbildungen der Stillleben – Aquarelle von magischer Schönheit – waren daneben aufgeschichtet ebenso wie die Kopien einer Radierung von Rembrandts marmorierter Kegelmuschel, die Studie eines Rötelfalken von Arcimboldo sowie einige Aquarelle von Paul Klee. Aldrian blickte sich wieder um, dann öffnete er einen weißen Schrank mit Schiebetüren. Als er sie zur Seite schob, stieß er auf einen kleineren Stapel von Bildern, die Jakob selbst angefertigt haben musste. Aldrian nahm die bemalten Papiere aus dem Schrank und spürte zugleich die Kälte an den Beinen. Am liebsten wäre er davongelaufen und hätte alles so gelassen, wie es war, aber seine Neugierde war größer als das Unbehagen. Beim Durchsuchen der Schränke fand er auch alte Leinwände, Rollen alter Papiersorten und Chemikalien für die Gewinnung alter Farben. Er legte Jakobs Bilder auf den Tisch und den Boden, suchte die dazu passenden aus den herausgerissenen Seiten und konnte erkennen, dass es keine plumpen Fälschungen, sondern geschickt variierte Darstellungen waren. Es sollte so aussehen, als hätten die Künstler, die er kopiert hatte, selbst von einem bestimmten Motiv ein oder zwei Variationen angefertigt oder bisher unentdeckte Aquarelle und Gemälde hinterlassen. Viele Stunden, viele Nächte musste Jakob dafür aufgewendet haben. Weshalb hatte er nie mit ihm darüber gesprochen? Dann fragte er sich wieder, auf welche Weise sich alles abgespielt hatte. Hinweise auf Falschgeld hatte er keine gefunden – das sagte aber nichts. Es konnte eine zweite Werkstatt, ein zweites Atelier geben … Jedenfalls hatte Elena die Chemikalien für die Farben, das alte Papier und die alten Leinwände besorgt und Jakob das, was er fälschte, vermutlich zuvor in den entsprechenden Museen studiert. Aldrian wusste jetzt, dass er die beiden, selbst wenn er von einer Flucht ausging, nie mehr wiedersehen würde … Falls sie ermordet worden waren, musste es einen Grund dafür gegeben haben. Und während er in dem mit den Fälschungen seines Bruders übersäten Raum nachdachte, begriff er, dass Jakob sich von der Organisation, für die er gearbeitet hatte, vermutlich hatte trennen wollen. »Wahrscheinlich«, sagte sich Aldrian, »hatte er die Fälschungen selbst verkaufen wollen …« Er war sich jetzt sicher, dass Jakob alles hinter sich lassen und nach Griechenland hatte ziehen wollen. Und er war sich auch im Klaren, dass die Organisation nicht herausgefunden hatte, wo sich das Atelier befand. Vielleicht hatte auch Fibonacci den Handel für Jakob übernommen, jedenfalls hatte er gefälschte Bilder seines Bruders unter der Verkaufstheke versteckt gehabt. Aldrian starrte die Bilder lange an. Dabei glaubte er, vom unteren Stockwerk zwei Schläge einer Pendeluhr zu hören. Er hielt den Atem an und wartete, aber es blieb still. Irgendwo in der Stadt oder in der Umgebung musste es jemanden geben, dachte er dann, der Elena und Jakob entführt hatte und, weil sie nicht bereit gewesen waren weiterzumachen, gefangen hielt oder wahrscheinlich sogar ermordet hatte. Er konnte jetzt nur noch die Spuren von Elenas und Jakobs zweitem Leben verwischen, sagte er sich, und die Bilder ebenso wie die Farben, die alten Leinwände und Papierrollen, die Kulissen und das Modell ihres Gartens Eden verschwinden lassen. Dafür musste er das gesamte Atelier in Brand stecken, und er empfand kein Bedauern bei dem Gedanken daran, weil er sonst selbst Gefahr lief, in das Verbrechen hineingezogen zu werden. Dann fiel ihm der Metallschrank in einer Ecke auf. Er wusste sofort, dass es Jakobs »Arche Noah« war. Als er die Laden herauszog und die alten, kolorierten Kupferstiche von Tieren und Pflanzen sah, zwang er sich, an etwas anderes zu denken, während er sie auf einen Haufen warf. Er fügte auch die gefälschten Bilder, Papiersorten, die Leinwände, die Abbildungen aus den Kunstbüchern und brennbare Gegenstände hinzu. Dabei verspürte er jetzt wieder den Zorn auf die verborgene Organisation, aber auch auf seinen Bruder. Er sah die Gesichter von Jakob und Elena vor sich, und er kämpfte gegen Tränen aus Trauer und Wut an, während er Lack, Terpentin und Ethanol, die sich unter den Farben befanden, auf den Haufen schüttete, ihn anzündete und in den Nebenraum floh. Die Explosion hinter ihm setzte alles in Brand. Er schloss die Tür, fing an, Vorbereitungen zum Abfackeln des Ateliers zu treffen und schreckte bei einem Geräusch auf. Es war so leise, dass er es gerade noch wahrnahm. Rasch griff er nach seiner Pistole, entsicherte sie und wartete. Rauch und Gestank breiteten sich unterdessen vom Nebenraum her aus. Tatsächlich hatte jemand die Haustür geöffnet und wieder verschlossen. Die eiligen Schritte kamen zuerst aus dem Flur, dann stieg jemand die Treppen in den ersten Stock hinauf, und Aldrian versteckte sich hastig hinter einer der Kulissen. Eine Taube saß auf der Fensterbank und schaute ihn mit einem gelben Auge an. Aldrian konzentrierte sich ganz auf die Schritte, die aus nächster Nähe kamen, dann wurde die Tür geöffnet, und als Aldrian hinter der Kulisse hervorspähte, sah er eine männliche Gestalt, die sich hektisch umschaute, nach der Casanova-Maske auf dem Fußboden bückte und sie aufhob. Für einen kurzen Moment, bevor der Mann die Maske aufsetzte, erkannte Aldrian das Gesicht von Sergio Celi, dem Taucher, der vor ihm den Ahnungslosen gespielt hatte. Doch hatte er keine Zeit, darüber nachzudenken, denn Celi hielt eine Pistole mit Schalldämpfer in der Hand und fing an, gegen die Kulissen zu treten. Plötzlich hörte er damit auf und warf einen Blick in den brennenden Arbeitsraum. Als er sich blitzschnell wieder umdrehte, fing er an, wütend auf die Kulissen zu schießen. Aldrian hatte sich sofort auf den Boden fallen lassen und war dabei gegen die Kulisse gestoßen, hinter der er Deckung gesucht hatte. Während sie lautlos umfiel, sah er, dass Celi mit der Casanova-Maske die Pistole auf ihn gerichtet hatte, und bevor Aldrian noch abdrücken konnte, explodierte abermals etwas, und er registrierte, dass Celis Maske unter der Stirn ein Loch aufwies, aus dem Blut rann. Im selben Augenblick verlor Celi das Gleichgewicht und stürzte leblos auf den Fußboden des Ateliers. Es dauerte einen kurzen Moment, bis Aldrian begriff, dass er selbst es gewesen war, der geschossen hatte. Er zog die Maske vom Gesicht des Tauchers, sah die

Schusswunde in einem Auge und vergewisserte sich, dass er tot war. Was, wenn Celi nur aus Angst auf ihn geschossen hatte? Vielleicht hatte er mit Jakob zusammengearbeitet? Und vielleicht gehörte das Haus sogar ihm? ... Automatisch entfernte er das kleine Etikett von der Innenseite der Maske, das auf Diego Sarcia hinwies, und warf es zum Modell und den umgeworfenen Kulissen. Dann durchsuchte er Celis Taschen. Er nahm sein Smartphone an sich, und obwohl er fliehen wollte, entfernte er die SIM-Karte und steckte sie in die Hosentasche, das Handy verstaute er in der Jacke. Celi hatte auch ein Gasfeuerzeug bei sich und in seiner Geldbörse ein Päckchen 100-Euro-Scheine, die ihn an das Falschgeld erinnerten. Außerdem fand Aldrian Ausweise und die Fotografie einer Frau. Bis auf den Führerschein steckte er alles ein. Er reinigte das Dokument und die Geldbörse von möglichen Fingerabdrücken und warf sie dann aus dem Fenster, vor dem er die Taube gesehen hatte, in den Garten. Die Blutpfütze unter dem Kopf von Sergio Celi war inzwischen größer geworden. Gerade als er die Kulissen, das Modell des Hauses in Skala Kallonis und alles Brennbare mit Celis Feuerzeug angezündet hatte, hörte er deutlich weitere Geräusche aus dem Flur. Er nahm die Pistole wieder in die Hand und bewegte sich nicht. Sosehr er sich auch anstrengte, er hörte nichts. Vorsichtig stellte er sich hinter die offen stehende Tür. Irgendwo im unteren Stockwerk begann eine Pendeluhr zu schlagen, die er übersehen haben musste. Im nächsten Augenblick stürmte der schwarzhaarige junge Mann, den er bei Fibonacci zur Rede gestellt und der von sich behauptet hatte, von der Polizei zu sein, in den Raum, begriff, was geschehen war und drehte sich mit der Waffe in der Hand um. Bevor er jedoch abdrücken konnte, hatte Aldrian ihn in die Brust getroffen. Sein Widersacher ließ die Waffe fallen, und als Aldrian noch zweimal abdrückte, stürzte er zu Boden. Wieder war es still, und Aldrian horchte, ob sich noch etwas rührte. Dabei bemerkte er, dass sich die Flammen vom Nebenraum her schon im Atelier ausbreiteten. Ohne nachzudenken, nahm er die Waffe des jungen Mannes an sich und drückte ihm seine eigene in die Hand. Dann durchsuchte er ihn, fand jedoch kein Smartphone, dafür aber Schlüssel und einen Ausweis, der auf Rocco Scarlatti lautete. Außerdem entdeckte er eine Visitenkarte in seiner Brieftasche, die auf denselben Namen lautete und ein Antiquariat auf dem Fondamente Nuove mit Telefonnummer anführte. Aldrian steckte alles, bis auf den Ausweis und die Visitenkarte, wieder in das Sakko des Toten. Es stank jetzt noch stärker nach Rauch, er hörte das Feuer knistern, verließ das Atelier, lief die Treppe hinunter und öffnete die Haustüre. Der Nebel war so dicht, dass er nur undeutlich sah, wo er sich befand. Nachdem er über den Zaun zurückgeklettert war, setzte er sich die Augenmaske und die schwarze Wollmütze auf und lief die Calle San Domenico in Richtung der Statue Garibaldis hinunter und von dort über eine Brücke zur Haltestelle Giardini. Außer Atem hielt er an. Der Hals schmerzte ihn, und es war ihm noch immer kalt. In einem Anflug von Panik warf er die Pistole des schwarzhaarigen Rocco Scarlatti und das Telefon von Sergio Celi in den Canale di San Marco, dann zerriss er Scarlattis Ausweis – nicht aber die Visitenkarte – und bemerkte erst nachträglich, dass er nicht einmal überprüft hatte, ob ihn jemand beobachtete. Während er es nachholte, ließ er die Papierschnitzel in das Wasser fallen, entfernte den Haustorschlüssel zur Villa vom Schlüsselbund seines Bruders und warf ihn mit aller Kraft in den Nebel über dem Canale. Er durfte jetzt nicht in ein Vaporetto steigen, sagte er sich. Automatisch ging er in Richtung Markusplatz, und mit jedem Schritt rückte das Geschehen weiter an einen fernen Ort des Wahns. Er sagte sich fortlaufend, dass er nicht verrückt sei, bis er selbst daran glaubte. Am Denkmal der Donna Partigiana ging er vorbei, ohne einen Blick darauf zu werfen, es erinnerte ihn jetzt noch mehr an Elena und was er selbst getan hatte. Ihm fiel auf, dass er sich bewegte wie eine Aufziehfigur. Die steinernen Brücken mit ihren Stufen überraschten ihn jedes Mal, wenn er sie überquerte. In seinem Kopf gab es nur die vier Worte, die sich im Kreis drehten: »Ich bin nicht verrückt.« Vor dem Museo Storico Navale hielt er an. Er konnte sonst die Säle in Gedanken abrufen und dabei im Kopf »Der fliegende Holländer« von Richard Wagner hören, »Steuermann! Lass die Wacht!« mit dem beschwingten Ende oder »Kein Zweifel! Sieben Meilen fort trieb uns der Sturm vom sichren Port«. Er nahm jedoch nur Stille und Dunkelheit wahr und sein »Ich bin nicht verrückt«, das er weiter flüsterte. Vor der Brücke zum Museum arbeitete ein Bagger im trockengelegten Rio dell'Arsenale, er hatte ihn schon vor einer Minute gehört, doch nicht darauf reagiert. Der Bagger verdeckte ihm den Ausblick auf den Nebel, der die Isola San Giorgio Maggiore auf der anderen Seite der Lagune verschluckt hatte. Er erkannte die zwei großen schwarzen

Anker an der Mauer zum Eingang des Museo Storico Navale, doch diesmal waren es nur schwere, eiserne Gebilde. Eine Reihe von Bänken stand davor, auf einer lag eine Gestalt. Zuerst dachte er an einen vergessenen Mantel, aber aus dem Mantel ragten Hosenbeine und Schuhe heraus, der Kopf jedoch blieb unter dem Kleidungsstück versteckt. Sein Blick schweifte wieder zur Brücke ab, wo er einen Invaliden erblickte, dem der linke Arm bis zur Schulter fehlte und, wie er gleich darauf erkannte, auch das linke Bein. Er war mit einer Trainingshose, die bis zum Knie der Prothese hinaufgerutscht war, und einer zerrissenen Jacke bekleidet. Unsicher wandte Aldrian sich dem Bündel Mensch auf der Bank zu. Der Fremde konnte ohne weiteres tot sein. Er trug Halbschuhe mit perforierter Kappe nach englischem Muster, graue Socken, eine graue Stulpenhose, der Rest war nur eine Wölbung unter seinem blauen Mantel. Der Motor des Baggers stotterte und brauste auf. Aldrian dachte an die beiden von ihm erschossenen Männer, riss sich davon los, stieg die Treppen zur Brücke hinauf und redete sich wieder ein, dass er nicht verrückt sei. Vielleicht war der junge Schwarzhaarige in Wirklichkeit doch schneller gewesen als er, überlegte Aldrian, und er selbst irrte jetzt im Totenreich umher. Inzwischen fiel ihm ein weiterer Obdachloser mit Kappe auf, der eine Jeansjacke trug. Er lehnte – im Gesicht arg verletzt – an einer der Bänke und starrte Aldrian an, so dass er sich von ihm abwandte. Die nächste Brücke führte zur Riva degli Schiavoni, die belebter war, und je mehr Brücken er überquerte, desto dichter wurden die Ansammlungen maskierter Menschen. Im Totenreich gibt es kein Gesicht, nur Larven, sagte er sich. Konfetti lag auf dem breiten Gehsteig, und im Nebel sahen alle Gestalten, denen er begegnete und unter die er sich mischte, wirklich wie Gespenster aus. Er wollte nicht daran denken, welche Folgen ihn nach dem blutigen Zwischenfall erwarteten. In der Luft herrschte ein Gewirr von Stimmen, die lachten, riefen, murmelten, sich unterhielten. Er kam an den Vaporetto-Stationen und Souvenirhändlern vorbei, an dem Denkmal für Vittorio Emanuele, der aus Bronze gegossen auf einem Pferd saß, und an der Ponte della Paglia, von der aus die Seufzerbrücke zu sehen ist. Am Fuß der folgenden Treppe wartete eine Bettlerin mit Kopftuch, das Gesicht voll Brandnarben, und stülpte sich gerade eine Micky-Maus-Maske vor das Gesicht. Als er die Piazzetta San Marco erreichte, kam es ihm vor, als fände ein Schlachtengetümmel im Nebel statt. Es war nicht möglich, auch nur einen Schritt weiterzugehen, ohne dass man jemanden zur Seite stieß oder rempelte. Doch gab es kein gemeinsames Ziel, nur den Wunsch nach der eigenen Anwesenheit. Durch das Geschiebe und Gedränge in alle Richtungen arbeitete sich Aldrian zum öffentlichen Ballsaal ohne Dach – dem Markusplatz – vor. Längst schon fand die traditionelle Maskenschau auf einer Bühne statt. Aldrian hörte die Stimme Commissario Gallis im Kopf, der ihn nach einem Alibi fragte: Wo waren Sie um diese und jene Uhrzeit? Er versuchte daher angestrengt, sich in das Caffè Florian vorzukämpfen, aber dort stauten sich die Menschen: Größere und kleinere Gruppen begehrten Einlass, in den Räumen saßen aufwendig Maskierte mit Federbusch, Goldmaske, gepudertem Gesicht oder Dreispitz neben unmaskierten Japanern und Europäern. Aldrian übernahm die Rolle eines Sicherheitsbeamten oder des Geschäftsführers, der seinen Dienst antrat, und verschaffte sich durch zielbewusstes Auftreten einen Platz vor der verglasten Eingangstür, die er aufstieß – obwohl ihm ein Ober im weißen Smoking über mehrfaches Kopfschütteln zu verstehen gab, dass alles »occupato«, »besetzt«, sei. Beim Eintreten nahm er seine Mütze vom Kopf und die Augenmaske ab, sah einen freien Stuhl an einem Tisch mit vier Japanern und ließ sich unter dem Protest der Umsitzenden darauf nieder. Sofort erschien der Ober und forderte ihn mit abwehrenden Handbewegungen auf, den Stuhl zu räumen. Ungerührt spielte Aldrian den Taubstummen, griff nach einer Papierserviette, schrieb mit seinem Kugelschreiber »Spritz« darauf und fügte ein höfliches »pronto« hinzu. Der Kellner zuckte mit den Schultern, und kurz darauf erschien der Japaner, dem der Sitz gehörte. Während ihm seine noch immer aufgeregten Freunde berichteten, was geschehen war, blickte Aldrian durch ein Fenster auf die plattgedrückten Gesichter der Passanten, die in das Caffè starrten. Jetzt trat der japanische Gast an ihn heran und erinnerte ihn auf Englisch daran, dass er auf seinem Platz säße. Aldrian blickte ihm kurz in die Augen, verzog dabei keine Miene und legte seine geöffneten Hände an die Ohren, wobei er den Kopf schüttelte, um vorzugeben, dass er gehörlos sei. Daraufhin erschien ein weiterer Kellner mit einem rotgepolsterten Hocker, stellte ihn vor den Tisch, und der Japaner nahm mit hochgezogenen Augenbrauen Platz. Aldrian war sich jetzt sicher, dass man sich später an ihn erinnerte. Im Nachhinein kamen ihm seine Idee lächerlich und sein Verhalten überflüssig vor. Er schrieb sie aus Scham seiner Verwirrung zu. Langsam wurde ihm warm. Sobald er den ersten Spritz getrunken und schriftlich einen zweiten bestellt hatte, sah er einen Buben, der als Zorro verkleidet war und mit einem Jojo spielte. Das Kind trug einen schwarzen Anzug, die typische schwarze Augenmaske und einen breitkrempigen, spanischen Hut. Das Jojo tanzte auf und ab, und Aldrian sagte sich, dass es darüber entscheiden würde, ob man ihn als Täter verhaftete oder nicht. Die Bewegung nach unten bedeutete »ja«, die nach oben »nein«. Aber zuvor musste das Kind ein neues Spiel beginnen. Er ließ es daher nicht aus den Augen. Konzentriert und mit angestrengtem Blick fuhr der kleine Zorro fort, das Jojo auf und ab hüpfen zu lassen, wob zwei Kunststücke ein und hörte dann auf. Bevor Aldrian sich schriftlich den dritten Spritz bestellte, fing das Kind wieder damit an, aber es beabsichtigte offenbar, Aldrian zappeln zu lassen, denn es machte keinen Fehler. Plötzlich wollte Aldrian nicht länger zusehen und nicht mehr wissen, was das Jojo weissagte. Er winkte – einen Geldschein in der Hand – einen Kellner herbei und wartete nicht, bis dieser ihm den Restbetrag zurückzahlte. Auch beobachtete er nicht mehr das noch immer Jojo-spielende Kind und die Japaner an seinem Tisch, sondern verließ überstürzt das Caffè und machte sich im Freien wieder mit seiner Augenmaske und der schwarzen Wollmütze unkenntlich. Auf der Bühne in der Mitte des Platzes zeigten sich im dichten Nebel noch immer prachtvoll Verkleidete und Maskierte, während in der Menge davor ähnliche Phantasiegestalten neben unkostümierten Menschen zu sehen waren. Kurz dachte er an das Deckenfresko in der Kirche San Pantalon, wurde aber sofort von den Ereignissen in die Wirklichkeit zurückgerufen. Unter den Arkadengängen mit den hell erleuchteten Schaufenstern der Juweliere, Andenkenläden, Antiquitäten-, Mode- und Muranoglasgeschäften flackerten Blitzlichter, als explodierten Glühwürmchen. Er ließ sich im Gedränge treiben, ohne zu wissen wohin. Er hatte zwei Menschen getötet, kam ihm langsam wieder zu Bewusstsein. Inzwischen tanzte auf der Bühne eine professionelle Gruppe einen Tango. Das Gedränge nahm weiter zu, immer mehr Fußgänger mit Perücken, Hüten und Bekleidung im Stil des 18. Jahrhunderts bestimmten das Straßenbild, alles wollte staunen, gaffen, fotografieren – und bestaunt, begafft und fotografiert werden. Eine Sängerin trat auf, die traurige neapolitanische Weisen vortrug. Aber alles, was geschah, blieb ohne Resonanz. Die vorgeblichen Adeligen, Prinzessinnen und Prinzen, Sultane, Scheichs und historischen Gestalten bewegten sich wie spätsommerliche Mückenschwärme immer auf demselben Platz. In einem großen, schwarzen, mit grünen Buchstaben beschrifteten Plakat, das Aldrian im Nebel erst jetzt auffiel, entdeckte er eine viereckige Öffnung in der Größe eines Kasperltheaters. Dort spielten Puppen tatsächlich ein Melodram: Ein Friseur wurde von einem Zauberer in ein Krokodil verwandelt, dann in eine Maus, dann in einen unfähigen Bader, der keine Zähne reißen konnte, bis er durch die Liebe einer Wäscherin wieder seine ursprüngliche Gestalt erhielt. Ohne dass er es wollte, wurde Aldrian von der Menge weitergeschoben, es gab keinen Stillstand.

Trotz des Nebels erkannte er vor dem Campanile einen Glühweinstand, dessen Geruch schon von weitem
wahrzunehmen war. Er ruderte dorthin, kaufte ein Ge-
tränk in einem weißen Pappbecher, und ihm fiel ein
Uniformierter auf, der eine mit goldenen Borten verzierte Jacke und eine Kniehose trug. Gerade erreichte
der Phantasiesoldat das schwarze Plakat mit den grünen Buchstaben und der Öffnung für das Puppenspiel.
Dort kletterte er hinein und zeigte dem Publikum sein
grinsendes Gesicht. Dann verschwand er kurz – wohl
um sich umzuziehen, wie Aldrian vermutete –, er prä-
sentierte der Menge aber durch die Öffnung des Pup-
pentheaters nur seinen nackten Hintern. Solange er zu
sehen war, wurde gelacht und von allen Seiten mit
Blitzlichtern fotografiert, ansonsten geschah nichts.

Aldrian kämpfte sich zu den Arkadengängen zurück, wo eine verrückte Alte vor einem Schreibwarengeschäft mit Füllfedern aus Bernstein und schwarzem
Lack stand, die mit ihrem Spiegelbild in der Auslagen-
scheibe sprach und gestikulierte. Sie trug ein Kopftuch
und darüber eine Kappe, drehte sich unvermutet zu
ihm hin und warf ihm einen streitlustigen Blick zu ...
Langsam verließ er den Platz, der im Nebel hinter ihm
verschwand und aus dem nur noch Musik und das
Geräusch durcheinandersprechender Stimmen zu hören waren. Polizisten regelten den Menschenstrom in
den Gassen. Sie wiesen in bestimmte Calli ein, sperr-
ten andere ab – es war aussichtslos, die Gegenrichtung
einzuschlagen. Aldrian überfiel jedes Mal Angst, wenn
er einen Beamten sah. Der Strom der Maskierten zog
ohne Unterbrechung an den Schaufenstern der Mas-
kengeschäfte, Schuhläden und Feinkosthandlungen

vorbei, in den Lokalen bedienten als Clowns oder als Bürger des 18. Jahrhunderts maskierte Kellner. Wenn sie hingegen ihre gewohnte Kellnerkleidung trugen, kamen sie Aldrian jetzt wie Maskierte vor. Auch mehrere Polizisten, die zusammenstanden, sahen für ihn verkleidet aus, ebenso zwei Gondoliere mit Strohhüten und gestreiften T-Shirts. Endlich gelang es ihm, in eine Nebengasse zu flüchten, die weniger belebt schien, doch stellte sich auch das als Täuschung heraus. Beinahe wäre er über einen jungen Mann gestolpert, der ihm, am Boden sitzend, ein Pappschild entgegenhielt: »Ich bin arm und habe drei Brüder. Suche Arbeit.« Sobald er den jungen Mann aus der Nähe sah, erkannte er, dass es eine junge Frau war. Ein Stück weiter blieb er vor einem vornehmen Antiquitätengeschäft mit goldenen Buddhas, Elfenbeinarbeiten, dem Gemälde einer sich schminkenden Frau und einer alten Maske mit drei Gesichtern stehen. Davor hockten weitere Bettler und rührten sich nicht. Sie blickten nur auf die Blechbüchsen zwischen ihren Beinen oder schauten die Menschen an. Einmal klang Gitarrenmusik von irgendwoher im Nebel, dann eine Ziehharmonika oder Gesang.

Vor der Rialtobrücke herrschte ein ähnliches Gedränge wie auf dem Markusplatz, die Kostümierten stauten sich auf den Stiegen zwischen den Läden und verhielten sich wie in einem Vergnügungspark. Er wurde am Maskengeschäft von Diego Sarcia vorbeigetrieben, ebenso an der Ostaria Dai Zemei, wie ein Stück Holz in einem Hochwasser führenden Bach, und obwohl er dabei an den Taucher Sergio Celi dachte, an die Pistole und die Casanova-Maske, an das verlassene

Haus in den Giardini Garibaldi, die Blutlachen und das Paradies, die gefälschten Bilder, das Feuer und den Nebel, musste er sich jetzt nicht mehr einreden, dass er nicht verrückt war. Alles um ihn herum hatte sich so verändert, dass er daraus keine Schlüsse mehr ziehen konnte, und das Geschehen in der alten Villa, in der er irgendwo eine Pendeluhr hatte schlagen hören und zwei Menschen getötet hatte, war zu einem Bestandteil seiner Wirklichkeit geworden. Er hatte wahrgenommen, wie sich die schrecklichen Ereignisse mit der verrückten Umwelt vereinigt hatten und von ihr durchdrungen worden waren, so dass sie sich in etwas Erfundenes verwandelt hatten. Es war nicht mit Absicht, aber andererseits auch nicht gegen seinen Willen geschehen, dass er San Polo erreichte. Der Menschenfluss vom Bahnhof her hatte ein Weitergehen immer schwerer gemacht. Lachende Maskierte warfen mit Konfetti um sich, und ein stark frequentiertes, gelbes Karussell drehte Kinder im Kreis, sie waren als Robin Hood, Harry Potter, Schmetterlinge oder Tiger hergerichtet, und ein attraktiver Mandarin sorgte für Ordnung. Aldrian konnte sich anfangs nicht vom Karussell lösen, von den aus dem Nebel kommenden und im Nebel wieder verschwindenden Kindern, die auf den an Ketten befestigten Sitzen hockten, und er wäre am liebsten in Beatrices Wohnung gegangen. Die Geschehnisse auf dem Platz mussten aus der Perspektive von oben und im Nebel noch irrealer aussehen, dachte er. Hinter einem Tisch hockten vier rote Perücken tragende und stark geschminkte Mädchen, die mit Wasser- und Tubenfarben Gesichter bemalten.

Aldrian steckte seine Brillenmaske und die Wollmütze ein und ließ sich unter dem Gekicher der umstehenden Mädchen ein schwarzes tattoo-artiges Muster auf Stirn und Wangen malen. Als er aufstand, hielten sie ihm einen Spiegel hin, und er sah sich als Maori in Alltagskleidern. Eine Zeitlang konnte er seinen Blick nicht von einer riesigen Teetasse abwenden, die in einem weiteren Karussell ein Kind, das darin Platz genommen hatte, um die eigene Achse drehte und zugleich mit ihm im Kreis fuhr. Währenddessen spritzten Jugendliche aus Spraydosen bunte »Spaghetti« auf Erwachsene. Die Kunststoffgebilde blieben an den Kleidern kleben, was die Betroffenen aber erheiterte. In einem großen Zelt mit durchsichtigen Wänden aus Plastikplanen, das umhüllt war vom Nebel, wurde Puppentheater aufgeführt. Aldrian trat neugierig näher und stellte sich vor, er sei ein weißer Hase, den ein Zauberer aus dem Zylinder ziehen würde. Gespielt wurde auf einer zusammenklappbaren Bühne, davor stand eine dunkelhaarige Frau und sprach mit den Figuren, die sie selbst in den Händen hielt, und erklärte damit gleichzeitig dem Publikum das Stück. Sie erzählte, kommentierte, stellte an die Puppen Fragen, forderte sie auf, etwas zu tun, und kritisierte sie. Aus einem Karren mit Utensilien holte sie auch andere nützliche Gegenstände heraus, die Witz in die Handlung brachten, und bot sie den Figuren an. Die Puppen waren drei Schweinchen und ein Hund, der ein Sträfling war und dem von der Frau vor der Bühne die Ohren gespült wurden. Die Schweinchen furzten unterdessen, und die Kinder schrien vor Lachen. In Maßen wurde auf der kleinen Bühne auch gegähnt, gerülpst und geschnarcht. Wie bei allem, was Theater,

Oper oder Kino war, musste Aldrian der Handlung folgen. Wackelnd erschienen die Kulisse eines Bauernhauses mit beweglicher Eingangstür und daneben ein Klohäuschen. Und an der Vorderwand der Klappbühne hing eine weitere Tasche, aus der die Figuren alles, was sie für die Aufführung benötigten, herausnahmen. Als das »Spiel der Winde«, so hieß das Stück, zu Ende war und Aldrian mit den Kindern begeistert geklatscht hatte, ging auch er weiter. Er flüchtete in das Winkelwerk von Gassen, in denen ihm jetzt weniger Passanten begegneten, und die Bilder aus der großen Villa überfluteten neuerlich sein Denken. Abermals hielt er sich im Atelier seines Bruders auf, bevor der junge Schwarzhaarige die Tür aufgestoßen und seine Waffe auf ihn gerichtet hatte. Er sah sich zu, wie er die Brieftasche Sergio Celis aus dem Fenster warf. Er sah die leeren Zimmer und den Fliegenfänger an der Decke, und er sah sich, wie er die Casanova-Maske von Sergio Celi entfernte und wie das Blut aus dem Auge das Gesicht des Toten bedeckte. Als er aus den Gassen heraus war, gelangte er auf einen Platz, der hell erleuchtet war, und erreichte kurz darauf den Campo San Tomà. Von weitem erkannte er, dass vor dem Geschäft Carlo Fibonaccis die Rollläden heruntergelassen waren. Er blieb nicht stehen, da er niemandem, auch nicht Margherita und Eugenio, begegnen wollte, sondern schlug, fast schon wie gewohnt, den Weg zur Kirche San Pantalon ein. Eigentlich hatte er daran gezweifelt, dass sie an diesem Tag geöffnet sei, als er die Tür aufstieß und sie nachgab. In der vorderen Bank knieten zwei betagte Frauen und beteten. Er ließ sich hinter dem Eingang nieder und wartete. Es dauerte nicht lange, bis die beiden Alten wieder gingen und er sich in die Mitte des Kirchenschiffs begab und eine passende Münze in den Scheinwerferautomaten warf. Dann streckte er sich auf einer der Bänke aus und schaute nach oben ... Es erschien ihm jetzt, dass die Engel dort kämpften und auf ihn herunterstürzten wie ein Schwarm gieriger Heuschreckenwesen, die ihn fressen wollten. Endlich erloschen die Scheinwerfer wieder, und er nahm wahr, dass ihn jemand ansprach.

»Signore ... Signore!«

Aldrian setzte sich erschrocken auf und erkannte einen Priester, der sich über ihn beugte. Sofort beruhigte er den Pfarrer, dass er nicht betrunken und auch nicht krank sei, sondern das Deckenfresko bewundert habe. Es tue ihm leid, wenn er sich respektlos verhalten habe, fügte er hinzu. Der alte Priester glaubte ihm nicht ganz, sondern fragte ihn, ob er beichten wolle? Nein? Ob er lieber allein sein möchte?

Schon wollte Aldrian die Flucht ergreifen, da berührte der Priester seinen Arm und sagte: »Gehen Sie zum Campo San Giacomo dell'Orio, dort findet gerade der wahre venezianische Karneval statt, wie ihn die Menschen hier feiern!« – Er begleitete ihn zur Kirche hinaus und wies ihm die Richtung, und Aldrian ging, nachdem er sich bedankt hatte, neuerlich in ein Gassengewirr, das sich vor ihm auftat. Unterwegs hielt er an, weil er nicht wusste, wo er war. Er fand heraus, dass er an einen Kanal gelangt war, der die Fondamenta Minotto entlangführte, wie er auf der Stadtkarte las. Mit der Karte in der Hand kam er im Nebel langsam und umständlich seinem Ziel näher, obwohl er kaum noch einem Menschen begegnete. Schließlich erreichte er über den Corte Canal den lebhafteren Campo San Giacomo dell'Orio. »Vom Irrenhaus über den Irrweg ins Leben«, dachte er. Auf dem Campo fand gerade ein Bauernmarkt statt. Soeben wurden ein Spanferkel zerlegt, weißes Bauernbrot verkauft und Ombra getrunken, aber außer den Kindern trieben sich nur wenige Maskierte zwischen den Verkaufsständen herum. Auf weiteren Tischen bot man Würste, Salami, Käse und Gewürze an. Jetzt erst spürte Aldrian, dass er hungrig war. Er ließ sich zwei Brote belegen, kaufte eine kleine Flasche Wein und nahm auf einer Bank Platz. Vor den Cafés saßen Einheimische in Mänteln und zufällig Vorbeikommende, die sich entspannten. Und um ihn herum schwatzten Bekannte und Nachbarn miteinander. Sie machten sich ein paar vergnügliche Stunden, hatte es den Anschein – worum Aldrian sie beneidete. Er trank noch eine zweite Flasche Wein, wartete, bis der Alkohol ihm endlich zu Kopf gestiegen war, und fragte dann einen der Bauern, wo die nächste Vaporetto-Station sei.

»Biasio«, antwortete der korpulente Mann, wies in die entsprechende Richtung und drehte sich von ihm weg. Aldrian tat so, als hätte er ihn verstanden, aber er vergaß das Wort schon hinter der nächsten Straßenecke, nahm wieder den Plan heraus und fand schließlich das Wartehäuschen.

Das Vaporetto, in das er stieg, war halb leer, und nur einige mitfahrende Kinder waren verkleidet. Die meisten Maskierten schienen auf der Straße vom Bahnhofsplatz zum Markusplatz unterwegs zu sein, überlegte er. Jedenfalls fand er einen freien Sitzplatz und blickte aus dem Fenster auf den Canal Grande. Er war jetzt glücklich über den dichten Nebel, der Himmel und Wasser verschmelzen ließ. Die andere Uferseite war nur schwach zu erkennen. Die Boote, die ihnen entgegenkamen, erschienen zuerst nur als Silhouetten, dann zeigten sie sich plötzlich aus der Nähe, als ob jemand sie herbeigezaubert hätte.

»Eine Fahrt durchs Wolkenmeer«, dachte er, »am Himmel.« Über dem Wasser war der Nebel graugrün, weiter oben in der Luft grauweiß und dort, wo sich versteckt die Sonne zeigte, graugold. Nebenbei fiel ihm auf, dass die Kinder ihn wegen seines bemalten Gesichts anstarrten, aber es machte ihm nichts aus. Der Schlüsselbund seines Bruders drückte ihn in der Hosentasche, das brachte ihn auf die Idee, noch einmal das Haus mit dem Atelier aufzusuchen, um zu sehen, was inzwischen aus dem brennenden Gebäude geworden war. Er hatte das Zeitgefühl endgültig verloren, so dass er darüber erstaunt war, als es rasch dunkel und kurz darauf Nacht wurde. In Aldrians Gedankenwelt war der Vorhang der »Lichtschauspielbühne« gefallen.

Auf der Piazzetta, sah er vom Vaporetto aus, war das Spektakel voll im Gange, es schien, als hätten alle nur darauf gewartet, dass die Sonne unterging. Der Großteil der Fahrgäste stieg aus, einige wenige kamen an Bord. Den Ort aufzusuchen, an dem er einige Stunden zuvor zwei Männer erschossen hatte, kam ihm nicht vernünftig vor, doch war der Drang, die Villa oder die Brandruine zu sehen, stärker als seine Bedenken. Er durfte sich nicht in Gefahr bringen, nahm er sich vor. Erst als das Vaporetto wieder anlegte, bemerkte er, dass sie inzwischen das Arsenal erreicht hatten, und auf der Weiterfahrt sah er immer noch Gestalten auf den Bänken vor dem Museo Storico Navale. Das Vaporetto erreichte endlich die Station Giardini, wo Aldrian den Brandgeruch bereits wahrnahm. Unter der Brücke des Rio di San Giuseppe waren Polizei- und Feuerwehrboote festgemacht, und Wasser wurde in Schläuche gepumpt. Von den Giardini Garibaldi – wo er eine Menschenmenge und das vermutlich eingestürzte, ausgebrannte Haus von weitem sah – erreichte er die Calle San Domenico. Unterwegs war er immer wieder auf Fußgänger, die zum Teil maskiert waren, gestoßen, weshalb er nicht auffiel. Vor dem rauchenden Haus drängte er sich dann zwischen die Neugierigen und stellte fest, dass das Feuer gelöscht war, aber noch immer Wasser aus Schläuchen in die Ruine gespritzt wurde. Das gesamte obere Stockwerk war zerstört und vom Dach nichts mehr übrig geblieben.

Mehr noch als die Feuerwehr beherrschten Polizisten die Szene. Überall hatten sich Uniformierte angesammelt, sie berieten sich, telefonierten und warfen gleichgültige Blicke auf die Zuschauer. Den Gesprächen der Umstehenden entnahm Aldrian, dass zwei verkohlte Leichen in der zerstörten Villa gefunden worden waren, sowie Waffen, weshalb die Polizei von einem Verbrechen ausgehe. Aldrian konnte sich nicht mit dem Tatort, dem Zaun, dem Garten oder der Ruine identifizieren, auch nicht mit dem Ereignis, das die Menschen irritierte. Er wollte sich nicht vorstellen, dass er selbst es gewesen war, der den Menschenauflauf verursacht hatte. Obwohl er fror, konnte er den Ort nicht verlassen, bis er plötzlich Commissario Galli erblickte, der gerade aus der Ruine trat. So unauffällig wie möglich floh er daraufhin zurück zur Station

Giardini und nahm das nächste Vaporetto nach San Silvestro. Auf dem Vorderdach lachte eine angeheiterte Faschingsgesellschaft mit Tiermasken und Papierhütchen, die an der Piazzetta di San Marco ausstieg.

Um die Rialtobrücke herum herrschte noch mehr Gedränge. Als sei die Mutter Gottes erschienen, dachte er unwillig. Selbst am Fischmarkt tanzten trotz Kälte und Nebels Maskierte ohne musikalische Begleitung. Er hob im Haus seines Bruders die Zeitung und die Post auf, die wie immer hinter der Haustür lagen, und schleppte sich die Treppe hoch. Jetzt erst spürte er, wie erschöpft er war. Obwohl er auf dem Display seines Smartphones – das er absichtlich auf dem Küchentisch hatte liegen lassen – erkannte, dass Beatrice versucht hatte, ihn zu erreichen, schaltete er es nicht ein und fiel wie bewusstlos auf das Bett.

Ein weiteres Verhör

Er erwachte durch das Flackern und Krachen eines Feuerwerks. Es kam ihm vor, als sei ein Krieg ausgebrochen. Draußen war es dunkel und noch immer neblig, und er wusste aus den Erzählungen seines Bruders, dass in Venedig am Sonntag ein Feuerwerk zum Ausklang des Karnevals Tradition war. Während sein Kopf sich mit den Resten eines abgebrochenen Traums beschäftigte, überlegte er, was er tun sollte. Von dem Augenblick an, als er die Augen geöffnet hatte, war ihm zum ersten Mal klar gewesen, dass er zwei Männer erschossen und ein Haus angezündet hatte. Er konnte es immer noch nicht verstehen, schloss die Augen wieder und träumte ein kurzes Stück weiter. Im Halbschlaf sah er die beiden Gesichter der Toten vor sich und Commissario Galli, wie er aus der Ruine trat, dann wieder das Gedränge der Maskierten auf dem Markusplatz und schreckte abermals auf. Das Feuerwerk, hörte er, war nach wie vor im Gang. Durch den Nebel erweckte es den Eindruck, als befände er sich in Gewitterwolken. Er rechnete nach, dass es nicht später als 20 oder 21 Uhr gewesen sein konnte, als er nach Hause gekommen war. Dann fiel ihm ein, dass sein Gesicht noch bemalt war, er verließ das Bett, zog sich aus und ging in das Badezimmer, wo er sorgfältig seine Haut reinigte und sich duschte. Nachdem er sich gründlich abgetrocknet hatte, holte er frische Wäsche aus dem Schrank, stopfte die schmutzige in einen Müllsack und schlüpfte in den Pyjama und seinen Morgenmantel. Draußen herrschten weiter Blitz und Getöse. Zuerst nahm er die kleine Fotografie, die er Dr. Dr. Galotti entwendet hatte, aus der Geldbörse und rief drei oder vier der aufgeschriebenen Nummern an. Sie waren alle bereits ungültig. Die letzte konnte er nicht entziffern. Anschließend tauschte er die SIM-Karte von Sergio Celi – da sein Telefon die gleiche Marke aufwies wie das des Tauchers – gegen seine eigene aus. Schließlich legte er das Telefonbüchlein von Carlo Fibonacci auf den Tisch, durchsuchte die gespeicherten Nummern und die Anrufliste und stellte mühsam fest, dass es nur drei gleiche Nummern gab. Er wiederholte den Suchvorgang, verglich die Nummern mit denen in Fibonaccis Telefonbüchlein und erhielt dasselbe Resultat. Es gab nur drei gleiche Nummern, die jeweils anstelle eines Namens mit einem einzigen Buchstaben, der auf den Besitzer hindeutete, erschienen: Alle drei wiesen auch keine Vorwahl auf, weshalb er annahm, dass sie zum Bereich von Venedig gehörten. Erst jetzt bemerkte er, dass eine der Nummern die des Geschäfts seines Bruders war. Und die beiden anderen? Er suchte die Visitenkarte von Rocco Scarlatti, dem schwarzhaarigen jungen Antiquar, in seiner Jackentasche und verglich sie mit den übrigen Zahlen. Tatsächlich stimmte die Nummer auf der Karte mit der ersten überein, so dass nur noch eine unbekannte übrig blieb. Am besten, dachte er, er versuchte sie im Laufe des Tages anzurufen. Er schrieb sie und Scarlattis Telefonnummer in sein Notizbuch, zertrat den Chip und steckte die Splitter ein. Die Reste der Visitenkarte und der kleinen Fotografie, die er zerrissen hatte, spülte er in der Toilette hinunter. Dann ließ er Fibonaccis Telefonbüchlein in einer der Falten seines Stadtplans verschwinden und steckte diesen in die Brusttasche seines Sakkos. Den Schlüsselbund seines Bruders brachte er in dessen Wohnung zurück. Eine Stunde war vergangen, das Feuerwerk war vorüber, und er war erstaunt, dass er keine Angst mehr empfand und auch nicht an Flucht dachte. Zum ersten Mal hatte er – wenn auch nur für einen kurzen Augenblick – das Gefühl, »alle Fäden in der Hand zu haben«, aber sofort gestand er sich ein, dass sie ins Nichts führten. Sie baumelten wie Angelschnüre ohne Köder in einem dunklen Gewässer. Dann schrak er auf, denn es wurde heftig gegen die Haustür geschlagen und »Polizei!« gerufen.

»Machen Sie auf!«

Aldrian erhob sich, steckte den Schlüssel ein, aktivierte das Telefon und verstaute beides in der Tasche seines Morgenmantels, bevor er vorsichtig und ohne Licht zu machen die Treppen hinunterstieg. Irgendetwas musste ihn verraten haben, schoss es ihm durch den Kopf. Er zögerte, den Vorraum zur Tür zu betreten, weil er es instinktiv für möglich hielt, dass durch die Tür geschossen wurde, daher hielt er an und lauschte. Jemand schrie noch einmal »Polizei!«, sonst war nur der gedämpfte Karnevalslärm vom Fischmarkt her zu hören. Er schlich zögernd die Wand entlang bis zur Haustür und wartete. Noch immer rührte sich nichts, weshalb er einen Blick durch das Guckloch warf, ohne etwas anderes als Dunkelheit,

Nebel und dazwischen vereinzelte Maskierte zu sehen. So lautlos wie möglich steckte er den Schlüssel in das Schloss, drehte ihn energisch um, öffnete dann ungehalten die Tür, aber niemand war zu sehen. Nur zu seinen Füßen, bemerkte er, lag ein Paket. Es war an ihn adressiert und trug die Aufschrift: »Du bist der Nächste!« Er kannte die Drohung – seinen Namen und das Kreuz – von dem Zettel, den man ihm nach dem Überfall unter das Bett geschoben hatte. Zuerst wollte er dem Paket einen Tritt versetzen und zurück in seine Wohnung flüchten, doch entgegen seinen Zweifeln bückte er sich, hielt es fest, machte einen Schritt zurück in das Haus und verschloss hinter sich wieder die Eingangstür. Im Dunkeln stellte er das Paket auf den Tisch und schaltete dann erst das Licht an. Einen Augenblick blieb er, in seine Gedanken versunken, stehen, dann erst begab er sich zurück in seine Wohnung und kam mit einem Messer und einer Schere wieder. War es ein Sprengkörper? Ein Bild oder eine Nachricht von Jakob und Elena? Er öffnete das Paket und fand zwei in Alufolie eingewickelte Gegenstände. Ohne zu zögern nahm er den kleineren heraus. Er war fest und kühl, wie etwas Steifgefrorenes, und als er die Folie abgenommen hatte, lag eine abgetrennte Hand vor ihm, die er auf den ersten Blick erkannte: Es war Elenas! Auch in der zweiten Folie lag eine Hand, und es überraschte ihn jetzt nicht mehr, dass es die von Jakob war. In jeder Hand steckte eine vermutlich falsche 100-Euro-Note, und als er die Geldscheine herausnahm, erkannte er, dass beide Handflächen mit schwarzer Tusche gemalte Zeichen aufwiesen, die bis über die Finger liefen, und er erinnerte sich sofort an die Abbildungen im Buch über Chiromantie, das im ersten Paket als Weihnachts-geschenk seines Bruders gelegen war. Er zerriss die beiden Geldscheine, lief in seine Wohnung hinauf und spülte auch sie in der Toilette hinunter. Als er wieder den Gang betrat, um hinunterzugehen, läutete das Telefon in der Tasche seines Morgenmantels. Er nahm es in die Hand, und nachdem er sich davon überzeugt hatte, dass es Beatrice war, legte er nicht auf.

»Wo bist du?«, fragte sie eindringlich.

»In meiner Wohnung.«

»Weshalb bist du nicht auf dem Campo San Polo?«

»Es war mir zu laut. Verzeih, aber du hast mich aufgeweckt.«

»Ich habe dich gestern mehrmals angerufen.«

»Ja. Ich habe das Telefon in der Küche vergessen.«

Nach einer längeren Pause hörte er Beatrice ungehalten fragen: »Bist du spät nach Hause gekommen?«

»Gegen Mitternacht.«

»Aber warum hast du mich nicht zurückgerufen?«

»Weil ich eingeschlafen bin.«

Sie gab keine Antwort, und er entschuldigte sich wieder.

»Ich war auf dem Markusplatz, im Caffè Florian, dann am Campo San Polo ...«, fügte er hinzu. »Ich wollte nicht immer nachdenken. Ich liebe dich.«

Während er telefonierte, sah er die beiden erschossenen Männer und die abgeschnittenen Hände von Jakob und Elena vor sich. Er wollte Beatrice am Telefon nichts erklären, umso mehr bedrückte ihn der Gedanke daran.

»Ich warte schon sehr auf dich«, fügte er hinzu.

»Es ist nicht einfach mit dir«, antwortete Beatrice.

»Hoffentlich gibt es in der Zwischenzeit keine neuen Überraschungen.«

»Ja, ich hoffe es auch.«

»Hast du nicht vergessen, dass ich mir ab heute freigenommen habe?«

»Nein. Ich freue mich.«

Sobald er das Gespräch beendet hatte, lief er die Treppen hinunter in das Vorhaus und begann zu weinen.

Es war nicht sein Bruder gewesen, der ihn mit dem ersten Karton, in dem sich das Falschgeld befunden hatte, als Zauberer hatte übertreffen wollen. Es waren dieselben, die ihn jetzt damit erniedrigten und verhöhnten.

Eine halbe Stunde später traf die Polizei ein und nach einer weiteren Viertelstunde der verschlafene Commissario Galli.

Er trat an den Karton heran und fragte nur: »Ist ein Erpresserbrief dabei?«

»Nein«, antwortete einer der Polizisten.

Galli wandte sich daraufhin Aldrian zu. Er erkannte, dass er geweint hatte, und schüttelte ihm die Hand.

»Es tut mir leid«, sagte er.

Aldrian ging voraus, nahm an seinem Küchentisch Platz, und der Commissario bedauerte, dass er ihm Fragen stellen müsse.

Hatte ihn Galli vor der Brandruine gesehen oder hatte ihn jemand erkannt?, ging es Aldrian durch den Kopf. Er musste sich jedes Wort überlegen und sagte daher nichts, bis Commissario Galli das Wort an ihn richtete.

»Wie sind Sie zu dem Paket gekommen?«

Aldrian berichtete stockend, was vorgefallen war, und kämpfte weiter gegen die Bilder in seinem Kopf an.

Hierauf fragte ihn der Commissario nach jedem Detail aus, wollte wissen, wie er den gestrigen Tag verbracht hatte, wie spät es bei diesem und jenem Ortswechsel oder Ereignis gewesen sei und wer seine jeweilige Anwesenheit bestätigen könne. Aldrian verschwieg, dass er maskiert gewesen war und die Verkleidungen gewechselt hatte. Er verschwieg auch alles, was ihn in Zusammenhang mit den beiden Erschossenen und dem brennenden Haus bringen konnte, und er verschwieg seinen Besuch in der Kirche San Pantalon, weil er annahm, dass der alte Pfarrer ihn mit dem geschminkten Gesicht in Erinnerung behalten hatte. Auch den Weg zum Bauernmarkt am Campo San Giacomo dell'Orio erwähnte er nicht. Wenn er unsicher war, bedeckte er das Gesicht mit beiden Händen, stieß einen erschöpften Seufzer aus und überlegte, bis ihm etwas einfiel. Je länger die Befragung dauerte, desto mehr verstand er, dass der Commissario alles mit dem Falschgeld in Zusammenhang brachte und seinen Bruder verdächtigte. Aldrian widersprach den Vermutungen und Beschuldigungen Gallis, der jetzt von ihm wissen wollte, wie er die abgeschlagenen Hände interpretiere, und behauptete, Elena, die Frau seines Bruders, sei in die »Geschehnisse« und die »Angelegenheit«, wie er sich ausdrückte, mit verwickelt gewesen. Nach eineinhalb Stunden, in denen Aldrian mehrmals den Tränen nahe war, hatten sie einen toten Punkt erreicht.

Der Commissario wechselte das Thema und erzählte ihm erst jetzt, dass zwei erschossene Männer verkohlt in einem ausgebrannten Gebäude, nahe den Giardini Garibaldi, aufgefunden worden seien. Die Polizei gehe davon aus, dass einer davon Sergio Celi sei, dessen Mutter ihm das Haus vererbt habe, in dem laut Zeugenaussagen zumeist nur nachts Licht im »Atelierraum« gebrannt habe. Außerdem seien Reste von Farbbüchsen und Geräten zur Herstellung von Graphiken sichergestellt worden. Das alles weise darauf hin, dass es sich um die Fälscherwerkstatt gehandelt haben könnte. Der bemerkenswerteste Fund sei jedoch die Brieftasche von Sergio Celi gewesen, auf die man im Garten gestoßen sei. Sie weise keine Fingerabdrücke auf, was für einen dritten Täter spreche. Überdies enthalte sie gefälschte 100-Euro-Scheine. »Auffällig ist auch, dass wir keine Telefone finden konnten, die Informationen über die Verbrechen der letzten Tage – dazu gehört vor allem Carlo Fibonaccis Ermordung – hätten liefern können.« Und wie bei den beiden toten Männern habe man auch bei Fibonacci kein Telefon oder Aufzeichnungen gefunden, fuhr er fort. »Wir haben nur die sim-Karte, die Sie Iwanow abgenommen und uns übergeben haben. Machen Sie sich einen Reim darauf?«

Aldrian schüttelte den Kopf. »Ich habe darüber nicht nachgedacht. Ich habe jetzt andere Probleme.«

»Wir haben nicht zuletzt zwei Pistolen sichergestellt. Es hat den Anschein, als sollte vorgetäuscht werden, dass die beiden Männer sich gegenseitig erschossen haben. Wenn Sie es ohnehin nicht schon beabsichtigten, möchte ich Sie dringend ersuchen, die Stadt zu verlassen. Das habe ich Ihnen schon mehrmals gesagt. Wir müssen nur wissen, wo Sie sich aufhalten.«

Aldrian fühlte sich elend und fragte den Commissario, ob er sich ausruhen dürfe.

»Ich verstehe«, antwortete der Commissario. »Wir halten uns noch unten im Vorraum auf.« Hierauf verließ er die Wohnung.

Aldrian wusste, welches Risiko er einging, doch er war so verzweifelt und hasserfüllt, dass er es in Kauf nahm. Er unterdrückte die eigene Nummer auf seinem Smartphone und lauschte kurz, ob jemand die Treppen heraufkam. Einen Moment lang hielt er inne, schloss die Augen und versuchte an nichts zu denken, dann rief er die Nummern an, die er zuletzt auf der SIM-Karte von Sergio Celi gefunden und notiert hatte.

Er ließ es viermal läuten, und gerade als er auflegen wollte, meldete sich eine ungehaltene Frauenstimme.

»Boscolo!«

»Sergio«, flüsterte Aldrian.

»Sergio?«, fragte die Stimme, die zugleich Ärger und Staunen ausdrückte.

»Ja.«

»Wir dachten, du seist …«

»Nein.«

Die Frau hatte schnell ihre Fassung wieder gefunden und brauste auf: »Das ganze Unglück hat deinetwegen begonnen. Du hast mit Jakob gemeinsame Sache gemacht, obwohl du gewusst hast, dass Rodolfo keine andere Wahl haben würde, als …« Eine ungehaltene, männliche Stimme war jetzt im Hintergrund zu hören.

»Du hättest nicht in Chioggia anrufen dürfen!«, stieß die Frau hervor, bevor sie grußlos auflegte.

Er dachte nicht lange darüber nach, sondern wählte Beatrices Nummer.

»Sie haben mir die Hände von Elena und Jakob geschickt«, hörte er sich sprechen.

Beatrice gab keine Antwort, und Aldrian wartete, bis die Verbindung unterbrochen war.

Während er wieder auf dem Bett lag, kam ihm der Maskenbildner Diego Sarcia in den Sinn. Er war jetzt fest davon überzeugt, dass Diego in die Angelegenheit verwickelt war. Dann sah er wieder die abgehackten Hände vor sich. Um sich abzulenken, dachte er noch einmal über die Fotografie nach, die er Dr. Dr. Galotti mit der Brieftasche aus dessen Sakko gezogen hatte, und rief sich die drei abgebildeten Männer in Erinnerung: Jakob, Galotti und am Rand ein Fischer, dessen Gesicht er sich eingeprägt hatte. Hatte der Archivar mit der Sache zu tun? Oder der Fischer? Vielleicht war der Mann in Chioggia zu Hause? Und vielleicht hieß er Boscolo? Dann würde er auch über die Fähigkeiten seines Bruders Bescheid gewusst haben. Und wenn er mit Dr. Dr. Galotti zusammengearbeitet hatte, würde auch das einiges erklären. Er musste mit Diego sprechen, dann Boscolo in Chioggia aufsuchen und zuletzt den Medizinhistoriker befragen. Auf keinem Fall durfte er jemandem trauen, dachte er, und er musste die Spuren, die auf Kunstfälschung schließen ließen, verwischen, das war er Elena und Jakob schuldig.

Es klopfte an der Tür, und Aldrian öffnete.

»Sie schließen sich ein?«, fragte der Commissario irritiert.

Aldrian schwieg und blickte an ihm vorbei.

»Brauchen Sie Hilfe?«

»Nein.«

»Ich meine, sind Sie allein?«

»Nein, Frau Stefanelli kommt am Vormittag zu mir.«

»Wir verlassen Sie jetzt, aber wir bleiben in Verbindung.«

Aldrian folgte ihm und beobachtete, wie er sich mit den Polizisten im Nebel über den nächtlichen Fischplatz davonmachte. Einer der Beamten trug die weißen Kunststoffkisten, in denen die Hände von Jakob und Elena lagen, zum Polizeiboot. Es kam Aldrian vor, als seien die Polizisten an das Grauen gewöhnt, als seien sie Fließbandarbeiter, die jeden Handgriff schon tausendmal gemacht hatten.

Erschöpft schloss er die Haustür wieder ab, legte sich zurück auf das Bett und fiel in tiefen Schlaf, weshalb er Beatrice nicht klopfen hörte. Erst als sie ihn anrief, kam er langsam zu sich. Weinend umarmte sie ihn im Vorhaus und drückte ihren Kopf gegen seine Brust. Erst in seiner Wohnung erklärte sie ihm, dass ihr übel geworden sei, als sie die Nachricht erhalten habe. Sie könne auch jetzt noch keine Einzelheiten hören, ohne dass sie weinen müsse. Jedenfalls bitte sie ihn, so rasch wie möglich das Haus zu verlassen und gemeinsam irgendwohin zu fahren.

»Nach Chioggia«, sagte Aldrian, auch selbst wie betäubt vor Trauer, und hörte wieder die Worte von Boscolos Frau im Ohr: »Du hättest nicht in Chioggia anrufen dürfen.«

»Nach Chioggia? Warum nach Chioggia?«

»Weil ich noch nie dort war. Jakob hat sich immer geweigert oder nach einer Ausrede gesucht, wenn ich es ihm vorgeschlagen habe.«

»Weißt du, dass ich in Chioggia Sottomarina aufgewachsen bin? Nicht weit vom Strand«, antwortete sie erstaunt.

Sie zog ihr Telefon aus der Daunenjacke und tippte eine Nummer ein. »Ich muss in der Redaktion anrufen«, erklärte sie. Sie trat auf den Gang und schloss hinter sich die Tür.

Aldrian packte inzwischen seinen Koffer, nahm den Reisepass und alles, was ihm wichtig war, aus dem Schrank, zerstörte seine eigene SIM-Karte, um nicht geortet werden zu können, und als er auf den Gang trat, telefonierte Beatrice noch immer. Es sah so aus, als ob sie wieder geweint hätte.

Als sie das Haus verließen, sahen sie nicht weit entfernt von der Eingangstür einen Unbekannten, der sie aufmerksam beobachtete. Aber das konnten sie sich auch nur eingebildet haben.

Chioggia Sottomarina

An die Fahrt am frühen Morgen konnte er sich später kaum mehr erinnern. Er wusste nur noch, dass er beinahe den Schlüsselbund seines Bruders im Haus vergessen hatte und sie im Nebel zum Markusplatz gefahren waren und dann weiter bis zum Lido. Dort hatte er zum ersten Mal Erleichterung verspürt. Er war gleich hinter San Silvestro in die Kabine geflüchtet, auf die Seite mit Aussicht auf die Insel San Giorgio Maggiore, damit er nicht die Skulptur der ertrunkenen Partisanin, das »Monumento alla Partigiana«, und die Giardini Garibaldi – beide auf der gegenüberliegenden Seite – zu Gesicht bekam. Die gesamte Fahrt über fand er keine Antworten auf seine Fragen.

Am Lido war es um diese Jahreszeit wie ausgestorben, fiel ihm auf, ein kühler Wind wehte. Sie nahmen die Buslinie 11 nach Chioggia, die über die flache, schmale Insel Pellestrina mit ihrer Mauer aus Marmorblöcken zur Meeresseite hinführte, auf der Radfahrer wie auf einem Seil durch den Nebel über das Meer zu fahren schienen. Ursprünglich hatte der Wall als ein Verteidigungsbauwerk gedient, jetzt schützte er die Insel vor Überschwemmungen. Ohne daran zu glauben, dass er seinen Reiseführer jemals schreiben würde, versuchte er, sich das, was Beatrice ihm erklärte, zu merken, aber seine Gedanken ließen ihm währenddessen keine Ruhe. Es war ihm, als würde er mit einem Krankenwagen von einem Schützengraben in das Hinterland transportiert, und er konnte es nicht erwarten, den Bus zu verlassen und sich irgendwo zu verkriechen, wohin ihm niemand folgen konnte. Vor einem Friedhof hielt der Bus, und sie stiegen in die Fähre der Linie 11 um. In einem unbeobachteten Augenblick warf er irgendwann die Reste der zerstörten SIM-Karten – Sergio Celis und seiner eigenen – ins Wasser. Erst die bunten Fischerboote, der Geruch, die Netze und das Tauwerk am Ufer von Chioggia befreiten ihn von seiner düsteren Gedankenwelt.

Chioggia Sottomarina war ein großer Badeort. Beatrices Tante besaß dort eine alte Villa in der Nähe des Strandes, die im Winter geschlossen war. Darin hatte Beatrice, erzählte sie, als Kind mit ihrer Mutter bei deren Schwester gewohnt. Sie hatte die Schlüssel in ihrer Handtasche – »aus alter Gewohnheit« immer bei sich, wie sie ihm erklärte.

Zuerst hielt Beatrice vor einem Lebensmittelgeschäft, im Haus dann war es kalt wie in einem Eisblock, aber Beatrice gelang es zusammen mit Aldrian, die Heizung einzuschalten. Die Räume hätten, sagte sie, schon bessere Zeiten gesehen. Jedes der Zimmer war mit Blumenmustern tapeziert. Es gab ein blaues Schwertlilienzimmer, ein gelbes Narzissenzimmer, in dem ein Klavier stand, und ein rotes Tulpenzimmer. Dicke Schichten von alten Tapeten klebten darunter an der Wand. Er versuchte zum Erstaunen von Beatrice, deren Aussehen zu erkunden, indem er an den Türpfosten und Fensterecken mit den Fingern die Spalten zwischen den alten Tapeten vergrößerte und in den Schlitz hineinspähte. Zuerst sah er ein Stück schwarzer Tapete mit silbernen Blättern, dann ein kleines Stück grüner mit weißen Möwen und schließlich ein weiteres mit einem Muster aus Schmetterlingen.

Da ihnen kalt wurde, nahmen sie die Decken von den Betten, hängten sie sich um, und Aldrian setzte sich später an das verstimmte Klavier und spielte Arien aus »Cosi fan tutte«, »Le nozze di Figaro« und »Don Giovanni«, obwohl er die beiden abgeschlagenen Hände im Karton vor sich sah. Beatrice war ihm dankbar dafür, und er spürte, wie stolz sie auf ihn war. Um ihr eine Freude zu machen, fuhr er mit Vincenzo Bellinis »I puritani«, »Norma« und »La sonnambula« fort.

Als ihnen endlich wärmer geworden war, aßen sie Obst, getrocknete Tomaten, Brot und tranken den Soave-Wein aus dem Lebensmittelladen. Es war die Unruhe, die sie bei Einbruch der Dunkelheit aus dem Haus trieb, zuerst mit einem Taxi über die siebenhundert Meter lange Brücke Translagunare und dann zu Fuß in der Altstadt. Sie spazierten im Nebel abwechselnd den Corso del Popolo und die Fondamenta della Canale Vena hinauf und hinunter, an den zum Teil geschlossenen Cafés und Geschäften vorbei, und überquerten schließlich zwei Brücken, während ihm Beatrice Geschichten aus ihrer Kindheit erzählte. Unterwegs bat er sie, eine neue SIM-Karte mit einer neuen Telefonnummer auf ihren Namen zu kaufen, da er sich davor fürchtete, dass Commissario Galli ihn aufstöberte. Sie verstand ihn nicht ganz, erfüllte aber seinen Wunsch. Zurück in der alten Villa setzte Aldrian die SIM-Karte ein und spielte am Klavier vor sich hin, bis sie im Schwertlilienzimmer zu Bett gingen und sich umarmten.

Die halbe Nacht waren sie wach und konnten endlich miteinander reden. Doch Aldrian wehrte sich, wie gewohnt, gegen jede ihrer Mutmaßungen, und langsam begann Beatrice an ihrer eigenen Überzeugung zu zweifeln, dass er sie in einem fort belüge.

Am nächsten Morgen, als seine Geliebte frisches Obst, Wein und Kuchen kaufte und Aldrian nachdenklich vor dem Klavier saß, unterdrückte er seine neue Telefonnummer und rief Diego Sarcia in dessen Maskengeschäft an.

Diego war übel gelaunt, die Geschäfte waren nicht so gelaufen, wie er es sich vorgestellt hatte, und Aldrian hatte überdies den Eindruck, dass auch er ihm misstraute. Aber weshalb hatte er ihm dann ohne weiteres Waffen besorgt? Gehörte er selbst der Organisation an, oder war er ein Zwischenhändler, der Geschäfte unter dem Ladentisch machte? Oder beides? Außerdem war Aldrian überzeugt, dass Diego alles über das verbrannte Haus in Griechenland und die beiden erschossenen Männer im Haus am Garibaldi-Park wusste.

»Warum hast du mir geholfen?«, fragte Aldrian, nachdem sie einander begrüßt hatten.

Diego gab ihm darauf keine Antwort. Er schwieg.

Weil auch Aldrian nicht sprach, warteten beide vergeblich darauf, dass der andere das Gespräch fortsetzte. Schließlich dankte ihm Aldrian versöhnlich für seine Hilfe.

»Welche Hilfe?«, fragte Diego in gereiztem Tonfall,

aus dem Aldrian schloss, dass er auf keinen Fall mehr weitersprechen wollte. Natürlich verstand er, dass Diego die Sache nicht am Telefon abhandeln konnte, auch er hatte Angst davor, überwacht zu werden, und er fragte sich jetzt selbst, weshalb er ihn überhaupt angerufen hatte ... Er hatte den Drang verspürt, mit ihm zu sprechen, gestand er sich ein, und er hatte den Drang unbedingt loswerden wollen, das war der Grund gewesen ... Der eigentliche Grund war also sein eigenes Misstrauen, waren die Fragen, auf die er keine Antwort wusste. Und Diego hatte sein Problem sofort erkannt. Er hätte auch auflegen können, sagte sich Aldrian, aber er hatte es nicht getan, was er jetzt als freundschaftliche Verbundenheit auslegte.

In diesem Moment beendete Diego das Gespräch, und Aldrian ärgerte sich zuerst über sich selbst, dann wurde er wütend. Als Einziger fiel ihm Dr. Dr. Galotti ein, an dem er seine Wut auslassen konnte, aber er wollte keine neuerliche Abfuhr riskieren. Außerdem hatte er ihm die Fotografie gestohlen. In der Zwischenzeit musste der Archivbeamte das sicher bemerkt und überlegt haben, wo sie ihm abhandengekommen sein konnte. Bei ihrer letzten Begegnung im Vaporetto, dachte Aldrian weiter, war der Wissenschaftler eingeschlafen ... Aber dass ihm ein Taschendieb die Brieftasche gezogen und nur das Foto an sich genommen hatte, um sich gleich darauf wieder unbemerkt zu verdrücken, kam wohl höchstens im Traum vor. Außerdem wusste Dr. Dr. Galotti über die Zauberkunststücke des jüngeren Aldrian-Bruders Bescheid. Dann fiel ihm plötzlich ein, wie er vorgehen könnte.

Er rief die Auskunft an, fragte nach der Telefonnummer des Archivio di Stato di Venezia und ließ sich dann von der Zentrale mit ihm verbinden.

»Pronto«, meldete sich der Doppeldoktor gelangweilt.

»Sergio«, sagte Aldrian mit verhaltener Stimme.

»Wer?«

»Sergio Celi.«

»Und?«

»Sergio Celi«, wiederholte Aldrian.

»Ich kenne Sie nicht.«

»Grüße von Rodolfo.«

»Rodolfo? Welcher Rodolfo?«

»Boscolo.«

»Der Fischhändler?«

»Ja.«

»Haben Sie ihn getroffen?«

»Ja.«

»Ich habe ihn schon lange nicht mehr gesehen … Wie geht es ihm?«

»Gut. Sie sollen nach Chioggia kommen!«

»Ich?«

»Ja.«

»Er soll mich selbst anrufen, wenn er mich einladen will!«

Dann wurde das Gespräch unterbrochen, und Aldrian war auf eine merkwürdige Weise mit sich zufrieden. Er war sich jetzt sicher, dass Boscolo der Fischer war, der zusammen mit seinem Bruder und Galotti auf der Fotografie zu sehen gewesen war, die er in der Brieftasche des Doppeldoktors gefunden hatte. Gleich darauf aber zweifelte er wieder daran. Jedenfalls hatte er nicht gerade den Eindruck gewonnen, dass sie nichts mit der Sache zu tun hatten. Er drehte sich unwillkürlich um und sah Beatrice in der Tür stehen.

»Ich war noch nicht einkaufen«, sagte sie, »du hast dich als Sergio Celi ausgegeben. Ich habe seinetwegen in der Ostaria Dai Zemei angerufen.«

»Celi ist tot.«

»Woher weißt du das?«

»Von Diego Sarcia aus dem Maskengeschäft. Ich habe ihn angerufen, und er hat es mir gerade eben gesagt. Ich verdächtigte Galotti, dass er etwas mit der Sache zu tun hat.«

»Mit welcher Sache?« Sie nahm auf einem Stuhl Platz.

Aldrian antwortete nicht und begann oberflächlich auf dem Klavier zu klimpern. Langsam nahm das Geklimper Form an und wurde zu einem wütenden Stakkato. Er dachte daran, dass die Narzissen aus den Tapeten wie Regen in den Raum fielen, die Tulpen und Schwertlilien in den Nebenzimmern ebenso, und als er aufblickte, war Beatrice verschwunden. Auf dem Tisch lag ein Zettel, wie flüchtig hingeworfen. Aldrian stand rasch auf und las: »Ich habe mit der Polizei zusammengearbeitet.« Die Buchstaben waren offenbar in aller Eile geschrieben worden.

Es war still, bis Aldrian endlich Beatrices Nummer wählte.

»Hast du gelesen, was ich dir geschrieben habe?«, fragte sie ihn ohne Begrüßung. Ihre Stimme klang sachlich.

»Lass uns darüber reden.«

»Du redest ja nicht. Du verheimlichst mir alles, was du getan hast.«

412

»Es gibt nichts zu verheimlichen. Ich bin einfach überfordert.« Er hörte ein Motorengeräusch und fragte: »Wo bist du?«

»Das Vaporetto kommt, ich muss aufhören.«

»Fahr nicht weg!«

Es war kein guter Tag für Aldrian.

Das Haus war immer noch kühl.

Er fand eine Flasche Grappa und stürzte zwei halbgefüllte Wassergläser des Tresterschnapses hinunter und hatte nur den Wunsch, sich rasch zu betäuben, die Zeit auszuschalten, sie in seinem Kopf zum Stillstand zu bringen und den Anblick der abgeschlagenen Hände und seine Gedanken auszulöschen. Zwischendurch schaute er aus dem Küchenfenster in den Nebel und trank weiter. Die Blumen in den drei Räumen hatten wieder auf den Tapeten Platz genommen und bildeten ein Muster. Er redete sich ein, die Zimmer seien Kabinen eines Schiffs, und wusste in seinem Inneren doch, dass es nicht stimmte. Er war in der alten Villa, die Beatrices Tante gehörte. Es kam ihm jedoch angenehmer vor, sich einzubilden, ganz allein auf einem Schiff zu sein. Und er empfand es als Erleichterung, dass etwas mit der Wirklichkeit nicht stimmte. Sie war nicht so allesumfassend, wie sie vorgab, sagte er sich. Sie war nicht so komplex, wie die Menschen annahmen. Es gab sie nur, weil man davon überzeugt war, am Leben zu sein. Er glaubte jetzt an jeden Gedanken, der in seinem Kopf entstand. Die Wirklichkeit versteckt sich in Wirklichkeit hinter der Wirklichkeit, sagte sein Kopf ohne Worte. Endlich hatte er begonnen, das Rätsel des Lebens zu verstehen.

Obwohl die elektrischen Heizkörper eingeschaltet waren, fror er noch immer, und jetzt spürte er auch, dass er die Toilette aufsuchen musste. Sein Kopf war innen verwundet, sein Kreislauf versagte, und er stürzte beinahe. Erst auf der Klosettmuschel kam er wieder zu sich. Beatrice fiel ihm plötzlich ein, und er befahl seinen Gedanken laut »Aufhören!« und starrte auf das Muster des Terrazzobodens. »Die Zeit ist ein Flächenbrand«, dachte er plötzlich. »Oder ein Buschbrand.« Und er sah das brennende Haus in den Giardini Garibaldi und sich selbst, wie er vor dem Feuer davonlief. Als das Bild der abgeschnittenen Hände in seinem Kopf auftauchte, taumelte er in die Küche und trank Wasser. Die Grappaflasche auf dem Tisch war nahezu leer. Und die Blumenmuster auf den Tapeten waren in ihrer Unbeweglichkeit der Beweis für die Einfältigkeit der Wirklichkeit. Er wusste, dass sie sich widersprach, das war die größte Erkenntnis, die ihm in den Sinn kam.

Er erwachte um sechs Uhr abends, draußen war es dunkel. Aldrian war noch immer benommen, und je mehr er sich an die letzten Tage erinnerte, desto mehr schämte er sich vor sich selbst.

Noch benommen wählte er Beatrices Nummer, sie meldete sich jedoch nicht. Es war ihm gleichgültig, dass sie angeblich mit der Polizei zusammengearbeitet hatte oder mit ihr sogar gemeinsame Sache machte, stellte er verwundert fest. Er tippte »Ich liebe Dich« in die Tastatur und schickte die sms ab. Noch schlechter als im Augenblick konnte es ihm nicht gehen, hatte er den Eindruck.

Er zog sich warm an, trat ins Freie und hörte irgendwo in der Dunkelheit und im Nebel das Meer rauschen. Nicht weit von ihm hatte ein Caffè geöffnet, in dem – wie er sich zuvor mit einem Blick durch das Fenster vergewisserte – Männer und Frauen verschiedenen Alters tranken und kleine Portionen Fisch zu sich nahmen. Nicht alle Tische waren besetzt, und er trat ein, wählte einen Fensterplatz, bestellte eine Flasche Bier, Sardinen und Weißbrot. Auf dem Stuhl neben sich fand er eine Zeitung mit dem Foto von Elena und Jakob und dem ausgebrannten Haus auf der Titelseite. Es traf ihn wie ein Steinwurf auf seine Stirn, aber das Schrecklichste war – er wusste zunächst nicht weshalb –, dass sich um ihn herum nichts änderte. Soeben war er mit seinen Geheimnissen konfrontiert worden, ohne dass es jemanden in seiner Umgebung interessierte. Die Kellnerin stellte die toten Sardinen auf den Tisch, sie beachtete ihn dabei nicht, denn an einem anderen Tisch war von ihr scherzhaft die Rede, und sie mischte sich temperamentvoll in das Gespräch ein. Er durfte ohnedies keine Aufmerksamkeit erregen, dachte Aldrian. Er war nur ein unbedeutendes Lebewesen inmitten der äußeren Wirklichkeit, der Dunkelheit, des Nebels, eines Cafés oder einer Gaststube. Wenn er das weiterhin blieb, würde er auch ohne aufzufallen die Zeitung überfliegen können. Er aß daher – obwohl es ihn jetzt davor ekelte – die »Kinderfische«, wie er sie für sich nannte, mit Brotstücken und trank sein Bier. Der Zeitungsbericht, erfuhr er unterdessen, ging davon aus, dass es sich um eine Auseinandersetzung zweier Geldfälscherbanden handelte, die Venedig mit 100-Euro-Scheinen übersät hätten. Auch in Mailand, Genua,

Florenz und Rom seien gefälschte 100-Euro-Noten in Umlauf gebracht worden. Es wurde sogar befürchtet, dass es sich um eines der größten Betrugsunternehmen des letzten Jahres handelte. Jakob und Elena wurden verdächtigt, in das Verbrechen verwickelt gewesen zu sein. Von ihren abgeschnittenen Händen war jedoch nicht die Rede, wohl aber, dass sie als Vermisste schon länger von der Polizei gesucht würden. Das ausgebrannte Haus in Venedig, wurde vermutet, könne das Atelier der Geldfälscher gewesen sein. Man nahm außerdem an, dass die beiden toten Männer sich gegenseitig erschossen hätten oder von einer dritten Person ermordet worden seien, die auch den Brand gelegt habe, um keine Spuren zu hinterlassen. Einer der beiden, Sergio Celi, ein Berufstaucher, sei der Besitzer des Hauses gewesen. Aldrian legte die Zeitung zurück auf den Stuhl und erkannte, dass es sich um das Blatt handelte, für das Beatrice arbeitete. Gleichzeitig wurde ihm klar, in welch aussichtsloser Lage er sich befand. Auf den ersten Schreck folgte sogleich die Erkenntnis, dass Beatrice bereits am Abend, bevor sie ihn verlassen hatte, von allem gewusst haben musste. Sie hatte nur darauf gewartet, ihn zur Rede zu stellen, aber in der Nacht waren sie sich so nahegekommen, als wollten sie für immer zusammenbleiben. Mit Sicherheit ging es ihr darum, dass er sie belog. Er hatte ein schreckliches Gefühl bei diesem Gedanken. Nein, er hatte jetzt überhaupt ein schlechtes Gefühl, was ihre gemeinsame Zukunft betraf. Er aß die Sardinen ohne Köpfe auf, und die winzigen Fischhäupter mit den großen Augen lagen vor ihm auf dem Teller und kamen ihm vor wie Teile von kleinen Spielzeugpuppen. Er bestellte noch ein Bier und bat um das Telefonbuch. Es gab mehrere Seiten mit dem Namen Boscolo und zwei Rodolfos. Einer war Installateur, der andere Fischgroßhändler. Die Telefonnummer, mit der er dessen Frau als Sergio Celi angerufen hatte, war jene des Fischgroßhändlers und Werftbesitzers, und er notierte sich die Adressen des Büros und der Privatwohnung in der Calle Manzoni. Es musste einen Zusammenhang mit der Fotografie geben, war Aldrian überzeugt. Er ging wieder davon aus, dass Rodolfo Boscolo und sein Bruder einander von früher kannten. Gekannt hatten, hatte er, bevor er sich korrigierte, gedacht. Nachdem er bezahlt hatte, kaufte er sich noch zwei Flaschen Soave-Wein, den er in seiner Jugend öfter getrunken hatte. Damals hatte er sich allerdings nur selten eine Flasche leisten können.

In der Villa hatte er offenbar das Licht brennen lassen, stellte er fest, insgeheim aber hoffte er, dass Beatrice zurückgekommen sei. Das Haus war jedoch ohne Leben, und die Elektroheizer gaben nach wie vor viel zu wenig Wärme ab, weshalb er gleich zu Bett ging. »Wie ein Kranker«, dachte er, »liege ich im Bett.« Das Kissen roch nach Beatrices Haaren, und das Leintuch nach ihrem Parfüm. Er stand auf, öffnete eine der beiden Weinflaschen, trank zwei Gläser hintereinander aus und begab sich zurück in sein Bett. Die Flasche und das Glas stellte er neben sich auf den Boden. Dann schaltete er das Licht und das Telefon aus, weil er sonst nur mehr daran denken konnte, ob Beatrice ihn anrief. Er durfte nicht den Überblick verlieren, beschwor er sich, alles in ihm war Unruhe. Er trank im Dunklen die ganze Flasche aus und überlegte, was er tun konnte, bis ihm die Augen zufielen.

Beim Zähneputzen in aller Frühe sah er im Spiegel, dass er einen kurzen Bart hatte, da er vor Tagen aufgehört hatte, sich zu rasieren. Er kümmerte sich nicht darum. Während er in seine Schuhe schlüpfte, überlegte er, dass es besser war, weiter auf das Telefon zu verzichten, da es ihn permanent daran hinderte, sich zu konzentrieren. Er dachte an den Souffleurkasten, in den er eingeschlossen und für die Außenwelt unerreichbar gewesen war. Obwohl unsichtbar, hatte er auf alles Einfluss nehmen können. Dadurch war er bei den Opernaufführungen so etwas wie ein »Schutzengel« gewesen, der über die Sängerinnen und Sänger, über jeden Ton, über jedes Wort wachte. Und obwohl er in den Momenten aufging, musste er einige Takte, einige Sätze der Partitur und des Librettos vorausdenken, um auf alles, was schiefgehen konnte, vorbereitet zu sein. Nicht zuletzt war er allein auf sich gestellt gewesen und anonym geblieben. Mit dem Wort »Schutzengel« hatte der Dirigent Leonard Bernstein ihn einmal bezeichnet, es war Aldrian jedoch zu pathetisch vorgekommen, denn er sah sich selbst nur als Instinkt eines komplizierten Organismus und dachte dabei an das menschliche Gehirn.

Dann verstand er, dass ihm alle Vergleiche nicht halfen, sie waren wie ein Baugerüst ohne Gebäude. Ab nun war er allein, jedoch auf andere Weise, als er es gewohnt war.

Es war noch dunkel, und er begab sich über die hell beleuchtete, lange Ponte Translagunare vom Jenseits ins Diesseits, wie er sich sagte. Das Meer unter ihm war schwarz, und auf der Isola Cantieri herrschte reger Verkehr. Neben einigen fabrikähnlichen Gebäuden, vor denen zahlreiche Fischerboote lagen, hielten Lieferwagen an oder wurden gerade beladen.

Endlich erreichte er die Altstadt, den Canale Vena, den er schon von seinem Spaziergang mit Beatrice kannte, mit den Pfählen und buntgestrichenen Booten, die auf dem glatten, spiegelnden Wasser lagen. Die Straßenbeleuchtung war eingeschaltet, weshalb alles aussah wie die Kulisse einer Freilichtoper, nur dass vor einem der Häuser ein Auto abgestellt war. Die Calle Manzoni – sah er jetzt – war eine Quergasse. Sie verband die beiden großen Kanäle, den Canale Vena und den Canale San Domenico miteinander und endete auf der einen Seite direkt vor dem Wasser, auf der anderen mündete sie zuerst in eine Straße mit Fahrzeugen. Also bestanden zwei Möglichkeiten, überlegte Aldrian, die Gebäude zu erreichen, mit dem Boot und dem Auto. An keiner Haustür fand er jedoch ein Namensschild. Dann entdeckte er weiter oben zum Meer hin am Canale San Domenico eine dichtgedrängte Reihe von mittelgroßen Werften. Die größte gehörte, wie er aus der Beschriftung erkannte, Boscolo. Die weißen Yachten zwischen den Kränen beeindruckten ihn wegen ihrer Eleganz. Auf der gegenüberliegenden Seite kleinere, geschlossene und offene Motorboote. Der Kanal lag still vor ihm, keines der Arbeitsgebäude war erleuchtet. Er überquerte den Canale Vena, gelangte wie schon mit Beatrice auf den Corso del Popolo, wo er beim gemeinsamen Spaziergang ein Internetcafé gesehen hatte, das jetzt gerade öffnete. Es war acht Uhr morgens, und langsam traf er auf Menschen und Fahrzeuge, vor allem Lieferwagen und Fahrräder. Im Internetcafé war es nicht geheizt, und die Luft war verbraucht, weshalb der junge Mann, der sich um das Geschäft kümmerte, die Tür zur Straße weit offen stehen ließ. Aldrian mietete sich einen Standcomputer, fand den Fischgroßhändler Rodolfo Boscolo, der außer der Werft am Canale San Domenico noch eine weitere neben dem Hafen besaß. Er erkannte Boscolo von der Fotografie her, die er Dr. Dr. Galotti entwendet hatte, obwohl inzwischen mehr als zwei Jahrzehnte vergangen waren, sofort wieder. Boscolo war immer schon kräftig gewesen, nun aber war er fett geworden, sein Haar hatte die frühere Pracht verloren, und eine Narbe lief quer über seine Stirn. Er hatte Jakob und Elena also schon lange gekannt und ihnen dennoch das Leben genommen. Aldrian wehrte sich gegen den Gedanken, aber irgendetwas gab ihm Gewissheit.

Ein paar Häuser weiter lag vor einem Kiosk ein Prospekt des Hotels Grande Italia mit einem Stadtplan von Chioggia. Er bückte sich und nahm ihn an sich. Dabei entdeckte er auf den Titelblättern zweier Morgenzeitungen die Fotografien von Sergio Celi und dem jungen, schwarzgelockten Rocco Scarlatti. Er kaufte die beiden Zeitungen und setzte sich in das gegenüberliegende Café, wo er zuerst die Fotografien betrachtete und dann die Artikel studierte. Man war mit den Erkenntnissen noch nicht sehr viel weitergekommen, schloss er aus den Berichten, bis auf die Identifikation der beiden Toten. Nach wie vor war vom Atelier einer Geldfälscherbande im Hause Celis die Rede und dem Verdacht, dass Jakob und Elena Aldrian etwas damit zu tun haben könnten. Von ihm selbst war nicht die Rede. Er frühstückte, faltete den Prospekt mit der Stadtkarte auf und fand den Hafen und die Werften und den Weg dorthin. Er war, wie er jetzt sein wollte: innen leer.

Zum Meer hin waren immer mehr Fischerboote am Kai vertäut. Die Werftanlagen waren allerdings riesig, und er zweifelte daran, dass es ihm gelingen könnte, Boscolo dort zu stellen. Außerdem besaß er keine Waffe. Eine gewisse Erleichterung stellte sich darüber ein, aber er misstraute ihr. Wenn er sich erholt haben würde, wusste er von sich, konnte er wieder anders denken. Im Augenblick hatte er jedoch das Gefühl, nur eine Note in einer Opernpartitur zu sein.

Über der Ponte Translagunare war der Nebel so dicht, dass die Fahrzeuge geheimnisvoll wie Fliegende Untertassen auftauchten und wieder verschwanden. Er konnte keinen Fahrer erkennen. Außerdem war ihm elend kalt, und er stellte sich auf der Brücke einen kurzen Moment lang vor, ein Alien zu sein, der in der Luft schwebte.

In Sottomarina di Chioggia kaufte er dann Brot, Käse, Obst und Wein und eine Flasche Grappa. Der Nebel lichtete sich ein wenig, und während er im Haus noch einmal die Zeitungsberichte las, überlegte er sich, aufzugeben und zurück nach Wien zu fahren.

Wer ist Beatrice?

Noch am selben Tag fand er im Tulpenzimmer in einem kleinen, schwarzen Regal die Kinder- und Schulbücher von Beatrice (in manche hatte sie ihren Namen eingetragen) und dazwischen zwei Schulhefte mit der Aufschrift »Tagebuch 1« und »Tagebuch 2« und den Jahresangaben. Außerdem war da noch ein Fotoalbum, aus dem ein Brief herausfiel. Er setzte sich auf die Couch, blätterte zuerst das Fotoalbum durch, das Beatrice als Dreizehnjährige im Badeanzug am Strand zeigte, zusammen mit ihrer Mutter, der Tante und einem Hund. Einige Seiten weiter waren es ihre Freundinnen, die immer wieder auftauchten – und ein junger Mann, eine Jugendliebe, wie er daraus schloss. Auf einem weiteren Dutzend kleiner Schwarzweiß- und Farbfotografien war dann ein anderer Mann, Ludovico, offenbar der spätere Pathologe, zusammen mit ihr abgebildet. Schließlich Beatrice mit ihrer Mutter bei der Hochzeit. Dann las er den herausgefallenen Brief, der Glückwünsche zum vierzehnten Geburtstag enthielt. Er war mit Schreibmaschine getippt und mit »Dein Papa« unterschrieben. Aldrian öffnete die Flasche Grappa, nahm einen Schluck und stellte sie vor sich hin. Er blätterte mehrmals das Fotoalbum durch, betrachtete jedes Bild genau, und allmählich glaubte er, Beatrice als Jugendliche vor sich zu sehen. Schließlich fing er an, die Tagebücher zu lesen. Sie waren in einem lakonischen Ton abgefasst und schilderten ihren Alltag in Chioggia. Es ging anfangs vor allem um ihren Hund Joke und sein Verhalten, das sie in kleinen Episoden beschrieb, dann um ihre Mutter, die sie offenbar sehr liebte, ihre Tante Julia, deren »Verehrer« sie nicht mochte, und zuletzt um ihren Vater, einen Journalisten, der zu einer anderen Frau nach Rom gezogen war und dort seinem Beruf nachging. Je mehr er las, desto deutlicher sah er die Familie vor sich: Der Vater war Raucher, trank zu viel, schrieb Reportagen und war die meiste Zeit unterwegs. Sie liebte und sie hasste ihn, manchmal mehr das eine und manchmal mehr das andere. Er war mittelgroß, dunkelhaarig, brauchte eine Lesebrille und hatte ihr den Hund Joke geschenkt. Auf den Fotografien trug er nur einmal eine Brille, es war ein gestelltes Foto, das ihn bei der Arbeit an der Schreibmaschine zeigte.

Die Mutter war oft Mittelpunkt von Beatrices Kritik gewesen. Da ihr Mann nicht regelmäßig Unterhaltsgeld überwies, arbeitete sie als Sekretärin bei einem Buchhalter in Chioggia, im Sommer abends auch im Strandcafé, das ihrer Schwester gehörte, die zu den übrigen Jahreszeiten im Fremdenverkehrsbüro der Stadt aushalf. Es gab »immer etwas zu tun«, wie Beatrice festhielt. Ihr erster Freund Augusto lebte in Mestre und verbrachte die Sommerferien in Chioggia Sottomarina. Beatrice war trotz ihrer Jugend, und obwohl sie von ihrer Tante, die sie liebte, und ihrer Mutter ebenso verwöhnt wie »kontrolliert« wurde, eine selbständige und unabhängige Jugendliche, die auch gegen den Willen

der beiden Frauen allein zu Augusto und einmal sogar zu ihrem Vater nach Rom reiste. Zuvor hatte sie
geschwindelt, dass sie nach Mestre fahren würde, in
Wirklichkeit hatte sie sich aber Geld ausgeborgt, um
in die Hauptstadt zu gelangen, wo ihr Vater die Reise-
kosten übernahm und ihr seine Freundin vorstellte. Sie
hieß Leonora und war in der Werbeabteilung der Zeitung angestellt. Beatrice mochte sie nicht. Sie beschrieb
sie als falsch und verlogen, ihren Vater als oberflächlich und unzuverlässig … Aldrian lernte neben den
Freundinnen von Beatrice vor allem ihre Vorliebe für
das Kino und die Schauspielerinnen Frances McDor-
mand, Laura Dern und ihren Schwarm Brad Pitt kennen. Es spielten auch Helden der Popmusik eine Rolle
und eine Neigung für die politische Linke. Vor allem
aber war sie Mitglied einer Laienschauspieltruppe
in Chioggia gewesen, die Goldoni und sogar Brechts
»Dreigroschenoper« aufführte, in der sie als »Jenny«
auftrat. Und in der Schülerzeitung schrieb sie Artikel
über kulturelle Themen. Ihre Zuneigung zu ihrem ersten Freund Augusto war groß gewesen. Er besuchte
damals die Oberstufe eines Gymnasiums in Mestre
und liebte Science-Fiction-Romane, besonders von
Philip K. Dick, die er am Strand las und von denen er
Beatrice erzählte.

Beatrice machte – fand Aldrian – ein Geheimnis
aus sich. Dafür richtete sie im Gymnasium ihre Aufmerksamkeit vor allem auf ihre Umwelt: auf Lehrer,
eine schlechte Beurteilung, die Grippeerkrankung ihrer Mutter, die sie bis in alle Einzelheiten beschrieb,
oder ein Kunststück, das sie Joke, ihrem Hund,
beibrachte.

Aldrian hatte die halbe Flasche Grappa geleert, als er mit dem zweiten Tagebuch begann.

Am 12. Juni 1992 hatte sie notiert: »Gestern ist mein Vater in seinem Auto erschossen aufgefunden worden, er war in Sizilien, in der Nähe von Palermo, um über die Ermordung Giovanni Falcones zu recherchieren, der am 23. Mai zusammen mit seiner Frau Francesca Morvillo und drei Leibwächtern durch eine Bombe der Mafia getötet worden war, als er auf dem Weg zu seinem Wochenendhaus war.«

Sie berichtete, dass das Auto auf einem Feldweg abgestellt worden sei und von einem Hirten, der eine Schafherde auf die Weide getrieben hatte, entdeckt wurde. Seitenlang schrieb Beatrice nun über ihren Vater und die trotz des Zerwürfnisses trauernde Mutter. Das Begräbnis fand in Rom statt, wohin sie alleine reiste und anschließend bei der Freundin ihres Vaters übernachtete. Vier Monate notierte Beatrice von da an nichts, aber sie hatte Zeitungsartikel über die Ermordung Falcones und ihres Vaters in das Heft geklebt. Im Herbst trennte sie sich von Augusto und unternahm mit einem neuen Freund, Ludovico, Kajaktouren durch die Lagune. Sie besuchten fast alle Inseln, und Beatrice beschrieb ihre Ausfahrten und klebte Fotografien ein, die Ludovico und sie selbst zeigten. Mit der Rückkehr von Sant'Erasmo, der »Gemüse-Insel«, wo sie auch den »Torre Massimiliana«, einen alten Geschützturm aus der k.u.k.-Zeit, aufgesucht hatten, endeten die Eintragungen. Lange überlegte Aldrian, ob er Beatrice anrufen sollte, aber er unterließ es und trank weiter, bis ihm die Augen zufielen.

Auf der Suche nach
Rodolfo Boscolo

Am Morgen nahm er eine Dusche, putzte sich die Zähne, rasierte sich jedoch nicht. Im Vorraum entdeckte er ein altes Damenfahrrad, das er bisher nicht beachtet hatte. Nach einem Imbiss begab er sich wieder in das Tulpenzimmer und blätterte die beiden Tagebücher und das Fotoalbum noch einmal durch, bevor er sie zurück in das Regal stellte. Auch alle Türen des Hauses öffnete er, stieg hinunter in den Keller und hinauf auf den Dachboden, wo er in einer Werkzeugkiste einen Hammer fand, den er an sich nahm. Hierauf machte er sich für den Ausgang fertig und fuhr, nachdem er die Reifen mit einer rostigen Luftpumpe prall gefüllt hatte, über die Ponte Translagunare in die Altstadt, wo er sich ein Fahrradschloss, Lederhandschuhe, einen schwarzen Mantel und Timberlandschuhe kaufte, die er sofort anzog. Die alten Schuhe warf er in den nächsten Müllbehälter, die Jacke hingegen verstaute er in der Kunststofftasche des Kaufhauses, nicht ohne vorher das Abzeichen mit der kleinen goldenen Taube an die Innenseite des Mantelkragens gesteckt zu haben. Er ließ das Fahrrad stehen, blickte sich um und schlenderte mit der Kunststofftasche zum Fischmarkt, an den Ständen mit Gemüse und Obst entlang des Canale Vena vorbei bis zum roten Zelt des Fischgroßhändlers

Rodolfo Boscolo am Corso del Popolo. Davor sah er einen abgestellten, weißen Transportwagen mit Firmenaufschrift. Die angebotenen Meerestiere unterschieden sich nicht von den Krebsen, Tintenfischen, Muscheln, Rochen, Sardinen oder Branzinos der Pescheria di Venezia, selbst die Leinendächer und Vorhänge hatten dieselbe Farbe. Über den Ständen hingen orangefarbene und schwarze, runde Lampenschirme mit Glühbirnen, welche die toten Tiere anstrahlten, als ob man die Absicht hatte, ein Zauberkunststück mit ihnen vorzuführen. Nach einer Viertelstunde verließ er den Fischmarkt wieder, suchte noch einmal den weißen Transportwagen mit den roten Buchstaben und las – als er ihn gefunden hatte – unter dem Namen »Rodolfo Boscolo«: »Mercato Ittico all'Ingrosso«. Er nahm sodann die Stadtkarte und fand den Großmarkt auf der Insel Cantieri zwischen der Altstadt und Chioggia Sottomarina. Es musste das beleuchtete Gebäude sein, das er am Vortag von der Ponte Translagunare aus gesehen hatte, zu dem die Lieferwagen hingefahren oder wo sie beladen worden waren. Ohne zu zögern, entschloss er sich, es aufzusuchen.

Die Abzweigung von der Brücke nahm er mit dem Gefühl, in einen Kinofilm hineinzufahren. Das Areal wurde von drei fabrikähnlichen Gebäuden am Eingang begrenzt, in denen Büros der Verwaltung, des Wachdienstes und der Veterinäre, wie er las, untergebracht waren. Außerdem der Verladeservice sowie die Kasse und eine Bar. Die überdachte Fischhalle dahinter nahm fast den halben Platz ein, links und rechts von ihr legten die zahlreichen Fischerboote an.

Zwischen den Verwaltungsgebäuden parkten Personenwagen, und vor der Fischhalle wurde die Ware in weißen Kunststoffboxen verladen. Aldrian lehnte das Fahrrad an eine Hauswand, sicherte es mit dem neugekauften Schloss und nahm die Kunststofftasche vom Gepäckträger. In der Fischhalle, zu welcher der Zutritt verboten war, war der Verkauf längst abgeschlossen, nur der kalte, penetrante Geruch erinnerte an die toten Tiere, die Tag für Tag angeliefert wurden. Er erfuhr von einem Arbeiter, dass mit dem Großhandel um sechs Uhr begonnen würde und um neun Uhr alles zu Ende sei. Dabei gehe es nicht laut zu, betonte der Arbeiter, üblicherweise besprächen sich der Kunde und der Verkäufer im Flüsterton, indem sie näher zusammenrückten und das Ohr dem anderen zuneigten. »Der größte von allen Fischhändlern? Boscolo natürlich!«, antwortete ein danebenstehender Mann in olivgrüner Gummischürze auf Aldrians Frage. Boscolo komme nur ein- bis zweimal in der Woche hierher, erklärte er weiter, um »nach dem Rechten« zu sehen, sonst habe er anderes zu tun. Aldrian ging zurück auf den Platz hinaus und fand das Gebäude, in dem sich die Bar befand. Rundherum erinnerte alles an eine Fabrik, nur die bunten Fischerboote vermittelten den Eindruck eines kleinen Hafens.

Die Bar bot Fischbrötchen an und Spritz, und Aldrian stillte – die Kunststofftasche zwischen den Beinen – hastig seinen Hunger und Durst. An der Theke unterhielten sich gerade zwei Arbeiter über die beiden Toten in Venedig, im Haus neben den Giardini Garibaldi. Sie waren unterschiedlicher Meinung, ob sich die beiden gegenseitig erschossen hatten oder ein Dritter die Tat vollbracht habe.

»Weshalb ein Dritter?«, fragte der ältere der beiden, der zwei Goldzähne sehen ließ.

»Warum nicht?« Der kleine, dicke Mann in Arbeitskleidung trug einen Schnurrbart und schnaubte, während er sich ein Brötchen in den Mund schob.

»Hast du die Zeitung nicht gelesen? Es ging um Falschgeld. Das ist in Venedig gedruckt worden oder nicht?«

Eine kurze Pause entstand, in der beide kauten.

»Das waren keine Anfänger, keine Ahnungslosen. Wir wissen, von wem die Rede ist. Jedenfalls ist bei uns kein Falschgeld aufgetaucht.«

»Das verdanken wir Boscolo«, sagte der andere leise.

Sie wechselten das Thema, und Aldrian bezahlte und beeilte sich, nach Sottomarina zurückzufahren.

Es kam ihm hinter der Ponte Translagunare jetzt, da der Nebel sich lichtete, vor, als sei rundherum alles mit Plakatwänden verstellt, so dicht folgten sie aufeinander. Sogleich hatte er wieder den Eindruck, in einen Film geraten zu sein. Die Kamera hatte das aufgenommen, was er sah: einen Hund, der an eine Reklamewand für ein bekanntes Sonnenöl pinkelte und dann stumm neben ihm hertrabte, einen Jugendlichen, der Rollschuh lief und zu dem, wie sich herausstellte, der Hund gehörte, einen Getränkewagen, der ihm mit aufgeblendeten Scheinwerfern entgegenkam, eine Frau mit einem Kinderwagen, in dem ein dick angezogenes Baby schlief, mehrere geschlossene Imbissstuben, Fahrradfahrer, die ihm auswichen, und eine hübsche junge

Frau, die vor einer Haustür eine Zigarette rauchte. Er mochte die selbstverständlichen Alltagseindrücke, die – jeder für sich – ein Geheimnis bargen. Auch ihm sah man ja seine Geheimnisse nicht an, dachte er, auch Beatrice nicht, und auch Jakob und Elena hatten nie den Eindruck erweckt, dass es für sie eine so mächtige zweite Welt gab. »Welt reimte sich auf Geld, Money auf Honey«, dachte er weiter, obwohl es sinnlos war oder vielleicht gerade deshalb. Zwischen den Reklametafeln wurde der Strand sichtbar, der sich im Nebel verlief. Das Meer dahinter war zur Gänze vom Nebel verdeckt. Eine große Plakatwand für Coca-Cola erinnerte ihn an den Sommer, der vergangen war, als würde es keinen zukünftigen mehr geben. Ein paar ältere Männer, die sich an ihre Fahrräder lehnten, standen beisammen, rauchten und schwatzten. Und ein Kind lief, halb im Nebel, mit einem Papierdrachen, den es hinter sich herzog, auf der Wiese an ihm vorbei. Er erschrak bei dem Gedanken, dass es Nacht werden würde und er hätte keine Flasche Schnaps zu Hause. Diesmal wollte er jedoch etwas anderes trinken … Er vertrug Wodka von allen Schnäpsen am besten, aber am meisten liebte er Himbeergeist. Auch Jakob und Elena hatten sich gefreut, wenn er eine Flasche aus der Wachau mitgebracht hatte, die sie dann mit Gesprächen über die gemeinsame Kinder- und Jugendzeit geleert hatten. Oder darüber, wie Jakob und Elena sich kennengelernt hatten, aber Aldrian hatte nie darüber gesprochen, dass er in Elena verliebt gewesen war, etwas von diesen Gefühlen war auch jetzt noch in ihm vorhanden …

Er erwachte erst, als es dunkel geworden war, und wusste nicht mehr, ob er von den Plakatwänden nur geträumt hatte.

Sogleich stand er auf, schlüpfte in die neuen Timberlandschuhe, einen Pullover und machte sich wieder mit dem Fahrrad auf den Weg in die Altstadt. Er hatte doch die Windjacke angezogen, weil er sich beim Treten in die Pedale damit leichter tat. Auch das Abzeichen mit der goldenen Taube steckte er wieder an.

Der Nebel war dichter geworden. Auf der Ponte Translagunare hatte er den Eindruck, in einer Regenwolke zu schweben. Die schmalen Gassen und Kanäle hingegen sahen düster aus.

Aldrian stellte das Fahrrad in einer Nebengasse des Corso del Popolo ab und ging zuerst eine Straßenseite hinauf, dann die andere wieder hinunter und schaute dabei von außen in die Bars und Cafés, in die Ostarias und Ristoranti, mit dem geheimen Wunsch, Rodolfo Boscolo zu finden. Er überquerte den Canale Vena und ging weiter bis zur Calle San Domenico. In der Kirche, die er dort betrat, blieb er lange vor den Votivtafeln in einer Ecke stehen. Es waren vierzig oder fünfzig, und jede stellte ein Unglück dar: Fischerboote in stürmischer See, Todkranke in ihren Betten, ein Kind, das aus dem Fenster stürzte, oder einen Mann, der bei einem Sturz vom Dach seine Kopfbedeckung verlor und dabei die heilige Maria mit dem toten Christus sah, einen von einem Mast fallenden Matrosen, ein brennendes Haus und immer wieder Schiffe in Seenot und aufgewühltes Meer. Die dargestellten Geretteten waren längst tot, wie er aus den Jahreszahlen ersah, sie hatten jedoch ihre Lebenszeit um ein kleines Stück verlängern dürfen. Seine Sentimentalität verwandelte sich in Neugier, als er die kleinen Gemälde als Illustration eines Zauberkunststücks betrachtete. Sobald er alle Votivtafeln genau studiert hatte, war ihm klar, dass er noch viel mehr Glück gehabt hatte als alle Geretteten zusammen, und er begriff, dass seine Absicht, einen Menschen zu töten, eine Schande war. Trotzdem ließ er sich nicht davon abbringen.

Nachdem er noch einmal den Corso del Popolo hinauf- und hinuntergegangen war, begab er sich durch eine schmale Gasse zurück zum Canale Vena und sah zu seiner Überraschung plötzlich Boscolo, der in einer Ostaria mit zwei anderen Männern, die wie Fischer gekleidet waren, an einem der Fenster Platz genommen hatte. Aldrian konnte es zuerst nicht glauben. Anders als auf dem Foto trug Boscolo jetzt einen Schnurrbart, Krawatte, dunklen Anzug, aber es waren die unverwechselbare Nase und seine Augen, an denen er ihn erkannte. Die beiden kräftigen Männer in Jeans und Pullover – einer mit einem Ohrring, der andere mit einer Tätowierung auf dem Handrücken – verzehrten gebratenes Fleisch. Er war sich noch immer nicht ganz sicher, ob es tatsächlich Boscolo war, zu sehr hatte er es sich gewünscht, und gleichzeitig war ihm ein Zufall wie dieser unwahrscheinlich vorgekommen. Er überquerte den Kanal auf der nächsten Brücke, da er der Ostaria gegenüber ein Lokal entdeckt hatte, in dem auch er sich an ein Fenster setzen und von dort aus Boscolo beobachten wollte. Es war einige Minuten nach acht Uhr, und Aldrian ließ sich eine Portion Spaghetti Bolognese mit einem Glas Rotwein kommen und bat um eine Zeitung. Während er aß, warf er immer wieder Blicke über den Kanal. Drei Personen suchten inzwischen die gegenüberliegende Ostaria auf, doch kam niemand wieder heraus. Er bestellte ein weiteres Glas Rotwein und begann gerade, die Zeitung zu lesen, als zwei Männer in den Gastraum traten, die am Nebentisch Platz nahmen.

»Er ist da drüben mit seinem Chauffeur und einem Handlanger«, raunte der eine, und beide starrten jetzt ebenfalls zur Ostaria hinüber. »Ich bin gespannt, wie er aus dem Schlamassel mit dem Falschgeld wieder herauskommt«, antwortete der andere leise.

Aldrian hob die Zeitung höher und versteckte sich dahinter, dabei bemerkte er, dass das Verbrechen in Venedig von der Titelseite des Blattes verschwunden war. Er fand nur noch im Lokalteil einen Bericht, aus dem hervorging, dass die Polizei mehrere Verdächtige observiert hatte, ohne allerdings konkrete Hinweise zu haben. »Wir arbeiten mit größtem Einsatz«, hatte sich Commissario Galli zurückhaltend geäußert.

Währenddessen hatten die beiden Männer ebenfalls in ihren Zeitungen zu lesen begonnen, wie er in der Spiegelung des Fensters beobachtete.

»Es ist eine Schande«, fing der Jüngere, der gerade ein Bier trank, mit gedämpfter Stimme wieder an, »jeder weiß es, und wir sehen zu.«

»Schon dein Vater war bei der Polizei, glaubst du, dass es damals anders war?«, antwortete der Ältere halblaut.

Sie tranken, und nach einer Pause flüsterte der Jüngere: »Seit seine Familie in Venedig ist, ist er jede Nacht in der Calle Fabris ... Erst gegen Mitternacht sucht er wieder sein Haus auf.«

»Ich weiß.«

»Jeder weiß, dass er eine Geliebte hat, nur seine Frau nicht.« Er verschluckte sein Lachen.

»Sie verdient nichts anderes. Wer sich mit Boscolo einlässt, weiß, was er zu erwarten hat«, antwortet der Ältere im Flüsterton.

Aldrian verstand, dass es sich bei den Männern um Polizisten handeln musste. Er trank sein Glas aus, bezahlte und wartete in der nächsten Nebengasse, von der aus er die Ostaria und Boscolo gut sehen konnte. Dann griff er nach seinem Stadtplan, fand die Calle Fabris und stellte fest, dass sie eine Parallelgasse zur Calle Manzoni war, also hatte Boscolo ein Verhältnis mit einer Nachbarin, überlegte Aldrian. Immer weniger Menschen und Fahrradfahrer tauchten auf und verschwanden wieder im Nebel. Die beiden Polizisten in Zivil verließen nach einer halben Stunde das Lokal und schlugen die andere Richtung ein. Aldrian fror, und er befürchtete, sich zu verkühlen, machte hin und wieder ein paar Schritte und zog sich dann wieder in den Schatten zurück.

Endlich erschien Boscolo. Er verabschiedete sich auf der Straße von den beiden Männern und kam direkt auf ihn zu. Aldrian machte, ohne zu warten, kehrt und ging Boscolo voraus. Bald hörte er dessen Schritte auf dem Katzenkopfpflaster, vermutlich trug er genagelte Maßschuhe, dachte er, und: »So werde ich bald hinter dir hergehen, nur lautlos.« Boscolo wechselte die Seite, überholte ihn und drehte sich kurz ihm zu, um sein Gesicht zu erkennen. Daraufhin verlangsamte Aldrian seine Schritte und ließ den Abstand zwischen Boscolo und sich immer größer werden. Er wusste ja, wohin sein Feind ging. Allerdings durfte er den Abstand nicht zu groß werden lassen, sagte er sich, denn er musste ja herausfinden, welches Haus er betrat. Als er an der Calle Fabris vorbeiging und in sie hineinschaute, konnte er Boscolo gerade noch eine Tür öffnen und in einem Gebäude verschwinden sehen. Er eilte auf das Haus zu, merkte sich die Eingangstüre und ging hastig weiter zu den Fondamenta San Domenico, der Uferstraße parallel zum Kanal, auf dem die Boote im Wasser schliefen. Für einen Moment wäre er, trotz der Kälte und der Nässe oder vielleicht gerade deshalb, am liebsten hiergeblieben, so sehr gefiel es ihm. Ruhig begab er sich zurück zum Canale Vena und von dort auf den Corso del Popolo, um das Rad zu suchen. Auch die Fahrt in die immer dichter werdende Dunkelheit gefiel ihm, und dass nur wenige Fahrzeuge ihm begegneten oder ihn überholten, war ihm angenehm. Über sich selbst erstaunt, fragte er sich, weshalb ihm so leicht ums Herz war, und er wusste keine Antwort. Noch war Boscolo nicht zum Tode verurteilt, noch gab es andere Möglichkeiten, überlegte er weiter ... Er konnte zurück nach Venedig, zurück nach Wien fahren, er konnte Boscolo töten, ohne dass es einen Zeugen gab, oder er konnte warten, bis Beatrice auftauchte, doch daran glaubte er am wenigsten.

Zwei Plakatwände waren auf der langen Straße in Sottomarina beleuchtet, und in der Dunkelheit hatte Aldrian den Eindruck, durch den Weltraum zu fliegen. Die Plakatwände waren jetzt nur Trümmer einer gewaltigen Explosion, die eine Raumstation zerstört hatte. Wie Relikte schwebten sie in der Dunkelheit. Als er an einem geparkten Auto vorüberkam, bemerkte er im Vorbeifahren, dass sich darin ein junges Paar liebte. Die Frau saß mit entblößtem Oberkörper auf dem Mann, oder hatte er es sich nur eingebildet?

Erst in der Villa fiel ihm ein, dass er vergessen hatte, eine Flasche Wodka zu kaufen, aber er hatte noch Soave-Wein, trank ein Glas davon und aß dazu Schinken und Käse, bis er müde wurde.

Diesmal spazierte er zu Fuß an den Reklamewänden vorbei, die ihm jetzt größer und bedrohlich vorkamen. Er stellte sich vor, einen Jakobsweg von Plakatwand zu Plakatwand über den sandigen Boden zurückzulegen, von einem Heiligtum zum nächsten, von einer heiligen Rolexarmbanduhr zum heiligen Lippenstift und Nagellack, von dort zum heiligen Mountain-Bike, dann wieder zum heiligen Eislutscher und zur heiligen Vespa, von einem heiligen Hotel zu einer heiligen Rollschuhbahn ... Er schaute von da an nur noch auf die Pfosten, die die Plakatwände hochhielten wie Pilger eine Madonnenfigur. Vor seinen Füßen lagen die Reliquien der heiligen Dinge: leere Bierdosen, Limonadenflaschen, Zeitungsseiten, Konservenbüchsen, Zigarettenkippen, Kunststofftaschen, ein Präservativ – allmählich näherte er sich –, hörte er, dem Meer. Als er an den Strand gelangte, änderten sich die Gegenstände, obwohl weitere angeschwemmte Reliquien herumlagen, ausgewaschen, abgeschliffen vom Wasser und dem Meeresboden. Er sammelte verschiedene Muscheln und Meeresschnecken ein, spitze, runde, spiralförmige, verglich ihre Formen miteinander und dachte an Jakob. Wahrscheinlich lagen er und Elena jetzt auf dem Meeresgrund. Er war völlig ruhig bei dem Gedanken. Es gab keine andere Erklärung. Er steckte die Muscheln ein und stapfte durch den feuchten Sand, bis seine Füße kalt und nass waren. Selbst im Nebel hatte das Meer nichts von seiner Anziehungskraft verloren. Es rief die Kindheit wach, die Jugend, Umarmungen, den Geschmack von Salz im Mund und war bewohnt von engel- und dämonenhaften Wesen, die wie verzaubert aussahen. Am Ufer stehend, war es für ihn keine Überraschung, dass ihm neuerlich der Souffleurkasten einfiel, von dem aus er das Leben auf der Bühne beobachtet hatte. Da der Nebel keine weite Sicht zuließ, schienen ihm die Wellen Theatervorhänge zu sein, die sich öffneten und schlossen. Und er hörte die Musik von Claude Debussy, die er als Jugendlicher immer wieder gespielt hatte: »La Mer«. Obwohl sie ihn diesmal irritierte, klang sie weiter in seinen Ohren wie von einem kaputten Leierkasten in Schwung gehalten. Er bückte sich, benetzte seine Stirn, und das kalte Meerwasser befreite seinen Kopf. Dann erwachte er aus dem Traum.

Sein Blick fiel auf den Hammer, den er am Nachmittag neben das Bett gelegt hatte. Er stand automatisch auf, kleidete sich mit dem neuen schwarzen Mantel und den Timberland-Schuhen an, steckte den Hammer unter sein Hemd und brach mit dem Rad in die Altstadt auf. Erst unterwegs fiel ihm ein, dass er vergessen hatte, das Abzeichen mit der goldenen Taube umzustecken. Aber vielleicht war es besser so. Die ganze Fahrt über spürte er den schweren Hammer, der ihm auf den Magen drückte und ihm ununterbrochen zu signalisieren schien, dass er wahnsinnig sei. Durch seine Nervosität kam er auf den Gedanken, er bilde sich alles nur ein, was geschah. In Wirklichkeit befand er sich in Wien und überlegte gerade, aus dem Fenster zu springen, dachte er. Oder in einer Nervenklinik, wohin man ihn nach einem misslungenen Selbstmordversuch eingeliefert und mit Medikamenten sediert hatte. Er kam sich im Nebel vor wie in einem riesigen Kokon. Heute erschien ihm Chioggia als ein verlassener Vorort von Venedig, er hatte eine Ähnlichkeit mit der Gegend um Sant'Elena und der Insel San Pietro, die er mochte. Wenn es warm war, hing dort die Wäsche aus den Fenstern oder an einer langen Leine von einem Gebäude zum anderen, mitunter sogar über einen Kanal oder eine Gasse.

Am Corso del Popolo herrschte Abendverkehr, und jetzt erst fiel ihm auf, dass es viel zu früh war. Er beschimpfte sich dafür, nannte sich einen Idioten, weil er dummerweise einige Stunden mit dem Werkzeug unter dem Hemd herumspazieren musste. Er fuhr daher die Strecke wieder zurück, und je weiter er sich vom Stadtkern entfernte, desto unwahrscheinlicher kam es ihm vor, dass er es später noch einmal versuchen würde, Rodolfo Boscolo zu töten. Unterwegs kaufte er sich in einem Laden eine Flasche Wodka und steckte sie in die Manteltasche. Es war acht Uhr, als er die Villa endlich erreichte, das Rad in den Vorraum trug und den Hammer auf den Tisch legte. Er würde es bestimmt morgen tun, nahm er sich vor. Er aß ein wenig, aber die Stille zermürbte ihn. Nein, begehrte er auf, bis morgen würde er nicht warten! Wollte er ewig im Traum zwischen Plakatwänden zum Meer hinunterwandern, Muscheln am Strand sammeln, bis die Kälte und Nässe in ihm den Eindruck erweckten, in die Unterwelt unterwegs zu sein? Er weigerte sich jetzt energisch, die Ouvertüre von Gluck zu hören. Er war nicht Orpheus und Beatrice nicht Eurydike.

Eine Stunde später steckte er abermals den Hammer unter sein Hemd, schüttete zwei Gläser Wodka in sich hinein und stieg auf das Rad. Zermürbt vom Vorsatz, den Mann, der seinen Bruder und dessen Frau auf dem Gewissen hatte, zu töten, konnte er an nichts anderes mehr denken, als es hinter sich zu bringen.

In der dunklen Calle Fabris würde er auf ihn warten, denn er hasste die Vorstellung, eine Ostaria zu beobachten und Rodolfo Boscolo zu verfolgen, ohne die Gewissheit zu haben, dass er es nicht bemerken würde. Außerdem wollte Aldrian aus Furcht, später erkannt zu werden, nicht wieder die gegenüberliegende Trattoria besuchen. Daher lehnte er – vor dem Haus der Geliebten angekommen, in das Boscolo am Tag zuvor hineingegangen war – das Rad an eine Wand, stellte sich vor eine dunkle Stiege, die zum Keller führte, und wartete. Er wartete auf die Leere, die in ihm entstehen und es ihm erleichtern würde, Boscolo zu erschlagen. Die ganze Zeit über musste er an seinen Bruder und Elena denken, wie man ihnen die Hand abgeschlagen und sie gequält hatte.

Er wartete mehr als eine Stunde, in der er den Hammer am Körper spürte und sich an seine gemeinsame Jugend mit Jakob erinnerte, an die Begegnung mit Karl von Frisch und später an das ohne sein Wissen geplante Paradies im griechischen Skala Kallonis, an das Falschgeld, die beiden Toten in der verlassenen Villa, an die Giardini Garibaldi und an Beatrice, von der er nicht wusste, wo sie war. Es stellte sich jedoch nicht die gewünschte Leere in seinem Kopf ein, im Gegenteil, seine Unruhe nahm zu, bis er aufbrach und entgegen seiner ursprünglichen Absicht zur Ostaria am Canale Vena fuhr, wo er das Rad abstellte. Der Hammer an seiner Brust schmerzte ihn, und mit jedem Schritt wuchs seine Wut, bis er die Ostaria erreichte und hineinspähte. Ein jugendliches Paar und ein alter Mann waren die einzigen Gäste. Daher lief er zurück zum Fahrrad und fuhr, so schnell er konnte, wieder nach Sottomarina. Die Ponte Translagunare erschien ihm wie die Zielgerade einer Hallenradbahn, und er trat, bereits außer Atem, so fest er konnte in die Pedale.

Erst als er den Kühlschrank öffnete, gestand er sich ein, dass er erleichtert war. Nachdem er wieder zu Luft gekommen war, schenkte er sich ein Wasserglas voll Wodka ein und leerte es auf einen Zug.

Funiculì funiculà

Am Abend des folgenden Tages herrschte noch immer Nebel, und die Straße, auf der hin und wieder ein Auto vorüberfuhr, war nass vom Regen. Die Sache mit dem Hammer missfiel ihm, seit er am Morgen mit einem schweren Kater erwacht war und darauf wartete, dass die Kopfschmerzen nachließen. Sollte er eine Feile nehmen? Einen Schraubenzieher? Einen Stein, den er werfen konnte? Dann entschied er sich doch wieder für den Hammer, aber diesmal nahm er eine Einkaufstasche, in der er ihn verstecken konnte. Er fand eine Büchse Tee, bereitete ihn zu, trank zwei Tassen, aß Brot mit etwas Butter und fühlte sich langsam besser.

Es war sieben Uhr abends, als er die Einkaufstasche mit dem Hammer in den Gepäckträger klemmte und bekleidet mit dem Pullover und der Windjacke losfuhr. In der Dunkelheit sah er kaum noch Plakatwände, die wenigen schon riefen verstärkt den Eindruck von Sinnlosigkeit und Einsamkeit hervor. Aus einem Lokal hörte er wieder, wie schon in Venedig beim Karneval, »Gente di Mare« von Umberto Tozzi, aber niemand ließ sich blicken. Der Regen fiel lautlos und in feinen Tropfen. Auf der Ponte Translagunare dachte er diesmal an Tischtennis und war selbst dabei der Ping-Pong-Ball.

In Chioggia wusste er zuerst nicht, was er tun sollte. Er stellte das Rad ab, nahm die Einkaufstasche mit dem Hammer und ging den Corso del Popolo zwischen schwarzen und bunten Regenschirmen hinunter, bis er auf einen schmaleren Querkanal stieß und eine Brücke über den Canale Vena. Auf der anderen Seite, in der Calle Don Bosco, entdeckte er ein gleichnamiges Kino. Don Bosco und Boscolo – das konnte kein Zufall sein, sagte er sich. Er spürte die Nässe auf seinem Gesicht und in den Haaren, und ein unbekannter Dirigent in seinem Kopf zeigte mit einem unsichtbaren Stab auf das Plakat des Films »The Wolf of Wall Street« mit Leonardo DiCaprio. Eine Gruppe Menschen mit Schirmen unterhielt sich gerade gutgelaunt auf der Straße vor dem Lichtspielhaus. Aldrian hielt es für eine Fügung und erinnerte sich an bestimmte Kinos und wie lange er nach der Vorstellung mit Jakob die Filme diskutiert hatte. Er löste eine Karte, und zugleich wusste er nicht, weshalb er plötzlich nervös wurde. Vermutlich waren es die Menschen, die ihn irritierten. Er suchte die Toilette auf, fand dort eine weggeworfene Zeitung im Papierkorb unter dem Waschbecken und ging damit zurück ins Foyer. Es gab im Lokalteil jedoch keinen Bericht mehr über die Vorfälle, nur auf der Leserbriefseite gab es einen Kommentar, der an der Polizei Kritik übte.

Als die Tür zum kleinen Saal geöffnet wurde, wartete er noch, bis es dunkel wurde, ließ die Zeitung liegen und nahm in einer der hinteren Reihen Platz. Das Kino war schwach besucht. Während noch ein Trailer gezeigt wurde, setzte sich jemand betont langsam in die Reihe vor Aldrian. Das war seltsam, denn es waren rundherum Plätze frei. Als die dunklen Bilder auf der Leinwand von hellen abgelöst wurden, glaubte er plötzlich, Boscolo zu erkennen. Automatisch dachte Aldrian daran, ihn zu töten. Er hatte die Einkaufstasche mit dem Hammer zwischen den Füßen und war innerlich bereit zuzuschlagen. Flüchten würde er durch die mit der Leuchtschrift »Uscita di sicurezza«, »Notausgang«, beschriftete Seitentür, nahm er sich vor. Die Handlung auf der Leinwand überschlug sich, und wenn man nicht aufpasste, sah man nur einen Zusammenschnitt endloser Filmtrailer. Außerdem verstand Aldrian, weil die Begleitmusik mitunter zu laut war oder die Schauspieler durcheinanderschrien, nicht jedes Wort, das gesprochen wurde. Boscolo saß regungslos vor ihm: Er beugte sich nicht nach vorne, er wechselte seine Körperhaltung nicht, er lachte nicht, er räusperte sich nicht. Aldrian tastete in der Dunkelheit nach der Einkaufstasche, hob den Hammer ein Stück hoch und spürte dessen Gewicht. Er legte ihn jedoch gleich wieder zurück, denn er erkannte wie durch eine Eingebung die Unmöglichkeit seiner Absichten. Eine Zeitlang starrte er auf den Hinterkopf Boscolos, die kleine haarlose Stelle im ohnedies schütteren Haar, die er bei hellen Bildern auf der Leinwand erkennen konnte. Oder er betrachtete, soweit es das flackernde Licht zuließ, den freien Nacken, den Hemdkragen, das Sakko, auf dem einige feine Härchen lagen. Phasenweise folgte er wieder dem Geschehen und versuchte, sich durch die halbnackten Frauen und die absurde Handlung ablenken zu lassen. Manchmal schien die Zeit für ihn stillzustehen, dann wieder erfuhr er durch einen Blick auf die Uhr, dass eine Stunde vergangen war. Beim nächsten Anstarren des Hinterkopfs sagte er sich, dass bald Blut und Gehirnmasse aus ihm austreten würden. In seinen Gedanken erschien sogar eine Seite aus einem gerichtsmedizinischen Lehrbuch, auf der die Leiche mit einer Beschreibung abgedruckt war. Das Licht ging wieder an. Aldrian überwand sich, griff nach seiner Einkaufstasche, stellte den Kragen hoch und verließ unauffällig das Kino. Erst draußen stellte er fest, dass er sich getäuscht hatte. Der Mann vor ihm war nicht Boscolo gewesen, sondern ein älterer Herr mit einem Leberfleck an der Schläfe. Verzweiflung und Zorn überkamen ihn. Er lief über die Brücke auf die andere Seite des Kanals und weiter in Richtung Meer. Er war sich im Klaren, dass er die Nerven verloren hatte, hielt an und befahl sich, in die Calle Fabris zu gehen und dort wieder in der Dunkelheit vor der Kellerstiege auf Boscolo zu warten. Er musste an seinem Plan festhalten und durfte nicht auf jeden Zwischenfall reagieren, kritisierte er sich, während er den Canale Vena überquerte. Bevor er in die Calle Fabris einbog, zog er die Lederhandschuhe an, dann erst suchte er die Kellerstiege auf. Ein Auto fuhr vorbei, Aldrian drehte sich erschrocken zur Seite, um sein Gesicht nicht zu zeigen, aber der Wagen hielt an, die Scheinwerfer erloschen, jemand öffnete eine Haustür und betrat den kurz erleuchteten Flur. Beim Warten fiel Aldrian ein kleiner Pflasterstein auf, den er an sich nahm und in die Einkaufstasche legte. Bald darauf sah er Boscolo, der gerade die Gasse betrat. Er hörte die Schritte seines Feindes und stellte fest, dass er vor sich hin pfiff. Entschlossen nahm er den Hammer, betete, dass kein Fahrzeug kommen möge, und drückte sich an die Wand.

»Funiculì funiculà.« Aldrian kannte das Lied aus der symphonischen Dichtung »Aus Italien« von Richard Strauss. »Seilbahn rauf, Seilbahn runter«, pfiff Boscolo immer noch, als er dabei war, die Haustür zu öffnen. Im Lied »Funiculì funiculà« hatte der Sänger gerade seine Geliebte »Giovanna« umworben, gemeinsam mit ihm in der Standseilbahn die Spitze des Vesuvs zu besuchen und die weite Aussicht bis nach Frankreich und Spanien zu genießen, um ihr dort einen Heiratsantrag zu machen, da schlug Aldrian panisch mit seinem Hammer zu, und Boscolo verstummte. Noch bevor er auf das Katzenkopfpflaster stürzte, traf Aldrian ihn noch einmal im Gesicht und ein drittes Mal an der Schläfe. Er hörte ein knackendes, hässliches Geräusch, dunkles Blut spritzte auf seine Handschuhe, er steckte sie mit dem Hammer eilig in die Tasche und floh auf die Fondamenta San Domenico.

Der Straßenverkehr mit seinem Lärm, das Licht und die Boote am Kai brachten ihn zurück in die gewohnte Wirklichkeit, doch fühlte er sich nun von allem bedroht. Von den Spiegelungen der Fischerboote und Häuser im Wasser, von den vorbeifahrenden Autos und Radfahrern, den Blicken der Fußgänger, den Veranstaltungsplakaten und Anschlägen auf den Mauern, die ihm wie Steckbriefe vorkamen, oder einem Mann, der sich eine Zigarette anzündete. Erst die schlafenden Möwen auf einem Schiffsmast beruhigten ihn. Er hatte nicht die Kraft, sich umzusehen und die Lage zu kontrollieren, er war nur noch dem Gehen verpflichtet. An der stark befahrenen Calle San Giacomo machte er einige Schritte in Richtung Sottomarina, bevor ihm einfiel, dass er das Rad auf dem Corso del Popolo abgestellt hatte. Wie konnte er das nur vergessen haben! Er spürte den Pflasterstein und den Hammer in der Einkaufstasche, und eine innere Stimme befahl ihm, das Rad nicht zu suchen, wollte er nicht verhaftet werden. Trotz der Drohung gehorchte er nicht. Er musste im Gegenteil die Stimme endlich zum Schweigen bringen, nahm er sich vor! Doch sie schwieg nicht. Er fand das Rad, fuhr gehetzt durch die Calle San Giacomo nach Sottomarina, aber erst auf der Ponte Translagunare stellten sich Erleichterung und die ersehnte Leere ein. Vom Diesseits zurück ins Jenseits, sagte er sich. Er hielt an, vernahm unter sich das Meeresrauschen, griff nach der Einkaufstasche am Gepäckträger, ließ den Hammer in die Tiefe fallen und hörte ihn in das Wasser plumpsen. Von Boscolos Fabrik sah er nur das Licht der Fischhalle, dahinter die Schatten der anderen Gebäude. Sodann warf er auch die Tasche mit dem Pflasterstein und den Handschuhen in das Meer, wo sie mit einem klatschenden Geräusch aufschlugen. Wieder schaute er zu Boscolos Fischhalle hin und versuchte, sich vorzustellen, wie der Tod des Unternehmers am nächsten Morgen aufgefasst werden würde.

Je näher er dem Strand kam, umso größer wurde die Leere in ihm, bis er sie nicht einmal mehr bemerkte.

Automatisch lenkte er und trat in die Pedale. Nirgendwo gab es Plakatwände, wunderte er sich dabei. Im Nachhinein hätte er nicht mehr sagen können, was er auf der Fahrt hinter der Brücke in Sottomarina gesehen hatte.

Im Badezimmer wusch er sich lange die Hände und betrachtete sich im Spiegel. Seine Jacke war zum Glück sauber geblieben, doch wollte er auch sie entsorgen, ebenso wie seine Jeans. Er nahm das Abzeichen mit der Taube an sich, stopfte die Kleidungsstücke in einen Müllsack und putzte seine Schuhe, hierauf reinigte er das Fahrrad und das Geschirr und wechselte – nachdem er sich geduscht und die Haare gewaschen hatte – auch seine Unterwäsche. Anschließend ließ er die leeren Flaschen und das Verpackungsmaterial seiner Einkäufe im Müllsack verschwinden, und als Letztes kontrollierte er jedes Zimmer, bis er das Gefühl hatte, die Beweisstücke vernichtet zu haben. Dann erst packte er seinen Koffer und leerte die Wodkaflasche, bis ihm die Augen zufielen …

Irgendwann wurde er aus dem Schlaf gerissen, er spürte einen menschlichen Körper. Verwirrt setzte er sich auf.

»Ich bin es«, hörte er Beatrices Stimme und konnte es nicht glauben. Erst als sie die Stehlampe einschaltete, fing er langsam an zu verstehen, doch brauchte es Zeit, bis er wusste, wo er sich befand, was er getan hatte und weshalb Beatrice gekommen war. In seinem Kopf herrschte ein Durcheinander von Erinnerungsbildern, die ohne Zusammenhang auftauchten und wieder verschwanden. Nur mit großer Anstrengung gelang es ihm, sich von der chaotischen Wirklichkeit in seinem Kopf loszureißen und zu begreifen, dass Beatrice ihn aufforderte, mit ihr zu fliehen.

Er sah den Hammer auf Boscolos Schläfe niedersausen, hörte ihn stürzen und flüchtete in Gedanken mit dem Fahrrad über die lange Brücke, so schnell er konnte. Ohne ein Wort zu sprechen, fielen sie einander in die Arme, Beatrice weinte, und er unterdrückte seine Tränen.

»Du musst hier verschwinden!«, flüsterte sie.

»Ja.«

»So schnell wie möglich.«

»Was ist geschehen?«, fragte er verwirrt und schuldbewusst.

Sie antwortete nicht sofort.

»Elena ist heute Abend gefunden worden ...«

Nur langsam beruhigte sie sich.

»Die Leiche ist in Grado an den Strand gespült worden, eingewickelt in die Reste eines Plastiksacks ... Die rechte Hand war abgeschlagen. Der Plastiksack ist mit Steinen beschwert gewesen und die Leiche wahrscheinlich durch ein Hindernis unter Wasser aus der Plane herausgerissen worden.«

Während Aldrian ihr zuhörte, dachte er daran, wie er selbst den Hammer und die Einkaufstasche mit dem Pflasterstein von der Brücke geworfen hatte. Er hatte so oft an Jakob und Elena und ihr Schicksal gedacht, dass er jetzt empfindungslos und ohne Antrieb war. Nachdem sie gemeinsam noch einmal überprüft hatten, dass keine Spuren seiner Anwesenheit mehr zu sehen waren, verließen sie die Villa, verstauten sein Gepäck und den Müllsack im Kofferraum und blickten kurz zu dem dunklen, jetzt verlassenen Haus hinter ihnen.

Die ersten Minuten fuhren sie schweigend die Uferstraße entlang. Nur selten sahen sie in einem der Häuser Licht. Es war drei Uhr morgens.

»Da ist noch etwas …«, begann Beatrice. »Rodolfo Boscolo … Kennst du ihn?«

»Nein.«

»Jemand hat ihm in Chioggia mit einem festen Gegenstand den Schädel eingeschlagen. Sein Zustand ist schlecht, die Verletzung seines Gehirns ist so schwer, dass er sich nicht mehr davon erholen oder sterben wird. Die Polizei vermutet, dass das Falschgeld und die Ermordeten: Iwanow, Fibonacci, Celi, Scarlatti und Elena auf sein Konto gehen …«

»Und Jakob?«

Beatrice schwieg. Auch Aldrian sagte nichts.

Nach einer Weile fuhr Beatrice an den Straßenrand und hielt den Wagen an.

»Du kannst jetzt nicht nach Venedig zurück«, sagte sie. »Wir waren nie in Chioggia. Du warst in Mailand. Ich bestätige das … Ich frage nicht weiter, weil ich nicht will, dass du mich belügst.«

Sie wartete darauf, dass er etwas sagen würde, aber er dachte an nichts und blickte durch die Windschutzscheibe in die Dunkelheit.

Auf der Fahrt sah er im Halbschlaf die Ereignisse unchronologisch und wie die Votivbilder, die er in der Kirche San Domenico gesehen hatte, gemalt vor sich: den toten Fibonacci in seinem Rahmengeschäft, die beiden Hände von Elena und Jakob in dem Karton, das brennende Haus mit den beiden Toten und den Mordversuch an Rodolfo Boscolo. Es waren die mirakulösesten Zauberkunststücke, die er sich nicht einmal hätte träumen lassen, staunte er, als er kurz die Augen geöffnet und sich davon losgerissen hatte. Er war jedoch nicht der Magier gewesen, fiel ihm ein, sondern der weiße Hase, der – bevor er noch aus dem Zylinder gezogen wurde – geflüchtet war.

Erst als es hell wurde, setzte er sich wieder auf.

»Wo sind wir?«, fragte er schlaftrunken.

»Dreißig Kilometer vor Mailand«, hörte er Beatrice sagen.

Sie schaltete das Radio ein.

»Und wo sind die Sachen?«, fragte er nach einer Pause.

»Ich habe die Kleider auf einem Müllplatz entsorgt.«

Bevor Aldrian noch eine weitere Frage stellen konnte, fing im Radio Mario Lanza an, »Funiculì, funiculà« zu singen.

VIERTES BUCH

Das Ende einer Reise ist der Anfang
einer Reise

In Mailand

1

Elf Tage hatte Aldrian die Wohnung in Mailand nicht verlassen und Zeit gehabt, über alles nachzudenken. Immer wieder waren es dieselben Erinnerungen und Gedanken gewesen, die ihn abgelenkt und bewegt hatten. Lebte sein Bruder noch? Manchmal glaubte er fest daran, dann wieder war es für ihn Gewissheit, dass man auch ihn ermordet und in das Meer geworfen hatte. Elena war mit einem Kopfschuss hingerichtet worden, aber ihre Hand wurde ihr schon abgeschlagen, als sie noch lebte, hatte der Gerichtsmediziner festgestellt. Die Polizei schloss daraus, dass Jakob dasselbe Schicksal erlitten hatte wie seine Frau. Vermutlich hätte – so berichteten die Zeitungen, die er von Beatrice regelmäßig erhielt – die verbrecherische Organisation, die man hinter den Geldfälschungen vermutete, sie als »potentielle« Überläufer und Verräter eingestuft. Doch gab es keine Beweise dafür, dass Jakob und Elena an der Falschgeldaffäre beteiligt gewesen waren. Was aber dann? Inzwischen war auch der »Tathergang« rekonstruiert worden. Die Mörder mussten in der Nacht in das Haus eingedrungen sein, seine Verwandten in ein Boot vor dem Fischmarkt gezerrt und dann vermutlich auf ein Schiff gebracht haben, wo sie gefoltert worden waren. Schließlich habe man ihnen eine Hand abgehackt, hieß es, und Jakob und Elena noch in derselben Nacht erschossen. Zuletzt seien die Leichen über Bord geworfen worden. Durch einen Zufall war der Körper von Elena an das Ufer geschwemmt worden, während »das Meer«, wie es weiter hieß, »die Leiche von Jakob nicht freigegeben« hätte. Von Kunstfälschung war nirgendwo die Rede, auch nicht von den Plänen der beiden, einen Garten Eden in Griechenland zu errichten, wohl aber von einem zukünftigen »Sommersitz« in Skala Kallonis. Und wie alle Rätsel ließ auch dieser Fall die wildesten Gerüchte und Spekulationen entstehen. Möglicherweise hätten Jakob und Elena in Skala Kallonis ein Atelier und eine Druckerei für ein »großes Projekt internationaler Geldfälschung« errichten lassen wollen. Dem widersprachen allerdings nicht nur die Schwägerin Margherita, sondern auch der Sohn von Elena und Jakob – Emilio. In Beatrices Wochenmagazin hieß es, dass er, Michael Aldrian, Bruder beziehungsweise Schwager der Opfer, »spurlos verschwunden« oder »untergetaucht« sei oder sich versteckt habe und von der Polizei gesucht werde. Auch Beatrice, wusste er, war in Mailand von der Polizei befragt worden, hatte aber jedes Mal abgestritten, etwas darüber zu wissen. Von da an war sich Aldrian sicher gewesen, dass sie nicht mit der Polizei zusammengearbeitet hatte. Eine andere Zeitung brachte den Überfall auf Rodolfo Boscolo mit dem Mord an Fibonacci und den beiden Toten in der Villa am Garibaldi-Park in Zusammenhang. Es wurden »Verbindungen« angeführt. Das Wort »Mafia« fiel des Öfteren, und der Zustand des Fischgroßhändlers wurde mit »in Lebensgefahr« oder »Wachkoma«

beschrieben. So viel schien festzustehen, dass er »niemals mehr der Alte sein« würde. Der Tat verdächtigt wurde keine konkrete Person, man schrieb von einem »Bandenkrieg«.

Die Nachricht

2

Der Nachtzug, in den Aldrian und Beatrice gestiegen waren, um in Venedig am Begräbnis von Elena teilzunehmen, fuhr durch die Dunkelheit, als ob er auf dem Weg zum Mond durch das Weltall fliegen würde.

Noch in Mailand hatte Aldrian das Telefonbüchlein von Fibonacci zerrissen und verbrannt und sich überlegt, was er mit dem Briefbeschwerer, den er auf dem Regal in Beatrices Wohnung versteckt hatte und der als Geschenk an sie gedacht war, tun sollte. Er würde das kostbare Stück jedenfalls in seinen Koffer packen und es Beatrice später geben. Den in einen Plastikwürfel eingeschlossenen Gehirnschnitt des berühmten Dirigenten würde Beatrice an ihren geschiedenen Mann – zusammen mit seiner Pistole – zurückschicken, darauf hatten sie sich geeinigt.

Nichts sollte darauf hinweisen, was geschehen war. Wie bei seinen Zauberkunststücken musste jeder Handgriff, jede Entscheidung sorgfältig getroffen und eingehalten werden. Das Wichtigste aber war, alles, was zu einer Entdeckung des »Tricks« führen konnte, zu vermeiden. Doch was er nicht im Ärmel verschwinden lassen konnte, war sein Gewissen, waren verschiedene Vorgänge in seinem Kopf, waren Träume, waren plötzliche Erinnerungen, war ein Staunen und eine gewisse Abscheu vor sich selbst. Er versuchte, die Irritationen zu überspielen, sich zurückzuziehen, an den Computer zu setzen, Musik zu hören, Zeitung zu lesen oder fernzusehen, aber jeder dieser Versuche machte ihm erst recht bewusst, was er getan hatte. Zuerst war er davon überrascht gewesen, dass es ihn nicht befriedigt hatte, seinen Bruder und seine Schwägerin zu rächen, aber je länger seine Taten zurücklagen, desto dümmer kamen sie ihm vor … Er gab Beatrice im leeren Abteil die Hand und sagte ihr, dass er sie liebe. Sie nickte, er bemerkte jedoch, dass weiter Misstrauen zwischen ihnen herrschte, weil er ihr nichts von dem, was wirklich geschehen war, erzählte. Andererseits befürchtete er, dass sie ihn, wenn sie die Wahrheit kannte, verlassen würde. Fing er einmal zu gestehen an, sagte er sich, war er verloren, also musste er alles abstreiten oder alles verschweigen, wobei er das Zweite vorzog. Aber es war schwerer, als er anfangs glaubte. Es drängte ihn oft, sie ins Vertrauen zu ziehen. Er hatte aufgehört, größere Mengen Alkohol zu trinken, weil es ihm dann zu leichtfiel, über sich zu sprechen, und er Gefahr lief, sich zu verraten. Gleichzeitig rätselte er darüber, was in ihrem Kopf vorging. Wusste sie mehr, als sie zugab? Sie habe mit der Polizei zusammengearbeitet, hatte sie ihm im Zorn gesagt, er war jedoch davon überzeugt, dass es nicht der Wahrheit entsprach. Nur wenn sie als Journalistin Kontakt mit Commissario Galli gehabt hatte, der die Untersuchungen leitete, musste er davon ausgehen, dass sie über einiges Bescheid wusste. Sie stritt jedoch ab, Genaueres zu wissen, und beendete Gespräche darüber gerne mit dem Hinweis: »Wenn es so ist, wie du sagst, hast du nichts zu befürchten.« Mittlerweile hasste er diesen Satz. In der Nacht umarmten sie sich, am Morgen, wenn sie gemeinsam frühstückten, hielt Beatrices Zuneigung noch an, aber am Abend, sobald sie von der Redaktion zurückkam, begann sie mit ihren Fragen, was in der Regel mit Streit und anschließendem Schweigen endete. Trotzdem liebte er sie, und in seinem Innersten glaubte er, dass auch sie ihn liebte.

Er überlegte gerade, was aus ihm geworden wäre, wenn Beatrice die Einladung Margheritas nicht angenommen hätte und sie kein Liebespaar geworden wären – als im Abteil Beatrices Telefon läutete. Sie sprang auf, antwortete mehrmals »Ja«, »Ja« und setzte sich wieder. Bevor Aldrian sie fragen konnte, was geschehen war, stieß sie hervor: »Jakob ist gefunden worden.« Sie beherrschte sich und fuhr fort: »Ungefähr einen Kilometer von der Stelle, an der Elena entdeckt worden ist.« Aldrian empfand zuerst eine seltsame Erleichterung, weil die Ungewissheit ein Ende hatte. Und er spürte auch, wie seine Schuldgefühle nachließen. Plötzlich hatte er die Gewissheit, richtig gehandelt zu haben. Alle Zweifel waren verschwunden, er bereute nichts mehr. Auch Commissario Galli würde er jetzt anders begegnen als noch zwei Minuten zuvor. Dann sah er das Gesicht seines Bruders vor sich und die Art, wie er fragend geblickt, und seine widerspenstigen Haare, die er nie ganz in den Griff bekommen hatte.

Als sie die Treppe vom Bahnhof zum Canal Grande hinunterstiegen, erhellten nur wenige Lampen und Scheinwerfer die Dunkelheit, es sah aus wie auf Fotografien, die in der Nacht mit Blitzlicht aufgenommen worden waren. Dann näherte sich ihnen eines der Vaporetti, es kam Aldrian wie ein weißer, beleuchteter Sarg vor, der brummend auf sie zuschwebte. Doch hatte er den Eindruck, dass es nicht zu seiner Wirklichkeit gehörte, es war einfach da wie das nächtliche Wasser. Das Katzenkopfpflaster gehörte ebenso wenig zu ihm wie die Menschen, die ihnen vereinzelt begegneten und wieder verschwanden, als seien sie Statisten in einem Film. In Beatrices Wohnung verwandelte er sich vollends in etwas Lebloses, ihm fiel kurz der präparierte Gehirnschnitt des Dirigenten auf dem Regal ein und das Geschenk für Beatrice, bis seine Müdigkeit aus ihm selbst einen Toten auf dem Grund des Meeres machte.

Beatrices Abschied

3

Beatrice schlief noch.

Es war dunkel, und er glaubte, es sei Nacht. Dann erkannte er, dass es Abend geworden war, und er stand auf, ging ins Nebenzimmer und rief Margherita an. Sie meldete sich mit tonloser Stimme und schluchzte, sobald sie ihn hörte.

»Du Armer hast deinen Bruder verloren!«

»Woher weißt du das?«

»Aus den Nachrichten und von Commissario Galli. Er sucht dich … Wo bist du?«

»Ich bin soeben in Venedig angekommen.«

Sie schluchzte wieder und fuhr dann ruhiger fort: »Emilio ist hier. Er weiß nicht, wie es weitergehen soll.«

Aldrian dachte nach. Es war für ihn selbstverständlich, dass er Emilio helfen würde.

»Wir haben das Begräbnis von Elena verschoben«, fuhr Margherita fort, »sie sollen gemeinsam beerdigt werden.«

»Ja.«

»Was hast du die ganze Zeit über getan?«, fragte Margherita. Und als er darauf keine Antwort gab: »Auf einmal warst du nicht mehr da und hast auch nicht mehr angerufen … Wir haben uns um dich sehr gesorgt … der Commissario hat dich verdächtigt, dass du mit deinem Bruder gemeinsame Sache gemacht hast.«

»Bist du verhört worden?«

»Ja, zweimal, auf der Questura.«

»Sie glauben, einer Geldfälscherbande auf der Spur zu sein, für die Elena und Jakob gearbeitet hätten. Sie sollen die Banknoten angefertigt haben, und du hättest zumindest davon gewusst«, sagte Aldrian.

»Das ist Unsinn.«

»Was wollten sie von dir?«

»Dass ich ihren Verdacht bestätige. Sie haben nichts herausgefunden, weil es nichts herauszufinden gibt. Ich weiß nur etwas von der Sache mit dem Haus und den Gärten in Lesbos, die inzwischen zerstört sind.«

Aldrian fielen das Modell des in Lesbos verbrannten Hauses ein, der Entwurf in Gestalt einer künstlichen, riesigen Seerose, die Kulissen mit der Panorama-Aussicht und das Feuer, das die Spuren im Haus und das Gebäude selbst zerstört hatte. Das Modell im geheimen Atelier hatte also dasselbe Schicksal ereilt wie der Garten Eden in Lesbos. Er war davon überzeugt, dass Jakob sein Vermögen mit dem Fälschen von Bildern gemacht hatte. Doch jetzt meldeten sich Zweifel an … Vielleicht hatte man seinen Bruder gezwungen, eine Falschgeldkopie – den 100-Euro-Schein – zu zeichnen? Und Elena, die Farbe und das Papier zu besorgen?

»Woran denkst du?«, hörte er Margherita fragen.

Und als er nicht darauf antwortete, fuhr sie fort: »Sie sprachen von den Pflanzen und Tieren, den Eidechsen, Vögeln und Bienen und den Glashäusern und Gehegen, dem Fischbecken und dem Pool, die sie dort errichten wollten.«

Aldrian kannte den Plan besser als jeder andere. Die Selbstbezogenheit seines Bruders und seiner Schwägerin, die das Projekt vermutlich betrieben hatte, ärgerte ihn nachträglich wieder. Deshalb wollte er das Gespräch mit der Bemerkung, jemand warte auf ihn, abbrechen. Aber Margherita fragte ihn bereits, ob er nicht bei ihnen wohnen wolle?

»Nein«, antwortete Aldrian, es sei besser so.

Wann er sie besuchen würde?

»Morgen.«

»Bestimmt?«

»Ja, bestimmt.«

Mittlerweile war Beatrice erwacht und kam mit

ihrem Telefon in der Hand aus dem Schlafzimmer, weshalb er das Gespräch beendete.

»Commissario Galli«, sagte sie übergangslos, »hat gerade angerufen, er verlangt, dass du auf die Questura kommst. Aber bevor du dorthin gehst, sage ich dir, was ich weiß. Ich habe dich aus allen Überlegungen und Spekulationen herausgehalten, ich habe deine Aussagen zu meinen gemacht. Ich habe keinen Zweifel aufkommen lassen, dass ich dich für unschuldig halte, und ich habe während der ganzen Zeit, die wir in Mailand waren, bei den Telefongesprächen mit Galli nichts verraten. Aber ich kann nicht mehr ...«

Aldrian sagte sich, dass es besser war, nicht darauf einzugehen. Er setzte sich an den Tisch, und Beatrice zählte, im Zimmer hin- und hergehend, Punkt für Punkt auf, was die Polizei wusste, was sie vermutete und was sie sich nicht erklären konnte.

Es gab einige Neuigkeiten für Aldrian: Rodolfo Boscolo war so schwer verletzt, dass er ein Pflegefall bleiben würde. Wer der Täter gewesen war, blieb ein Rätsel. Rocco Scarlatti, der schwarzhaarige Antiquar, hatte der Organisation Boscolos angehört, ebenso Sergio Celi und Carlo Fibonacci. Man hielt Kunstfälschung wegen der außerordentlichen Fähigkeiten von Jakob für möglich, hatte aber keinen Beweis dafür. Celi war rechtzeitig abgesprungen und hatte zuvor noch Jakob das Atelier vermietet. Beweise für eine Druckerei konnten jedoch nicht gefunden werden. Es gab allerdings eine Erklärung, weshalb Jakob sich das Atelier gemietet haben konnte. Er hatte, so ergaben die Ermittlungen, den Auftrag angenommen, einen Vogelführer für einen englischen Verlag zu illustrieren.

Aber weshalb waren er und seine Frau dann ermordet worden? Galli ging – so sagte Beatrice – fest davon aus, dass Celi die Idee mit der Geldfälschung gehabt hätte. Auf irgendeine Weise – vielleicht mit Hilfe einer Erpressung – sei es ihm gelungen, Jakob zu zwingen, für ihn zu arbeiten. Boscolo musste versucht haben, das Atelier ausfindig zu machen. Alles Weitere blieb im Dunkeln, da man über den Aufbau und die Verästelungen der Organisation zu wenig wusste.

»Ja, und wo warst du in der Zwischenzeit? Ich werde bestätigen, dass du dich in Mailand aufgehalten hast, weil du untertauchen wolltest, und ich werde Galli gestehen, dass ich ihn angelogen habe.«

Die guten Magier gegen die bösen Magier. Jeder versuchte, den anderen zu vernichten, dachte Aldrian, und zusätzlich war auch noch die Polizei im Spiel.

Nachdem ihm Beatrice erzählt hatte, was sie wusste, bat sie ihn zu gehen.

»Ich bringe deinen Koffer zu Margherita«, fügte sie hinzu.

Aldrian war mit den Gedanken bereits beim Polizeiverhör und gab ihr keine Antwort. Er rasierte sich den Bart ab, den er sich hatte wachsen lassen, und kleidete sich an. Die ganze Zeit über hatte sich Beatrice zurückgezogen, aber als es so weit war, dass er die Wohnung verlassen wollte, bot sie ihm plötzlich an, ihn zu begleiten.

Aldrian lehnte ab, worauf sie ihm unerwartet um den Hals fiel.

Eine Weile standen beide so da.

In der Questura

4

Es war bereits Mitternacht. Commissario Galli hatte sich bereits ablösen lassen, und der cholerische Inspectore Bruno Gabbiato hatte versucht, ihn in Widersprüche zu verwickeln. Es war eine Art sprachliches Schachspiel gewesen, das Gabbiato – mit vorgetäuschter Einfalt, wie Aldrian rasch bemerkte – ausgeklügelt beherrschte. Einmal konfrontierte er ihn mit falschen Beweisen, dann schien er etwas zu überhören, worauf er jedoch später plötzlich zurückkam, oder er gab vor, ihm zu glauben, um bei nächster Gelegenheit alles wieder in Frage zu stellen. Von Anfang an blieb Aldrian dabei, dass er nach dem letzten Gespräch mit Commissario Galli bei Beatrice in Mailand Unterschlupf gefunden habe, und es stellte sich heraus, dass Inspectore Gabbiato darüber nichts wusste. Er ließ sofort Beatrice anrufen, die Aldrians Aussage bestätigte. Als Commissario Galli zwei Stunden später, von Unruhe getrieben, wieder erschien, bestätigte er mit einem Kopfnicken, dass sie die Wahrheit gesagt hatten, warf ihnen aber vor, die Polizei getäuscht zu haben und drohte ihnen mit Folgen. Zum Abschluss entschuldigte er sich zu Aldrians Überraschung, dass er so lange verhört worden sei, aber erst dadurch sei man zum Ergebnis gekommen, dass gegen ihn nichts vorliege. Dann bat er Aldrian, den Leichnam seines Bruders zu identifizieren, der im Gerichtsmedizinischen Institut in Padua »untersucht« worden sei.

Das Wiedersehen mit Jakob

5

Die Fahrt nach Padua über war er nicht fähig gewesen, an etwas anderes zu denken als an das Gesicht seines toten Bruders. Er befürchtete, es könne verunstaltet, die Augen und der Mund geöffnet sein, oder dass die Pistolenkugel es entstellt und das Meerwasser es aufgeschwemmt hatten. Was nun folgen würde, hatte er schon so oft im Fernsehen gesehen, dass es ihn angeödet hatte. Diesmal jedoch war es sein eigener Bruder, den er vor mehr als einem Jahr zum letzten Mal gesehen hatte, und der nun nackt und tot vor ihm liegen würde.

Der Raum stank nach etwas, das Übelkeit in ihm hervorrief, und das Verhör hatte ihn zermürbt, weshalb ihm schwindlig war. Der Leichnam seines Bruders war schon für die Identifikation vorbereitet worden, eine junge Frau in weißer Arztkleidung schlug das Leintuch, mit dem er bedeckt war, zurück, und er sah eine bleiche, aufgeschwemmte Grimasse und das Loch in der Mitte der Stirn. Er wusste, der Anblick würde die Erinnerung an seinen Bruder für immer zerstören. Auch die Nähte über der wächsernen Brust, die von der Obduktion herrührten, prägten sich ihm ein. Er nickte und wandte sich ab.

Allein

6

Sie brachten ihn zurück zum Campo San Polo, betonten, dass es ihnen leidtue, und entschuldigten sich für das lange Verhör. Dann ließen sie ihn gehen.

»Ich scheiße auf euch! Ich scheiße auf euch alle!«, fluchte Aldrian stumm.

Beatrice war nicht zu Hause, aber der Koffer stand immer noch im Schlafzimmer, und er besaß immer noch die Schlüssel zu ihrem Haus und ihrer Wohnung. Der Briefbeschwerer, den er mit Falschgeld bezahlt hatte und Beatrice hatte schenken wollen, fiel ihm ein. Jedenfalls durfte er ihn nicht in Beatrices Wohnung stehen lassen.

Er suchte im Kühlschrank nach einer Grappa, fand eine halbleere Flasche und trank sie aus. Trotzdem dauerte es, bis er endlich einschlief – das maskenhafte Gesicht seines toten Bruders vor sich.

Ein letztes Gespräch

7

Am Morgen fand er einen Zettel auf dem Küchentisch: »Bin am Abend zurück, in Liebe Beatrice.«

Rasch kleidete er sich an und schlug den Weg zur

Piazza San Tomà ein. Doch wollte er nicht seine Schwägerin, sondern die Chiesa di San Pantalon besuchen. Unterwegs fiel ihm auf, dass die Maskierten verschwunden waren. Wie gewohnt begegnete er hauptsächlich Touristen. Die Einheimischen auf der Straße waren vor allem alte Menschen mit Hunden, Trolleys und Spazierstöcken, ein paar rüstige Männer hockten in Bars. Er kam gerade an, als die Kirche geöffnet wurde, setzte sich in eine Bank und blickte wieder auf das Deckengemälde, das den Sturz der Engel und ihre Verwandlung in Dämonen darstellte. Er kannte das Phänomen schon: Wenn er es länger anstarrte, stürzte auch er mit ihnen in die feurige Tiefe. Nach einigen Minuten warf er eine Münze in den Scheinwerferautomaten und begab sich wieder zurück in die Kirchenbank. Diesmal flog er mit dem Engelschwarm nach oben auf den Thron zu, und die Dämonen verglühten im göttlichen Licht. Es war eine seltsame Achterbahnfahrt, die er mehrmals wiederholte, bis er die Chiesa di San Pantalon verließ und zurück zum Campo San Polo ging. Er hatte sich unterwegs vorgenommen, Diego Sarcia, den befreundeten Maskenhändler aufzusuchen, und sah ihn, wie gewohnt, durch das Schaufenster vor dem Tisch sitzen und eine Maske bemalen.

»Wir müssen miteinander reden«, sagte Aldrian grußlos.

»Ja?« Diego erhob sich, hängte das Schild »chiuso«, »geschlossen«, vor die Glastür, schaltete das Licht aus und wartete.

»Was willst du?«, fragte er unwillig.

»Das fragst du mich?«

»Als ich hörte, dass dein Bruder und seine Frau verschwunden waren, wusste ich, dass man sie ermordet hatte«, antwortete Diego. »Ich kenne die Geschichte. Jakob und Elena fälschten Bilder – von Turner, Flegel, Sibylla Merian –«

»Ich weiß«, unterbrach ihn Aldrian.

»Du weißt es? Das erstaunt mich.«

»Ich habe die Bilder bei Fibonacci gesehen, als ich in Venedig angekommen bin.«

»Gut, machen wir es kurz«, sagte Diego ruhig. »Ich werde alles abstreiten, wenn du zur Polizei gehst.« Er machte eine kurze Pause und sprach dann in sachlichem Tonfall weiter: »Ich war als Jugendlicher Mitglied der Organisation, du weißt schon, wen ich meine … Mit 25 arbeitete ich in einem der berühmtesten Hotels in Venedig als Geschäftsführer. Nach zehn Jahren wollte ich aussteigen, doch man drohte mir, mich umzubringen. Das dauerte fast ein Jahr – dann bekam ich die beiden Läden, damit ich mich immer daran erinnerte, von wem mein Schicksal abhing. Anfangs hatte ich nur die Erlaubnis, Pinocchio-Figuren herzustellen und zu verkaufen. Es war eine Form der Demütigung: Du weißt schon, die lange Nase wegen der Lügen. Außerdem verwandelt sich Pinocchio in einen Esel und wird von einem Seemonster verschluckt. Das heißt, dass ich ununterbrochen daran denken sollte, was geschehen war und was mir blühte. Erst fünf Jahre später erhielt ich die Erlaubnis, Masken herzustellen und zu verkaufen … Mehr will ich dir darüber nicht sagen … Mit meinen Freunden von damals war ich weiterhin in Kontakt: mit Fibonacci, Scarlatti, später mit Celi. Sie kontrollierten mich Tag und Nacht und behandelten mich schlecht … Rodolfo

Boscolo sprach nicht mehr mit mir. Ich war ihm jedoch ausgeliefert, denn er ließ mich vor allen demütigen, wie es ihm gerade einfiel ... Da fing ich an nachzudenken, wie ich mich befreien und rächen könnte. Ich überredete zuerst Jakob, mit Fibonacci zusammenzuarbeiten, und dann beide, sich von Boscolo und seinen Leuten – Mörder und Diebe – zu trennen. Als Jakob und Elena verschleppt wurden, setzte ich aus Rache Scarlatti, den Antiquar von der Fondamenta Nuove, auf Fibonacci, und den Taucher Sergio Celi hingegen auf Scarlatti an. Es gelang mir allmählich, Misstrauen zwischen ihnen zu säen, jeder glaubte sich vom anderen bedroht und betrogen. Ein Jahr vor dem Verschwinden von Jakob habe ich Sergio Celi mit Fibonacci zusammengebracht – Celi sollte Jakob ein Atelier verschaffen und Fibonacci die gefälschten Bilder verkaufen. Die meisten gingen noch immer nach Russland und China, nach Kanada und Amerika. Jakob war genial, und Boscolo hatte Unmengen an ihm verdient. Mir ging es in erster Linie um Boscolo. Als du aufgetreten bist, geriet ich in die Klemme, denn du bist anders, als Jakob es war. Ich hatte gerade Rocco Scarlatti auf Fibonacci und Celi angesetzt und umgekehrt, damit sie sich gegenseitig aus dem Weg räumen. Du hast dich aber selbst gerächt, und ich habe dich davor gewarnt, in Venedig zu bleiben und, weil du dich nicht darauf eingelassen hast, mit Waffen versorgt. Wie du dir denken kannst, betreibe ich auch illegalen Waffenhandel. Es sind kleine Fische, aber es hilft mir, meine Lage zu verbessern. Ich wollte unbedingt, dass du verschwindest. Die Leute von Boscolo haben dir eine Falle gestellt – das Falschgeld –, damit der Verdacht auf dich gelenkt wird, und je unbeeindruckter du warst, desto unerbittlicher sind sie gegen dich vorgegangen. Die abgeschnittenen Hände hätten dich in Panik versetzen und die Flucht ergreifen lassen sollen. Dann warst du plötzlich verschwunden. Und kurz darauf ist Rodolfo Boscolo mit einem Hammer für immer ausgeschaltet worden. Ehrlich gesagt, ich traue dir keinen kaltblütigen Mord zu – aber wer weiß? Jedenfalls ist ein Arm der Organisation jetzt amputiert. Ich bewundere dich: Du warst in Gefahr, aber du hast dich nicht beirren und von deinen Plänen abbringen lassen. Ich glaube aber, unsere Freundschaft hat jetzt ihr Ende gefunden. Wir vergessen einander, als wären wir uns nie begegnet.«

Diego ging zur Tür, drehte das Licht an, entfernte das »Geschlossen«-Schild und setzte sich wieder an seinen Tisch. Aldrian ließ sich jedoch nicht so schnell abfertigen. »Ich habe noch eine Frage«, sagte er.

»Ich werde von nun an nichts mehr sagen«, betonte Diego.

»Ich möchte von dir wissen, ob Galotti mit der Geschichte etwas zu tun hatte.«

Diego malte an seiner Maske weiter, und Aldrian fragte ungehalten: »Nein oder ja!«

Ohne aufzublicken, schüttelte Diego den Kopf und gab ihm mit einer Handbewegung zu verstehen, dass er einen Strich unter die Ereignisse gemacht hatte.

Wieder auf der Straße war Aldrian aufgewühlt, und er hasste Diego jetzt. Doch sie waren beide durch ihr Wissen miteinander verbunden. Sobald einer von ihnen redete, saß der andere in der Tinte, dachte Aldrian. Dann fiel ihm ein, wie schön es für einen Poeten sein konnte, in der Tinte zu sitzen. Sich in Tinte auflösen, dachte er, dass nur noch der Geist in der Flasche übrig bleibt. Der Tintengeist, der sich selbst zu Papier brachte. Er wunderte sich darüber, weshalb er das gerade jetzt dachte.

Wie immer war die Ostaria Dai Zemei voller Menschen. Ettore eilte sogleich herbei, drückte ihm sein Beileid aus, stellte ein kleines Tischchen und einen Stuhl im Gästeraum auf, und Giacomo brachte ungefragt einen Spritz, wobei auch er ihm kondolierte.

»Willst du etwas essen?«

»Danke.«

Ettore kam jedoch fünf Minuten später mit einem Teller Tramezzini und stellte sie vor ihn hin.

Sie fragten ihn nichts, und er sagte nichts. Schweigend saß er da, trank, aß ein wenig, und als er bei Dunkelheit das Lokal verließ, weigerten sich beide, ihn bezahlen zu lassen.

»Komm wieder«, sagte Ettore beiläufig.

»Und bring Beatrice mit«, ergänzte Giacomo.

Gedankenverloren ging Aldrian zurück zum Campo San Polo. Beatrice war noch nicht zu Hause, und die leerstehende Wohnung ließ ihn die Einsamkeit, die ihn umgab, schmerzlich spüren.

Als das Telefon läutete und Margherita ihn fragte, weshalb er sie nicht besucht habe, erzählte er ihr vom Verhör in der Questura und seiner Fahrt nach Padua.

8

Lange war er wach geblieben und hatte versucht, Beatrice am Telefon zu erreichen.

Am nächsten Morgen fand er einen Zettel auf Beatrices zerwühlter Doppelbetthälfte und las: »Ich bin erst sehr spät zurückgekommen und früh wieder aufgestanden. Ich wollte Dich nicht wecken. In Liebe Beatrice.«

Um etwas gegen die Traurigkeit zu tun, kleidete er sich an und verließ die Wohnung. Es war schon Mittag, die Sonne schien, und die Straßen waren voller Menschen. In welche Richtung sollte er gehen? Ohne Grund schlug er den Weg zum Haus seines Bruders und zum Fischmarkt ein. Vor dem Maskengeschäft von Diego Sarcia senkte er den Kopf und blickte auf die Straße, um nicht, wie gewohnt, einen Blick in den Laden zu werfen. Sarcia war die Kurbel des Fleischwolfs gewesen, dachte Aldrian, in den er geraten war. Es deprimierte ihn, dass Diego ihn nur benutzt hatte.

Aus Gewohnheit bog er in die Gasse mit den kleinen Läden und dann erst zum Fischmarkt ab. Das Geschäft »Jurassic-Park« und die Eingangstür waren versiegelt, und ihm war klar, dass er seine Wohnung nie mehr betreten würde. Zu viel würde ihm dort durch den Kopf gehen. Während er vor der Auslage stand, an seinen Bruder und Elena denken musste, fiel ihm ein, dass beide in der Nacht überfallen, aus dem Bett geholt und auf die Pescaria geschleppt worden waren.

»Sind Sie der Bruder? Sind Sie Michael Aldrian?«, sprach ihn jemand an, der ihn – als er sich umdrehte – mit seinem Smartphone fotografierte.

Aldrian flüchtete automatisch in die Fischhalle, die jetzt weniger frequentiert war, und bemerkte, als er sich umblickte, dass der Fremde ihm folgte. Er war davon überzeugt, dass es sich um ein Mitglied von Boscolos Organisation handelte, aber er konnte nicht abschätzen, ob er bewaffnet war oder ihn nur ausspionierte. Inzwischen eilte er am Blumenstand vorbei durch die Reihen der Obst- und Gemüsestände bis zum Canal Grande, sah, dass dort das gutbesetzte Traghetto »Sofia« dabei war abzulegen und erreichte es gerade noch, bevor es sich in Bewegung setzte. Die meisten Fahrgäste standen in der Gondelfähre, vor ihm eine junge Mutter mit einem Kinderwagen. Die Sitzbänke waren alle besetzt, so dass auch er die Fahrt über den Canal Grande im Stehen zurücklegen musste. Um sich abzulenken, beobachtete er zuerst den Gondoliere, der vorne am Bug stand und das Boot auf der linken Seite vorantrieb, dann den zweiten hinten am Heck, der das Gleiche auf der rechten Seite tat. Dabei sah er, dass sein Verfolger zwischen den hohen Pfählen vor dem Fischmarkt stand und weiter versuchte, mit dem Smartphone vor einem Auge, ihn zu fotografieren. Aldrian wandte sich ab, verlor dabei das Gleichgewicht und wäre beinahe gestürzt, wenn ihn nicht ein Mann, der hinter ihm stand, mit einem festen Griff gestützt hätte. Als Aldrian wieder das Gleichgewicht gefunden hatte, lächelten ihn die übrigen Fahrgäste freundlich an, als hätte er einen guten Witz gemacht, und ein Kind stand für ihn auf und bot ihm seinen Sitzplatz an.

Er saß jetzt eingequetscht neben einem kleinen Greis mit einem Spazierstock und seiner ebenso gebrechlichen Frau oder Schwester, deren Haar leuchtend blau gefärbt war, auf der schmalen Bank. Einer rief: »In den Canal Grande stürzen bringt Glück!«, worauf alle erneut lachten.

Sie legten rasch am Campo Santa Sofia an, und Aldrian – noch immer auf der Flucht – lief um einen Häuserblock und dann über die Strada Nova zur schmalen Calle di Ca' d'Oro. Dort hastete er an einer Backsteinmauer entlang wieder auf den großen Kanal zu. Er erkannte schon nach einigen Schritten die reichverzierte Holztür mit dem quadratischen Guckloch und den ehemals goldfarben gestrichenen Palast. Vor ihm lag der Garten mit einem weißen Steinbrunnen. Er hatte den Eingang zum Museum übersehen, erkannte er, eilte wieder auf die Straße und zurück zu den beiden Glastüren, die in den Vorraum mit der Kasse führten. Da er das Ca' d'Oro vom Fischmarkt aus immer wieder gesehen hatte, war ihm die Feinheit der Verzierungen, die aussahen, als seien sie von einem Goldschmied hergestellt worden, sofort gegenwärtig. Das »goldene Haus«, ein spätgotischer Palazzo aus dem 15. Jahrhundert, wusste er von seinem Bruder, war mit polychromem Marmor verkleidet, mit Ultramarin bemalt und an der Fassade zum Kanal hin mit vergoldeten Steinmetzarbeiten verziert. Es wies zwei Stockwerke mit Arkadengängen auf.

Aldrian suchte zuerst den Balkon im zweiten Stock auf und blickte über den Canal Grande zum Fischmarkt und damit auch zu Jakobs Haus hinüber, um sich zu vergewissern, dass der Unbekannte ihm nicht

gefolgt war. Misstrauisch kontrollierte er das gegenüberliegende Ufer, die Anlegestation der Gondelfähre
und dann die Fahrgäste im Traghetto selbst, ohne aber
den Mann zu entdecken. Noch immer von Unruhe getrieben, stieg er einen Stock tiefer und überprüfte noch
einmal das vor ihm liegende Gelände und das Boot.
Dann erst setzte er sich auf eine Marmorbank an der
Wand und schloss die Augen. Es war der richtige Ort,
an dem er sich befand, dachte er. Als er die Augen wieder öffnete, bemerkte er, dass die Sonne auf den Mosaikboden schien und dort phantastische geometrische
Schattenfiguren bildete. Alles, was die Außenfassade
an architektonischer Schönheit zu bieten hatte, lag als
stummes, materieloses Geheimnis auf dem Mosaikboden. Dazu kam noch das Lichtspiel der Butzenscheiben aus den Seitenfenstern, das die Wand mit einem
sanft glühenden Muster aus bläulichen und blassgol-
denen Newton'schen Ringen bedeckte.

Nach einer Weile erhob er sich und ging weiter. Jedes
Mal, wenn er hier gewesen war, waren seine Eindrücke
so intensiv wie sonst nirgendwo, und jedes Mal nach
seinem ersten Besuch hatte es sich um Déjà-vu-Erleb-
nisse gehandelt. Zwei Fragmente von Außenfresken,
die sich ursprünglich am Fondaco dei Tedeschi, der
ehemaligen Niederlassung deutscher Händler in Venedig, befunden hatten – Tizians kaum noch erkenn-
bare Judith und ein Teil eines Aktes von Giorgione –
schmückten jetzt, in Holz gerahmt, die Wände des
Ca' d'Oro. Aldrian, der am Fondaco dei Tedeschi, das
später lange als Hauptpostamt von Venedig gedient
hatte, häufig vorbeigegangen war, weil es direkt an
der Rialtobrücke lag, wusste, dass dort unter den Ar-

kaden und in den Räumen Geschäfte mit Nelken, Muskat, Ingwer, Safran, Zimt, Zucker und Pfeffer gemacht wurden. Er kannte die Gerüche aus orientalischen Basaren und spürte einen feinen Hauch davon in seiner Nase, wenn er daran dachte. Auch mit Zitronen und Orangen wurde gehandelt, mit Wein und Olivenöl, Mandeln und Feigen. Von seinem Bruder hatte er erfahren, dass daneben Perlen und Edelsteine ver- und gekauft wurden, Glaswaren aus Murano, Stoffe aus Seide, Baumwoll- und Damasttücher, Samt, Brokat und Goldfäden und nicht zuletzt Papier und Bücher.

Die Schatten auf den Böden hatten sich verändert, waren weitergewandert, länger oder kürzer geworden, verblichen und durch neue Formen ersetzt worden. Er streifte jetzt durch mehrere Säle mit archäologischen Fundstücken in Vitrinen: kleineren und größeren Stücken von Krügen, Bechern und Tellern des 15. und 16. Jahrhunderts, wie er las. Sie kamen ihm wie Einfälle vor. Er versuchte da und dort die Muster in seinem Kopf weiterzuentwickeln, aber sie lösten sich alle in Nichts auf. Immer schon war er fasziniert gewesen von archäologischen Fundstücken, von Scherben und Splittern. Er sah das gesamte Leben als eine einzige riesige Ansammlung von Splittern. Beim Anhören von Musik war ihm dann klargeworden, dass er sich zum Rätselhaften, dem Nichtdeutbaren, das ihn anzog, bekennen musste, um sie besser zu verstehen. Er durfte die Partituren nicht im Sinne eines mechanischen Weltbilds auffassen, sondern als Moleküle, Atome und Quantenteilchen einer Sprache, die erst durch die Notenschrift sichtbar und hörbar gemacht wurde. Aldrian liebte es, die Erkenntnisse der Naturwissenschaft und Kunst – soweit er sie verstand – nachzuvollziehen. Sie waren ebenfalls Splitter eines Ganzen, das aus den vorhandenen Fragmenten vage konstruiert wurde. Der Anblick der Scherben in den Vitrinen versetzte ihn auch zurück in sein Souffleurkastenuniversum, in dem Klänge, Töne, Melodien bestimmte Empfindungen in ihm hervorriefen, die er später – besonders wenn eine Aufführung gelungen war – nicht wirklich erklären konnte. Er begriff jedoch, dass das Rätselhafte, Unsachliche eine Art stenographischer Botschaft enthielt, die er nur über seine Empfindungen wahrnehmen konnte. Alles zu verstehen gelang ihm hingegen bei seinen Täuschungen als Zauberkünstler, weil dort jeder Handgriff aus einer riesigen Trickkiste stammte. Ohne dass er es zunächst selbst bemerkt hatte, war in ihm die musikalische Empfindsamkeit für das Rätselhafte gewachsen, bis er schließlich begriff, dass es für ihn wichtiger war als alle logischen Erklärungen, die in der Partitur begründet waren. Die schöpferische Arbeit, dachte er weiter, schien sich um die Frage zu drehen, ob man die Fragmente, die bei der Arbeit entstanden, in einem Ganzen aufgehen oder es unvollendet ließ, denn – egal, was immer man auch unternahm – es gab keine Antworten. Während er nachdachte, konnte er sich nicht sattsehen an den Mustern der Scherben.

Diesmal ließ er Andrea Mantegnas Gemälde und die Wandkapelle mit dem von zahlreichen Pfeilen durchbohrten heiligen Sebastian unbeachtet, da er bereits durch die Vorstellung, sie zu betrachten, das tote Gesicht seines Bruders vor sich sah.

Erst als die Schattengebilde sich allmählich auflösten, verließ er das Ca' d'Oro wieder, und sogleich mit dem Betreten der Gasse waren die Eindrücke und Einfälle verschwunden, und er hielt nach dem Mann, der ihn fotografiert hatte, Ausschau. An der Anlegestelle für das Traghetto sah er, dass es gerade abgefahren war, und so blieb er stehen und schaute zu, wie es den Canal Grande überquerte. Den ganzen Tag fuhr es dieselbe Strecke hin und her. Immer dieselbe Strecke.

Das Traghetto kam jetzt – nachdem es Passagiere aufgenommen hatte –, von den Gondoliere in schwarzen Jacken und blau-weiß-gestreiften Trikots gerudert, wieder über das unruhige Wasser auf ihn zu. Inzwischen hatten sich weitere Passagiere an der Anlegestelle versammelt. Nachdem das Boot angelegt hatte, die Passagiere an Land gegangen und die neuen Fahrgäste eingestiegen waren – darunter ein Mann mit einem großen Hund –, fuhr es wieder los. Die Fahrt verlief ohne Zwischenfälle, und Aldrian, der zuerst das andere Ufer kontrolliert, aber den Mann nicht gesehen hatte, bemerkte zwischendurch, dass der Hund angestrengt auf das Wasser starrte. Die Hütte der Gondoliere, registrierte Aldrian beim Aussteigen, zierte ein Marienbild. Er ging nicht mehr am Haus seines Bruders vorbei, sondern machte einen Umweg zum Campo San Polo und achtete darauf, dass ihm weiterhin niemand folgte.

9

In Beatrices Wohnung setzte er sich an den Tisch und war sich im Klaren, dass er das Projekt, einen Reiseführer zu verfassen, längst aufgegeben hatte.

Endlich rief Beatrice an und wollte, wie sie sagte, einen schönen Abend mit ihm verbringen.

Sie kochten auch gemeinsam, aßen und tranken und umarmten sich im dunklen Zimmer. Den Rest der Nacht besprachen sie, was geschehen war, und Aldrian schilderte ihr, was er mit Commissario Galli besprochen hatte. Sie lächelte plötzlich, schüttelte den Kopf und sagte: »Es ist alles so unwahrscheinlich, was du mir erzählst, dass ich dir glaube.«

Beatrice, Aldrian und Emilio

10

Bis zu dem Tag des Begräbnisses verließ Aldrian die Wohnung nicht mehr. Nur einmal machte er eine Ausnahme. Er fing zuerst an, sich mit dem Garten Eden von Jakob und Elena zu beschäftigen, googelte im Internet und fand heraus, dass der Ort in der Meeresbucht auf Lesbos wirklich wunderbar war. Er hatte Beatrice – um sie nicht zu beunruhigen – den Fremden verschwiegen, der ihn fotografiert hatte, und sie angelogen, dass er nur aus Vorsicht zu Hause bliebe. Auch von der Insel Lesbos und dem Paradies seines Bruders und dessen Frau sprach er nicht. Dafür rief er zwischen seinen Telefongesprächen mit Beatrice mehrmals den zumeist schweigenden Emilio an, der bei Margherita wohnte, und erzählte ihm Alltagsgeschichten über seine Eltern, sein eigenes Befinden und von vergangenen Zeiten. Er ließ es allerdings nicht zu, dass sein Neffe ihn besuchte, und er lehnte – mit dem gleichen Hinweis, dass es für alle zu gefährlich sei – auch die Einladungen ab, zu Margherita zu kommen oder sogar in ihre Wohnung zu ziehen. Immer deutlicher wurden hingegen seine Erinnerungen an das Atelier und Sergio Celis Haus, an die beiden Toten und den Brand, aber auch an das Architekturmodell und die Kulissen. Allmählich verschmolzen seine Tagträume auch mit den Paradiesvorstellungen von Jakob und Elena. Sein eigenes Paradies war ein Gebilde aus Buchstaben, Noten und Farben, aus Musik, Büchern, Bildern und Kostümen – es war imaginär, wie er sich sagte. Jakob und Elena hatten hingegen ein wirkliches, ein »echtes« Paradies gewollt. Aldrian war in seiner Vorstellung jedoch schon so oft eine erfundene Figur gewesen, dass es ihm jetzt – nachdem er selbst wie eine fiktive Figur gehandelt hatte – nichts mehr ausmachte, nur noch Ausflüge in die Wirklichkeit zu unternehmen, anstatt eine vollständige fiktive Figur zu werden. Als er eingesehen hatte, wie es um ihn stand, rief er wieder Emilio an und machte ihm, zuerst in Form von Andeutungen, den Vorschlag, gemeinsam nach Lesbos zu reisen. Er wusste, dass sein Neffe über den Verlust, soweit es überhaupt möglich war, erst hinwegkommen musste und dass er und Beatrice ihm dabei helfen konnten. Doch zuallererst musste Emilio es selbst wollen und neugierig auf die Reise sein, was allerdings schon nach Aldrians erster Andeutung der Fall gewesen war. Als er schließlich Beatrice von seiner Idee erzählte, überlegte sie nicht lange und stimmte zu.

Auf diese Weise versuchte Aldrian, sich von seiner Trauer abzulenken, und wenn es ihm auch nicht gelang zu vergessen, was geschehen war, und er die Abwesenheit von Jakob und Elena schmerzlich spürte, fühlte er doch auch den Wunsch nach einer Flucht aus seinem Albtraum.

Anderntags informierte er Margherita über seine Pläne, und sie war davon begeistert, da sie sehr besorgt um Emilio war. Immer wieder klagte sie ihm auch ihr Leid, und ihr Klagen verwandelte sich jedes Mal in Zorn auf die Polizei und die Journalisten, die sie mit Schimpfwörtern bedachte.

Beatrice buchte die Flugkarten, las die Berichte über die Tragödie in den Zeitungen und erzählte Aldrian alles, was sie davon für wichtig hielt. Die Zeitungsartikel waren kürzer geworden und wieder in den Lokalteil gerückt, doch warteten die Journalisten auf das Begräbnis. Nach wie vor herrschte, wie Beatrice wusste, die Meinung, dass die Morde mit dem Falschgeld zusammenhingen, aber es gab keine Beweise, dass Jakob und Elena in ein Verbrechen involviert gewesen waren, und die Familie, besonders Margherita und Emilio, aber auch Aldrian, der von Beatrice unterstützt wurde, sprachen von gezieltem Rufmord an zwei Opfern.

Das letzte Kapitel

11

Am Tag des Begräbnisses kehrte die vom Alltag unterdrückte Trauer mit Wucht zurück. Einige Tage zuvor hatte ihn Beatrice überredet, mit ihr das Teatro La Fenice zu besuchen und Georg Friedrich Händels Oratorium »Il trionfo del tempo e del disinganno«, »Der Triumph von Zeit und Enttäuschung«, zu hören. Sie hatten zwei Logenplätze reserviert, damit er nicht von Menschen erkannt würde. Aldrian hatte sich bisher kaum mit dem Oratorium beschäftigt, außerdem hatte er seit seinem Hörsturz eine Abneigung dagegen, sich etwas Neues anzuhören, aber seine Neugierde war plötzlich so groß, dass er sich überwand und das geliebte Opernhaus betrat. Diesmal berührte ihn der Name »Fenice«, »Phönix«, anders als zuvor.

»Der Triumph von Zeit und Enttäuschung« war ein allegorisches Stück, in dem die Figuren »Zeit« und »Schönheit« mit »Vergnügen« und »Enttäuschung« im Widerstreit lagen, hatte Aldrian zuvor mit Hilfe von Beatrices Laptop herausgefunden. »Zeit« und »Schönheit« hatten sich entfremdet, weil beide merkten, dass sie alterten. »Schönheit« warf sich in die Arme des »Vergnügens«, und auch »Zeit« und »Enttäuschung« kamen sich näher. Sie behielten schließlich die Oberhand. Im letzten Augenblick fanden »Zeit« und »Schönheit« jedoch wieder zueinander, allerdings nackt und eingerieben mit der Asche der Reue und der Trauer. Die Musik des Oratoriums, die er zum ersten Mal hörte, verstand ihn. Nicht er war es, der nachvollzog, was sie meinte, sondern sie erkannte, was in ihm vorging. Sie blieb auch in seinem Kopf, als er beim Begräbnis in der Kirche Santa Maria Formosa zwischen Beatrice und Emilio saß und die beiden blumengeschmückten Särge vor sich sah. Sein Neffe Emilio war ihm beim Wiedersehen vor der Kirche – mit dem Regenschirm in einer Hand – um den Hals gefallen, und hatte ihn gebeten, den Arm auf seiner Schulter zu lassen. So blieben sie im Nebel stehen. Es war derselbe Platz, auf dem er bei Acqua alta am Tag seiner Ankunft die kleine, goldene Taube, die er noch immer unter seinem Revers trug und inzwischen »Fenice« nannte, von einem Afrikaner gekauft hatte. Damals war es eine Taufe gewesen, der er anschließend beigewohnt hatte.

Sie hielten es wegen des Regens nur kurz auf dem Vorplatz aus, wo sich eine immer größer werdende Menschenmenge mit Schirmen ansammelte. Der Rio de Santa Maria Formosa war stark von Motorbooten befahren, und zwei Nobelgondeln, geschmückt mit großen vergoldeten Seepferdchen und einem ebenso goldenen Engel, der aus einer Muschel stieg, lagen am Ufer vertäut vor einer Steinbrücke. Die beiden Gondoliere in Regenjacken und Kapuzen standen mit verschränkten Armen daneben. Auch in der Kirche waren die Gebetsbänke rasch besetzt gewesen, weshalb entferntere Bekannte und Verwandte und vor allem Neugierige im Mittelteil Aufstellung nahmen.

Plötzlich erkannte Aldrian außer den Zemei-Brüdern, Dr. Dr. Galotti und Diego Sarcia den Mann, der ihn vor dem Haus seines Bruders fotografiert hatte unter den Trauergästen. Um nicht aufzufallen, trug er

482

diesmal Schwarz. Der Fremde warf ihm einen Blick zu und nickte kurz, was Aldrian merkwürdig fand. Er beugte sich zu Beatrice, machte sie auf den Mann aufmerksam und fragte sie, ob sie den Mann kenne.

»Ja, es ist ein Kollege«, flüsterte sie zurück, »von ›Il Gazzettino‹. Warum fragst du?«

Aldrian antwortete nur, dass er ihm zugenickt habe.

Der Messe und der Rede des Priesters folgte er kaum, zu stark beschäftigte ihn noch immer Händels Musik im Kopf, zu sehr gab er sich ihr hin. Immer wieder unterbrachen kurze Erinnerungen an Jakob und Elena das Oratorium, das nur er selbst hörte, und verwirrten ihn so sehr, dass er ganze Teile in Gedanken wiederholen musste. Einmal legte er wieder den Arm auf Emilios Schultern, der es aber nicht einmal wahrnahm. Er verfolgte, sah Aldrian, alles, was auf ihn einströmte, mit reglosem Gesicht.

Die Särge waren mit Jakobs und Elenas Lieblingsblumen geschmückt, weißen Lilien und gelben Rosen – die jeweils den Deckel des anderen zierten. Nach Ende der Messe drängte Aldrian sich hinter den Särgen hinaus auf den von den Regenschirmen der Trauergäste bedeckten Platz zu den silbergrauen Sargbooten »San Michele 2« und »3«, die Limousinen ähnelten, aber am Heck kein Kabinendach aufwiesen. Daher wurden die Särge auf der hinteren Plattform befestigt. Den kurzen Weg aus der Kirche bis hinunter zu den Booten hörte er den Regen laut auf seinen Schirm prasseln, und als ob er es gewohnt sei, stieg er, während ihm einer der schwarzgekleideten Bestatter den Arm hielt, über die Stufen in das Boot mit den gelben Rosen. Kurz darauf nahmen Beatrice und Emilio neben ihm Platz. Emilio starrte auf den Boden. Er glaubte sich anfangs im Bestattungsboot mit seiner Mutter, bis ihm einfiel, dass die jeweiligen Lieblingsblumen den Sarg des geliebten Ehepartners schmückten. Aldrian selbst blickte – wie aus einem Souffleurkasten – durch das Seitenfenster von unten auf die Menschen mit Schirmen, die sich zu einem stummen Chor vereinigt hatten. Er war wieder ganz bei sich und hörte Händels Oratorium von der Stelle an weiter, an der er es unterbrochen hatte. Unmittelbar nach der Abfahrt kam es jedoch zu einem Stau vor der Steinbrücke. Zu beiden Seiten des Kanals lagen Motorboote, sah Aldrian, und zwei weitere große, die gerade unter der Brücke durchgefahren waren, kamen auf sie zu, weshalb das erste Bestattungsboot ebenso wie das zweite wieder im Rückwärtsgang zur Anlegestelle vor der Kirche fahren musste. Dabei bemerkte Aldrian die fotografierenden Touristen auf der Brücke. Vereinzelte Blitzlichter durchdrangen die graue Luft aus Nebel und Regen. Als die Boote vorübergefahren waren, starteten das erste und danach das zweite Bestattungsboot neuerlich, aber im selben Moment tauchte von der anderen Seite eine große Gondel mit Touristen auf, die allesamt Regenüberzüge und Kapuzen trugen. Das Boot »San Michele 2« hielt aber unbeeindruckt weiter auf die Brücke zu, wurde langsamer und versetzte der Gondel einen leichten Stoß, dass die Fahrgäste kurz das Gleichgewicht verloren und der Gondoliere schimpfend zurückruderte. Hinter »San Michele 2« gelangten sie zum breiteren Rio de Santa Marina, aber Aldrian schaute jetzt durch die Windschutzscheibe auf das Bestattungsboot, das im Nebel vor ihnen herfuhr, auf den Sarg und die weißen Lilien.

Sie legten vor der Friedhofsinsel San Michele an, und er versuchte, aufmerksam zu sein. Eine große Menschenmenge wartete auch hier hinter der Vaporetto-Station auf sie und mehrere Fotografen, die sich keinen Zwang antaten. Der Journalist der »Il Gazzettino« traf nach ihnen ein. Er überreichte Aldrian zu seiner Überraschung eine Visitenkarte und entschuldigte sich. Seinetwegen hatte er mehr als eine Woche Beatrices Wohnung nicht verlassen, fiel Aldrian ein.

Die Särge wurden durch das Friedhofstor getragen, und die Menschen mit Blumen in den Händen machten respektvoll Platz. Zuerst gingen sie hinter Elena und Jakob her durch ein zweites Tor. Auf dem Sims einer Mauer, die zu einem Klostergebäude gehörte, fielen Aldrian kleine Marien- und Jesusfiguren, die Statue des heiligen Josef mit dem Jesuskind im Arm, zwei Keramiktöpfe und eine große Flasche mit künstlichen Lilien auf. Der Trauerzug führte sie an den langen, vielreihigen und zehn Etagen hohen Wänden der Urnengräber entlang, vor denen eine endlos scheinende Reihe Kindergräber zu sehen war. Natürlich kannte Aldrian den Friedhof, vor allem war er mehrmals an die Gräber von Strawinsky und Luigi Nono gepilgert, aber diesmal bemerkte er vor allem die Möwen, die im Gras zwischen den Grabsteinen liefen oder sich, auf den Grabplatten stehend, das Gefieder putzten. Im Nebel und Regen passierten sie einen Kranz aus steinernen Rosenblüten, der um ein steinernes Kreuz hing, steinerne Adler auf Säulen und Pinien und Zypressen.

Ein Doppelgrab war für Elena und Jakob ausgehoben worden. Da Margherita gebeten hatte, von Reden abzusehen, verschwanden die Särge rasch in der Erde, und Emilio, der sich an seinen Arm klammerte, begann zu weinen, weshalb Aldrian ihn ein Stück weiter wegführte. Von dort aus verfolgten sie, wie die Blumensträuße der Trauergäste in die Aushebung fielen, und erkannten auch Elenas Verwandte, die am Grab Aufstellung genommen hatten und zum Teil weinend jedem Einzelnen für seine Anteilnahme dankten.

Aldrian bestellte inzwischen mit dem Telefon ein Wassertaxi, brachte den stummen Emilio zurück zur Vaporetto-Station und wartete gemeinsam mit ihm darauf, den Friedhof San Michele hinter sich zu lassen. Niemand sonst war in der Nähe, als unerwartet der Commissario aus dem Tor auf ihn zukam. Aldrian entschuldigte sich bei Emilio, übergab ihm für einen Moment den Schirm und ging Galli entgegen. Der Commissario trug einen Hut und einen Regenmantel und drückte ihm sein Beileid aus, indem er ihm stumm und mit gesenktem Kopf die Hand schüttelte.

»Ich bin erleichtert, gebe ich zu, im Augenblick liegt nichts gegen Sie vor. Auch die Gelddruckerei und die Entwürfe Ihres Bruders haben wir vergebens gesucht. Vielleicht wurde alles in Neapel gemacht oder in Sizilien, wer weiß?«

Aldrian nickte, und Commissario Galli ging, ohne sich umzudrehen, auf den Friedhof zurück.

Eine Gruppe heftig diskutierender Neugieriger trat kurz darauf aus dem Tor, gleichzeitig hörte Aldrian das Wassertaxi kommen und sah wieder seinen Neffen Emilio, der stumm weinend auf den Boden schaute.

Emilio hatte schon zwei Tage zuvor seinen Koffer ge-
packt, und er weinte noch eine Zeitlang auf der Fahrt
mit dem Wassertaxi, weshalb Aldrian sich fragte, ob
es klug war, ihn auf die Reise nach Griechenland mit-
zunehmen. Er vermochte ihn nicht zu trösten, erst als
endlich die engsten Familienmitglieder in der Wohnung Margheritas eintrafen, beruhigte er sich wieder.

Margherita und Beatrice bereiteten die vorgekoch-
ten Speisen zu, die Übrigen hatten still auf den Sitzgelegenheiten Platz genommen, mit einem Glas Wein in
der Hand.

Es war Mittag geworden. Margherita aß nichts,
Aldrian sah, wie erschöpft sie war, und war jetzt davon überzeugt, dass sie über ihre Abreise erleichtert
sein würde. Er hatte das gesamte Begräbnis bezahlt,
aber er weigerte sich entschieden, darüber zu sprechen.

Erst auf dem Flughafen kam Emilio wirklich zu sich.
Er wirkte plötzlich gefasster und war sogar neugierig auf das, was er sehen würde. Und Aldrian spürte,
dass auch er nicht alleine war. Beatrice hatte sich ein
Sabbatical Year genommen, erfuhr er erst jetzt, sie war,
obwohl noch traurig, insgeheim voller Erwartungen.
Ihm fiel ein, dass er einen Vertrag für den Auftritt als
Zauberer in Opatija abgeschlossen hatte, im phantas-
tischen Hotel »Miramar«. Zuerst aber musste er erfahren, wie das Paradies aussah. Auch wenn es zerstört
war, gab es das Land, das Meer und den Fluss, die
Vögel, die Bienen und die Eidechsen, die Fische, die
Steine und die Sterne.

In seinem Gepäck befanden sich der Briefbeschwerer, den er für Beatrice gekauft hatte, und der Gehirn-schnitt des berühmten Dirigenten, die er dort, wo Jakob und Elena das Gebäude vorgesehen gehabt hatten, begraben wollte.

»Irgendwann«, sagte Beatrice zu ihm, als sie im Flugzeug Platz genommen hatten, »werden wir zur Ruhe kommen. Und dann«, sie machte eine kurze Pause, »erzählst du mir, wie es wirklich war.«

Bildnachweise

S. 42   Giorgio de Chirico: Geheimnis und Melancholie
einer Straße. Aus: Maurizio Faggiolo dell'Arco:
L'opera completa di de Chirico 1908–1924. Milano
1984 (1999)

S. 178   Abb. aus: Cesare Ruggieri: Selbstkreuzigung.
Der Fall Matteo Lovat. Rudolstadt 1807
(Neuausgabe 1984)

S. 229   Jacopo Tintoretto: Das Paradies. Dogenpalast,
Venedig

S. 268   Vittore Carpaccio: Zwei venezianische Damen.
Museo Correr, Venedig

S. 269   Vittore Carpaccio: Jagd in der Lagune. J.Paul Getty
Museum (Villa Malibu), Los Angeles

S. 270   vgl. Abb. S. 268 u. 269

S. 273   Vittore Carpaccio: Jagd in der Lagune (bemalte
Rückseite), vgl. Abb. S. 269

Inhalt